TdW

Taschenbibliothek der Weltliteratur

Aufbau-Verlag 1987

Das Glasperlenspiel

Versuch einer Lebensbeschreibung des Magister Ludi Josef Knecht samt Knechts hinterlassenen Schriften

Band 1

Herausgegeben von Hermann Hesse

ISBN 3-351-00433-8

1. Auflage 1987
Aufbau-Verlag Berlin und Weimar
Lizenzausgabe für die Deutsche Demokratische Republik
mit freundlicher Genehmigung des Suhrkamp Verlages, Frankfurt am Main
Der Vertrieb in der Bundesrepublik Deutschland, Westberlin und im Ausland ist nicht gestattet

Reihenentwurf Heinz Hellmis
Einbandgestaltung Erich Rohde
Lichtsatz Karl-Marx-Werk Pößneck V 15/30
Druck und buchbinderische Weiterverarbeitung
III/9/1 Grafischer Großbetrieb Völkerfreundschaft Dresden
Printed in the German Democratic Republic
Lizenznummer 301.120/93/87
Bestellnummer 6134856
I/II 00700

Den Morgenlandfahrern

Das Glasperlenspiel

Versuch einer allgemeinverständlichen Einführung in seine Geschichte

... non entia enim licet quodammodo levibusque hominibus facilius atque incuriosius verbis reddere quam entia, verumtamen pio diligentique rerum scriptori plane aliter res se habet: nihil tantum repugnat ne verbis illustretur, at nihil adeo necesse est ante hominum oculos proponere ut certas quasdam res, quas esse neque demonstrari neque probari potest, quae contra eo ipso, quod pii diligentesque viri illas quasi ut entia tractant, enti nascendique facultati paululum appropinquant.

ALBERTUS SECUNDUS

tract. de cristall. spirit. ed. Clangor et Collof. lib. I, cap. 28

In Josef Knechts handschriftlicher Übersetzung:

... denn mögen auch in gewisser Hinsicht und für leichtfertige Menschen die nicht existierenden Dinge leichter und verantwortungsloser durch Worte darzustellen sein als die seienden, so ist es doch für den frommen und gewissenhaften Geschichtsschreiber gerade umgekehrt: nichts entzieht sich der Darstellung durch Worte so sehr und nichts ist doch notwendiger, den Menschen vor Augen zu stellen, als gewisse Dinge, deren Existenz weder beweisbar noch wahrscheinlich ist, welche aber eben dadurch, daß fromme und gewissenhafte Menschen sie gewissermaßen als seiende Dinge behandeln, dem Sein und der Möglichkeit des Geborenwerdens um einen Schritt näher geführt werden.

Es ist unsre Absicht, in diesem Buch das Wenige festzuhalten, was wir an biographischem Material über Josef Knecht aufzufinden vermochten, den Ludi Magister Josephus III., wie er in den Archiven des Glasperlenspiels genannt wird. Wir sind nicht blind gegen die Tatsache, daß dieser Versuch einigermaßen im Widerspruch zu den herrschenden Gesetzen und Bräuchen des geistigen Lebens steht oder doch zu stehen scheint. Ist doch gerade das Auslöschen des Individuellen, das möglichst vollkommene Einordnen der Einzelperson in die Hierarchie der Erziehungsbehörde und der Wissenschaften eines der obersten Prinzipien unsres geistigen Lebens. Und dieses Prinzip ist denn auch in langer Tradition so weit verwirklicht worden, daß es heute ungemein schwierig, ja in vielen Fällen vollkommen unmöglich ist, über einzelne Personen, welche dieser Hierarchie in hervorragender Weise gedient haben, biographische und psychologische Einzelheiten aufzufinden; in sehr vielen Fällen lassen sich nicht einmal mehr die Personennamen feststellen. Es gehört nun einmal zu den Merkmalen des Geisteslebens unsrer Provinz, daß seine hierarchische Organisation das Ideal der Anonymität hat und der Verwirklichung dieses Ideals sehr nahe kommt.
Wenn wir trotzdem auf unsrem Versuche bestanden haben, einiges über das Leben des Ludi Magister Josephus III. festzustellen und uns das Bild seiner Persönlichkeit andeutend zu skizzieren, so taten wir es nicht aus Personenkult und aus Ungehorsam gegen die Sitten, wie wir glauben, sondern im Gegenteil nur im Sinne eines Dienstes an der Wahrheit und Wissenschaft. Es ist ein alter Gedanke: je schärfer und unerbittlicher wir eine These formulieren, desto unwider-

stehlicher ruft sie nach der Antithese. Wir billigen und verehren den Gedanken, welcher der Anonymität unsrer Behörden und unsres Geisteslebens zugrunde liegt. Aber ein Blick in die Vorgeschichte eben dieses Geisteslebens, namentlich in die Entwicklung des Glasperlenspieles, zeigt uns unwiderstehlich, daß jede Phase der Entwicklung, jeder Ausbau, jede Änderung, jeder wesentliche Einschnitt, sei er fortschrittlich oder konservativ zu deuten, unweigerlich zwar nicht seinen einzigen und eigentlichen Urheber, wohl aber sein deutlichstes Gesicht gerade in der Person dessen zeigt, der die Änderung einführte, der zum Instrument der Umformung und Vervollkommnung wurde.
Es ist ja allerdings das, was wir heute unter Persönlichkeit verstehen, nun etwas erheblich anderes, als was die Biographen und Historiker früherer Zeiten damit gemeint haben. Für sie, und zwar namentlich für die Autoren jener Epochen, welche eine ausgesprochene biographische Neigung hatten, scheint, so möchte man sagen, das Wesentliche einer Persönlichkeit das Abweichende, das Normwidrige und Einmalige, ja oft geradezu das Pathologische gewesen zu sein, während wir Heutigen von bedeutenden Persönlichkeiten überhaupt erst dann sprechen, wenn wir Menschen begegnen, denen jenseits von allen Originalitäten und Absonderlichkeiten ein möglichst vollkommenes Sich-Einordnen ins Allgemeine, ein möglichst vollkommener Dienst am Überpersönlichen gelungen ist. Sehen wir genauer zu, so hat auch schon das Altertum dieses Ideal gekannt: die Gestalt des „Weisen" oder „Vollkommenen" bei den alten Chinesen zum Beispiel oder das Ideal der Sokratischen Tugendlehre ist von unsrem heutigen Ideal kaum zu unterscheiden, und manche große geistige Organisation, wie etwa die römische Kirche in ihren mächtigsten Epochen, hat ähnliche Grundsätze gekannt, und manche ihrer größten Gestalten, wie etwa der heilige Thomas von Aquino, erscheinen uns, gleich frühgriechischen Plastiken, mehr als klassische Vertreter von Typen denn als Einzelpersonen. Immerhin war in den Zeiten vor der Reformation des geistigen Lebens, die im zwanzigsten Jahrhundert begann und deren Erben wir sind, jenes echte alte Ideal offenbar nahezu ganz verlorengegangen. Wir erstaunen, wenn wir in den Biographien jener Zeiten etwa weitläufig erzählt

finden, wie viele Geschwister der Held gehabt oder welche seelischen Narben und Kerben ihm die Loslösung von der Kindheit, die Pubertät, der Kampf um Anerkennung, das Werben um Liebe hinterlassen haben. Uns Heutige interessiert nicht die Pathologie noch die Familiengeschichte, nicht das Triebleben, die Verdauung und der Schlaf eines Helden; nicht einmal seine geistige Vorgeschichte, seine Erziehung durch Lieblingsstudien, Lieblingslektüre und so weiter ist uns sonderlich wichtig. Uns ist nur jener ein Held und eines besonderen Interesses würdig, der von Natur und durch Erziehung in den Stand gesetzt wurde, seine Person nahezu vollkommen in ihrer hierarchischen Funktion aufgehen zu lassen, ohne daß ihr doch der starke, frische, bewundernswerte Antrieb verlorengegangen wäre, welcher den Duft und Wert des Individuums ausmacht. Und wenn zwischen Person und Hierarchie Konflikte entstehen, so sehen wir gerade diese Konflikte als Prüfstein für die Größe einer Persönlichkeit an. So wenig wir den Rebellen billigen, den die Begierden und Leidenschaften zum Bruch mit der Ordnung treiben, so ehrwürdig ist uns das Andenken der Opfer, der wahrhaft Tragischen.
Dort nun, bei den Helden, bei diesen wirklich vorbildhaften Menschen, scheint uns das Interesse für die Person, für den Namen, für Gesicht und Gebärde erlaubt und natürlich, denn wir sehen auch in der vollkommensten Hierarchie, in der reibungslosesten Organisation keineswegs eine Maschinerie, aus toten und an sich gleichgültigen Teilen zusammengesetzt, sondern einen lebendigen Körper, aus Teilen gebildet und von Organen belebt, deren jedes seine Art und seine Freiheit besitzt und am Wunder des Lebens teilhat. In diesem Sinne bemühten wir uns um Nachrichten über das Leben des Glasperlenspielmeisters Josef Knecht, und namentlich um alles von ihm selbst Geschriebene, sind auch mehrerer Handschriften habhaft geworden, die wir für lesenswert halten.
Was wir über Knechts Person und Leben mitzuteilen haben, ist unter den Mitgliedern des Ordens, und namentlich unter den Glasperlenspielern, gewiß manchen schon ganz oder teilweise bekannt, und schon aus diesem Grunde wendet unser Buch sich nicht bloß an diesen Kreis, sondern hofft auch über ihn hinaus auf verständnisvolle Leser.

Für jenen engeren Kreis bedürfte unser Buch keiner Einleitung und keines Kommentars. Da wir jedoch dem Leben und den Schriften unsres Helden auch außerhalb des Ordens Leser wünschen, fällt uns die etwas schwierige Aufgabe zu, für jene weniger vorgebildeten Leser eine kleine volkstümliche Einführung in den Sinn und in die Geschichte des Glasperlenspieles dem Buch voranzuschicken. Wir betonen, daß diese Einleitung eine volkstümliche ist und sein will und keinerlei Anspruch darauf erhebt, die innerhalb des Ordens selbst diskutierten Fragen über Probleme des Spiels und seiner Geschichte zu klären. Für eine objektive Darstellung dieses Themas ist die Zeit längst noch nicht gekommen.
Man erwarte also von uns nicht eine vollständige Geschichte und Theorie des Glasperlenspieles, auch würdigere und geschicktere Autoren als wir wären dazu heute nicht imstande. Diese Aufgabe bleibt späteren Zeiten vorbehalten, falls die Quellen sowie die geistigen Voraussetzungen dazu nicht vorher verlorengehen. Und ein Lehrbuch des Glasperlenspiels soll dieser unser Aufsatz ja noch weniger sein, ein solches wird auch niemals geschrieben werden. Man erlernt die Spielregeln dieses Spiels der Spiele nicht anders als auf dem üblichen, vorgeschriebenen Wege, welcher manche Jahre erfordert, und keiner der Eingeweihten könnte je ein Interesse daran haben, diese Spielregeln leichter erlernbar zu machen.
Diese Regeln, die Zeichensprache und Grammatik des Spieles, stellen eine Art von hochentwickelter Geheimsprache dar, an welcher mehrere Wissenschaften und Künste, namentlich aber die Mathematik und die Musik (beziehungsweise Musikwissenschaft) teilhaben und welche die Inhalte und Ergebnisse nahezu aller Wissenschaften auszudrücken und zueinander in Beziehung zu setzen imstande ist. Das Glasperlenspiel ist also ein Spiel mit sämtlichen Inhalten und Werten unsrer Kultur, es spielt mit ihnen, wie etwa in den Blütezeiten der Künste ein Maler mit den Farben seiner Palette gespielt haben mag. Was die Menschheit an Erkenntnissen, hohen Gedanken und Kunstwerken in ihren schöpferischen Zeitaltern hervorgebracht, was die nachfolgenden Perioden gelehrter Betrachtung auf Begriffe gebracht und zum intellektuellen Besitz gemacht haben, die-

ses ganze ungeheure Material von geistigen Werten wird vom Glasperlenspieler so gespielt wie eine Orgel vom Organisten, und diese Orgel ist von einer kaum auszudenkenden Vollkommenheit, ihre Manuale und Pedale tasten den ganzen geistigen Kosmos ab, ihre Register sind beinahe unzählig, theoretisch ließe mit diesem Instrument der ganze geistige Weltinhalt sich im Spiele reproduzieren. Diese Manuale, Pedale und Register nun stehen fest, an ihrer Zahl und ihrer Ordnung sind Änderungen und Versuche zur Vervollkommnung eigentlich nur noch in der Theorie möglich: die Bereicherung der Spielsprache durch Einbeziehung neuer Inhalte unterliegt der denkbar strengsten Kontrolle durch die oberste Spielleitung. Dagegen ist innerhalb dieses feststehenden Gefüges oder, um in unserem Bilde zu bleiben, innerhalb der komplizierten Mechanik dieser Riesenorgel dem einzelnen Spieler eine ganze Welt von Möglichkeiten und Kombinationen gegeben, und daß unter tausend streng durchgeführten Spielen auch nur zwei einander mehr als an der Oberfläche ähnlich seien, liegt beinahe außerhalb des Möglichen. Selbst wenn es geschähe, daß einmal zwei Spieler durch Zufall genau dieselbe kleine Auswahl von Themen zum Inhalt ihres Spieles machen sollten, könnten diese beiden Spiele je nach Denkart, Charakter, Stimmung und Virtuosität der Spieler vollkommen verschieden aussehen und verlaufen.

Es liegt letzten Endes völlig im Belieben des Historikers, wieweit er die Anfänge und Vorgeschichte des Glasperlenspiels zurückverlegen will. Denn wie jede große Idee hat es eigentlich keinen Anfang, sondern ist, eben der Idee nach, immer dagewesen. Wir finden es als Idee, als Ahnung und Wunschbild schon in manchen früheren Zeitaltern vorgebildet, so zum Beispiel bei Pythagoras, dann in der Spätzeit der antiken Kultur, im hellenistisch-gnostischen Kreise, nicht minder bei den alten Chinesen, dann wieder auf den Höhepunkten des arabisch-maurischen Geisteslebens, und weiterhin führt die Spur seiner Vorgeschichte über die Scholastik und den Humanismus zu den Mathematiker-Akademien des siebzehnten und achtzehnten Jahrhunderts und bis zu den romantischen Philosophien und den Runen der magischen Träume des Novalis. Jeder Bewegung des Geistes gegen das ideale Ziel einer Universitas Litterarum hin, jeder platonischen Akademie, jeder Geselligkeit einer geistigen Elite, jedem Annäherungsversuch zwischen den exakten und freieren Wissenschaften, jedem Versöhnungsversuch zwischen Wissenschaft und Kunst oder Wissenschaft und Religion lag dieselbe ewige Idee zugrunde, welche für uns im Glasperlenspiel Gestalt gewonnen hat. Geister wie Abälard, wie Leibniz, wie Hegel haben den Traum ohne Zweifel gekannt, das geistige Universum in konzentrische Systeme einzufangen und die lebendige Schönheit des Geistigen und der Kunst mit der magischen Formulierkraft der exakten Disziplinen zu vereinigen. In jener Zeit, in welcher Musik und Mathematik nahezu gleichzeitig eine Klassik erlebten, waren die Befreundungen und Befruchtungen zwischen beiden Disziplinen häufig. Und zwei Jahrhunderte früher finden wir bei Nikolaus von Kues Sätze aus derselben Atmosphäre, wie etwa diese: „Der Geist formt sich der Potentialität an, um alles in der Weise der Potentialität zu messen, und der absoluten Notwendigkeit, damit er alles in der Weise der Einheit und Einfachheit messe, wie es Gott tut, und der Notwendigkeit der Verknüpfung, um so alles in Hinsicht auf seine Eigentümlichkeit zu messen, endlich formt er sich der determinierten Potentialität an, um alles hinsichtlich seiner Existenz zu messen. Ferner mißt aber der Geist auch symbolisch, durch Vergleich, wie wenn er sich der Zahl und der geometrischen Figuren bedient und sich auf sie als Gleichnisse bezieht." Übrigens scheint nicht etwa nur dieser eine Gedanke des Cusanus beinahe schon auf unser Glasperlenspiel hinzuweisen oder entspricht und entspringt einer ähnlichen Richtung der Einbildungskraft wie dessen Gedankenspiele; es ließen sich mehrere, ja viele ähnliche Anklänge bei ihm zeigen. Auch seine Freude an der Mathematik und seine Fähigkeit und Freude, Figuren und Axiome der euklidischen Geometrie auf theologisch-philosophische Begriffe als verdeutlichende Gleichnisse anzuwenden, scheinen der Mentalität des Spieles sehr nahe zu stehen, und zuweilen erinnert sogar seine Art von Latein (dessen Vokabeln nicht selten seine freien Erfindungen sind, ohne doch von irgendeinem Lateinkundigen mißverstanden werden zu können) an die freispielende Plastizität der Spielsprache.

Nicht minder gehört, wie schon das Motto unsrer Abhandlung zeigen mag, Albertus Secundus zu den Vorvätern des Glasperlenspieles. Und wir vermuten, ohne es zwar durch Zitate belegen zu können, daß der Spielgedanke auch jene gelehrten Musiker des sechzehnten, siebzehnten und achtzehnten Jahrhunderts beherrschte, welche ihren musikalischen Kompositionen mathematische Spekulationen zugrunde legten. Da und dort in den alten Literaturen stößt man auf Legenden über weise und magische Spiele, die von Gelehrten, Mönchen oder an geistfreundlichen Fürstenhöfen ersonnen und gespielt worden seien, zum Beispiel in Form von Schachspielen, deren Figuren und Felder außer der gewöhnlichen noch ihre Geheimbedeutungen hatten. Und allgemein bekannt sind ja jene Berichte, Märchen und Sagen aus den Jugendzeiten aller Kulturen, welche der Musik, weit über alles nur Künstlerische hinaus, eine seelen- und völkerbeherrschende Gewalt zuschreiben, sie zu einem geheimen Regenten oder einem Gesetzbuch der Menschen und ihrer Staaten machen. Vom ältesten China bis zu den Sagen der Griechen spielt der Gedanke von einem idealen, himmlischen Leben der Menschen unter der Hegemonie der Musik ihre Rolle. Mit diesem Kultus der Musik („in ewigen Verwandlungen begrüßt uns des Gesangs geheime Macht hienieden" – Novalis) hängt denn auch das Glasperlenspiel aufs innigste zusammen.
Wenn wir nun auch die Idee des Spieles als eine ewige und darum längst vor ihrer Verwirklichung schon immer vorhandene und sich regende erkennen, so hat ihre Verwirklichung in der uns bekannten Form doch ihre bestimmte Geschichte, von deren wichtigsten Etappen wir kurz zu berichten versuchen wollen.

Die geistige Bewegung, deren Früchte unter vielen anderen die Einrichtung des Ordens und das Glasperlenspiel sind, hat ihre Anfänge in einer Geschichtsperiode, welche seit den grundlegenden Untersuchungen des Literarhistorikers Plinius Ziegenhalß den von ihm geprägten Namen „Das feuilletonistische Zeitalter" trägt. Solche Namen sind hübsch, aber gefährlich, und verlocken stets dazu, irgendeinen Zustand des Menschenlebens in der Vergangenheit ungerecht zu betrachten, und so ist denn auch das „feuilletoni-

stische“ Zeitalter keineswegs etwa geistlos, ja nicht einmal arm an Geist gewesen. Aber es hat, so scheint es nach Ziegenhalß, mit seinem Geist wenig anzufangen gewußt, oder vielmehr, es hat dem Geist innerhalb der Ökonomie des Lebens und Staates nicht die ihm gemäße Stellung und Funktion anzuweisen gewußt. Offen gestanden, kennen wir jene Epoche sehr schlecht, obwohl sie der Boden ist, aus dem fast alles das gewachsen ist, was heute die Merkmale unsres geistigen Lebens ausmacht. Es war, nach Ziegenhalß, eine in besonderem Maße „bürgerliche“ und einem weitgehenden Individualismus huldigende Epoche, und wenn wir, um ihre Atmosphäre anzudeuten, einige Züge nach Ziegenhalß' Darstellung anführen, so wissen wir wenigstens dies eine mit Gewißheit, daß diese Züge nicht erfunden oder wesentlich übertrieben und verzeichnet sind, denn sie sind von dem großen Forscher mit einer Unzahl von literarischen und anderen Dokumenten belegt. Wir schließen uns dem Gelehrten an, der bisher als einziger das „feuilletonistische“ Zeitalter einer ernsthaften Untersuchung gewürdigt hat, und wollen dabei nicht vergessen, daß es leicht und töricht ist, über Irrtümer oder Unsitten ferner Zeiten die Nase zu rümpfen.
Die Entwicklung des geistigen Lebens in Europa scheint vom Ausgang des Mittelalters an zwei große Tendenzen gehabt zu haben: die Befreiung des Denkens und Glaubens von jeglicher autoritativen Beeinflussung, also den Kampf des sich souverän und mündig fühlenden Verstandes gegen die Herrschaft der römischen Kirche und – andrerseits – das heimliche, aber leidenschaftliche Suchen nach einer Legitimierung dieser seiner Freiheit, nach einer neuen, aus ihm selbst kommenden, ihm adäquaten Autorität. Verallgemeinernd kann man wohl sagen: im großen ganzen hat der Geist diesen oft wunderlich widerspruchsvollen Kampf um zwei einander im Prinzip widersprechende Ziele gewonnen. Ob der Gewinn die zahllosen Opfer aufwiege, ob unsre heutige Ordnung des geistigen Lebens vollkommen genug sei und lange genug dauern werde, um alle die Leiden, Krämpfe und Abnormitäten von den Ketzerprozessen und Scheiterhaufen bis zu den Schicksalen der vielen in Wahnsinn oder Selbstmord geendeten „Genies“ als sinnvolles Opfer erscheinen zu lassen, ist uns nicht erlaubt zu fra-

gen. Die Geschichte ist geschehen – ob sie gut war, ob sie besser unterblieben wäre, ob wir ihren „Sinn" anerkennen mögen, dies ist ohne Bedeutung. So geschahen denn auch jene Kämpfe um die „Freiheit" des Geistes und haben in eben jener späten, feuilletonistischen Epoche dazu geführt, daß in der Tat der Geist eine unerhörte und ihm selbst nicht mehr erträgliche Freiheit genoß, indem er die kirchliche Bevormundung vollkommen, die staatliche teilweise überwunden, ein echtes, von ihm selbst formuliertes und respektiertes Gesetz, eine echte neue Autorität und Legitimität aber noch immer nicht gefunden hatte. Die Beispiele von Entwürdigung, Käuflichkeit, Selbstaufgabe des Geistes aus jener Zeit, die uns Ziegenhalß erzählt, sind zum Teil denn auch wirklich erstaunlich.

Wir müssen bekennen, daß wir außerstande sind, eine eindeutige Definition jener Erzeugnisse zu geben, nach welchen wir jene Zeit benennen, den „Feuilletons" nämlich. Wie es scheint, wurden sie, als ein besonders beliebter Teil im Stoff der Tagespresse, zu Millionen erzeugt, bildeten die Hauptnahrung der bildungsbedürftigen Leser, berichteten oder vielmehr „plauderten" über tausenderlei Gegenstände des Wissens, und, wie es scheint, machten die klügeren dieser Feuilletonisten sich oft über ihre eigene Arbeit lustig, wenigstens gesteht Ziegenhalß, auf zahlreiche solche Arbeiten gestoßen zu sein, welche er, da sie sonst vollkommen unverständlich wären, geneigt ist, als Selbstpersiflage ihrer Urheber zu deuten. Wohl möglich, daß in diesen industriemäßig erzeugten Artikeln eine Menge von Ironie und Selbstironie aufgebracht wurde, zu deren Verständnis der Schlüssel erst wieder gefunden werden müßte. Die Hersteller dieser Tändeleien gehörten teils den Redaktionen der Zeitungen an, teils waren sie „freie" Schriftsteller, wurden oft sogar Dichter genannt, aber es scheinen auch sehr viele von ihnen dem Gelehrtenstande angehört zu haben, ja Hochschullehrer von Ruf gewesen zu sein. Beliebte Inhalte solcher Aufsätze waren Anekdoten aus dem Leben berühmter Männer und Frauen und deren Briefwechsel, sie hießen etwa „Friedrich Nietzsche und die Frauenmode um 1870" oder „Die Lieblingsspeisen des Komponisten Rossini" oder „Die Rolle des Schoßhundes im Leben großer Kurtisanen" und ähnlich. Ferner liebte man historisierende Betrachtungen über aktuelle Gesprächsstoffe der Wohlhabenden, etwa „Der Traum von der künstlichen Herstellung des Goldes im Lauf der Jahrhunderte" oder „Die Versuche zur chemisch-physikalischen Beeinflussung der Witterung" und hundert ähnliche Dinge. Lesen wir die von Ziegenhalß angeführten Titel solcher Plaudereien, so gilt unsre Befremdung weniger dem Umstande, daß es Menschen gab, welche sie als tägliche Lektüre verschlangen, als vielmehr der Tatsache, daß Autoren von Ruf und Rang und guter Vorbildung diesen Riesenverbrauch an nichtigen Interessantheiten „bedienen" halfen, wie bezeichnenderweise der Ausdruck dafür lautete: der Ausdruck bezeichnet übrigens auch das damalige Verhältnis des Menschen zur Maschine. Zeitweise besonders beliebt waren die Befragungen bekannter Persönlichkeiten über Tagesfragen, welchen Ziegenhalß ein eigenes Kapitel widmet und bei welchen man zum Beispiel namhafte Chemiker oder Klaviervirtuosen sich über Politik, beliebte Schauspieler, Tänzer, Turner, Flieger oder auch Dichter sich über Nutzen und Nachteile des Junggesellentums, über die mutmaßlichen Ursachen von Finanzkrisen und so weiter äußern ließ. Es kam dabei einzig darauf an, einen bekannten Namen mit einem gerade aktuellen Thema zusammenzubringen: man lese bei Ziegenhalß die zum Teil frappanten Beispiele nach, er führt Hunderte an. Wie gesagt, war vermutlich dieser ganzen Betriebsamkeit ein gutes Teil Ironie beigemischt, vielleicht war es sogar eine dämonische, eine verzweifelte Ironie, wir können uns da nur sehr schwer hineindenken; von der großen Menge aber, welche damals auffallend leselustig gewesen zu sein scheint, sind alle diese grotesken Dinge ohne Zweifel mit gutgläubigem Ernst hingenommen worden. Wechselte ein berühmtes Gemälde den Besitzer, wurde eine wertvolle Handschrift versteigert, brannte ein altes Schloß ab, fand sich der Träger eines altadligen Namens in einen Skandal verwickelt, so erfuhren die Leser in vielen tausend Feuilletons nicht etwa nur diese Tatsachen, sondern bekamen schon am selben oder doch am nächsten Tage auch noch eine Menge von anekdotischem, historischem, psychologischem, erotischem und anderem Material über das jeweilige Stichwort, über jedes Tagesereignis ergoß sich eine Flut von eifrigem Geschreibe, und die Beibringung, Sichtung und Formulierung

all dieser Mitteilungen trug durchaus den Stempel der rasch und verantwortungslos hergestellten Massenware. Übrigens gehörten, so scheint es, zum Feuilleton auch gewisse Spiele, zu welchen die Leserschaft selbst angeregt und durch welche ihre Überfütterung mit Wissensstoff aktiviert wurde, eine lange Anmerkung von Ziegenhalß über das wunderliche Thema „Kreuzworträtsel" berichtet davon. Es saßen damals Tausende und Tausende von Menschen, welche zum größern Teil schwere Arbeit taten und ein schweres Leben lebten, in ihren Freistunden über Quadrate und Kreuze aus Buchstaben gebückt, deren Lücken sie nach gewissen Spielregeln ausfüllten. Wir wollen uns hüten, bloß den lächerlichen oder verrückten Aspekt davon zu sehen, und wollen uns des Spottes darüber enthalten. Jene Menschen mit ihren Kinder-Rätselspielen und ihren Bildungsaufsätzen waren nämlich keineswegs harmlose Kinder oder spielerische Phäaken, sie saßen vielmehr angstvoll inmitten politischer, wirtschaftlicher und moralischer Gärungen und Erdbeben, haben eine Anzahl von schauerlichen Kriegen und Bürgerkriegen geführt, und ihre kleinen Bildungsspiele waren nicht bloß holde sinnlose Kinderei, sondern entsprachen einem tiefen Bedürfnis, die Augen zu schließen und sich vor ungelösten Problemen und angstvollen Untergangsahnungen in eine möglichst harmlose Scheinwelt zu flüchten. Sie lernten mit Ausdauer das Lenken von Automobilen, das Spielen schwieriger Kartenspiele und widmeten sich träumerisch dem Auflösen von Kreuzworträtseln – denn sie standen dem Tode, der Angst, dem Schmerz, dem Hunger beinahe schutzlos gegenüber, von den Kirchen nicht mehr tröstbar, vom Geist unberaten. Sie, die so viele Aufsätze lasen und Vorträge hörten, sie gönnten sich die Zeit und Mühe nicht, sich gegen die Furcht stark zu machen, die Angst vor dem Tode in sich zu bekämpfen, sie lebten zuckend dahin und glaubten an kein Morgen.
Es wurden auch Vorträge gehalten, und wir müssen auch diese etwas vornehmere Abart des Feuilletons kurz zur Sprache bringen. Es wurden von Fachleuten sowohl wie von geistigen Buschkleppern den Bürgern jener Zeit, welche noch sehr an dem seiner einstigen Bedeutung beraubten Begriff der Bildung hingen, außer den Aufsätzen auch Vorträge in großer Zahl geboten, nicht etwa nur im Sinne

von Festreden bei besonderen Anlässen, sondern in wilder Konkurrenz und kaum begreiflicher Masse. Es konnte damals der Bürger einer mittelgroßen Stadt oder seine Frau etwa jede Woche einmal, in großen Städten aber so ziemlich jeden Abend Vorträge anhören, in welchen er über irgendein Thema theoretisch belehrt wurde, über Kunstwerke, über Dichter, Gelehrte, Forscher, Weltreisen, Vorträge, in welchen der Zuhörer rein passiv blieb und welche irgendeine Beziehung des Hörers zum Inhalt, irgendeine Vorbildung, irgendeine Vorbereitung und Aufnahmefähigkeit stillschweigend voraussetzten, ohne daß diese in den meisten Fällen vorhanden war. Es gab da unterhaltende, temperamentvolle oder witzige Vorträge etwa über Goethe, in welchen er im blauen Frack aus Postkutschen stieg und Straßburger oder Wetzlarer Mädchen verführte, oder über arabische Kultur, in welchen eine Anzahl von intellektuellen Modeworten wie im Würfelbecher durcheinandergeworfen wurden und jeder sich freute, wenn er eines von ihnen annähernd wiedererkannte. Man hörte Vorträge über Dichter, deren Werke man niemals gelesen hatte oder zu lesen gesonnen war, ließ sich etwa dazu auch mit Lichtbildapparaten Abbildungen vorführen und kämpfte sich, genau wie im Feuilleton der Zeitungen, durch eine Sintflut von vereinzelten, ihres Sinnes beraubten Bildungswerten und Wissensbruchstücken. Kurz, man stand schon dicht vor jener grauenhaften Entwertung des Wortes, welche vorerst ganz im geheimen und in kleinsten Kreisen jene heroisch-asketische Gegenbewegung hervorrief, welche bald darauf sichtbar und mächtig und der Ausgang einer neuen Selbstzucht und Würde des Geistes wurde.
Die Unsicherheit und Unechtheit des geistigen Lebens jener Zeit, welche doch sonst in mancher Hinsicht Tatkraft und Größe zeigte, erklären wir Heutigen uns als ein Symptom des Entsetzens, das den Geist befiel, als er sich am Ende einer Epoche scheinbaren Siegens und Gedeihens plötzlich dem Nichts gegenüber fand: einer großen materiellen Not, einer Periode politischer und kriegerischer Gewitter und einem über Nacht emporgeschossenen Mißtrauen gegen sich selbst, gegen seine eigene Kraft und Würde, ja gegen seine eigene Existenz. Dabei fielen in jene Periode der Untergangsstimmung noch manche sehr hohe

geistige Leistungen, unter anderm die Anfänge einer Musikwissenschaft, deren dankbare Erben wir sind. Aber so leicht es ist, beliebige Abschnitte der Vergangenheit in die Weltgeschichte schön und sinnvoll einzuordnen, so unfähig ist jede Gegenwart zu ihrer Selbsteinordnung, und so griff damals, bei raschem Sinken der geistigen Ansprüche und Leistungen bis zu einem sehr bescheidenen Niveau, gerade unter den Geistigen eine furchtbare Unsicherheit und Verzweiflung um sich. Soeben nämlich hatte man entdeckt (eine seit Nietzsche schon da und dort geahnte Entdekkung), daß es mit der Jugend und der schöpferischen Periode unsrer Kultur vorüber, daß das Alter und die Abenddämmerung angebrochen sei, und aus dieser plötzlich von allen gefühlten und von vielen schroff formulierten Einsicht erklärte man sich so viele beängstigende Zeichen der Zeit: die öde Mechanisierung des Lebens, das tiefe Sinken der Moral, die Glaubenslosigkeit der Völker, die Unechtheit der Kunst. Es war, wie in jenem wunderbaren chinesischen Märchen, die „Musik des Untergangs" erklungen, wie ein langdröhnender Orgelbaß schwang sie jahrzehntelang aus, rann als Korruption in die Schulen, die Zeitschriften, die Akademien, rann als Schwermut und Geisteskrankheit in die meisten der noch ernst zu nehmenden Künstler und Zeitkritiker, tobte sich als wilde und dilettantische Überproduktion in allen Künsten aus. Es gab verschiedene Haltungen diesem eingedrungenen und nicht mehr hinwegzuzaubernden Feinde gegenüber. Man konnte die bittere Wahrheit schweigend erkennen und sie stoisch ertragen, das taten manche der Besten. Man konnte sie wegzulügen versuchen, und dazu boten die literarischen Verkünder der Lehre vom Untergang der Kultur manchen bequemen Angriffspunkt; außerdem hatte, wer den Kampf gegen jene drohenden Propheten aufnahm, beim Bürger Gehör und Einfluß, denn daß die Kultur, die man noch gestern zu besitzen gemeint hatte und auf die man so stolz gewesen war, gar nicht mehr am Leben sein, daß die vom Bürger geliebte Bildung, die von ihm geliebte Kunst keine echte Bildung und keine echte Kunst mehr sein solle, das schien ihm nicht weniger frech und unerträglich als die plötzlichen Geldinflationen und als die Bedrohung seiner Kapitalien durch Revolutionen. Außerdem gab es gegen die große Untergangsstimmung noch die zynische Haltung, man ging tanzen und erklärte jede Sorge um die Zukunft für altväterische Torheit, man sang stimmungsvolle Feuilletons über das nahe Ende der Kunst, der Wissenschaft, der Sprache, man stellte mit einer gewissen Selbstmörderwollust in der Feuilletonwelt, die man selber aus Papier gebaut hatte, eine vollständige Demoralisierung des Geistes, eine Inflation der Begriffe fest und tat, als sähe man mit zynischer Gelassenheit oder bacchantischer Hingerissenheit zu, wie nicht bloß Kunst, Geist, Sitte, Redlichkeit, sondern sogar Europa und „die Welt" unterging. Es herrschte bei den Guten ein stilldüsterer, bei den Schlechten ein hämischer Pessimismus, und es mußte erst ein Abbau des Überlebten und eine gewisse Umordnung der Welt und der Moral durch Politik und Krieg vorangehen, ehe auch die Kultur einer wirklichen Selbstbetrachtung und neuen Einordnung fähig wurde.

Indessen hatte diese Kultur während der Jahrzehnte des Überganges nicht im Schlaf gelegen, sondern gerade während ihres Verfalls und ihrer scheinbaren Selbstaufgabe durch die Künstler, Professoren und Feuilletonisten gelangte sie im Gewissen einzelner zu schärfster Wachheit und Selbstprüfung. Schon mitten in der Blütezeit des Feuilletons gab es überall einzelne und kleine Gruppen, welche entschlossen waren, dem Geist treu zu bleiben und mit allen Kräften einen Kern von guter Tradition, von Zucht, Methode und intellektuellem Gewissen über diese Zeit hinwegzuretten. Soweit diese Vorgänge uns heute erkennbar sind, scheint der Prozeß der Selbstprüfung, der Besinnung und des bewußten Widerstandes gegen den Verfall sich hauptsächlich in zwei Gruppen vollzogen zu haben. Das Kulturgewissen der Gelehrten flüchtete sich in die Forschungen und Lehrmethoden der Musikgeschichte, denn diese Wissenschaft kam eben damals in die Höhe, und mitten in der Feuilletonwelt züchteten zwei berühmt gewordene Seminare eine vorbildlich saubere und gewissenhafte Arbeitsmethode hoch. Und als wolle das Schicksal diesen Bemühungen einer winzig kleinen tapferen Kohorte tröstlich zunicken, geschah mitten in der trübsten Zeit jenes holde Wunder, an sich ein Zufall, aber wirkend wie eine göttliche Bestätigung: die Wiederauffindung der elf Manuskripte von Johann Sebastian Bach aus dem einstigen Besitz seines Sohnes Friedemann! Ein zweiter Punkt des Widerstandes gegen die Entartung war der Bund der Morgenlandfahrer, dessen Brüder weniger eine intellektuelle als eine seelische Zucht, eine Pflege der Frömmigkeit und Ehrfurcht betrieben – von dieser Seite her gewann unsre heutige Form der Geistespflege und des Glasperlenspiels wichtige Antriebe, namentlich nach der kontemplativen Seite hin. Auch an den neuen Einsichten in das Wesen unsrer Kultur und in die Möglichkeiten ihres Fortbestehens hatten die Morgenlandfahrer Anteil, nicht so sehr durch wissenschaftlich-analytische Leistungen als durch ihre auf alten Geheimübungen beruhende Fähigkeit des magischen Eintretens in entlegene Zeiten und Kulturzustände. Es gab unter ihnen zum Beispiel Musikanten und Sänger, von welchen versichert wird, daß sie die Fähigkeit besaßen, Musiken früherer Epochen in der vollkommenen alten Reinheit auszuführen, also zum Beispiel eine Musik von 1600 bis 1650 genau so zu spielen und zu singen, als seien alle später hinzugekommenen Moden, Verfeinerungen, Virtuositäten noch unbekannt. Es war dies zu jener Zeit, wo die Sucht nach Dynamik und Steigerung alles Musizieren beherrschte und wo man über der Ausführung und der „Auffassung" des Dirigenten beinahe die Musik selbst vergaß, etwas Unerhörtes; es wird berichtet, daß die Zuhörer teils vollkommen verständnislos blieben, teils aber aufhorchten und zum erstenmal in ihrem Leben Musik zu hören glaubten, als ein Orchester der Morgenlandfahrer zum erstenmal öffentlich eine Suite aus der Zeit vor Händel vollkommen ohne Schwellungen und Abschwellungen spielte, mit der Naivität und Keuschheit einer andern Zeit und Welt. Einer vom Bunde hat in der Bundeshalle zwischen Bremgarten und Morbio eine Bachorgel gebaut, vollkommen so, wie Johann Sebastian Bach sie sich hätte bauen lassen, wenn er die Mittel und Möglichkeit dazu besessen hätte. Der Orgelbauer hat nach einem bei seinem Bunde schon damals geltenden Grundsatz seinen Namen verborgen gehalten und sich Silbermann genannt, nach seinem Vorgänger im achtzehnten Jahrhundert.

Wir haben uns damit den Quellen genähert, aus welchen unser heutiger Kulturbegriff entstanden ist. Eine der wichtigsten war die jüngste der Wissenschaften, die Musikge-

schichte und musikalische Ästhetik, sodann ein bald darauf erfolgter Aufschwung der Mathematik, hinzu kam ein Tropfen Öl aus der Weisheit der Morgenlandfahrer und, in engstem Zusammenhang mit der neuen Auffassung und Sinndeutung der Musik, jene ebenso heitere wie resignierte, tapfere Stellungnahme zum Problem der Kulturlebensalter. Es wäre unnütz, hier viel davon zu reden, diese Dinge sind jedem bekannt. Das wichtigste Ergebnis dieser neuen Einstellung, vielmehr dieser neuen Einordnung in den Kulturprozeß war ein sehr weitgehender Verzicht auf das Hervorbringen von Kunstwerken, die allmähliche Loslösung der Geistigen aus dem Weltbetrieb und – nicht minder wichtig und die Blüte des Ganzen: das Glasperlenspiel.
Auf die Anfänge des Spiels hat die schon bald nach 1900, noch mitten in der Hochblüte des Feuilletons, einsetzende Vertiefung der Musikwissenschaft den denkbar größten Einfluß geübt. Wir, Erben dieser Wissenschaft, glauben die Musik der großen schöpferischen Jahrhunderte, besonders die des siebzehnten und achtzehnten Jahrhunderts, besser zu kennen und in gewissem Sinn sogar besser zu verstehen, als alle früheren Epochen (die der klassischen Musik selbst einbegriffen) es taten. Natürlich haben wir Nachfahren ein ganz und gar anderes Verhältnis zur klassischen Musik, als es die Menschen der schöpferischen Epochen hatten; unsre vergeistigte und von resignierter Melancholie nicht immer genügend freie Verehrung der echten Musik ist etwas völlig anderes als die holde naive Musizierfreudigkeit jener Zeiten, welche wir geneigt sind als glücklichere zu beneiden, sooft wir über eben dieser ihrer Musik die Zustände und Schicksale vergessen, in welchen sie entstand. Wir sehen seit Generationen nicht mehr, wie es noch fast das ganze zwanzigste Jahrhundert tat, die Philosophie oder auch die Dichtung, sondern die Mathematik und die Musik als die große bleibende Leistung jener Kulturperiode an, welche zwischen dem Ende des Mittelalters und unsern Zeiten liegt. Seit wir – im großen ganzen wenigstens – darauf verzichtet haben, schöpferisch mit jenen Generationen zu wetteifern, seit wir auch jenem Kult der Vorherrschaft des Harmonischen und der rein sinnlichen Dynamik im Musizieren entsagt haben, der etwa von Beethoven und der beginnenden Romantik an durch zwei Jahrhunderte die Musikübung

beherrscht hat, glauben wir – auf unsre Weise natürlich, auf unsre unschöpferische, epigone, aber ehrfürchtige Weise! – das Bild jener Kultur, deren Erben wir sind, reiner und richtiger zu sehen. Wir besitzen nichts mehr von der schwelgerischen Produktionslust jener Zeiten, es ist uns ein beinahe unbegreifliches Schauspiel, wie im fünfzehnten und sechzehnten Jahrhundert sich die musikalischen Stile so lange in unveränderter Reinheit erhalten konnten, wie unter der Riesenmasse an damals geschriebener Musik sich überhaupt nichts Schlechtes scheint auffinden zu lassen, wie noch das achtzehnte Jahrhundert, das der beginnenden Degeneration, ein Feuerwerk von Stilen, Moden und Schulen emportreibt, raschlebig strahlend und selbstbewußt – aber wir glauben in dem, was wir heute klassische Musik nennen, das Geheimnis, den Geist, die Tugend und die Frömmigkeit jener Generationen verstanden und als Vorbild übernommen zu haben. Wir halten zum Beispiel heute wenig oder nichts von der Theologie und der kirchlichen Kultur des achtzehnten Jahrhunderts oder von der Philosophie der Aufklärungszeit, aber wir sehen in den Kantaten, Passionen und Vorspielen Bachs die letzte Sublimierung der christlichen Kultur.

Übrigens hat das Verhältnis unsrer Kultur zur Musik noch ein uraltes und höchst ehrwürdiges Vorbild, ihm bringt das Glasperlenspiel hohe Verehrung dar. Im sagenhaften China der „alten Könige“, erinnern wir uns, war der Musik im Staats- und Hofleben eine führende Rolle zuerteilt; man identifizierte geradezu den Wohlstand der Musik mit dem der Kultur und Moral, ja des Reiches, und die Musikmeister hatten streng über der Wahrung und Reinhaltung der „alten Tonarten“ zu wachen. Verfiel die Musik, so war das ein sicheres Zeichen für den Niedergang der Regierung und des Staates. Und die Dichter erzählten furchtbare Märchen von den verbotenen, teuflischen und dem Himmel entfremdeten Tonarten, zum Beispiel der Tonart Tsing Schang und Tsing Tse, der „Musik des Untergangs“, bei deren frevelhaftem Anstimmen im Königsschloß alsbald der Himmel sich verfinsterte, die Mauern erbebten und stürzten und Fürst und Reich zu Falle kamen. Statt vieler anderer Worte der alten Autoren führen wir einige Stellen aus dem Musikkapitel in Lü Bu We's „Frühling und Herbst“ hier an:

„Die Ursprünge der Musik liegen weit zurück. Sie entsteht aus dem Maß und wurzelt in dem großen Einen. Das große Eine erzeugt die zwei Pole; die zwei Pole erzeugen die Kraft des Dunkeln und des Lichten.
Wenn die Welt in Frieden ist, wenn alle Dinge in Ruhe sind, alle in ihren Wandlungen ihren Oberen folgen, dann läßt sich die Musik vollenden. Wenn die Begierden und Leidenschaften nicht auf falschen Bahnen gehen, dann läßt sich die Musik vervollkommnen. Die vollkommene Musik hat ihre Ursache. Sie entsteht aus dem Gleichgewicht. Das Gleichgewicht entsteht aus dem Rechten, das Rechte entsteht aus dem Sinn der Welt. Darum vermag man nur mit einem Menschen, der den Weltsinn erkannt hat, über die Musik zu reden.
Die Musik beruht auf der Harmonie zwischen Himmel und Erde, auf der Übereinstimmung des Trüben und des Lichten.
Die verfallenden Staaten und die zum Untergang reifen Menschen entbehren freilich auch nicht der Musik, aber ihre Musik ist nicht heiter. Darum: je rauschender die Musik, desto melancholischer werden die Menschen, desto gefährdeter wird das Land, desto tiefer sinkt der Fürst. Auf diese Weise geht auch das Wesen der Musik verloren.
Was alle heiligen Fürsten an der Musik geschätzt haben, war ihre Heiterkeit. Die Tyrannen Giä und Dschou Sin machten rauschende Musik. Sie hielten die starken Klänge für schön und Massenwirkungen für interessant. Sie strebten nach neuen und seltsamen Klangwirkungen, nach Tönen, die noch kein Ohr gehört; sie suchten einander zu überbieten und überschritten Maß und Ziel.
Ursache des Verfalls des Staates Tschu war, daß sie die Zaubermusik erfanden. Rauschend genug ist ja eine solche Musik, aber in Wahrheit hat sie sich vom Wesen der Musik entfernt. Weil sie sich vom Wesen der eigentlichen Musik entfernt hat, darum ist diese Musik nicht heiter. Ist die Musik nicht heiter, so murrt das Volk, und das Leben wird geschädigt. Das alles entsteht daraus, daß man das Wesen der Musik verkennt und nur auf rauschende Klangwirkungen aus ist.
Darum ist die Musik eines wohlgeordneten Zeitalters ruhig und heiter und die Regierung gleichmäßig. Die Musik eines

unruhigen Zeitalters ist aufgeregt und grimmig, und seine Regierung ist verkehrt. Die Musik eines verfallenden Staates ist sentimental und traurig, und seine Regierung ist gefährdet."

Die Sätze dieses Chinesen nun weisen uns ziemlich deutlich auf die Ursprünge und auf den eigentlichen, beinahe vergessenen Sinn aller Musik hin. Gleich dem Tanz und gleich jeder Kunstübung nämlich ist die Musik in vorgeschichtlichen Zeiten ein Zaubermittel gewesen, eines der alten und legitimen Mittel der Magie. Beginnend mit dem Rhythmus (Händeklatschen, Aufstampfen, Hölzerschlagen, früheste Trommelkunst), war sie ein kräftiges und erprobtes Mittel, eine Mehrzahl und Vielzahl von Menschen gleich zu „stimmen", ihren Atem, Herzschlag und Gemütszustand in gleichen Takt zu bringen, die Menschen zur Anrufung und Beschwörung der ewigen Mächte, zum Tanz, zum Wettkampf, zum Kriegszug, zur heiligen Handlung zu ermutigen. Und dies ursprüngliche, reine und urmächtige Wesen, das Wesen eines Zaubers, ist der Musik sehr viel länger erhalten geblieben als den anderen Künsten, man erinnere sich nur der vielen Aussagen der Geschichtsschreiber und Dichter über die Musik, von den Griechen bis zu Goethes Novelle. In der Praxis hat der Marsch und der Tanz seine Bedeutung nie verloren. – Aber kehren wir zum eigentlichen Thema zurück!

Über die Anfänge des Glasperlenspiels wollen wir nun kurz das Wissenswerteste berichten. Es entstand, wie es scheint, gleichzeitig in Deutschland und in England, und zwar in den beiden Ländern als Spielübung in jenen kleinen Kreisen von Musikgelehrten und Musikern, die in den neuen musiktheoretischen Seminaren arbeiteten und studierten. Und wenn man den anfänglichen Zustand des Spieles mit dem späteren und heutigen vergleicht, so ist es ganz ähnlich, als vergliche man eine musikalische Notenschrift aus der Zeit vor 1500 und ihre primitiven Notenzeichen, zwischen denen sogar die Taktstriche noch fehlen, mit einer Partitur aus dem achtzehnten Jahrhundert oder gar mit einer aus dem neunzehnten mit ihrer verwirrenden Überfülle an abgekürzten Bezeichnungen für Dynamik, Tempi, Phrasierung und so weiter, welche oft den Druck solcher Partituren zu einem schweren technischen Problem machte.

Das Spiel war zunächst nichts weiter als eine witzige Art von Gedächtnis- und Kombinationsübung unter den Studenten und Musikanten, und wie gesagt wurde es sowohl in England wie in Deutschland gespielt, noch ehe es hier an der Musikhochschule von Köln „erfunden" wurde und seinen Namen erhielt, den es auch heute nach so vielen Generationen noch trägt, obwohl es seit langer Zeit mit Glasperlen nichts mehr zu tun hat. Dieser Glasperlen bediente sich der Erfinder, Bastian Perrot aus Calw, ein etwas wunderlicher, aber kluger und gesellig-menschenfreundlicher Musiktheoretiker, an Stelle von Buchstaben, Zahlen, Musiknoten oder anderer graphischer Zeichen. Perrot, der übrigens auch eine Abhandlung über „Blüte und Verfall der Kontrapunktik" hinterlassen hat, fand im Kölner Seminar eine von den Schülern schon ziemlich weit entwickelte Spielgewohnheit vor: sie riefen einander in den abkürzenden Formeln ihrer Wissenschaft beliebige Motive oder Anfänge aus klassischen Kompositionen zu, worauf der Angerufene entweder mit der Fortsetzung des Stückes oder noch besser mit einer Ober- oder Unterstimme, einem kontrastierenden Gegenthema und so weiter zu antworten hatte. Es war eine Gedächtnis- und Improvisierübung, wie sie ganz ähnlich (wenn auch nicht theoretisch in Formeln, sondern praktisch am Cembalo, mit der Laute, der Flöte oder der Singstimme) möglicherweise einst bei eifrigen Musik- und Kontrapunktschülern in der Zeit von Schütz, Pachelbel und Bach mochte im Schwange gewesen sein. Bastian Perrot, ein Freund handwerklicher Betätigung, der sich mit eigener Hand mehrere Klaviere und Klavichorde nach Art der alten gebaut hat, der höchst wahrscheinlich zu den Morgenlandfahrern gehörte und von dem die Sage geht, er habe die Violine auf die alte, seit 1800 vergessene Art mit hochgewölbtem Bogen und handregulierter Haarspannung zu spielen vermocht – Perrot konstruierte sich, nach dem Vorbild naiver Kugelzählapparate für Kinder, einen Rahmen mit einigen Dutzend Drähten darin, auf welchen er Glasperlen von verschiedener Größe, Form und Farbe aneinanderreihen konnte. Die Drähte entsprachen den Notenlinien, die Perlen den Notenwerten und so weiter, und so baute er aus Glasperlen musikalische Zitate oder erfundene Themata, veränderte, transponierte, entwickelte sie, wandelte sie ab

und stellte ihnen andre gegenüber. Dies war, was das Technische betrifft, zwar eine Spielerei, gefiel aber den Schülern, wurde nachgeahmt und Mode, auch in England, und eine Zeitlang wurde das Musikübungsspiel auf diese primitiv-anmutige Art betrieben. Und wie so oft, hat auch hier eine langdauernde und bedeutungsvolle Einrichtung ihren Namen von einer vergänglichen Nebensache empfangen. Das, was aus jenem Seminaristenspiel und aus Perrots perlenbehängten Drähten später geworden ist, trägt noch heute den volkstümlich gewordenen Namen Glasperlenspiel.
Kaum zwei, drei Jahrzehnte später scheint das Spiel unter den Musikstudenten an Beliebtheit eingebüßt zu haben, dafür aber von den Mathematikern übernommen worden zu sein, und lange Zeit blieb das ein kennzeichnender Zug in der Geschichte des Spieles, daß es stets von derjenigen Wissenschaft bevorzugt und benutzt und weitergebildet wurde, welche jeweils eine besondere Blüte oder Renaissance erlebte. Bei den Mathematikern wurde das Spiel zu einer hohen Beweglichkeit und Sublimierungsfähigkeit gebracht und gewann schon etwas wie ein Bewußtsein seiner selbst und seiner Möglichkeiten, und das ging parallel mit der allgemeinen Entwicklung des damaligen Kulturbewußtseins, das die große Krise überwunden hatte und sich, wie Plinius Ziegenhalß es ausdrückt, „mit bescheidenem Stolze in die Rolle fand, einer Spätkultur, einem Zustande anzugehören, welcher etwa dem der Spätantike, des hellenistisch-alexandrinischen Zeitalters entsprach".
So Ziegenhalß. Wir suchen nun unsern Abriß einer Geschichte des Glasperlenspieles zu Ende zu bringen und stellen fest: Von den musikalischen zu den mathematischen Seminaren übergegangen (eine Wandlung, die sich in Frankreich und England eher noch rascher als in Deutschland vollzog), war das Spiel so weit entwickelt, daß es in besonderen Zeichen und Abbreviaturen mathematische Vorgänge auszudrücken vermochte; die Spieler bedienten einander, sie gegenseitig entwickelnd, mit diesen abstrakten Formeln, spielten einander Entwicklungsreihen und Möglichkeiten ihrer Wissenschaft vor. Dies mathematisch-astronomische Formelspiel erforderte eine große Aufmerksamkeit, Wachheit und Konzentration, unter den Mathematikern galt schon damals der Ruf eines guten Glasperlenspie-

lers viel, er war gleichbedeutend mit dem eines sehr guten Mathematikers.
Das Spiel wurde von beinahe allen Wissenschaften zeitweise übernommen und nachgeahmt, das heißt auf ihr Gebiet angewendet, bezeugt ist dies für die Gebiete der klassischen Philologie und der Logik. Die analytische Betrachtung der Musikwerte hatte dazu geführt, daß man musikalische Abläufe in physikalisch-mathematische Formeln einfing. Wenig später begann die Philologie mit dieser Methode zu arbeiten und sprachliche Gebilde nach der Weise auszumessen, wie die Physik Naturvorgänge maß; es schloß die Untersuchung der bildenden Künste sich an, wo von der Architektur her die Beziehung zur Mathematik schon längst vorhanden war. Und nun entdeckte man zwischen den auf diesem Wege gewonnenen abstrakten Formeln immer neue Beziehungen, Analogien und Entsprechungen. Jede Wissenschaft, die sich des Spiels bemächtigte, schuf sich zu diesem Zweck eine Spielsprache von Formeln, Abbreviaturen und Kombinationsmöglichkeiten, überall unter der Elite der geistigen Jugend waren die Spiele mit den Formelfolgen und Formeldialogen beliebt. Das Spiel war nicht bloß Übung und nicht bloß Erholung, es war konzentriertes Selbstgefühl einer Geisteszucht, besonders die Mathematiker betrieben es mit einer zugleich asketischen und sportsmännischen Virtuosität und formalen Strenge und fanden darin einen Genuß, der ihnen den damals schon konsequent durchgeführten Verzicht der Geistigen auf weltliche Genüsse und Bestrebungen erleichtern half. An der völligen Überwindung des Feuilletons und an jener neu erwachten Freude an den exaktesten Übungen des Geistes, der wir die Entstehung einer neuen Geisteszucht von mönchischer Strenge verdanken, hatte das Glasperlenspiel großen Anteil. Die Welt hatte sich verändert. Man könnte das Geistesleben der Feuilletonepoche mit einer entarteten Pflanze vergleichen, die sich in hypertrophischen Wucherungen vergeudet, und die nachfolgenden Korrekturen mit einem Zurückschneiden der Pflanze bis auf die Wurzeln. Die jungen Menschen, welche jetzt sich geistigen Studien widmen wollten, verstanden darunter nicht mehr ein Herumnaschen an den Hochschulen, wo ihnen von berühmten und redseligen Professoren ohne Au-

torität die Reste der einstigen höheren Bildung dargereicht wurden; sie mußten jetzt ebenso streng und noch strenger und methodischer lernen, als es einst die Ingenieure an den Polytechniken gemußt hatten. Sie hatten einen steilen Weg zu gehen, mußten an der Mathematik und an aristotelisch-scholastischen Übungen ihr Denkvermögen reinigen und steigern und mußten außerdem auf alle die Güter vollkommen verzichten lernen, welche vorher einer Reihe von Gelehrtengenerationen als erstrebenswert gegolten hatten: auf raschen und leichten Gelderwerb, auf Ruhm und Ehrungen in der Öffentlichkeit, auf das Lob der Zeitungen, auf Ehen mit den Töchtern der Bankiers und Fabrikanten, auf Verwöhnung und Luxus im materiellen Leben. Die Dichter mit den hohen Auflagen, den Nobelpreisen und hübschen Landhäusern, die großen Mediziner mit den Orden und den Livreedienern, die Akademiker mit den reichen Gattinnen und den glänzenden Salons, die Chemiker mit den Aufsichtsratsstellen in der Industrie, die Philosophen mit den Feuilletonfabriken und den hinreißenden Vorträgen in überfüllten Sälen mit Applaus und Blumenspenden – alle diese Figuren waren verschwunden und sind bis heute nicht wiedergekommen. Wohl gab es auch jetzt noch begabte junge Leute in Menge, welchen jene Figuren beneidete Vorbilder waren, aber die Wege zur öffentlichen Ehrung, zum Reichtum, Ruhm und Luxus führten jetzt nicht mehr durch die Hörsäle, Seminare und Doktorarbeiten, die tief gesunkenen geistigen Berufe hatten in den Augen der Welt Bankrott gemacht und hatten sich dafür eine büßerisch-fanatische Hingabe an den Geist wieder erobert. Jene Talente, welche mehr nach Glanz oder Wohlwollen strebten, mußten der unliebenswürdig gewordenen Geistigkeit den Rücken kehren und jene Berufe aufsuchen, welchen das Wohlergehen und Geldverdienen überlassen worden war.

Es würde zu weit führen, wenn wir des näheren schildern wollten, in welcher Weise der Geist sich nach seiner Reinigung auch im Staate durchsetzte. Es wurde bald die Erfahrung gemacht, daß wenige Generationen einer laxen und gewissenlosen Geisteszucht genügt hatten, auch das praktische Leben ganz empfindlich zu schädigen, daß Können und Verantwortlichkeit in allen höheren Berufen, auch den technischen, immer seltener wurden, und so wurde die

Pflege des Geistes in Staat und Volk, namentlich das ganze Schulwesen, von den Geistigen mehr und mehr monopolisiert, wie ja auch heute noch in fast allen Ländern Europas die Schule, soweit sie nicht unter der Kontrolle der römischen Kirche blieb, in den Händen jener anonymen Orden ist, die sich aus der Elite der Geistigen rekrutieren. So unbequem zuweilen der öffentlichen Meinung die Strenge und der sogenannte Hochmut dieser Kaste sein mögen, sooft einzelne gegen sie revoltiert haben – diese Leitung steht noch unerschüttert, es hält und schützt sie nicht nur ihre Integrität, ihr Verzicht auf andre Güter und Vorteile als geistige, sondern es schützt sie auch das längst allgemein gewordene Wissen oder Ahnen um die Notwendigkeit dieser strengen Schule für den Fortbestand der Zivilisation. Man weiß oder ahnt: wenn das Denken nicht rein und wach und die Verehrung des Geistes nicht mehr gültig ist, dann gehen bald auch die Schiffe und Automobile nicht mehr richtig, dann wackelt für den Rechenschieber des Ingenieurs wie für die Mathematik der Bank und Börse alle Gültigkeit und Autorität, dann kommt das Chaos. Es dauerte immerhin lange genug, bis die Erkenntnis sich Bahn brach, daß auch die Außenseite der Zivilisation, auch die Technik, die Industrie, der Handel und so weiter der gemeinsamen Grundlage einer geistigen Moral und Redlichkeit bedürfen.

Was nun dem Glasperlenspiel zu jener Zeit noch fehlte, das war die Fähigkeit zur Universalität, das Schweben über den Fakultäten. Es trieben die Astronomen, die Griechen, die Lateiner, die Scholastiker, die Musikstudenten ihre geistvoll geregelten Spiele, aber das Spiel hatte für jede Fakultät, jede Disziplin und ihre Abzweigungen eine eigene Sprache und Regelwelt. Es dauerte ein halbes Jahrhundert, bis der erste Schritt zur Überbrückung dieser Grenzen geschah. Die Ursache dieser Langsamkeit war ohne Zweifel mehr eine moralische als eine formale und technische: die Mittel zur Überbrückung wären schon zu finden gewesen, aber mit der ganzen strengen Moral der neu erstandenen Geistigkeit hing eine puritanische Scheu vor „Allotria", vor Vermischung der Disziplinen und Kategorien zusammen, eine tiefe und wohlberechtigte Scheu vor dem Rückfall in die Sünde der Spielerei und des Feuilletons.

Es war die Tat eines einzelnen, die nun das Glasperlenspiel beinahe mit einem einzigen Schritt zum Bewußtsein seiner Möglichkeiten und damit an die Schwelle der universalen Ausbildungsfähigkeit brachte, und wieder war es die Verbindung mit der Musik, welche dem Spiel diesen Fortschritt brachte. Ein Schweizer Musikgelehrter, zugleich fanatischer Liebhaber der Mathematik, gab dem Spiel eine neue Wendung und damit die Möglichkeit zur höchsten Entfaltung. Der bürgerliche Name dieses großen Mannes ist nicht mehr zu ermitteln, seine Zeit kannte den Kultus der Person auf den geistigen Gebieten schon nicht mehr, in der Geschichte lebt er als Lusor (auch: Joculator) Basiliensis fort. Seine Erfindung, wie jede Erfindung, war zwar durchaus seine persönliche Leistung und Gnade, kam aber keineswegs nur aus einem privaten Bedürfnis und Streben, sondern war von einem stärkeren Motor getrieben. Unter den Geistigen seiner Zeit war überall ein leidenschaftliches Verlangen nach einer Ausdrucksmöglichkeit für ihre neuen Denkinhalte lebendig, man sehnte sich nach Philosophie, nach Synthese, man empfand das bisherige Glück der reinen Zurückgezogenheit auf seine Disziplin als unzulänglich, da und dort unterbrach ein Gelehrter die Schranken der Fachwissenschaft und versuchte ins Allgemeine vorzustoßen, man träumte von einem neuen Alphabet, einer neuen Zeichensprache, in welcher es möglich würde, die neuen geistigen Erlebnisse festzuhalten und auszutauschen. Zeugnis davon gibt mit besonderer Eindringlichkeit die Schrift eines Pariser Gelehrten jener Jahre mit dem Titel „Chinesischer Mahnruf". Der Urheber dieser Schrift, zu seiner Zeit von vielen als eine Art Don Quichotte bespöttelt, übrigens ein angesehener Gelehrter auf seinem Gebiete, der chinesischen Philologie, setzt auseinander, welchen Gefahren die Wissenschaft und Geistespflege trotz ihrer braven Haltung entgegengehe, wenn sie darauf verzichte, eine internationale Zeichensprache auszubauen, welche ähnlich der alten chinesischen Schrift es erlaube, das Komplizierteste ohne Ausschaltung der persönlichen Phantasie und Erfinderkraft in einer Weise graphisch auszudrücken, welche allen Gelehrten der Welt verständlich wäre. Den wichtigsten Schritt nun zur Erfüllung dieser Forderung hat der Joculator Basiliensis getan. Er erfand für das Glasperlenspiel die Grundsätze einer neuen Sprache, nämlich einer Zeichen- und Formelsprache, an welcher die Mathematik und die Musik gleichen Anteil hatten, in welcher es möglich wurde, astronomische und musikalische Formeln zu verbinden, Mathematik und Musik gleichsam auf einen gemeinsamen Nenner zu bringen. Wenn auch die Entwicklung damit keineswegs abgeschlossen war, den Grund zu allem Späteren in der Geschichte unseres teuren Spieles hat damals der Basler Unbekannte gelegt.

Das Glasperlenspiel, einst die Spezialunterhaltung bald der Mathematiker, bald der Philologen oder Musiker, zog nun mehr und mehr alle wahrhaft Geistigen in seinen Bann. Manche alte Akademie, manche Loge und besonders der uralte Bund der Morgenlandfahrer wendeten sich ihm zu. Auch einige der katholischen Orden witterten hier eine neue Geistesluft und ließen sich von ihr entzücken, namentlich wurde in einigen Benediktinerabteien dem Spiele so viel Teilnahme gewidmet, daß schon damals die auch später gelegentlich wieder auftauchende Frage akut wurde, ob eigentlich dieses Spiel von Kirche und Kurie geduldet, unterstützt oder verboten werden müsse.

Seit der Großtat des Baslers nun hat das Spiel sich rasch vollends zu dem entwickelt, was es noch heute ist: zum Inbegriff des Geistigen und Musischen, zum sublimen Kult, zur Unio Mystica aller getrennten Glieder der Universitas Litterarum. Es hat in unsrem Leben teils die Rolle der Kunst, teils die der spekulativen Philosophie übernommen und wurde zum Beispiel zur Zeit des Plinius Ziegenhalß nicht selten auch mit einem Ausdruck bezeichnet, welcher noch aus der Dichtung der feuilletonistischen Epoche stammt und für diese Epoche das Sehnsuchtsziel manches vorahnenden Geistes benannte, mit dem Ausdruck: magisches Theater.

War nun das Glasperlenspiel seit seinen Anfängen an Technik und an Umfang der Stoffe ins Unendliche gewachsen und, was die geistigen Ansprüche an die Spieler betrifft, zu einer hohen Kunst und Wissenschaft geworden, so fehlte ihm in den Zeiten des Baslers doch noch etwas Wesentliches. Bis dahin nämlich war jedes Spiel ein Aneinanderreihen, Ordnen, Gruppieren und Gegeneinanderstellen von konzentrierten Vorstellungen aus vielen Gebieten des Den-

kens und des Schönen gewesen, ein rasches Sicherinnern an überzeitliche Werte und Formen, ein virtuoser kurzer Flug durch die Reiche des Geistes. Erst wesentlich später kam allmählich aus dem geistigen Inventar des Erziehungswesens, und namentlich aus den Gewohnheiten und Bräuchen der Morgenlandfahrer, auch der Begriff der Kontemplation in das Spiel. Es hatte sich der Übelstand bemerkbar gemacht, daß Gedächtniskünstler ohne andre Tugenden virtuose und blendende Spiele spielen und die Teilnehmer durch das rasche Nacheinander zahlloser Vorstellungen verblüffen und verwirren konnten. Nun fiel allmählich dieses Virtuosentum mehr und mehr unter strenges Verbot, und die Kontemplation wurde zu einem sehr wichtigen Bestandteil des Spieles, ja, sie wurde für die Zuschauer und Zuhörer jedes Spieles zur Hauptsache. Es war dies die Wendung gegen das Religiöse. Es kam nicht mehr allein darauf an, den Ideenfolgen und dem ganzen geistigen Mosaik eines Spieles mit rascher Aufmerksamkeit und geübtem Gedächtnis intellektuell zu folgen, sondern es entstand die Forderung nach einer tiefern und seelischeren Hingabe. Nach jedem Zeichen nämlich, das der jeweilige Spielleiter beschworen hatte, wurde nun über dies Zeichen, über seinen Gehalt, seine Herkunft, seinen Sinn eine stille strenge Betrachtung abgehalten, welche jeden Mitspieler zwang, sich die Inhalte des Zeichens intensiv und organisch gegenwärtig zu machen. Die Technik und Übung der Kontemplation brachten alle Mitglieder des Ordens und der Spielbünde aus den Eliteschulen mit, wo der Kunst des Kontemplierens und Meditierens die größte Sorgfalt gewidmet wurde. Dadurch wurden die Hieroglyphen des Spiels davor bewahrt, zu bloßen Buchstaben zu entarten.
Bis dahin war übrigens das Glasperlenspiel trotz seiner Beliebtheit unter den Gelehrten eine rein private Übung geblieben. Man konnte es allein, zu zweien, zu vielen spielen, und allerdings wurden besonders geistvolle, wohlkomponierte und gelungene Spiele auch zuweilen aufgezeichnet und von Stadt zu Stadt und Land zu Land bekannt, bewundert oder kritisiert. Aber erst jetzt begann langsam das Spiel sich um eine neue Funktion zu bereichern, indem es zur öffentlichen Feier wurde. Auch heutigen Tages noch steht einem jeden das private Spiel frei und wird besonders von

den Jüngeren fleißig geübt. Bei dem Wort „Glasperlenspiel" aber denkt heute wohl jeder vor allem an die feierlichen, öffentlichen Spiele. Sie finden unter der Führung weniger, überlegener Meister statt, welchen in jedem Lande der Ludi Magister oder Spielmeister vorsteht, unter andächtigem Horchen der Eingeladenen und unter der gespannten Aufmerksamkeit von Zuhörern in allen Teilen der Welt; manche von diesen Spielen haben eine Dauer von Tagen und Wochen, und während ein solches Spiel zelebriert wird, leben sämtliche Mitspieler und Zuhörer nach genauen Vorschriften, welche sich auch auf die Schlafdauer erstrecken, ein enthaltsames und selbstloses Leben der absoluten Versenkung, vergleichbar dem streng geregelten, büßerischen Leben, welches die Teilnehmer an einer der Übungen des heiligen Ignatius führten.

Es dürfte wenig mehr hinzuzufügen sein. Das Spiel der Spiele hatte sich, unter der wechselnden Hegemonie bald dieser, bald jener Wissenschaft oder Kunst, zu einer Art von Universalsprache ausgebildet, durch welche die Spieler in sinnvollen Zeichen Werte auszudrücken und zueinander in Beziehung zu setzen befähigt waren. Zu allen Zeiten stand das Spiel in engem Zusammenhang mit der Musik und verlief meistens nach musikalischen oder mathematischen Regeln. Ein Thema, zwei Themen, drei Themen wurden festgestellt, wurden ausgeführt, wurden variiert und erlitten ein ganz ähnliches Schicksal wie das Thema einer Fuge oder eines Konzertsatzes. Es konnte ein Spiel zum Beispiel ausgehen von einer gegebenen astronomischen Konfiguration, oder vom Thema einer Bachfuge, oder von einem Satz des Leibniz oder der Upanishaden, und es konnte von diesem Thema aus, je nach Absicht und Begabung des Spielers, die wachgerufene Leitidee entweder weiterführen und ausbauen oder auch durch Anklänge an verwandte Vorstellungen ihren Ausdruck bereichern. War der Anfänger etwa fähig, durch die Spielzeichen Parallelen zwischen einer klassischen Musik und der Formel eines Naturgesetzes herzustellen, so führte beim Könner und Meister das Spiel vom Anfangsthema frei bis in unbegrenzte Kombinationen. Beliebt war bei einer gewissen Spielerschule lange Zeit namentlich das Nebeneinanderstellen, Gegeneinanderführen und endliche harmonische Zusammenführen zweier feindlicher Themen oder Ideen, wie Gesetz und Freiheit, Individuum und Gemeinschaft, und man legte großen Wert darauf, in einem solchen Spiel beide Themata oder Thesen vollkommen gleichwertig und parteilos durchzuführen, aus These und Antithese möglichst rein die Synthese zu entwickeln. Überhaupt waren, von genialen Ausnahmen abgesehen, Spiele mit negativem oder skeptischem, disharmonischem Ausklang unbeliebt und zuzeiten geradezu verboten, und das hing tief mit dem Sinn zusammen, den das Spiel auf seiner Höhe für die Spieler gewonnen hatte. Es bedeutete eine erlesene, symbolhafte Form des Suchens nach dem Vollkommenen, eine sublime Alchimie, ein Sichannähern an den über allen Bildern und Vielheiten in sich einigen Geist, also an Gott. So wie die frommen Denker früherer Zeiten etwa das kreatürliche Leben darstellten als zu Gott hin unterwegs und die Mannigfaltigkeit der Erscheinungswelt in der göttlichen Einheit erst vollendet und zu Ende gedacht sahen, so ähnlich bauten, musizierten und philosophierten die Figuren und Formeln des Glasperlenspieles in einer Weltsprache, die aus allen Wissenschaften und Künsten gespeist war, sich spielend und strebend dem Vollkommenen entgegen, dem reinen Sein, der voll erfüllten Wirklichkeit. „Realisieren" war ein beliebter Ausdruck bei den Spielern, und als Weg vom Werden zum Sein, vom Möglichen zum Wirklichen empfanden sie ihr Tun. Hier sei uns erlaubt, nochmals an die oben angeführten Sätze des Nicolaus Cusanus zu erinnern.

Übrigens waren die Ausdrücke der christlichen Theologie, soweit sie klassisch formuliert und damit allgemeines Kulturgut zu sein schienen, natürlich mit in die Zeichensprache des Spieles aufgenommen, und es konnte etwa einer der Hauptbegriffe des Glaubens oder der Wortlaut einer Bibelstelle, ein Satz aus einem Kirchenvater oder aus dem lateinischen Messetext ebenso leicht und exakt ausgedrückt und in das Spiel mit aufgenommen werden wie ein Axiom der Geometrie oder eine Mozartmelodie. Es ist kaum übertrieben, wenn wir zu sagen wagen: für den engen Kreis der echten Glasperlenspieler war das Spiel nahezu gleichbedeutend mit Gottesdienst, während es sich jeder eigenen Theologie enthielt.

Im Kampf um ihren Bestand inmitten der ungeistigen Welt-

mächte nun waren sowohl die Glasperlenspieler wie die römische Kirche allzusehr aufeinander angewiesen, als daß man es hätte auf eine Entscheidung zwischen beiden ankommen lassen, obwohl dazu häufige Anlässe sich gefunden hätten, denn bei beiden Mächten trieben die intellektuelle Redlichkeit und der echte Drang nach scharfer, eindeutiger Formulierung zu einer Scheidung. Vollzogen wurde sie jedoch niemals. Rom begnügte sich damit, dem Spiele bald wohlwollender, bald ablehnender gegenüberzustehen, es gehörten ja auch in den Kongregationen und im höheren und höchsten Klerus manche der besten Begabungen mit zu den Spielern. Und das Spiel selbst stand, seit es öffentliche Spiele und einen Ludi Magister gab, unter dem Schutz des Ordens und der Erziehungsbehörden, welche beide Rom gegenüber stets die Höflichkeit und Ritterlichkeit selbst waren. Papst Pius XV., der noch als Kardinal ein guter und eifriger Glasperlenspieler gewesen war, nahm als Papst nicht nur, gleich seinen Vorgängern, für immer vom Spiele Abschied, sondern versuchte auch ihm den Prozeß zu machen; es war damals nahe daran, daß den Katholiken das Spiel verboten worden wäre. Aber der Papst starb, ehe es dazu kam, und eine vielgelesene Biographie dieses nicht unbedeutenden Mannes stellte sein Verhältnis zum Glasperlenspiel als das einer tiefen Leidenschaft dar, welcher er als Papst nur noch in feindseliger Form Herr zu werden wußte.
Seine öffentliche Organisation erfuhr das Spiel, das früher von einzelnen und von Kameradschaften frei betrieben worden, aber allerdings schon lange von der Erziehungsbehörde freundlich gefördert worden war, zuerst in Frankreich und England, die übrigen Länder folgten ziemlich rasch nach. Es wurden nun in jedem Lande eine Spielkommission und ein oberster Spielleiter bestimmt, mit dem Titel Ludi Magister, und es wurden offizielle, unter der persönlichen Leitung des Magisters durchgeführte Spiele zu geistigen Feierlichkeiten erhoben. Der Magister blieb natürlich, wie alle hohen und höchsten Funktionäre der Geistespflege, anonym; außer den paar Nächsten kannte niemand ihn mit seinem persönlichen Namen. Einzig den offiziellen, großen Spielen, für welche der Ludi Magister verantwortlich war, standen die offiziellen und internationalen

Verbreitungsmittel wie Rundfunk und so weiter zur Verfügung. Außer der Leitung der öffentlichen Spiele gehörte zu den Pflichten des Magisters die Förderung der Spieler und Spielschulen, vor allem aber hatten die Magister aufs strengste über die Weiterbildung des Spieles zu wachen. Die Weltkommission der Magister aller Länder allein entschied über die (heute kaum mehr vorkommende) Aufnahme neuer Zeichen und Formeln in den Bestand des Spieles, über etwaige Erweiterungen der Spielregeln, über die Wünschbarkeit oder Entbehrlichkeit neu einzubeziehender Gebiete. Betrachtet man das Spiel als eine Art Weltsprache der Geistigen, so sind die Spielkommissionen der Länder unter Leitung ihrer Magister in ihrer Gesamtheit die Akademie, welche den Bestand, die Fortbildung, die Reinhaltung dieser Sprache überwacht. Jede Landeskommission ist im Besitz des Spielarchives, das heißt sämtlicher bis anher geprüften und zugelassenen Zeichen und Schlüssel, deren Zahl längst eine sehr viel höhere geworden ist als die Zahl der alten chinesischen Schriftzeichen. Im allgemeinen gilt als genügende Vorbildung für einen Glasperlenspieler das Schlußexamen der gelehrten höheren Schulen, namentlich aber der Eliteschulen, doch wurde und wird stillschweigend die überdurchschnittliche Beherrschung einer der führenden Wissenschaften oder der Musik vorausgesetzt. Es einmal bis zum Mitglied der Spielkommission oder gar zum Ludi Magister zu bringen, war der Traum beinahe jedes Fünfzehnjährigen in den Eliteschulen. Aber schon unter den Doktoranden war es nur noch ein winziger Teil, welcher noch ernstlich an dem Ehrgeiz festhielt, dem Glasperlenspiel und seiner Weiterbildung aktiv dienen zu dürfen. Dafür übten sich alle diese Liebhaber des Spiels fleißig in der Spielkunde und der Meditation und bildeten bei den „großen“ Spielen jenen innersten Ring von andächtigen und hingegebenen Teilnehmern, welche den öffentlichen Spielen den feierlichen Charakter geben und sie vor dem Entarten zu bloß dekorativen Akten bewahren. Für diese eigentlichen Spieler und Liebhaber ist der Ludi Magister ein Fürst oder Hohepriester, beinahe eine Gottheit.

Für jeden selbständigen Spieler aber, und gar für den Magister, ist das Glasperlenspiel in erster Linie ein Musizieren, etwa im Sinn jener Worte, die Josef Knecht einmal über das Wesen der klassischen Musik gesagt hat:

„Wir halten die klassische Musik für den Extrakt und Inbegriff unsrer Kultur, weil sie ihre deutlichste, bezeichnendste Gebärde und Äußerung ist. Wir besitzen in dieser Musik das Erbe der Antike und des Christentums, einen Geist heiterer und tapferer Frömmigkeit, eine unübertrefflich ritterliche Moral. Denn eine Moral letzten Endes bedeutet jede klassische Kulturgebärde, ein zur Gebärde zusammengezogenes Vorbild des menschlichen Verhaltens. Es ist ja zwischen 1500 und 1800 mancherlei Musik gemacht worden, Stile und Ausdrucksmittel waren höchst verschieden, aber der Geist, vielmehr die Moral ist überall dieselbe. Immer ist die menschliche Haltung, deren Ausdruck die klassische Musik ist, dieselbe, immer beruht sie auf derselben Art von Lebenserkenntnis und strebt nach derselben Art von Überlegenheit über den Zufall. Die Gebärde der klassischen Musik bedeutet: Wissen um die Tragik des Menschentums, Bejahen des Menschengeschicks, Tapferkeit, Heiterkeit! Ob das nun die Grazie eines Menuetts von Händel oder von Couperin ist, oder die zu zärtlicher Gebärde sublimierte Sinnlichkeit wie bei vielen Italienern oder bei Mozart, oder die stille, gefaßte Sterbensbereitschaft wie bei Bach, es ist immer ein Trotzdem, ein Todesmut, ein Rittertum, und ein Klang von übermenschlichem Lachen darin, von unsterblicher Heiterkeit. So soll es auch in unsern Glasperlenspielen klingen, und in unsrem ganzen Leben, Tun und Leiden."

Diese Worte wurden von einem Schüler Knechts aufgezeichnet. Mit ihnen beenden wir unsre Betrachtung über das Glasperlenspiel.

Lebensbeschreibung
des Magister Ludi Josef Knecht

Die Berufung

Über Josef Knechts Herkunft ist uns nichts bekannt geworden. Gleich vielen anderen Eliteschülern hat er entweder seine Eltern früh verloren oder ist von der Erziehungsbehörde aus ungünstigen Verhältnissen losgelöst und adoptiert worden. In jedem Falle ist ihm der Konflikt zwischen Eliteschule und Elternhaus erspart geblieben, der manchem anderen von seiner Art die Jugendjahre belastet und den Eintritt in den Orden erschwert hat und der in manchen Fällen hochbegabte junge Menschen zu schwierigen und problematischen Charakteren macht. Knecht gehört zu den Glücklichen, welche recht eigentlich für Kastalien, für den Orden und für den Dienst in der Erziehungsbehörde geboren und vorbestimmt scheinen; und wenn ihm auch die Problematik des geistigen Lebens keineswegs unbekannt geblieben ist, so war es ihm doch gegeben, die jedem geistgeweihten Leben eingeborene Tragik ohne persönliche Bitterkeit zu erleben. Es ist wohl auch nicht so sehr diese Tragik selbst, welche uns verlockt hat, der Persönlichkeit Josef Knechts unsre eingehende Betrachtung zu widmen; es ist vielmehr die stille, heitere, ja strahlende Art, mit welcher er sein Schicksal, seine Begabung, seine Bestimmung verwirklichte. Wie jeder bedeutende Mensch hat er sein Daimonion und seinen Amor fati, aber sein Amor fati zeigt sich uns frei von Düsterkeit und Fanatismus. Freilich wissen wir ja das Verborgene nicht und wollen nicht vergessen, daß Geschichte schreiben, auch wenn es noch so nüchtern und mit noch so gutem Willen zur Sachlichkeit getan wird, immer Dichtung bleibt und ihre dritte Dimension die Fiktion ist. So wissen wir, um große Beispiele zu wählen, ja keineswegs, ob etwa Johann Sebastian Bach oder Wolfgang Amadeus Mozart eigentlich auf eine heitere oder auf eine

schwere Art gelebt haben. Mozart hat für uns die eigentümlich rührende und Liebe weckende Anmut der Frühvollendeten, Bach hat für uns die erbaulich-tröstliche Ergebenheit in das Leidenmüssen und Sterbenmüssen als in Gottes väterlichen Willen, aber wir lesen dies doch eigentlich keineswegs aus ihren Biographien und den überlieferten Tatsachen aus ihrem Privatleben, sondern wir lesen es einzig aus ihrem Werk, aus ihrer Musik. Ferner addieren wir zu dem Bach, dessen Biographie wir kennen und dessen Bild wir uns nach seiner Musik vorstellen, unwillkürlich auch noch sein postumes Schicksal: wir lassen ihn gewissermaßen in unsrer Phantasie schon als Lebenden darum wissen, lassen ihn darüber lächeln und schweigen, daß sein gesamtes Werk gleich nach seinem Tode vergessen wurde und seine Handschriften als Makulatur untergingen, daß statt seiner einer seiner Söhne der „große Bach“ wurde und Erfolge erntete, daß sein Werk dann nach seiner Wiedererweckung mitten in die Mißverständnisse und Barbareien der Feuilletonepoche geriet, und so weiter. Und ebenso sind wir geneigt, dem noch lebenden und in voller, gesunder Arbeit blühenden Mozart ein Wissen um seine Geborgenheit in Todeshand, einen Vorausbesitz seines Umschlossenseins vom Tode zuzuschreiben oder anzudichten. Wo ein Werk vorhanden ist, kann der Historiker gar nicht anders, er faßt es mit dem Leben seines Schöpfers als zwei untrennbare Hälften einer lebendigen Einheit zusammen. So tun wir mit Mozart oder mit Bach, so tun wir auch mit Knecht, obwohl er unsrer wesentlich unschöpferischen Epoche angehört und nicht ein „Werk“ im Sinne jener Meister hinterlassen hat.
Wenn wir den Versuch machen, Knechts Leben nachzuzeichnen, so machen wir damit auch einen Versuch zu seiner Deutung, und wenn wir als Historiker es tief bedauern müssen, daß über den letzten Teil dieses Lebens beinahe alle wirklich verbürgten Nachrichten fehlen, so gab uns doch gerade der Umstand zu unserem Unternehmen Mut, daß dieser letzte Teil von Knechts Leben Legende geworden ist. Wir übernehmen diese Legende und sind mit ihr einverstanden, einerlei, ob sie nur fromme Dichtung sei oder nicht. So wie wir von Knechts Geburt und Herkunft nichts wissen, wissen wir von seinem Ende nichts. Wir haben aber nicht die mindeste Berechtigung zu der Annahme,

dieses Ende könnte ein zufälliges gewesen sein. Wir sehen sein Leben, soweit es bekannt ist, in klarer Stufenfolge aufgebaut, und wenn wir in unsern Vermutungen über sein Ende uns willig der Legende anschließen und sie gläubig übernehmen, so tun wir es, weil uns das, was die Legende berichtet, als letzte Stufe dieses Lebens völlig den vorhergegangenen zu entsprechen scheint. Wir gestehen sogar, daß das Entschweben dieses Lebens in die Legende uns organisch und richtig scheint, so wie uns das Fortbestehen eines Gestirns, das unsern Augen entschwindet und für uns „untergegangen" ist, keinerlei Glaubensskrupel schafft. Josef Knecht hat innerhalb der Welt, in der wir, Autor und Leser dieser Aufzeichnungen, leben, das denkbar Höchste erreicht und geleistet, indem er als Magister Ludi Führer und Vorbild der geistig Kultivierten und geistig Strebenden war, vorbildlich hat er das überkommene geistige Erbe verwaltet und vermehrt, Hohepriester eines Tempels, der jedem von uns heilig ist. Er hat aber den Bezirk eines Meisters, den Platz in der obersten Spitze unsrer Hierarchie, nicht bloß erreicht und innegehabt; er hat ihn durchschritten, er ist ihm entwachsen in eine Dimension, welche wir nur ehrerbietig zu ahnen vermögen, und eben darum scheint es uns vollkommen angemessen und seinem Leben entsprechend, daß auch seine Biographie die üblichen Dimensionen überschritten hat und am Ende in Legende übergegangen ist. Wir nehmen das Wunderbare dieser Tatsache hin und freuen uns des Wunderbaren, ohne allzuviel daran deuten zu wollen. Soweit Knechts Leben aber Historie ist, und das ist es bis zu einem ganz bestimmten Tage, wollen wir es als solche behandeln und haben uns darum bemüht, die Überlieferung genau so weiterzugeben, wie sie sich unsern Forschungen dargeboten hat.

Aus seiner Kindheit, das heißt aus der Zeit vor seiner Aufnahme in die Eliteschulen, wissen wir nur eine einzige Begebenheit, es ist jedoch eine wichtige und eine von symbolischer Bedeutung, denn sie bedeutet den ersten großen Anruf des Geistes an ihn, den ersten Akt seiner Berufung, und es ist bezeichnend, daß dieser erste Anruf nicht von seiten der Wissenschaft kam, sondern von seiten der Musik. Wir verdanken dies Stückchen Biographie, wie beinahe alle Erinnerungen aus Knechts persönlichem Leben, den Auf-

zeichnungen eines Glasperlenspielschülers, eines treuen Verehrers, der viele Aussprüche und Erzählungen seines großen Lehrers aufgeschrieben hat.
Knecht muß damals etwa zwölf oder dreizehn Jahre alt gewesen sein und war Lateinschüler in dem Städtchen Berolfingen am Rand des Zaberwaldes, das vermutlich auch sein Geburtsort gewesen ist. Zwar war der Knabe schon längere Zeit Stipendiat der Lateinschule und war vom Lehrerkollegium, am eifrigsten vom Musiklehrer, schon zwei- oder dreimal der obersten Behörde zur Aufnahme in die Eliteschulen empfohlen worden, aber er wußte davon nichts und hatte noch keinerlei Begegnung mit der Elite oder gar mit den Meistern der obersten Erziehungsbehörde erlebt. Da wurde ihm von seinem Musiklehrer (er lernte damals Violine und Laute) mitgeteilt, es werde in Bälde vielleicht der Musikmeister nach Berolfingen kommen, um den Musikunterricht an der Schule zu inspizieren, Josef möge also brav üben und sich und seinen Lehrer nicht in Verlegenheit bringen. Die Nachricht erregte den Knaben aufs tiefste, denn natürlich wußte er genau, wer der Musikmeister sei und daß er nicht nur, wie etwa die zweimal jährlich erscheinenden Schulinspektoren, aus irgendeiner der höheren Regionen der Erziehungsbehörde komme, sondern einer der zwölf Halbgötter, einer der zwölf obersten Leiter dieser ehrwürdigsten Behörde und für das ganze Land die oberste Instanz in allen musikalischen Angelegenheiten sei. Der Musikmeister selbst, der Magister Musicae in Person, würde also nach Berolfingen kommen! Es gab in der Welt nur eine einzige Person, welche dem Knaben Josef vielleicht noch sagenhafter und geheimnisvoller gewesen wäre: der Glasperlenspielmeister. Für den angekündigten Musikmeister erfüllte ihn im voraus eine ungeheure und ängstliche Ehrfurcht, er stellte sich diesen Mann bald wie einen König, bald wie einen Zauberer vor, bald wie einen der zwölf Apostel oder einen der sagenhaften großen Künstler der klassischen Zeiten, etwa einen Michael Prätorius, einen Claudio Monteverdi, einen J. J. Froberger oder Johann Sebastian Bach – und er freute sich ebenso tief auf den Augenblick, da dies Gestirn erscheinen würde, wie er sich vor ihm fürchtete. Daß einer der Halbgötter und Erzengel, daß einer der geheimnisvollen und allmächtigen Regenten

der geistigen Welt hier im Städtchen und in der Lateinschule leibhaftig erscheinen, daß er ihn sehen sollte, daß der Meister ihn vielleicht anreden, ihn prüfen, ihn tadeln oder loben sollte, das war eine große Sache, war eine Art Wunder und seltne Himmelserscheinung; auch geschah es, wie die Lehrer versicherten, seit Jahrzehnten zum erstenmal, daß ein Magister Musicae in eigener Person die Stadt und die kleine Lateinschule besuchte. Der Knabe dachte sich das Bevorstehende in vielen Bildern aus, er dachte sich vor allem eine große öffentliche Festlichkeit und einen Empfang, wie er ihn einmal beim Amtsantritt des neuen Bürgermeisters erlebt hatte, mit Blechmusik und beflaggten Straßen, vielleicht sogar mit Feuerwerk, und auch Knechts Kameraden hatten solche Vorstellungen und Hoffnungen. Seine Vorfreude wurde nur durch den Gedanken gedämpft, daß er selber vielleicht diesem großen Mann allzu nahe kommen und vor ihm, dem großen Kenner, mit seiner Musik und mit seinen Antworten sich ganz unerträglich blamieren könne. Aber diese Angst war nicht nur quälend, sie war auch süß, und ganz heimlich und uneingestanden fand er doch das ganze erwartete Fest samt Flaggen und Feuerwerk lange nicht so schön, so aufregend, wichtig und trotz allem wunderbar freudig wie eben den Umstand, daß er, der kleine Josef Knecht, diesen Mann aus nächster Nähe sehen sollte, so daß jener ein klein wenig auch seinetwegen, Josefs wegen, diesen Besuch in Berolfingen mache, denn er kam ja, um den Musikunterricht zu prüfen, und der Musiklehrer hielt es offenbar für möglich, daß er auch ihn prüfen werde.
Aber vielleicht, ach, wahrscheinlich würde es doch nicht dazu kommen, es war ja kaum möglich, gewiß würde der Meister andres zu tun haben, als sich von kleinen Buben auf der Geige vorspielen zu lassen, er würde doch wohl nur die älteren und fortgeschrittensten Schüler sehen und hören wollen. Mit solchen Gedanken erwartete der Knabe den Tag, und der Tag kam und begann mit einer Enttäuschung: es schallte keine Musik in den Gassen, es hingen keine Fahnen und Kränze an den Häusern, und man mußte wie jeden Tag seine Bücher und Hefte nehmen und in den gewohnten Unterricht gehen, und selbst im Klassenzimmer war nicht die kleinste Spur von Schmuck und Festlichkeit zu sehen, es war alles so wie jeden Tag. Der Unterricht begann,

der Lehrer trug denselben Alltagsrock wie immer, mit keiner Rede, mit keinem Wort gedachte er des großen Ehrengastes.
Aber in der zweiten oder dritten Schulstunde kam es dennoch; es wurde an die Tür gepocht, es kam der Schuldiener herein, grüßte den Lehrer und meldete, der Schüler Josef Knecht habe in einer Viertelstunde beim Musiklehrer zu erscheinen und möge darauf achten, sich anständig zu kämmen und die Hände und Fingernägel zu reinigen. Knecht wurde blaß vor Schreck, taumelnd verließ er die Schule, lief ins Internat hinüber, legte seine Bücher ab, wusch und kämmte sich, nahm zitternd seinen Violinkasten und sein Übungsheft und schritt, mit Würgen in der Kehle, zu den Musikstuben im Anbau. Ein aufgeregter Mitschüler empfing ihn auf der Treppe, deutete auf ein Übungszimmer und meldete: „Hier sollst du warten, bis man dich ruft."
Es dauerte nicht lange und war ihm doch eine Ewigkeit, bis er vom Warten erlöst wurde. Es rief ihn niemand, aber es trat ein Mann herein, ein ganz alter Mann, wie es ihm anfangs schien, ein nicht sehr großer, weißhaariger Mann mit einem schönen lichten Gesicht und mit durchdringend blikkenden hellblauen Augen, deren Blick man hätte fürchten können, aber er war nicht nur durchdringend, sondern auch heiter, er war von einer nicht lachenden oder lächelnden, sondern stillglänzenden, ruhigen Heiterkeit. Er gab dem Knaben die Hand und nickte ihm zu, setzte sich bedächtig auf den Hocker vor dem alten Übungsklavier und sagte: „Du bist Josef Knecht? Dein Lehrer scheint mit dir zufrieden zu sein, ich glaube, er hat dich gern. Komm, wir wollen ein wenig miteinander musizieren." Knecht hatte seine Geige schon vorher ausgepackt, der alte Mann schlug das A an, und der Knabe stimmte, dann sah er den Musikmeister fragend und ängstlich an.
„Was möchtest du gern spielen?" fragte der Meister. Der Schüler brachte keine Antwort heraus, er war von Ehrfurcht für den Alten bis zum Überfließen angefüllt, noch nie hatte er einen solchen Menschen gesehen. Zögernd griff er nach seinem Notenheft und hielt es dem Manne hin.
„Nein", sagte der Meister, „ich möchte, daß du auswendig spielst und kein Übungsstück, sondern irgend etwas Einfa-

ches, was du auswendig kannst, vielleicht ein Lied, das du gern hast."
Knecht war verwirrt und von diesem Gesicht und diesen Augen bezaubert, er brachte keine Antwort heraus, er schämte sich seiner Verwirrung sehr, aber sagen konnte er nichts. Der Meister drängte nicht. Er schlug mit einem Finger die ersten Töne einer Melodie an, sah den Knaben fragend an, der nickte und spielte die Melodie sofort und freudig mit, es war eins von den alten Liedern, die in der Schule oft gesungen wurden.
„Noch einmal!" sagte der Meister. Knecht wiederholte die Melodie, und der Alte spielte jetzt eine zweite Stimme dazu. Zweistimmig klang nun das alte Lied durch die kleine Übungsstube.
„Noch einmal!"
Knecht spielte, und der Meister spielte die zweite und eine dritte Stimme dazu. Dreistimmig klang das schöne alte Lied durch die Stube.
„Noch einmal!" Und der Meister spielte drei Stimmen hinzu.
„Ein schönes Lied!" sagte der Meister leise. „Spiele es jetzt einmal in der Altlage!"
Knecht gehorchte und spielte, der Meister hatte ihm den ersten Ton angegeben und spielte nun die drei andern Stimmen dazu. Und immer wieder sagte der Alte: „Noch einmal!", es klang jedesmal fröhlicher. Knecht spielte die Melodie im Tenor, immer von zwei bis drei Gegenstimmen begleitet. Viele Male spielten sie das Lied, es war keine Verständigung mehr nötig, und mit jeder Wiederholung wurde das Lied ganz von selbst reicher an Verzierungen und Rankenspiel. Der kahle kleine Raum mit dem frohen vormittäglichen Licht klang festlich von den Tönen wider.
Nach einer Weile hörte der Alte auf. „Ist es nun genug?" fragte er. Knecht schüttelte den Kopf und begann von neuem, heiter fiel der andre mit seinen drei Stimmen ein, und die vier Stimmen zogen ihre dünnen, klaren Linien, sprachen miteinander, stützten sich aufeinander, überschritten sich und umspielten einander in heitern Bogen und Figuren, und der Knabe und der Alte dachten an nichts andres mehr, gaben sich den schönen verschwisterten Linien hin und den Figuren, die sie in ihren Begegnungen

bildeten, in ihrem Netz gefangen musizierten sie, wiegten sich leise mit und gehorchten einem unsichtbaren Kapellmeister. Bis der Meister, als wieder die Melodie zu Ende war, den Kopf zurückwandte und fragte: „Hat es dir gefallen, Josef?"

Dankbar und leuchtend blickte Knecht ihn an. Er strahlte, aber er brachte kein Wort heraus.

„Weißt du etwa schon", fragte der Meister jetzt, „was eine Fuge ist?"

Knecht machte ein zweifelndes Gesicht. Er hatte schon Fugen gehört, aber im Unterricht war das noch nicht vorgekommen.

„Gut", sagte der Meister, „dann will ich es dir zeigen. Am schnellsten kapierst du es, wenn wir selber eine Fuge machen. Also: zu einer Fuge gehört vor allem ein Thema, und das Thema suchen wir nicht lang, das nehmen wir aus unserem Lied."

Er spielte eine kleine Tonfolge, ein Stückchen aus der Liedmelodie, es klang wunderlich, so herausgeschnitten, ohne Kopf und Schwanz. Er spielte das Thema nochmals, und schon ging es weiter, schon kam der erste Einsatz, der zweite verwandelte den Quintschritt in einen Quartschritt, der dritte Einsatz wiederholte den ersten eine Oktave höher, ebenso der vierte den zweiten, mit einer Klausel in der Tonart der Dominante schloß die Exposition. Die zweite Durchführung modulierte freier nach andern Tonarten hinüber, die dritte, mit einer Neigung zur Subdominante, endete mit einer Klausel auf dem Grundton. Der Knabe blickte auf die klugen weißen Finger des Spielenden, sah in seinem zusammengenommenen Gesicht den Gang der Entwicklung leise gespiegelt, während die Augen unter halbgeschlossenen Lidern ruhten. Des Knaben Herz wallte von Verehrung, von Liebe für den Meister, und sein Ohr vernahm die Fuge, ihm schien, er höre heute zum erstenmal Musik, er ahnte hinter dem vor ihm entstehenden Tonwerk den Geist, die beglückende Harmonie von Gesetz und Freiheit, von Dienen und Herrschen, er ergab und gelobte sich diesem Geist und diesem Meister, er sah sich und sein Leben und sah die ganze Welt in diesen Minuten vom Geist der Musik geleitet, geordnet und gedeutet, und als das Spiel sein Ende gefunden hatte, sah er den Verehrten, den Zauberer und König, noch eine kleine Weile leicht vorgeneigt über den Tasten, mit halbgeschlossenen Lidern, das Gesicht von innen her leise leuchtend, und wußte nicht, sollte er jubeln über die Seligkeit dieser Augenblicke oder weinen, daß sie vorüber waren. Da stand der alte Mann langsam vom Klavierstühlchen auf, sah ihn mit den heitern blauen Augen durchdringend und zugleich unsäglich freundlich an und sagte: „Nirgends können zwei Menschen leichter Freunde werden als beim Musizieren. Das ist eine schöne Sache. Hoffentlich werden wir Freunde bleiben, du und ich. Vielleicht wirst du auch Fugen machen lernen, Josef." Damit gab er ihm die Hand und ging, und in der Tür wendete er sich noch einmal um und grüßte zum Abschied mit einem Blick und einem höflichen kleinen Neigen des Kopfes.

Knecht hat viele Jahre später seinem Schüler erzählt: als er aus dem Hause trat, fand er die Stadt und die Welt viel mehr verwandelt und verzaubert, als wenn Fahnen und Kränze, Bänder und Feuerwerke sie geschmückt hätten. Er hatte den Vorgang der Berufung erlebt, den man recht wohl ein Sakrament nennen darf: das Sichtbarwerden und einladende Sichöffnen der idealen Welt, welche bis dahin dem jungen Gemüt nur teils vom Hörensagen, teils aus glühenden Träumen bekannt gewesen war. Diese Welt existierte nicht nur, irgendwo in der Ferne, in der Vergangenheit oder Zukunft, nein, sie war da und war aktiv, sie strahlte aus, sie schickte Sendboten, Apostel, Gesandte aus, Männer wie diesen alten Magister, der übrigens, wie es Josef scheinen wollte, eigentlich doch gar nicht so sehr alt war. Und aus dieser Welt, durch einen dieser ehrwürdigen Sendboten, war auch an ihn, den kleinen Lateinschüler, Mahnung und Ruf ergangen! Diese Bedeutung hatte das Erlebnis für ihn, und es dauerte Wochen, bis er wirklich wußte und überzeugt war, daß dem magischen Vorgang jener geweihten Stunde auch ein exakter Vorgang in der realen Welt entsprach, daß die Berufung nicht bloß eine Beglückung und Mahnung in seiner eigenen Seele und seinem Gewissen, sondern auch eine Gabe und Mahnung der irdischen Mächte an ihn war. Denn auf die Dauer konnte es nicht verborgen bleiben, daß der Besuch des Musikmeisters weder ein Zufall noch eine wirkliche Schulinspektion gewesen

war. Sondern Knechts Name hatte schon seit längerer Zeit, auf Grund von Berichten seiner Lehrer, auf den Listen der Schüler gestanden, welche einer Erziehung in den Eliteschulen würdig schienen oder doch der obersten Behörde hierzu empfohlen waren. Da dieser Knabe Knecht nicht nur als Lateiner und als angenehmer Charakter gelobt, sondern auch noch speziell von seinem Musiklehrer empfohlen und gerühmt wurde, hatte es der Musikmeister auf sich genommen, bei Gelegenheit einer Amtsreise sich ein paar Stunden Zeit für Berolfingen zu nehmen und sich diesen Schüler anzusehen. Dabei war es ihm nicht so sehr auf das Latein und nicht so sehr auf die Fingerfertigkeit angekommen (hierin verließ er sich auf die Zeugnisse der Lehrer, deren Studium er immerhin eine Stunde gönnte) als darauf, ob dieser Knabe in seinem ganzen Wesen das Zeug zum Musikanten im höhern Sinn habe, zur Begeisterung, zum Sicheinordnen, zur Ehrfurcht, zum Dienst am Kultus. Im allgemeinen waren aus guten Gründen die Lehrer an den öffentlichen höhern Schulen nichts weniger als freigebig mit Empfehlungen von Schülern für die „Elite", immerhin kamen etwa einmal Begünstigungen aus mehr oder weniger unlautern Absichten vor, und nicht selten empfahl auch ein Lehrer aus Mangel an Blick hartnäckig irgendeinen Lieblingsschüler, der außer Fleiß, Ehrgeiz und klugem Verhalten gegen die Lehrer wenig Vorzüge hatte. Gerade diese Art war dem Musikmeister besonders zuwider, er hatte den Blick dafür, ob ein Prüfling sich dessen bewußt war, daß es jetzt um seine Zukunft und Laufbahn gehe, und wehe dem Schüler, der ihm allzu geschickt, allzu bewußt und klug begegnete oder gar ihm zu schmeicheln versuchte, er war in manchen Fällen schon verworfen, noch ehe eine Prüfung begonnen hatte.
Der Schüler Knecht nun hatte dem alten Musikmeister gefallen, sehr gut hatte er ihm gefallen, noch auf der Weiterreise dachte er vergnügt an ihn zurück; er hatte sich keinerlei Notizen und Zeugnisse über ihn ins Heft geschrieben, sondern nahm die Erinnerung an den frischen, bescheidenen Knaben mit sich und schrieb nach der Rückkehr mit eigener Hand seinen Namen in die Liste der Schüler, welche von einem Mitglied der obersten Behörde selbst geprüft und der Aufnahme würdig befunden waren.

Von dieser Liste – sie hieß unter den Lateinschülern „das goldene Buch", es gab gelegentlich für sie aber auch die respektlose Bezeichnung „Streberkatalog" – hatte Josef in der Schule gelegentlich reden hören, und in ganz verschiedenen Tonarten. Wenn ein Lehrer diese Liste erwähnte, und sei es nur, um einem Schüler vorzuhalten, daß ein Bursche wie er natürlich niemals daran denken könne, es so weit zu bringen, dann war etwas von Feierlichkeit, von Respekt und auch von Wichtigtuerei in seinem Ton. Sprachen aber die Schüler einmal vom Streberkatalog, dann taten sie es meistens auf schnoddrige Art und mit etwas übertriebener Gleichgültigkeit. Einmal hatte Josef einen Schüler sagen hören: „Ach was, ich spucke euch auf diesen blöden Streberkatalog! Wer ein Kerl ist, der kommt nicht dort hinein, darauf kann man sich verlassen. Dorthin schicken die Lehrer bloß die allerdicksten Schanzer und Kriecher."

Es folgte eine merkwürdige Zeit auf das schöne Erlebnis. Er wußte vorerst nichts davon, daß er jetzt zu den „electi", zur „flos iuventutis" gehöre, wie im Orden die Eliteschüler heißen; er dachte zunächst keineswegs an praktische Folgen und spürbare Auswirkungen des Erlebnisses in seinem Schicksal und Alltag, und während er für seine Lehrer schon ein Ausgezeichneter und Abschiednehmender war, erlebte er selbst seine Berufung beinahe nur als einen Vorgang im eigenen Innern. Auch so war es ein scharfer Einschnitt in seinem Leben. Wenn auch die Stunde mit dem Zaubermann in seinem Herzen schon Geahntes erfüllte oder näherrückte, es war dennoch durch eben jene Stunde das Gestern vom Heute, das Gewesene vom Jetzigen und Kommenden deutlich getrennt, so wie ein aus dem Traum Erweckter auch dann, wenn er in derselben Umgebung aufwacht, die er im Traum gesehen hat, an seinem Wachsein nicht zweifeln kann. Es gibt viele Arten und Formen der Berufung, der Kern und Sinn des Erlebnisses aber ist immer derselbe: es wird die Seele dadurch erweckt, verwandelt oder gesteigert, daß statt der Träume und Ahnungen von innen plötzlich ein Anruf von außen, ein Stück Wirklichkeit dasteht und eingreift. Hier nun war das Stück Wirklichkeit die Gestalt des Meisters gewesen: der nur als ferne, ehrwürdig halbgöttliche Figur gekannte Musikmeister, ein Erzengel aus dem obersten der Himmel, war leibhaftig erschienen, hatte allwissende blaue Augen gehabt, hatte auf einem Stühlchen am Übungsklavier gesessen, hatte mit Josef musiziert, wunderbar musiziert, hatte ihm beinahe ohne Worte gezeigt, was eigentlich Musik sei, hatte ihn gesegnet und war wieder verschwunden. Was alles daraus vielleicht folgen und sich ergeben könne, darüber nachzusinnen war Knecht vorerst gar nicht fähig, weil er vom unmittelbaren, inneren Nachhall des Ereignisses viel zu sehr erfüllt und beschäftigt war. Wie eine junge Pflanze, die bisher still und zögernd sich entwickelte, plötzlich heftiger zu atmen und zu wachsen beginnt, als sei ihr in einer Stunde des Wunders mit einemmal das Gesetz ihrer Gestalt bewußt geworden und sie strebe nun innig nach seiner Erfüllung, so begann der Knabe, nachdem ihn die Hand des Zauberers berührt, rasch und sehnlich seine Kräfte zu sammeln und anzuspannen, fühlte sich verändert, fühlte sich wachsen, fühlte neue Spannungen, neue Harmonien zwischen sich und der Welt, konnte zu manchen Stunden in der Musik, im Latein, in der Mathematik Aufgaben bewältigen, die seinem Alter und seinen Kameraden noch fernlagen, und sich dabei zu jeder Leistung fähig fühlen, und konnte in anderen Stunden alles vergessen und mit einer ihm neuen Weichheit und Hingabe träumen, dem Wind oder Regen zuhören, in eine Blume oder ins ziehende Flußwasser starren, nichts begreifend, alles ahnend, hingenommen von Sympathie, von Neugierde, von Verstehenwollen, fortgezogen vom eigenen Ich zum anderen, zur Welt, zum Geheimnis und Sakrament, zum schmerzlich-schönen Spiel der Erscheinungen.

So von innen beginnend und wachsend bis zur Begegnung und Bestätigung des Innen und Außen vollzog sich die Berufung bei Josef Knecht in vollkommener Reinheit; er hat alle ihre Stufen durchlaufen, alle ihre Beglückungen und alle ihre Beängstigungen gekostet. Ungestört durch plötzliche Enthüllungen und Indiskretionen vollzog sich der edle Vorgang, die typische Jugend- und Vorgeschichte jedes edlen Geistes; harmonisch und gleichmäßig arbeiteten und wuchsen das Innen und das Außen einander entgegen. Als, am Ende dieser Entwicklungen, der Schüler seiner Lage und seines äußern Schicksals bewußt wurde, als er sich von den Lehrern wie ein Kollege, ja wie ein Ehrengast behandelt sah, dessen Weggang man jeden Augenblick erwartet, und von den Mitschülern sich halb bewundert oder beneidet, halb auch gemieden, ja beargwöhnt, von einigen Gegnern gehöhnt und gehaßt, von den bisherigen Freunden mehr und mehr getrennt und verlassen sah – da hatte der gleiche Vorgang der Lostrennung und Vereinzelung sich längst schon in seinem Innern vollzogen, es waren ihm von innen, vom eigenen Gefühle her, die Lehrer mehr und mehr aus Vorgesetzten zu Kameraden, die einstigen Freunde zu zurückbleibenden Begleitern einer Wegstrecke geworden, er fand sich in seiner Schule und Stadt nicht mehr unter seinesgleichen und am rechten Orte, sondern das alles war jetzt von einem heimlichen Tode, einem Fluidum von Unwirklichkeit, von Vergangensein durchsetzt, es war zu einem Provisorium, einem abgetragenen und nirgends mehr passenden Kleide geworden. Und dieses Entwachsen aus einer bisher harmonischen und geliebten Heimat, dies Entwerden aus einer ihm nicht mehr zugehörigen und entsprechenden Lebensform, dies von Stunden höchster Beglückung und strahlenden Selbstgefühls unterbrochene Leben eines Abschiednehmenden, Weggerufenen wurde ihm gegen das Ende hin zu einer großen Qual, einem kaum mehr erträglichen Druck und Leide, denn alles verließ ihn, ohne daß er gewiß war, ob nicht eigentlich er es sei, der es verlasse, ob er nicht dieses Absterben und Fremdwerden in seiner lieben gewohnten Welt selber verschuldet habe durch Ehrgeiz, durch Anmaßung, durch Hochmut, durch Untreue und Mangel an Liebe. Unter den Schmerzen, die eine echte Berufung mit sich führt, sind diese die bittersten. Wer die Berufung empfängt, der nimmt damit nicht nur ein Geschenk und einen Befehl entgegen, er nimmt auch etwas wie eine Schuld auf sich, so wie der Soldat, der aus den Reihen seiner Kameraden geholt und zum Offizier befördert wird, dieser Beförderung desto würdiger ist, je mehr er sie mit einem Gefühl von Schuld, ja schlechtem Gewissen seinen Kameraden gegenüber bezahlt.

Indessen war es Knecht beschieden, diese Entwicklung ungestört und in voller Unschuld auszutragen: er war, als ihm schließlich vom Lehrerrat seine Auszeichnung und seine baldige Aufnahme in die Eliteschulen mitgeteilt wurden, davon im Augenblick vollkommen überrascht, wenn auch schon im nächsten Augenblick dies Neue ihm wie längst gewußt und erwartet vorkam. Erst jetzt fiel ihm ein, daß ihm schon seit Wochen je und je einmal das Wort „Electus" oder „Eliteknabe" im Sinn eines Spottworts nachgerufen worden war. Er hatte es gehört, aber nur halb, und hatte es niemals anders gedeutet denn eben als Hohn. Nicht „Electus" hatte man ihn nennen wollen, so empfand er es, sondern „Du, der du dich in deinem Hochmut für einen Electus hältst!" Er hatte zuweilen schwer unter diesen Ausbrüchen des Entfremdungsgefühls zwischen ihm und seinen Kameraden gelitten, aber er hätte sich tatsächlich niemals selber für einen Electus gehalten: die Berufung war ihm nicht als Rangerhöhung, nur als innere Mahnung und Förderung bewußt geworden. Aber dennoch: hatte er es nicht trotz allem gewußt, immer geahnt, hundertmal gespürt? Nun war es reif, seine Beseligungen waren bestätigt und legitimiert, seine Leiden hatten Sinn gehabt, das unerträglich alt und eng gewordene Kleid durfte abgelegt werden, es lag ein neues für ihn bereit.

Mit seiner Aufnahme in die Elite war Knechts Leben auf eine andre Ebene verpflanzt, es war der erste und entscheidende Schritt in seiner Entwicklung geschehen. Es geht durchaus nicht allen Eliteschülern so, daß die amtliche Aufnahme in die Elite mit dem innern Erlebnis der Berufung zusammenfällt. Das ist Gnade, oder wenn man es banal ausdrücken will: es ist ein Glücksfall. Wem er begegnet, dessen Leben hat ein Plus, so wie der ein Plus besitzt, dem ein Glücksfall besonders glückliche Gaben an Leib und Seele mitgegeben hat. Die meisten Eliteschüler, ja beinahe alle, empfinden zwar ihre Wahl als ein großes Glück, als eine Auszeichnung, auf die sie stolz sind, und sehr viele von ihnen haben sich auch diese Auszeichnung vorher glühend erwünscht. Aber der Übergang von der gewöhnlichen heimatlichen Schule in die Schulen von Kastalien fällt den meisten Auserwählten dann doch schwerer, als sie gedacht hätten, und bringt manchen unerwartete Enttäuschungen. Vor allem ist der Übergang für alle jene Schüler, die in ihrem Elternhaus glücklich und geliebt waren, ein sehr schwerer Abschied und Verzicht, und so kommt denn auch, namentlich während der beiden ersten Elitejahre, eine nicht unbeträchtliche Zahl von Rückversetzungen vor, deren Grund nicht ein Mangel an Begabung und Fleiß, sondern die Unfähigkeit der Schüler ist, sich mit dem Internatsleben und vor allem mit dem Gedanken zu versöhnen, künftig die Verbindung mit Familie und Heimat immer mehr zu lösen und schließlich keine andre Zugehörigkeit mehr zu kennen und zu respektieren als die zum Orden. Dann gibt es je und je auch Schüler, welchen umgekehrt gerade das Loskommen vom Vaterhaus und von einer ihnen entleideten Schule die Hauptsache bei ihrer Aufnahme in die Elite war; diese, etwa von einem strengen Vater oder einem ihnen unangenehmen Lehrer befreit, atmeten zwar eine Weile auf, hatten sich aber von dem Wechsel so große und unmögliche Veränderungen ihres ganzen Lebens versprochen, daß bald eine Enttäuschung kam. Auch die eigentlichen Streber und Musterschüler, die Pedantischen, konnten sich in Kastalien nicht immer halten; nicht daß sie den Studien nicht wären gewachsen gewesen, aber es kam in der Elite eben nicht allein auf die Studien und Fachzeugnisse an, sondern es wurden auch erzieherische und musische Ziele angestrebt, vor welchen dieser und jener die Waffen streckte. Immerhin war in dem System der vier großen Eliteschulen mit ihren zahlreichen Unterabteilungen und Zweiganstalten Raum für vielerlei Begabungen, und ein strebsamer Mathematiker oder Philologe, wenn er wirklich das Zeug zu einem Gelehrten in sich hatte, brauchte etwa einen Mangel an musikalischer oder philosophischer Begabung nicht als Gefahr zu empfinden. Es gab zuzeiten sogar in Kastalien sehr starke Tendenzen zur Pflege der reinen, nüchternen Fachwissenschaften, und die Vorkämpfer dieser Tendenzen waren nicht nur gegen die „Phantasten", das heißt gegen die Musikalischen und Musischen, kritisch und spottlustig gestimmt, sondern haben zuzeiten innerhalb ihrer Kreise alles Musische, und namentlich das Glasperlenspiel, geradezu abgeschworen und verpönt.

Da Knechts Leben, soweit es uns bekannt ist, sich ganz in Kastalien abspielte, in jenem stillsten und heitersten Bezirk unsres gebirgigen Landes, den man früher mit einem Ausdruck des Dichters Goethe oft auch „die pädagogische Provinz" genannt hat, wollen wir in aller Kürze und auf die Gefahr hin, den Leser mit Längstgewußtem zu langweilen, nochmals dies berühmte Kastalien und die Struktur seiner Schulen skizzieren. Diese Schulen, kurz die Eliteschulen genannt, sind ein weises und elastisches Aussiebesystem, durch welches die Leitung (ein sogenannter „Studienrat“ mit zwanzig Räten, deren zehn die Erziehungsbehörde, zehn den Orden vertreten) ihre Auswahl an besten Begabungen aus allen Teilen und Schulen des Landes zum Nachwuchs für den Orden und für alle wichtigen Ämter des Erziehungs- und Studienwesens heranzieht. Die vielen Normalschulen, Gymnasien und so weiter des Landes, sei ihr Charakter nun ein humanistischer oder ein naturwissenschaftlich-technischer, sind für mehr als neunzig von Hundert unsrer studierenden Jugend Vorbereitungsschulen für die sogenannten freien Berufe, sie enden mit der Reifeprüfung zur Hochschule, und dort, an der Hochschule, wird sodann ein bestimmter Studiengang für jedes Fach absolviert. Dies ist der normale, jedem bekannte Lehrgang unsrer Studierenden, diese Schulen stellen leidlich strenge Anforderungen und scheiden die Unbegabten nach Möglichkeit aus. Neben oder über diesen Schulen aber läuft das System der Eliteschulen, in welche nur die an Begabung und Charakter hervorragendsten Schüler probeweise aufgenommen werden. Den Zugang zu ihnen bilden nicht Prüfungen, sondern die Eliteschüler werden von ihren Lehrern nach deren freiem Ermessen ausgewählt und den Behörden von Kastalien empfohlen. Es wird etwa einem Elf- oder Zwölfjährigen eines Tages von seinem Lehrer bedeutet, er könne im nächsten Halbjahr in eine der kastalischen Schulen eintreten und möge sich prüfen, ob er sich dazu berufen und gezogen fühle. Sagt er nach Ablauf der Bedenkzeit ja, wozu auch das bedingungslose Einverständnis beider Eltern gehört, so nimmt eine der Eliteschulen ihn auf Probe auf. Die Leiter und obersten Lehrer dieser Eliteschulen (nicht etwa die Universitätslehrer) bilden die „Erziehungsbehörde“, diese hat die Leitung alles Unterrichts und aller geistigen Organisationen im Lande. Wer einmal Eliteschüler ist, für den kommt, falls er nicht in irgendeinem der Lehrgänge versagt und in die Normalschulen zurückgeschickt werden muß, kein Fach- und Brotstudium mehr in Betracht, sondern aus den Eliteschülern rekrutiert sich der „Orden“ und die Hierarchie der gelehrten Behörde, vom Schullehrer bis zu den obersten Ämtern: den zwölf Studiendirektoren oder „Meistern“ und dem Ludi Magister, dem Leiter des Glasperlenspiels. Meist wird der letzte Lehrgang der Eliteschulen im Alter von zweiundzwanzig bis fünfundzwanzig Jahren abgeschlossen, und zwar durch die Aufnahme in den Orden. Von da an stehen nun den ehemaligen Eliteschülern alle Bildungsanstalten und Forschungsinstitute des Ordens und der Erziehungsbehörde zur Verfügung: die für sie reservierten Elite-Hochschulen, die Bibliotheken, Archive, Laboratorien und so weiter samt einem großen Stab von Lehrern sowie die Einrichtungen des Glasperlenspiels. Wer während der Schuljahre eine spezielle, fachliche Begabung erkennen läßt, für Sprachen, für Philosophie, für Mathematik oder was es nun sei, der wird schon in den obern Stufen der Eliteschulen in den Lehrgang hinübergesiebt, der seiner Begabung die beste Nahrung bietet; die meisten dieser Schüler enden als Fachlehrer an den öffentlichen Schulen und Hochschulen und bleiben, auch wenn sie Kastalien verlassen haben, lebenslänglich Mitglieder des Ordens, das heißt, sie stehen in streng eingehaltenem Abstand von den „Normalen“ (den nicht in der Elite Ausgebildeten) und können – außer sie nähmen ihren Austritt aus dem Orden – niemals „freie“ Fachmänner werden wie der Arzt, der Anwalt, der Techniker und so weiter, sondern unterstehen zeitlebens den Regeln des Ordens, zu welchen unter andern die Besitzlosigkeit und die Ehelosigkeit gehören; das Volk nennt sie, halb spöttisch, halb respektvoll „Mandarine“. Auf diese Art findet die große Mehrzahl der einstigen Eliteschüler ihre endgültige Bestimmung. Der kleine Rest aber, die letzte und feinste Auswahl aus den kastalischen Schulen, bleibt einem freien Studium von nicht begrenzter Dauer, einem beschaulich-fleißigen Geistesleben vorbehalten. Manche Hochbegabte, welche jedoch wegen Charakterungleichheiten oder aus andern Gründen, etwa wegen körperlicher Mängel, sich nicht zu Lehrern und zu verantwortlichen Ämtern in der oberen oder unteren Erziehungsbehörde eignen, studieren, forschen oder sammeln lebenslänglich weiter, Pensionäre der Behörde, ihre Leistung fürs Ganze besteht zumeist in rein gelehrten Arbeiten. Einige sind als Berater den Wörterbuch-Kommissionen, den Archiven, Bibliotheken und so weiter zugeteilt, andre betreiben ihre Gelehrsamkeit nach der Devise l'art pour l'art, schon manche von ihnen haben ihr Leben an sehr entlegene und oft wunderliche Arbeiten gewendet, wie etwa jener Lodovicus crudelis, der in dreißigjähriger Arbeit alle überlieferten altägyptischen Texte sowohl ins Griechische wie ins Sanskrit übersetzt hat, oder der etwas wunderliche Chattus Calvensis II., der in vier gewaltigen handschriftlichen Foliobänden ein Werk über „die Aussprache des Lateins an den Hochschulen des südlichen Italien gegen Ende des zwölften Jahrhunderts" hinterließ. Dies Werk war gedacht als erster Teil einer „Geschichte der Aussprache des Lateins vom zwölften bis zum sechzehnten Jahrhundert", ist aber trotz seiner tausend Manuskriptblätter Fragment geblieben und von niemandem fortgesetzt worden. Es ist begreiflich, daß über rein gelehrte Arbeiten dieser Art manche Späße gemacht werden, ihr tatsächlicher Wert für kommende Zeiten der Wissenschaft und für das Volksganze läßt sich in keiner Weise berechnen. Indessen bedarf die Wissenschaft, ebenso wie in früheren Zeiten die Kunst, nun einmal einer gewissen weitgesteckten Weide, und zuzeiten kann der Erforscher irgendeines Themas, für welches außer ihm sich niemand interessiert, in sich ein Wissen ansammeln, das seinen mitlebenden Kollegen höchst wertvolle Dienste leistet wie ein Wörterbuch oder ein Archiv. Soweit möglich, wurden gelehrte Arbeiten wie die erwähnten auch gedruckt. Man ließ die eigentliche Gelehrtenschaft in nahezu vollkommener Freiheit ihre Studien und Spiele treiben und stieß sich nicht daran, daß manche ihrer Arbeiten augenscheinlich dem Volk und Gemeinwesen keinen unmittelbaren Nutzen brachten, ja den Nichtgelehrten als luxuriöse Spielereien erscheinen mußten. Es ist mancher dieser Gelehrten wegen der Art seiner Studien belächelt, niemals aber getadelt oder gar seiner Privilegien beraubt worden. Daß sie auch beim Volk Achtung genossen und nicht bloß geduldet wurden, wenn es auch viele Witze über sie gab, das hing mit dem Opfer zusammen, mit welchem alle Mitglieder der Gelehrtenschaft ihre geistige Freiheit bezahlten. Sie hatten viele Annehmlichkeiten, sie hatten in bescheidener Zuteilung Nahrung, Kleidung und Wohnung, sie hatten herrliche Bibliotheken zur Verfügung, Sammlungen, Laboratorien, aber dafür verzichteten sie nicht nur auf Wohlleben, auf Ehe und Familie, sondern waren, als mönchische Gemeinschaft, aus dem allgemeinen Wettbewerb der Welt ausgeschieden, kannten kein Eigentum, keine Titel und Auszeichnungen und hatten sich im Materiellen mit einem sehr einfachen Leben zu begnügen. Wenn einer seine Lebensjahre an die Entzifferung einer einzigen alten Inschrift vergeuden wollte, stand ihm dies frei, man leistete ihm noch Vorschub; aber wenn er auf gutes Leben, auf elegante Kleidung, auf Geld oder Titel Anspruch machte, stieß er auf unerbittliche Verbote, und wem diese Appetite wichtig waren, der kehrte meist schon in jungen Jahren in die „Welt“ zurück, wurde besoldeter Fachlehrer, oder Privatlehrer, oder Journalist, oder heiratete, oder suchte sich auf irgendwelche Art ein Leben nach seinem Geschmack.

Als der Knabe Josef Knecht von Berolfingen Abschied nehmen mußte, war es sein Musiklehrer, der ihn zum Bahnhof begleitete. Von ihm tat der Abschied ihm weh, und ein wenig wallte ihm auch das Herz in einem Gefühl von Alleingebliebensein und Unsicherheit, als im Dahinfahren der hellgetünchte Treppengiebel des alten Schloßturmes untersank und verschwunden blieb. Mancher andre Schüler tritt diese erste Reise mit viel heftigeren Gefühlen, verzagt und in Tränen an. Josef war mit dem Herzen schon mehr drüben als hier, er überstand es leicht. Und die Reise war nicht lang.
Er war der Schule Eschholz zugeteilt worden. Bilder dieser Schule hatte er früher schon im Amtszimmer seines Rektors gesehen. Eschholz war die größte und jüngste Schulsiedlung von Kastalien, die Bauten alle aus neuerer Zeit, keine Stadt in der Nähe, nur eine dorfähnliche kleine Niederlassung, eng von Bäumen umstanden; dahinter entfaltete sich weit, eben und heiter die Anstalt, um ein großes freies Rechteck angelegt, in dessen Mitte, geordnet wie die Fünf auf einem Würfel, fünf stattliche Mammutbäume ihre dunklen Kegel in die Höhe trieben. Der riesige Platz war teils mit Rasen, teils mit Sand bedeckt und nur von zwei großen Schwimmbassins mit fließendem Wasser unterbrochen, zu welchen breite flache Stufen hinabführten. Beim Eingang zu diesem sonnigen Platz stand das Schulhaus, das einzig hohe Gebäude der Anlage, zweiflügelig mit je einer fünf-

säuligen Vorhalle an jedem Flügel. Alles übrige Bauwerk, das den ganzen Platz ohne Lücke von drei Seiten umschloß, war ganz niedrig, flach und schmucklos, in lauter gleichgroße Glieder geteilt, deren jedes mit einer Laube und einer Treppe von wenigen Stufen auf den Platz mündete, und in den meisten Laubenöffnungen standen Blumentöpfe.

Bei der Ankunft wurde nach kastalischer Sitte der Knabe nicht von einem Schuldiener empfangen und vor einen Rektor oder ein Lehrerkollegium geführt, sondern es empfing ihn ein Kamerad, ein hübscher, großgewachsener Knabe, in blaues Leinen gekleidet, ein paar Jahre älter als Josef, der gab ihm die Hand und sagte: „Ich bin Oskar, der älteste vom Haus Hellas, wo du wohnen wirst, und es ist mein Auftrag, dich bei uns willkommen zu heißen und einzuführen. In der Schule wirst du erst morgen erwartet, wir haben hübsch Zeit, alles ein wenig anzusehen, du wirst dich schnell auskennen. Ich bitte dich auch, mich für die erste Zeit, bis du eingelebt bist, als deinen Freund und Mentor zu betrachten, und auch als deinen Beschützer, falls du einmal von den Kameraden belästigt werden solltest; manche meinen ja, sie müßten immer die Neuen ein wenig plagen. Schlimm wird es nicht sein, das kann ich versprechen. Jetzt führe ich dich zuerst nach Hellas, in unser Schülerhaus, damit du siehst, wo du wohnen wirst."

So begrüßte, in der hergebrachten Weise, der vom Hausvorstand zu Josefs Mentor ernannte Oskar den Neuling, und in der Tat gab er sich Mühe, seine Rolle gut zu spielen; fast immer macht ja diese Rolle den Senioren Spaß, und wenn ein Fünfzehnjähriger sich Mühe gibt, einen Dreizehnjährigen durch leutseligen Kameradenton und leise Begönnerung zu berücken, so wird ihm das ja wohl immer gelingen. Josef wurde in seinen ersten Tagen vom Mentor durchaus als Gast behandelt, von dem man wünscht, er möge, sollte er etwa schon morgen wieder abreisen, vom Hause und vom Gastgeber einen guten Eindruck mitnehmen. Josef wurde in die Schlafstube geführt, die er mit zwei andern Knaben teilen sollte, er wurde mit Zwieback und einem Becher Fruchtsaft bewirtet, es wurde ihm das „Haus Hellas", eine der Wohnparzellen des großen Rechtecks, gezeigt, es wurde ihm gezeigt, wo er im Luftbad sein Handtuch aufhängen und in welcher Ecke er Topfblumen halten könne, falls er dazu Lust habe, er wurde auch noch vor Abend zum Waschmeister ins Waschhaus geführt, wo man ihm einen blauen Leinenanzug aussuchte und anpaßte. Josef fühlte sich vom ersten Augenblick an wohl am Ort und ging vergnügt auf Oskars Ton ein; kaum war eine leise Verlegenheit an ihm zu spüren, wennschon der Ältere und schon längst in Kastalien Heimische natürlich ein Halbgott für ihn war. Auch die gelegentlichen kleinen Renommistereien und Schauspielereien gefielen ihm, etwa wenn Oskar ein kompliziertes griechisches Zitat in seine Rede flocht, um sich dann sofort höflich zu erinnern, daß der Neue ja freilich dies noch nicht verstehen könne, natürlich nicht, wer wollte das auch von ihm verlangen!

Im übrigen war für Knecht das Internatsleben nichts Neues; er ordnete sich ohne Mühe ein. Es sind auch aus seinen Eschholzer Jahren wichtige Ereignisse nicht überliefert; den furchtbaren Brand im Schulhause kann er nicht mehr miterlebt haben. Seine Zeugnisse, soweit sie noch aufzufinden waren, zeigen in der Musik und im Latein gelegentlich die höchsten Zahlen, in Mathematik und Griechisch hielten sie sich etwas über dem guten Durchschnitt, im „Hausbuch" finden sich je und je über ihn Eintragungen wie „ingenium valde capax, studia non angusta, mores probantur" oder „ingenium felix et profectuum avidissimum, moribus placet officiosis". Welche Strafen er in Eschholz empfing, läßt sich nicht mehr feststellen, das Strafenbuch ist mit so vielem andren dem Brande zum Opfer gefallen. Ein Mitschüler soll später versichert haben, Knecht sei in den vier Eschholzer Jahren nur ein einziges Mal (durch Entzug des Wochenausfluges) bestraft worden, und zwar, weil er sich hartnäckig geweigert habe, den Namen eines Kameraden anzugeben, der etwas Verbotenes getan hatte. Die Anekdote klingt glaubhaft, Knecht war ohne Zweifel stets ein guter Kommilitone und niemals liebedienerisch nach oben; daß aber jene Bestrafung wirklich in vier Jahren die einzige gewesen sei, ist doch recht wenig wahrscheinlich.

Da wir an Dokumenten über Knechts erste Eliteschulzeit so arm sind, ziehen wir eine Stelle aus seinen spätern Vorlesungen über das Glasperlenspiel heran. Allerdings liegen von Knecht eigene Manuskripte zu diesen für Anfänger gehaltenen Vorlesungen nicht vor, ein Schüler hat sie nach seinem freien Vortrag stenographiert. Knecht spricht an jener Stelle über Analogien und Assoziationen im Glasperlenspiel und unterscheidet bei den letztern zwischen „legitimen“, das heißt allgemeinverständlichen, und „privaten“ oder subjektiven Assoziationen. Er sagt dort: „Um euch ein Beispiel für diese privaten Assoziationen zu geben, welche ihren privaten Wert dadurch nicht verlieren, daß sie im Glasperlenspiel unbedingt verboten sind, erzähle ich euch von einer solchen Assoziation aus meiner eigenen Schülerzeit. Ich war etwa vierzehn Jahre alt, und es war im Vorfrühling, im Februar oder März, da lud ein Kamerad mich ein, eines Nachmittags mit ihm auszugehen, um ein paar Holunderstämmchen zu schneiden, die wollte er als Röhren beim Bau einer kleinen Wassermühle benutzen. Wir zogen also aus, und es muß ein besonders schöner Tag in der Welt oder in meinem Gemüt gewesen sein, denn er ist mir im Gedächtnis geblieben und hat mir ein kleines Erlebnis gebracht. Das Land war feucht, aber schneefrei, an den Wasserläufen grünte es schon stark, im kahlen Gesträuch gaben Knospen und erste aufbrechende Kätzchen schon einen Hauch von Farbe, und die Luft war voll Geruch, einem Geruch voll Leben und voll Widerspruch, es duftete nach feuchter Erde, faulendem Laub und jungen Pflanzenkeimen, jeden Augenblick erwartete man schon die ersten Veilchen zu riechen, obschon es noch keine gab. Wir kamen zu den Holundern, sie hatten winzige Knospen, aber noch kein Laub, und als ich einen Zweig abschnitt, drang mir ein bittersüßer, heftiger Geruch entgegen, der alle die andern Frühlingsgerüche in sich gesammelt, summiert und potenziert zu haben schien. Ich war ganz benommen davon, ich roch an meinem Messer, roch an meiner Hand, roch an dem Holunderzweig; sein Saft war es, der so dringlich und unwiderstehlich duftete. Wir sprachen nicht darüber, aber auch mein Kamerad roch lang und nachdenklich an seinem Rohr, auch zu ihm sprach der Duft. Nun, jedes Erlebnis hat eben seine Magie, und hier bestand mein Erlebnis darin, daß der kommende Frühling, schon beim Gehen über die feucht schwappenden Wiesenböden, beim Duft der Erde und Knospen von mir stark und beglückend empfunden, sich nun im Fortissimo des Holunderduftes zu einem sinnlichen Gleichnis und einer Bezauberung konzentrierte und steigerte. Vielleicht hätte ich, auch wenn dies kleine Erlebnis für sich allein geblieben wäre, diesen Geruch niemals mehr vergessen; vielmehr, jede künftige Wiederbegegnung mit diesem Geruch hätte mir wahrscheinlich bis ins Alter stets die Erinnerung an jenes erste Mal aufgeweckt, da ich den Duft bewußt erlebt hatte. Nun kommt aber noch etwas Zweites hinzu. Ich hatte damals bei meinem Klavierlehrer einen alten Band Noten gefunden, der mich gewaltig anzog, es war ein Band Lieder von Franz Schubert. Ich hatte darin geblättert, als ich einmal etwas lange auf den Lehrer warten mußte, und auf meine Bitte hatte er ihn mir für einige Tage geliehen. In meinen Freistunden lebte ich ganz in der Wonne des Entdeckens, ich hatte bis dahin nichts von Schubert gekannt und war damals ganz von ihm bezaubert. Und nun entdeckte ich, am Tag jenes Holundergangs oder am Tage nachher, Schuberts Frühlingslied ‚Die linden Lüfte sind erwacht', und die ersten Akkorde der Klavierbegleitung überfielen mich wie ein Wiedererkennen: diese Akkorde dufteten genau so wie der junge Holunder geduftet hatte, so bittersüß, so stark und gepreßt, so voll Vorfrühling! Von jener Stunde an ist für mich die Assoziation Vorfrühling – Holunderduft – Schubertakkord eine feststehende und absolut gültige, mit dem Anschlagen des Akkords rieche ich sofort und unbedingt den herben Pflanzengeruch wieder, und beides zusammen heißt: Vorfrühling. Ich besitze an dieser privaten Assoziation etwas sehr Schönes, etwas, das ich für nichts hergeben möchte. Aber die Assoziation, das jedesmalige Aufzucken zweier sinnlicher Erlebnisse beim Gedanken ‚Vorfrühling', ist meine Privatsache. Sie läßt sich mitteilen, gewiß, so wie ich sie euch hier erzählt habe. Aber sie läßt sich nicht übertragen. Ich kann euch meine Assoziation verständlich machen, aber ich kann nicht machen, daß auch nur bei einem einzigen von euch meine private Assoziation gleichfalls zu einem gültigen Zeichen, zu einem Mechanismus wird, der auf Anruf unfehlbar reagiert und stets genau gleich abläuft."

Einer von Knechts Mitschülern, der es später bis zum ersten Archivar des Glasperlenspiels gebracht hat, wußte zu erzählen, daß Knecht im ganzen ein stillfröhlicher Knabe gewesen sei, beim Musizieren habe er zuweilen einen wunderbar versunkenen oder seligen Ausdruck gehabt, heftig und leidenschaftlich habe man ihn nur selten gesehen, besonders beim rhythmischen Ballspiel, das er sehr liebte. Einige Male aber sei der freundliche, gesunde Knabe aufgefallen und habe Spott oder auch Besorgnis erregt, nämlich bei einigen Fällen von Schülerentlassungen, wie sie ja namentlich an den niedern Eliteschulen des öftern notwendig werden. Als es das erstemal vorkam, daß ein Klassenkamerad beim Unterricht und Spiel fehlte und auch andern Tages nicht wiederkam und es sich herumsprach, daß er nicht etwa krank, sondern entlassen und abgereist sei und nicht wiederkommen werde, da sei Knecht nicht nur traurig, sondern tagelang wie verstört gewesen. Er selbst habe sich später, um Jahre später, so darüber geäußert: „Wenn ein Schüler aus Eschholz zurückgeschickt wurde und uns verließ, empfand ich es jedesmal wie einen Todesfall. Hätte man mich nach dem Grund meiner Trauer gefragt, so hätte ich gesagt, es sei Mitleid mit dem Armen, der sich durch Leichtsinn und Trägheit seine Zukunft verdorben habe, und es sei auch Angst dabei, Angst, daß es auch mir vielleicht einmal so gehen könnte. Erst nachdem ich das gleiche schon des öftern erlebt hatte und im Grunde an die Möglichkeit, das gleiche Schicksal könne auch mich treffen, gar nicht mehr glaubte, begann ich etwas tiefer zu sehen. Jetzt empfand ich den Ausschluß eines Electus nicht mehr nur als Unglück und Strafe, es war mir ja jetzt auch bekannt, daß die Entlassenen selbst in manchen Fällen ganz gerne wieder nach Hause zogen. Ich spürte jetzt, daß es nicht bloß Gericht und Strafe gab, denen ein Leichtsinniger zum Opfer fallen konnte, sondern daß die ‚Welt' dort draußen, aus der wir Electi alle einst gekommen waren, nicht in dem Maße aufgehört habe zu existieren, wie es mir erschien, daß sie vielmehr für manche eine große Wirklichkeit voll Anziehungskraft war, die sie lockte und schließlich zurückrief. Und vielleicht war sie das nicht nur für einzelne, sondern für alle, vielleicht auch war es gar nicht ausgemacht, daß es die Schwächeren und Minderwertigen seien, welche die ferne Welt so sehr anzog: vielleicht war der scheinbare Rückfall, den sie erlitten, gar kein Fall und kein Erleiden, sondern ein Sprung und eine Tat, und vielleicht waren wir, die wir brav in Eschholz blieben, gerade die Schwachen

und Feigen.“ Wir werden sehen, daß diese Gedanken ihm etwas später sehr lebendig nahe traten.
Eine große Freude war für ihn jedes Wiedersehen mit dem Musikmeister. Der kam mindestens alle zwei bis drei Monate einmal nach Eschholz, besuchte und inspizierte die Musikstunden, war auch mit einem der dortigen Lehrer befreundet, dessen Gast er nicht selten für einige Tage war. Einmal leitete er persönlich die letzten Proben zur Aufführung einer Vesper von Monteverdi. Vor allem aber behielt er die Begabteren unter den Musikschülern im Auge, und Knecht gehörte zu denen, die er seiner väterlichen Freundschaft würdigte. Je und je saß er mit ihm eine Stunde in einer der Übungskammern am Klavier und nahm Werke seiner Lieblingsmusiker mit ihm durch oder ein Musterbeispiel aus den alten Kompositionslehren. „Mit dem Musikmeister einen Kanon zu bauen oder ihn einen schlechtgebauten ad absurdum führen zu hören, hatte oft eine Feierlichkeit oder auch eine Munterkeit wie nichts andres, manchmal konnte man kaum die Tränen zurückhalten, und manchmal kam man nicht aus dem Lachen heraus. Aus einer privaten Musikstunde bei ihm kam man wie aus einem Bad und einer Massage.“
Als Knechts Eschholzer Schülerzeit sich ihrem Ende näherte – er sollte zusammen mit etwa einem Dutzend andrer Schüler seiner Stufe in eine Schule der nächsten Stufe aufgenommen werden –, hielt diesen Kandidaten einst der Rektor die übliche Rede, in welcher er den Promovierten nochmals den Sinn und die Gesetze der kastalischen Schulen vor Augen stellte und ihnen gewissermaßen im Namen des Ordens den Weg vorzeichnete, an dessen Ende sie das Recht haben würden, selbst in den Orden einzutreten. Diese solenne Rede gehört zum Programm eines Festtages, den die Schule ihren Promovierten gibt und an welchem diese von Lehrern und Mitschülern wie Gäste behandelt werden. Stets finden an diesen Tagen sorgfältig vorbereitete Aufführungen statt – diesmal war es eine große Kantate aus dem siebzehnten Jahrhundert –, und der Musikmeister war selber gekommen, sie anzuhören. Nach des Rektors Rede, auf dem Wege zum geschmückten Speisesaal, näherte sich Knecht dem Meister mit einer Frage: „Der Rektor“, sagte er, „hat uns davon erzählt, wie es außerhalb von Kastalien, in

den gewöhnlichen Schulen und Hochschulen, zugeht. Er hat gesagt, daß die dortigen Schüler sich auf ihren Universitäten den ‚freien' Berufen zuwenden. Es sind das, wenn ich ihn richtig verstanden habe, zum größern Teil Berufe, welche wir hier in Kastalien gar nicht kennen. Wie soll ich das nun verstehen? Warum nennt man jene Berufe ‚frei'? Und warum sollen gerade wir Kastalier von ihnen ausgeschlossen sein?"

Der Magister Musicae zog den Jüngling beiseite und blieb unter einem der Mammutbäume stehen. Ein beinahe listiges Lächeln zog die Haut um seine Augen in Fältchen, als er ihm Antwort gab. „Du trägst den Namen Knecht, mein Lieber, vielleicht hat darum das Wort ‚frei' so viel Zauber für dich. Nimm es aber nicht zu ernst in diesem Fall! Wenn die Nichtkastalier von freien Berufen sprechen, so wird das Wort vielleicht sehr ernsthaft und sogar pathetisch klingen. Von uns aber wird es ironisch gemeint. Eine Freiheit jener Berufe zwar besteht insofern, als der Lernende sich den Beruf selbst erwählt. Das gibt einen Anschein von Freiheit, obwohl in den meisten Fällen die Wahl weniger vom Schüler als von dessen Familie getroffen wird und mancher Vater sich lieber die Zunge abbisse, als seinem Sohn diese freie Wahl wirklich überließe. Aber vielleicht ist das Verleumdung; schalten wir diesen Einwand aus! Die Freiheit also sei da, aber sie beschränkt sich auf den einen, einzigen Akt der Berufswahl. Nachher ist es mit der Freiheit zu Ende. Schon bei den Studien an der Hochschule ist der Arzt, der Jurist, der Techniker in einen sehr starren Lehrgang gezwängt, der mit einer Reihe von Prüfungen endet. Hat er sie bestanden, dann bekommt er sein Patent und kann nun, wieder in scheinbarer Freiheit, seinem Beruf nachgehen. Er wird damit aber ein Sklave niedriger Mächte, er hängt vom Erfolg, vom Geld, von seinem Ehrgeiz, seiner Ruhmsucht, vom Gefallen ab, das die Menschen an ihm finden oder nicht finden. Er muß sich Wahlen unterziehen, er muß Geld verdienen, er nimmt teil am rücksichtslosen Wettkampf der Kasten, der Familien, der Parteien, der Zeitungen. Dafür hat er die Freiheit, erfolgreich und wohlhabend zu werden und von den Erfolglosen gehaßt zu werden oder umgekehrt. Mit dem Eliteschüler und spätern Mitglied des Ordens steht es in jeder Hinsicht umgekehrt. Er ‚wählt' sich keinen Beruf. Er glaubt nicht, seine Talente besser beurteilen zu können als die Lehrer. Er läßt sich innerhalb der Hierarchie immer an den Ort stellen und zu der Funktion bestimmen, welche die Oberen für ihn wählen – sofern nämlich die Sache nicht etwa umgekehrt läuft und die Eigenschaften, Gaben und Fehler des Schülers es sind, welche die Lehrer zwingen, ihn hierhin oder dorthin zu stellen. Inmitten dieser scheinbaren Unfreiheit nun genießt jeder Electus nach seinen ersten Kursen die denkbar größte Freiheit. Während der Mann der ‚freien' Berufe sich zur Ausbildung in seinem Fach einem engen und starren Lehrgang mit starren Prüfungen unterziehen muß, geht beim Electus, sobald er selbständig zu studieren beginnt, die Freiheit so weit, daß es viele gibt, welche ihr Leben lang nach eigener Wahl die entlegensten und oft fast närrischen Studien betreiben, und niemand stört sie darin, solange nur nicht ihre Sitten entarten. Der zum Lehrer Geeignete wird als Lehrer verwendet, der zum Erzieher Geeignete als Erzieher, der zum Übersetzer Geeignete als Übersetzer, jeder findet wie von selbst den Ort, an welchem er dienen und im Dienen frei sein kann. Und nun ist er außerdem für sein ganzes Leben jener ‚Freiheit' des Berufes entzogen, die so furchtbare Sklaverei bedeutet. Er weiß nichts vom Streben nach Geld, nach Ruhm, nach Rang, er kennt keine Parteien, keinen Zwiespalt zwischen Person und Amt, zwischen Privat und Öffentlich, keine Abhängigkeit vom Erfolg. Du siehst wohl, mein Sohn: wenn man von freien Berufen spricht, so ist das ‚frei' ziemlich spaßhaft gemeint."

Der Abschied von Eschholz bedeutete in Knechts Leben einen deutlichen Einschnitt. Hatte er bisher in einer glücklichen Kindheit, in einer willigen und beinahe problemlosen Einordnung und Harmonie gelebt, so begann jetzt eine Periode des Kampfes, der Entwicklungen und der Problematik. Er war etwa siebzehn Jahre alt, als ihm seine baldige Versetzung in eine höhere Schulstufe angekündigt wurde, ihm und einer Reihe von Kommilitonen, und jetzt gab es auf eine kurze Weile keine wichtigere und mehr diskutierte Frage für die Ausgewählten als die nach dem Ort, an den jeder von ihnen verpflanzt werden würde. Er wurde einem jeden, der Tradition gemäß, erst in den letzten Tagen vor der Abreise mitgeteilt, und in der Frist zwischen Entlassungsfest und Abreise waren Ferien. In diese Ferien nun fiel für Knecht ein schönes und bedeutendes Ereignis: der Musikmeister lud ihn ein, ihn auf einer Fußreise zu besuchen und einige Tage sein Gast zu sein. Das war eine große und seltene Ehre. Mit einem ebenfalls promovierten Kameraden – denn Knecht gehörte noch zu Eschholz, und den Schülern dieser Stufe war Alleinreisen nicht erlaubt – wanderte er eines frühen Morgens dem Wald und den Bergen entgegen, und als die beiden nach drei Stunden des Steigens im Waldschatten auf eine freie Kuppe gelangten, sahen sie unter sich schon klein und leicht überblickbar ihr Eschholz liegen, weithin kenntlich an der dunklen Masse der fünf Riesenbäume, am rasendurchzogenen Rechteck mit den spiegelnden Weihern, mit dem hohen Schulhaus, der Ökonomie, dem Dörfchen, dem berühmten Eschengehölz. Die beiden Jünglinge standen und blickten hinab; mancher von uns hat diesen lieblichen Blick in Erinnerung, er war damals nicht sehr vom heutigen verschieden, denn die Gebäude sind nach dem großen Brande beinahe unverändert wieder errichtet worden, und von den hohen Bäumen haben drei den Brand überlebt. Da sahen sie ihre Schule liegen, ihre Heimat seit Jahren, von der sie nun bald Abschied nehmen sollten, und beide fühlten sich von dem Anblick im Herzen ergriffen.

„Ich glaube, ich habe noch nie richtig gesehen, wie schön es ist", sagte Josefs Begleiter. „Ach ja, es mag davon kommen, daß ich es zum erstenmal als etwas sehe, was ich verlassen und wovon ich Abschied nehmen muß."

„Das ist es", sagte Knecht, „du hast recht, es geht auch mir so. Aber wenn wir auch von hier fortgehen werden, eigentlich und richtig verlassen wir Eschholz ja doch nicht. Richtig verlassen haben es nur jene, die für immer fortgegangen sind, jener Otto zum Beispiel, der so wunderbare lateinische Juxverse machen konnte, oder unser Charlemagne, der so lang unter Wasser hat schwimmen können, und die anderen. Die haben wirklich Abschied genommen und sich losgelöst. Ich habe lange nicht mehr an sie gedacht, jetzt fallen sie mir wieder ein. Lache mich nur aus, aber diese Abgefallenen haben trotz allem für mich etwas Imponierendes, so wie der abtrünnige Engel Luzifer etwas Großes hat. Sie haben vielleicht das Falsche getan, vielmehr, sie haben ganz ohne Zweifel das Falsche getan, aber immerhin: sie haben etwas getan, sie haben etwas vollzogen, sie haben einen Sprung gewagt, es gehörte Mut dazu. Wir andern, wir haben Fleiß und Geduld gehabt, und Vernunft, aber getan haben wir nichts, gesprungen sind wir nicht!"

„Ich weiß nicht", meinte der andre, „manche von ihnen haben weder etwas getan noch gewagt, sondern sie haben einfach gebummelt, bis man sie fortgeschickt hat. Aber vielleicht verstehe ich dich nicht ganz. Was meinst du denn mit dem Springen?"

„Damit meine ich das Loslassenkönnen, das Ernstmachen, nun eben – das Springen! Ich wünsche mir nicht, in meine frühere Heimat und in mein früheres Leben zurückzuspringen, sie zieht mich nicht, ich habe sie beinah vergessen. Aber ich wünsche mir: einmal, wenn die Stunde kommt und es notwendig sein wird, mich auch losmachen und springen zu können, bloß nicht zurück ins Geringere, sondern vorwärts und ins Höhere."

„Nun, dem gehen wir ja entgegen. Eschholz war eine Stufe, die nächste wird höher sein, und schließlich erwartet uns der Orden."

„Ja, aber das meinte ich nicht. Wir wollen weiterziehen, amice, das Wandern ist so schön, es wird mich wieder froh machen. Wir sind ja ganz trübsinnig geworden."

In dieser Stimmung und diesen Worten, die jener Kamerad uns überliefert hat, meldet sich die stürmische Epoche von Knechts Jugendzeit schon an.

Zwei Tage waren die Wanderer unterwegs, bis sie am damaligen Wohnort des Musikmeisters anlangten, dem hochgelegenen Monteport, wo der Meister im ehemaligen Kloster gerade einen Kurs für Dirigenten abhielt. Der Kamerad wurde im Gästehaus untergebracht, während Knecht eine kleine Zelle in der Wohnung des Magisters bekam. Er hatte dort kaum seinen Rucksack ausgepackt und sich gewaschen, da kam schon sein Wirt herein. Der ehrwürdige Mann gab dem Jüngling die Hand, setzte sich mit einem kleinen Seufzer auf einen Stuhl nieder, schloß für ein paar Augenblicke die Augen, wie er es tat, wenn er sehr müde war, dann sagte er freundlich aufblickend: „Entschuldige mich, ich bin kein sehr guter Wirt. Du kommst eben von der Fußreise und wirst müde sein, und ehrlich gesagt bin ich es auch, mein Tag ist etwas überfüllt – aber wenn du nicht etwa schon schläfrig bist, möchte ich dich gleich jetzt für eine Stunde mit in meine Stube nehmen. Du kannst zwei Tage hierbleiben, und morgen kannst du auch deinen Begleiter zu mir zu Tisch einladen, aber viel Zeit habe ich leider nicht für dich, darum müssen wir sehen, wie wir die paar Stunden herausbringen, die ich für dich brauche. Wir fangen also gleich an, nicht?"

Er führte Knecht in eine gewölbte große Zelle, darin stand nichts von Hausrat als ein altes Klavier und zwei Stühle. In die setzten sie sich.

„Du kommst bald in eine andere Stufe", sagte der Meister. „Dort wirst du allerlei Neues lernen, es ist viel Hübsches dabei, auch am Glasperlenspiel wirst du wohl bald zu nippen beginnen. Das alles ist schön und ist wichtig, aber eines ist wichtiger als alles andre: du wirst das Meditieren lernen. Scheinbar lernen es ja alle, aber man darf nicht immer nachprüfen. Von dir wünsche ich, daß du es richtig und gut lernest, ebenso gut wie die Musik; alles andre kommt dann von selbst. Darum möchte ich dir die zwei oder drei ersten Lektionen selbst geben, das war der Grund meiner Einladung. Wir wollen also heut und morgen und übermorgen je eine Stunde zu meditieren versuchen, und zwar über Musik. Du bekommst jetzt einen Becher Milch, damit Durst und Hunger dich nicht stören, die Abendmahlzeit wird uns erst später gebracht."

Es pochte an der Tür, und ein Becher Milch wurde gebracht.

„Trinke langsam, langsam", mahnte er, „laß dir Zeit, und sprich nicht dazu." Ganz langsam trank Knecht seine kühle Milch, ihm gegenüber saß der verehrte Mann und hielt wieder die Augen geschlossen, sein Gesicht sah recht alt, aber freundlich aus, es war voll Friede, er lächelte in sich hinein, als sei er in seine eigenen Gedanken hinabgestiegen wie ein Ermüdeter in ein Fußbad. Es strömte Ruhe von ihm aus. Knecht spürte es und wurde selbst beruhigt.

Jetzt drehte sich der Magister auf seinem Stuhle um und legte die Hände auf das Klavier. Er spielte ein Thema und trieb es variierend vorwärts, es schien ein Stück von einem italienischen Meister zu sein. Er wies seinen Gast an, sich den Gang dieser Musik wie einen Tanz, wie eine ununterbrochene Reihe von Gleichgewichtsübungen vorzustellen, wie eine Folge von kleineren oder größeren Schritten von der Mitte einer Symmetrieachse aus, und auf nichts andres zu achten als auf die Figur, welche diese Schritte bildeten. Er spielte die Takte nochmals, sann ihnen schweigend nach, spielte sie noch einmal, und blieb, die Hände auf den Knien, ganz still sitzen, die Augen halb geschlossen, ohne jede Regung, in sich innen die Musik wiederholend und betrachtend. Auch der Schüler horchte ihr in seinem Innern nach, sah Bruchstücke von Notenlinien vor sich, sah etwas sich bewegen, etwas schreiten, tanzen und schweben, und suchte die Bewegung zu erkennen und zu lesen wie die Kurven der Linie eines Vogelfluges. Sie verwirrten und verloren sich wieder, er mußte von vorn beginnen, einen Augenblick verließ ihn die Konzentration, er war im Leeren, blickte verlegen um sich und sah das stille versunkene Angesicht des Meisters blaß in der Dämmerung schweben, fand sich nun wieder in jenen geistigen Raum zurück, dem er entglitten war, hörte die Musik wieder darin tönen, sah sie darin schreiten, sah sie die Linie ihrer Bewegung hinschreiben, sah und sann den tanzenden Füßen der Unsichtbaren nach . . .

Es schien ihm eine lange Zeit vergangen zu sein, als er dem Raum wieder entglitt, als er den Stuhl unter sich wieder fühlte, den mattenbedeckten Steinboden, das schwach gewordene Dämmerlicht hinter den Fenstern. Er spürte, daß jemand ihn ansehe, blickte auf und sah in den Blick des Musikmeisters, der ihn aufmerksam betrachtete. Der Meister nickte ihm kaum merklich zu, spielte mit einem Finger pianissimo die letzte Variation jener italienischen Musik und erhob sich.

„Bleibe hier sitzen", sagte er, „ich werde wiederkommen. Suche die Musik in dir noch einmal auf, achte auf die Figur! Aber zwinge dich nicht, es ist bloß ein Spiel. Wenn du drüber einschläfst, so schadet es auch nichts."

Er ging, es wartete noch eine Arbeit auf ihn, die der überfüllte Tag ihm übriggelassen hatte, keine leichte und angenehme Arbeit, keine, die er sich wünschte. Es war einer unter den Schülern des Dirigentenkurses, ein begabter, aber eitler und hochfahrender Mensch, mit dem er noch sprechen, dem er Unarten legen, Unrecht beweisen, dem er Sorge wie Überlegenheit, Liebe wie Autorität zeigen mußte. Er seufzte. Daß es keine endgültige Ordnung, kein Aufräumen mit erkannten Irrtümern gab! Daß man immer und immer wieder dieselben Fehler bekämpfen, dieselben Unkräuter ausraufen mußte! Das Talent ohne Charakter, das Virtuosentum ohne Hierarchie, das einst im Feuilletonzeitalter das Musikleben beherrscht hatte, das in der musikalischen Renaissance ausgerottet und abgetan worden war – da grünte es schon wieder und trieb Knospen.

Als er von seinem Gange wiederkam, um mit Josef das Abendbrot einzunehmen, fand er ihn still, aber vergnügt, gar nicht mehr müde. „Es war sehr schön", sagte der Knabe träumerisch. „Die Musik ist mir darüber ganz entschwunden, sie hat sich verwandelt."

„Laß sie in dir nachschwingen", sagte der Meister und führte ihn in ein kleines Gemach, wo ein Tisch mit Brot und Obst bereit stand. Sie aßen, und der Meister lud ihn ein, morgen eine Weile dem Dirigierkurs beizuwohnen. Ehe er sich zurückzog und den Gast in seine Zelle brachte, sagte er zu ihm: „Du hast beim Meditieren etwas gesehen, die Musik ist dir als Figur erschienen. Versuche, wenn du dazu Lust hast, sie nachzuschreiben."

In der Gastzelle fand Knecht einen Bogen Papier auf dem Tische liegen und Stifte, und ehe er zur Ruhe ging, versuchte er die Figur zu zeichnen, in welche sich ihm jene Musik verwandelt hatte. Er zog eine Linie, und von der Linie schräg wegstrebend in rhythmischen Zwischenräumen kurze Seitenlinien; es erinnerte etwa an die Ordnung der Blätter an einem Baumzweig. Es befriedigte ihn nicht, was dabei entstand, aber er fühlte Lust, es noch einmal und nochmals zu versuchen, und zuletzt bog er im Spielen die Linie zu einem Kreis, von welchem die Seitenlinien ausstrahlten, ähnlich wie vom Kreis eines Kranzes die Blumen. Dann ging er zu Bett und schlief schnell ein. Im Traum kam er wieder auf jene Hügelkuppe über den Wäldern, wo er gestern mit seinem Kameraden gerastet hatte, und sah unter sich das liebe Eschholz liegen, und indem er hinabschaute, zog das Rechteck der Schulgebäude sich zu einem Oval und dann zum Kreis auseinander, einem Kranz, und der Kranz begann sich langsam zu drehen, drehte sich mit zunehmen-

der Geschwindigkeit, drehte sich zuletzt rasend schnell und barst und flog in funkelnden Sternen auseinander.
Er wußte beim Erwachen nichts mehr davon, aber als ihn später bei einem Morgengang der Meister fragte, ob er einen Traum gehabt habe, war es ihm, als müsse er etwas Schlimmes oder Aufregendes im Traum erlebt haben, er sann nach, fand den Traum wieder, erzählte ihn und war verwundert über seine Harmlosigkeit. Aufmerksam hörte der Meister zu.
„Soll man denn auf Träume achten?" fragte Josef. „Kann man sie deuten?"
Der Meister sah ihm in die Augen und sagte kurz: „Man soll auf alles achten, denn man kann alles deuten." Nach einigen Schritten aber fragte er väterlich: „In welche Schule möchtest du denn am liebsten kommen?" Jetzt errötete Josef. Schnell und leise sagte er: „Ich glaube, nach Waldzell."
Der Meister nickte. „Ich dachte es mir. Du kennst doch den alten Spruch: Gignit autem artificiosam . . ."
Noch rot im Gesicht, ergänzte Knecht den jedem Schüler wohlbekannten Spruch: Gignit autem artificiosam lusorum gentem Cella Silvestris. Zu deutsch: Waldzell aber bringt das kunstreiche Völkchen der Glasperlenspieler hervor.
Herzlich blickte ihn der Alte an. „Wahrscheinlich ist das dein Weg, Josef. Du weißt, daß nicht alle mit dem Glasperlenspiel einverstanden sind. Sie sagen, es sei ein Ersatz für die Künste, und die Spieler seien Belletristen, sie seien nicht mehr als eigentlich Geistige zu betrachten, sondern seien eben frei phantasierende und dilettierende Künstler. Du wirst ja sehen, was daran wahr ist. Vielleicht hast du selber Vorstellungen vom Glasperlenspiel, die ihm mehr zutrauen, als es dir halten wird, vielleicht auch umgekehrt. Daß das Spiel Gefahren hat, ist gewiß. Eben darum lieben wir es, auf gefahrlose Wege schickt man nur die Schwachen. Du sollst aber nie vergessen, was ich dir so oft gesagt habe: unsre Bestimmung ist, die Gegensätze richtig zu erkennen, erstens nämlich als Gegensätze, dann aber als die Pole einer Einheit. So ist es auch mit dem Glasperlenspiel. Die Künstlernaturen sind in dies Spiel verliebt, weil man darin phantasieren kann; die strengen Fachwissenschafter verachten es – und auch manche Musiker tun es –, weil ihm jener Grad der Strenge in der Disziplin fehle, den die Einzelwissen-

schaften erreichen können. Gut, du wirst diese Gegensätze kennenlernen und wirst mit der Zeit entdecken, daß es nicht Gegensätze der Objekte sind, sondern der Subjekte, daß zum Beispiel ein phantasierender Künstler die reine Mathematik oder Logik nicht deswegen meidet, weil er etwas von ihr erkannt und auszusagen hätte, sondern weil er instinktiv anderswohin neigt. Du kannst an solchen instinktiven und heftigen Neigungen und Abneigungen mit Sicherheit die kleineren Seelen erkennen. In Wirklichkeit, das heißt in den großen Seelen und überlegenen Geistern, gibt es diese Leidenschaften nicht. Jeder von uns ist nur ein Mensch, nur ein Versuch, ein Unterwegs. Er soll aber dorthin unterwegs sein, wo das Vollkommene ist, er soll ins Zentrum streben, nicht an die Peripherie. Merke dir: man kann strenger Logiker oder Grammatiker und dabei voll Phantasie und Musik sein. Man kann Musikant oder Glasperlenspieler und dabei ganz Hingabe an Gesetz und Ordnung sein. Der Mensch, den wir meinen und wollen, der zu werden unser Ziel ist, würde jeden Tag seine Wissenschaft oder Kunst mit jeder andern tauschen können, er würde im Glasperlenspiel die kristallenste Logik aufstrahlen lassen und in der Grammatik die schöpferischste Phantasie. So sollten wir sein, man sollte uns zu jeder Stunde auf einen andern Posten stellen können, ohne daß wir uns dagegen sträuben und uns verwirren lassen."

„Ich glaube zu verstehen", sagte Knecht. „Aber sind jene, die so starke Vorlieben und Aversionen haben, nicht eben einfach die leidenschaftlicheren Naturen, andre aber die ruhigeren und sanfteren?"

„Es scheint zu stimmen und stimmt doch nicht", lachte der Meister. „Um für alles tüchtig zu sein und allem gerecht zu werden, braucht man gewiß nicht ein Minus an Seelenkraft und Schwung und Wärme, sondern ein Plus. Was du Leidenschaft nennst, ist nicht Seelenkraft, sondern Reibung zwischen Seele und Außenwelt. Es ist dort, wo die Leidenschaftlichkeit herrscht, nicht ein Plus an Kraft des Begehrens und Strebens vorhanden, sondern sie ist auf ein vereinzeltes und falsches Ziel gerichtet, daher die Spannung und Schwüle in der Atmosphäre. Wer die höchste Kraft des Begehrens ins Zentrum richtet, gegen das wahre Sein hin, gegen das Vollkommene, der scheint ruhiger als der Leidenschaftliche, weil man die Flamme seiner Glut nicht immer sieht, weil er zum Beispiel beim Disputieren nicht schreit und nicht mit den Armen fuchtelt. Aber ich sage dir: Er muß glühen und brennen!"

„Ach, wenn man doch wissend werden könnte!" rief Knecht. „Wenn es doch eine Lehre gäbe, etwas, woran man glauben kann! Alles widerspricht einander, alles läuft aneinander vorbei, nirgends ist Gewißheit. Alles läßt sich so deuten und läßt sich auch wieder umgekehrt deuten. Man kann die ganze Weltgeschichte als Entwicklung und Fortschritt auslegen, und kann ebensowohl nichts als Verfall und Unsinn in ihr sehen. Gibt es denn keine Wahrheit? Gibt es keine echte und gültige Lehre?"

Der Meister hatte ihn noch nie so heftig reden hören. Er ging eine Strecke weiter, dann sagte er: „Es gibt die Wahrheit, mein Lieber! Aber die ‚Lehre', die du begehrst, die absolute, vollkommen und allein weise machende, die gibt es nicht. Du sollst dich auch gar nicht nach einer vollkommenen Lehre sehnen, Freund, sondern nach Vervollkommnung deiner selbst. Die Gottheit ist in *dir*, nicht in den Begriffen und Büchern. Die Wahrheit wird gelebt, nicht doziert. Mache dich auf Kämpfe gefaßt, Josef Knecht, ich sehe wohl, sie haben schon begonnen."

In diesen Tagen sah Josef den geliebten Magister zum erstenmal in seinem Alltag und seiner Arbeit und bewunderte ihn sehr, obwohl er nur einen kleinen Teil seiner täglichen Leistung sehen konnte. Am meisten aber gewann ihn der Meister dadurch, daß er sich seiner so annahm, daß er ihn zu sich eingeladen hatte, daß inmitten seiner Arbeit der überbürdete und oft so müde aussehende Mann noch Stunden für ihn aussparte, und nicht nur die Stunden! Wenn ihm diese Einführung in die Meditation so tiefen und nachhaltigen Eindruck machte, so tat sie es, wie er später beurteilen lernte, nicht durch eine besonders feine oder eigenartige Technik, sondern nur durch die Person, durch das Beispiel des Meisters. Seine späteren Lehrer, bei welchen er im folgenden Jahr in der Meditation unterrichtet wurde, gaben mehr Anweisungen, genauere Lehren, kontrollierten schärfer, stellten mehr Fragen, wußten mehr zu korrigieren. Der Musikmeister, seiner Macht über diesen Jüngling sicher, sprach und lehrte beinahe gar nichts, er gab eigentlich nur die Themen an und ging mit seinem Beispiel voran. Knecht beobachtete, wie sein Meister oft so alt und mitgenommen aussah, wie er dann, mit halbgeschlossenen Augen, in sich versank, danach wieder so still, so kräftig, heiter und freundlich zu blicken vermochte – nichts hätte ihn inniger vom Weg zu den Quellen, vom Weg aus der Unruhe in die Ruhe überzeugen können. Was der Meister etwa darüber in Worten zu sagen hatte, davon erfuhr Knecht beiläufig dieses und jenes auf einem kurzen Spaziergang oder bei einer Mahlzeit.

Wir wissen, daß Knecht vom Magister damals auch einige erste Andeutungen und Wegleitungen für das Glasperlenspiel empfing, doch sind keine Worte überliefert. Eindruck machte es ihm, daß sein Wirt sich manche Mühe um Josefs Begleiter gab, damit er nicht zu sehr die Empfindung habe, nur Anhängsel zu sein. An alles schien dieser Mann zu denken.

Der kurze Aufenthalt in Monteport, die drei Meditationsstunden, das Zuschauen beim Dirigentenkurs, die paar Gespräche mit dem Meister bedeuteten viel für Knecht; mit Sicherheit hatte jener den wirksamsten Zeitpunkt für sein kurzes Eingreifen gewählt. Seine Einladung hatte hauptsächlich den Zweck gehabt, dem Jüngling die Meditation ans Herz zu legen, aber nicht weniger wichtig war diese Einladung an sich selbst, als Auszeichnung, als Zeichen dafür, daß man auf ihn achte und etwas von ihm erwarte: es war der zweite Grad der Berufung. Man hatte ihm Einblick in die innern Bezirke gegönnt; wenn einer der zwölf Meister einen Schüler dieser Stufe so nahe zu sich heranrief, so bedeutete das nicht nur ein persönliches Wohlwollen. Was ein Meister tat, war immer mehr als persönlich.

Beim Abschied bekamen beide Schüler kleine Geschenke, Josef ein Heft mit zwei Bachschen Choralvorspielen, der Kamerad eine zierliche Taschenausgabe des Horaz. Zu Knecht sagte der Meister, als er ihn entließ: „Du wirst in einigen Tagen erfahren, welcher Schule du zugeteilt bist. Ich werde dorthin weniger häufig kommen als nach Eschholz, aber wir werden uns auch dort wohl wiedersehen, wenn ich gesund bleibe. Wenn du Lust dazu hast, kannst du mir einmal im Jahr einen Brief schreiben, besonders über den Verlauf deiner musikalischen Studien. Kritik an deinen Lehrern soll dir nicht verboten sein, doch lege ich auf sie weniger Wert. Es wartet vieles auf dich, ich hoffe, daß du dich bewährst. Unser Kastalien soll nicht bloß eine Auslese sein, es soll vor allem eine Hierarchie sein, ein Bau, in dem jeder Stein seinen Sinn nur vom Ganzen bekommt. Aus diesem Ganzen heraus führt kein Weg, und wer höher steigt und größere Aufgaben bekommt, wird nicht freier, er wird nur immer verantwortlicher. Auf Wiedersehen, junger Freund, es war mir eine Freude, dich hier zu haben."

Die beiden wanderten zurück, beide waren unterwegs heiterer und gesprächiger als auf dem Herwege, die paar Tage mit anderer Luft und anderen Bildern, die Berührung mit einem anderen Lebenskreise hatten sie aufgelockert, von Eschholz und von der dortigen Abschiedsstimmung freier gemacht und doppelt begierig auf den Wechsel und die Zukunft. Bei mancher Rast im Walde oder über einer der steilen Schluchten der Gegend von Monteport holten sie ihre hölzernen Flöten aus der Tasche und spielten zweistimmig ein paar Lieder. Und als sie jene Höhe über Eschholz mit der Aussicht auf Anstalt und Bäume wieder erreicht hatten, da schien ihnen beiden ihr Gespräch, das sie hier geführt, schon weit in der Vergangenheit zu liegen, die Dinge hatten alle einen neuen Aspekt gewonnen; sie sagten kein Wort, sie schämten sich ein wenig der Gefühle und Worte von damals, die so rasch überholt und inhaltlos geworden waren.

In Eschholz erfuhren sie schon am nächsten Tage ihre Bestimmung. Knecht war für Waldzell bestimmt.

Waldzell

„Waldzell aber bringt das kunstreiche Völkchen der Glasperlenspieler hervor", heißt der alte Spruch über diese berühmte Schule. Unter den kastalischen Schulen der zweiten und dritten Stufe war es die am meisten musische, das heißt, wenn an andren Schulen ganz ausgesprochen eine bestimmte Wissenschaft dominierte, wie etwa in Keuperheim die Altphilologie, in Porta die aristotelische und scholastische Denklehre, in Planvaste die Mathematik, so wurde umgekehrt in Waldzell traditionell eine Tendenz zur Universalität und zur Verschwisterung zwischen Wissenschaft und Künsten gepflegt, und oberstes Sinnbild dieser Tendenzen war das Glasperlenspiel. Dieses wurde zwar auch hier, wie an allen Schulen, keineswegs offiziell und als obligatorisches Fach gelehrt; dafür aber galten ihm die privaten Studien der Waldzeller Schüler fast ausschließlich, und dann war das Städtchen Waldzell ja auch der Sitz des offiziellen Glasperlenspiels und seiner Einrichtungen: hier war die berühmte Spielhalle für die feierlichen Spiele, hier das riesige Spielarchiv mit seinen Beamten und Bibliotheken, hier der Sitz des Ludi Magister. Und wenn auch diese Anstalten völlig für sich bestanden und die Schule ihnen in keiner Weise angegliedert war, so herrschte hier eben doch der Geist dieser Anstalten und hing etwas von der Weihe der großen öffentlichen Spiele in der Luft des Ortes. Das Städtchen selbst war sehr stolz darauf, nicht nur eine Schule, sondern auch das Spiel zu beherbergen; bei der Bevölkerung hießen die Schüler „Studenten", die Studierenden und Gäste der Spielschule aber „Luser", verdorben aus Lusores. Übrigens war die Waldzeller Schule die kleinste von allen kastalischen Schulen, die Schülerzahl war kaum jemals höher als etwa sechzig, und gewiß gab ihr auch dieser Umstand etwas Besonderes und Aristokratisches, ließ sie als etwas Ausgezeichnetes, als eine engste Elite innerhalb der Elite erscheinen; es waren denn auch aus dieser ehrwürdigen Schule in den letzten Jahrzehnten viele Magister und sämtliche Glasperlenspielmeister hervorgegangen. Allerdings war dieser glänzende Ruf von Waldzell keineswegs unumstritten: da und dort war man auch der Meinung, die Waldzeller seien eingebildete Schöngeister und verwöhnte Prinzen, und außer zum Glasperlenspiel zu nichts zu brauchen; zuzeiten waren an mehreren andern Schulen über die Waldzeller recht böse und bittere Worte in Mode, aber eben die Schärfe dieser Witze und Kritiken zeigt ja an, daß Gründe zu Eifersucht und Neid vorhanden waren. Alles in allem bedeutete die Versetzung nach Waldzell eine gewisse Auszeichnung; auch Josef Knecht wußte das, und obwohl er nicht ehrgeizig im vulgären Sinn war, nahm er die Auszeichnung doch mit einem freudigen Stolz entgegen.

Mit mehreren Kameraden zusammen kam er in Waldzell als

Fußwanderer an; voll hoher Erwartung und Bereitschaft schritt er durch das Südtor und war sofort gewonnen und bezaubert von dem uralten braunen Städtchen und dem gewaltig ausgedehnten einstigen Zisterzienserkloster, welches die Schule beherbergte. Noch ehe er neu eingekleidet war, sofort nach dem Empfangsimbiß in der Pförtnerhalle der Schule, machte er sich allein auf den Weg, um seine neue Heimat zu entdecken, fand den Fußpfad, der auf den Resten der einstigen Stadtmauer über dem Flusse hinführt, blieb auf der gewölbten Brücke stehen und horchte auf das Rauschen des Mühlwehrs, ging am Friedhof vorbei die Lindenallee hinab, sah und erkannte hinter den hohen Hecken den Vicus Lusorum, die kleine Extrastadt der Glasperlenspieler: Festhalle, Archiv, Lehrsäle, Gäste- und Lehrerhäuser. Aus einem dieser Häuser sah er einen Mann kommen, in der Tracht der Glasperlenspieler, und dachte bei sich, daß dies nun einer der sagenhaften Lusores sei, möglicherweise der Magister Ludi selbst. Mächtig spürte er den Zauber dieser Atmosphäre, alles schien hier alt, ehrwürdig, geheiligt, von Tradition beladen, man war hier dem Zentrum um ein Stück näher als in Eschholz. Und aus dem Bezirk des Glasperlenspiels zurückkehrend, spürte er nun auch noch andere Zauber, minder ehrwürdige vielleicht, doch nicht minder erregende. Es war die kleine Stadt, das Stückchen profaner Welt mit Wandel und Handel, mit Hunden und Kindern, mit Gerüchen nach Kaufläden und Handwerken, mit bärtigen Bürgern und dicken Frauen hinter den Ladentüren, spielenden und johlenden Kindern, spöttisch blickenden Mädchen. Vieles erinnerte ihn an ferne Vorwelten, an Berolfingen, er hatte geglaubt, das alles ganz vergessen zu haben. Nun gaben tiefe Schichten seiner Seele Antwort auf dies alles, auf die Bilder, auf die Laute, die Gerüche. Eine weniger stille, aber buntere und reichere Welt schien hier auf ihn zu warten, als die von Eschholz gewesen war.

Die Schule freilich war vorerst die genaue Fortsetzung der vorigen, wenn auch einige neue Fächer hinzukamen. Wirklich neu war hier nichts als die Meditationsübungen, und auch von diesen hatte ihm ja der Musikmeister schon einen Vorgeschmack gegeben. Er ging auf das Meditieren willig ein, ohne vorerst mehr als ein angenehm entspannendes

Spiel darin zu sehen. Erst etwas später – wir werden dessen gedenken – sollte er seinen eigentlichen und hohen Wert erlebend erkennen. Schulvorstand von Waldzell war ein origineller und etwas gefürchteter Mann, Otto Zbinden, damals schon gegen sechzig Jahre alt; von seiner schönen und leidenschaftlichen Handschrift sind manche der Eintragungen über den Schüler Josef Knecht, die wir eingesehen haben. Doch waren es weniger die Lehrer als die Mitschüler, welche zunächst des Jünglings Neugierde erweckten. Er hat namentlich mit zweien von ihnen einen lebhaften und mannigfach bezeugten Verkehr und Austausch gehabt. Der eine, dem er sich schon gleich in den ersten Monaten anschloß, Carlo Ferromonte (er brachte es später, als Stellvertreter des Musikmeisters, zum zweithöchsten Rang in der Behörde), war mit Knecht gleichaltrig; wir verdanken ihm unter andrem eine Stilgeschichte der Lautenmusik im sechzehnten Jahrhundert. In der Schule nannte man ihn den „Reisesser" und schätzte ihn als angenehmen Spielkameraden; seine Freundschaft mit Josef begann mit Gesprächen über Musik und führte zu mehrjährigen gemeinsamen Studien und Übungen, über welche wir zum Teil durch Knechts seltene, aber inhaltsreiche Briefe an den Musikmeister unterrichtet sind. Knecht nennt Ferromonte im ersten dieser Briefe einen „Spezialisten und Kenner in der Musik der reichen Ornamentik, der Verzierungen, Triller etc.", er spielte Couperin, Purcell und andre Meister der Zeit um 1700 mit ihm. In einem dieser Briefe spricht Knecht eingehend über diese Übungen und diese Musik, „wo in manchen Stücken fast über jeder Note eine Verzierung steht". „Wenn man so ein paar Stunden lang", fährt er fort, „nichts als Doppelschläge, Pralltriller und Mordente geschlagen hat, so sind die Finger wie mit Elektrizität geladen."

In der Musik machte er in der Tat große Fortschritte, im zweiten oder dritten Waldzeller Jahr las und spielte er die Notenschriften, Schlüssel, Abkürzungen, Baßbezifferungen aller Jahrhunderte und Stile leidlich geläufig und machte sich im Reich der abendländischen Musik, soweit sie uns erhalten ist, auf jene besondere Art heimisch, welche vom Handwerk ausgeht und eine sorgfältige Beachtung und Pflege des Sinnlichen und Technischen nicht verschmäht, um in den Geist einzudringen. Gerade sein Eifer im Erfassen des Sinnlichen, sein Bemühen, aus dem Sinnlichen, Klanglichen, aus den Sensationen des Ohres in den verschiedenen Musikstilen ihren Geist abzulesen, hielt ihn auffallend lang davon ab, sich mit der Vorschule zum Glasperlenspiel abzugeben. Er hat später einmal in seinen Vorlesungen das Wort gesagt: „Wer die Musik nur in den Extrakten kennt, welche das Glasperlenspiel aus ihr destilliert hat, mag ein guter Glasperlenspieler sein, ist aber noch lange kein Musiker, und vermutlich ist er auch kein Historiker. Die Musik besteht nicht nur aus jenen rein geistigen Schwingungen und Figurationen, die wir aus ihr abstrahiert haben, sie bestand durch alle Jahrhunderte in erster Linie aus der Freude am Sinnlichen, am Ausströmen des Atems, am Schlagen des Taktes, an den Färbungen, Reibungen und Reizen, welche beim Mischen von Stimmen, beim Zusammenspiel von Instrumenten entstehen. Gewiß ist der Geist die Hauptsache, und gewiß ist die Erfindung neuer Instrumente und die Änderung alter, ist die Einführung neuer Tonarten und neuer konstruktiver und harmonischer Regeln oder Verbote immer nur eine Gebärde und Äußerlichkeit, so wie die Trachten und Moden der Völker eine Äußerlichkeit sind; aber man muß diese äußerlichen und sinnlichen Kennzeichen sinnlich und intensiv erfaßt und geschmeckt haben, um die Epochen und Stile aus ihnen heraus zu verstehen. Man macht Musik mit den Händen und Fingern, mit dem Munde, mit der Lunge, nicht mit dem Gehirn allein, und wer zwar Noten lesen, aber kein Instrument vollkommen spielen kann, der soll über Musik nicht mitreden. Und so ist auch die Geschichte der Musik keineswegs allein von einer abstrakten Stilgeschichte aus zu verstehen, und es würden zum Beispiel die Verfallszeiten der Musik ganz unverständlich bleiben, wenn wir in ihnen nicht jedesmal das Überwiegen des Sinnlichen und Quantitativen über das Geistige erkennen würden."

Es hatte eine Weile den Anschein, als habe Knecht sich entschlossen, nichts als Musiker zu werden; alle im Belieben des Schülers stehenden Lehrfächer, darunter die erste Einführung ins Glasperlenspiel, versäumte er zugunsten der Musik so sehr, daß gegen Ende des ersten Semesters der Schulvorstand ihn darüber zur Rede stellte. Der Schüler Knecht ließ sich nicht einschüchtern, er stellte sich hartnäkkig auf den Standpunkt der Schülerrechte. Er soll zum Vorstand gesagt haben: „Wenn ich in einem offiziellen Unterrichtsfach versage, so sind Sie im Recht, wenn Sie mich tadeln; ich habe Ihnen dazu aber keinen Anlaß gegeben. Ich dagegen bin im Recht, wenn ich von der Zeit, über die ich verfügen darf, drei Viertel oder auch vier Viertel der Musik widme. Ich berufe mich auf die Statuten." Der Vorstand Zbinden war klug genug, nicht zu insistieren, merkte sich aber natürlich diesen Schüler und soll ihn lange Zeit mit kühler Strenge behandelt haben.

Länger als ein Jahr, vermutlich etwa anderthalb Jahre dauerte diese eigentümliche Periode in Knechts Schülerleben: Normale, aber nicht glänzende Zeugnisse und stilles und – wie es nach dem Vorfall mit dem Vorstande scheint – etwas trotziges Sichzurückziehen, keine irgend auffallenden Freundschaften, dafür aber dieser ungewöhnlich leidenschaftliche Eifer im Musizieren, Enthaltung von fast allen Privatfächern, auch dem Glasperlenspiel. Einige Züge in diesem Jünglingsbild sind ohne Zweifel Merkmale der Pubertät; wahrscheinlich ist er in dieser Periode dem andern Geschlecht nur zufällig und mißtrauisch begegnet, vermutlich war er – gleich vielen Eschholzern, wenn sie nicht Schwestern zu Hause hatten – recht schüchtern. Gelesen hat er viel und besonders deutsche Philosophen: Leibniz, Kant und die Romantiker, von denen ihn Hegel weitaus am stärksten anzog.

Wir müssen nun etwas eingehender jenes anderen Mitschülers gedenken, der in Knechts Waldzeller Leben eine bestimmende Rolle gespielt hat, des Hospitanten Plinio Designori. Er war Hospitant, das heißt, er durchlief die Eliteschulen gastweise, nämlich ohne die Absicht, dauernd in der pädagogischen Provinz zu verweilen und dem Orden beizutreten. Solche Hospitanten gab es je und je, freilich recht selten, denn die Erziehungsbehörde hat natürlich niemals Wert auf die Ausbildung von Schülern gelegt, welche nach Ablauf der Eliteschulzeit wieder ins Elternhaus und in die Welt zurückzukehren gedachten. Indessen gab es einige alte, um Kastalien in den Zeiten seiner Gründung hochverdiente patrizische Familien im Lande, in welchen die auch heute noch nicht völlig ausgestorbene Sitte bestand, jeweilen einen Sohn, falls seine Begabung dafür ausreichte, gast-

weise in den Eliteschulen erziehen zu lassen; das Recht dazu war in jenen paar Familien traditionell geworden. Diese Hospitanten nun, obwohl sie in jeder Hinsicht denselben Regeln wie alle Eliteschüler unterstanden, bildeten innerhalb der Schülerschaft schon dadurch eine Ausnahme, daß sie nicht gleich den andern von Jahr zu Jahr mehr ihrer Heimat und Familie sich entfremdeten, sondern alle Ferienzeiten dort verbrachten und inmitten ihrer Mitschüler stets Gäste und Fremdlinge blieben, da sie die Sitte und Denkart der Heimat beibehielten. Auf sie wartete Elternhaus, weltliche Laufbahn, Beruf und Heirat, und nur sehr wenige Male ist es geschehen, daß ein solcher Gastschüler, vom Geiste der Provinz ergriffen, mit Einwilligung seiner Familie am Ende doch in Kastalien verblieb und dem Orden beitrat. Dagegen sind mehrere in der Geschichte unsres Landes bekannte Staatsmänner in ihrer Jugend Gastschüler gewesen und sind in Zeiten, da die öffentliche Meinung aus diesen oder jenen Gründen den Eliteschulen und dem Orden kritisch gegenüberstand, kräftig für sie eingetreten.
Ein solcher Hospitant also war Plinio Designori, mit welchem der etwas jüngere Josef Knecht in Waldzell zusammentraf. Er war ein Jüngling von hohen Gaben, glänzend namentlich in Rede und Debatte, ein feuriger und etwas unruhiger Mensch, der dem Schulvorstand Zbinden viele Sorgen machte, denn er hielt sich als Schüler zwar gut und ließ sich nicht tadeln, war aber keineswegs darum bemüht, seine Ausnahmestellung als Hospitant zu vergessen und sich möglichst unauffällig einzureihen, sondern bekannte sich freimütig und kampflustig zu einer nicht kastalischen und weltlichen Gesinnung. Es konnte nicht ausbleiben, daß zwischen den beiden Schülern ein besonderes Verhältnis entstand: beide waren sie Hochbegabte und Berufene, das machte sie zu Brüdern, während sie in allem andern Gegensätze waren. Es hätte eines Lehrers von ungewöhnlich hoher Einsicht und Kunst bedurft, um aus der hier entstehenden Aufgabe die Quintessenz zu ziehen und nach den Regeln der Dialektik zwischen und über den Gegensätzen immer wieder die Synthese zu ermöglichen. Dem Vorstand Zbinden hätte es dazu an Gaben und an Willen nicht gefehlt, er gehörte nicht zu jenen Lehrern, welchen die Genies unbequem sind, aber es fehlte ihm für diesen Fall die

wichtigste Voraussetzung: das Vertrauen der beiden Schüler. Plinio, der sich in der Rolle des Outsiders und Revolutionärs gefiel, blieb dem Vorstand gegenüber stets sehr auf der Hut; und mit Josef Knecht hatte es leider jene Verstimmung wegen seiner Privatstudien gegeben, auch er hätte sich nicht um Rat an Zbinden gewandt. Zum Glück gab es aber den Musikmeister. An ihn gelangte Knecht mit der Bitte um Beistand und Rat, und dieser weise alte Musikant nahm sich der Sache ernstlich an und hat das Spiel meisterhaft gelenkt, wie wir sehen werden. Unter den Händen dieses Meisters wurde die größte Gefahr und Versuchung im Leben des jungen Knecht zu einer auszeichnenden Aufgabe, und dieser zeigte sich ihr gewachsen. Die innere Geschichte der Freund-Feindschaft zwischen Josef und Plinio, oder dieser Musik über zwei Themata, oder dieses dialektischen Spiels zwischen zwei Geistern war etwa die folgende.

Zunächst war es natürlich Designori, der dem Gegenspieler auffiel und ihn anzog. Er war nicht nur der ältere, war nicht nur ein hübscher, feuriger und beredter Jüngling, vor allem andern war er einer „von draußen“, ein Nichtkastalier, einer aus der Welt, ein Mensch mit Vater und Mutter, Onkeln, Tanten, Geschwistern, einer, für den Kastalien samt allen seinen Gesetzen, Traditionen und Idealen nur eine Etappe, eine Wegstrecke, einen befristeten Aufenthalt bedeutete. Für diesen weißen Raben war Kastalien nicht die Welt, für ihn war Waldzell eine Schule wie andre, für ihn war die Rückkehr in die „Welt“ keine Schmach und Strafe, auf ihn wartete nicht der Orden, sondern die Karriere, die Ehe, die Politik, kurz jenes „reale Leben“, von welchem mehr zu wissen jeder Kastalier ein heimliches Gelüste empfand, denn die „Welt“ war für den Kastalier dasselbe, was sie einst für den Büßer und Mönch gewesen war: das Minderwertige und Verbotene zwar, aber nicht minder das Geheimnisvolle, Verführerische, Faszinierende. Und Plinio nun machte wirklich aus seiner Zugehörigkeit zur Welt kein Geheimnis, er schämte sich ihrer keineswegs, er war stolz auf sie. Mit einem halb noch knabenhaften und schauspielerischen, halb auch schon bewußten und als Programm empfundenen Eifer betonte er seine andere Art und benutzte jeden Anlaß, um seine weltlichen Auffassungen und Normen den kastalischen gegenüberzustellen und sie als besser, richtiger, natürlicher, menschlicher auszugeben. Er operierte dabei viel mit der „Natur“ und mit dem „gesunden Menschenverstand“, den er dem verbildeten, lebensfremden Schulgeist gegenüberstellte, und war mit Schlagworten und großen Tönen nicht sparsam, doch war er klug und hatte Geschmack genug, sich nicht mit groben Provokationen zu begnügen, sondern die in Waldzell gebräuchlichen Formen des Disputierens so ziemlich anzuerkennen. Er wollte die „Welt“ und das naive Leben gegen die „hochmütig scholastische Geistigkeit“ Kastaliens verteidigen, aber er wollte zeigen, daß er imstande sei, dies mit den Waffen der Gegner zu tun; keineswegs wollte er der Kulturlose sein, der blind im Blumengarten der geistigen Bildung herumtrampelt.

Je und je schon hatte Josef Knecht als schweigsamer, aber aufmerksamer Zuhörer sich im Hintergrund irgendeiner kleinen Schülergruppe aufgehalten, deren Mittelpunkt und Redner Designori war. Mit Neugierde, mit Erstaunen und Bangigkeit hatte er von diesem Redner Sätze sprechen hören, in welchen alles vernichtend kritisiert wurde, was in Kastalien Autorität und heilig war, in welchen alles bezweifelt, ins Fragwürdige gezogen oder lächerlich gemacht wurde, woran er selbst glaubte. Er bemerkte zwar, daß längst nicht alle Zuhörer diese Reden ernst nahmen, manche hörten sichtlich nur spaßeshalber zu, wie man einem Jahrmarktredner zuhört, auch hörte er häufig Erwiderungen, in denen Plinios Angriffe ironisiert oder ernsthaft zurückgewiesen wurden. Immer aber waren einige Kameraden um diesen Plinio versammelt, immer war er Mittelpunkt, und ob sich nun gerade ein Opponent fand oder nicht, immerzu übte er Anziehungskraft und etwas wie Verführung aus. Und so, wic cs dcn andcrn crging, dic um den lebhaften Redner Gruppen bildeten und seine Tiraden mit Staunen oder mit Gelächter anhörten, so ging es auch Josef; trotz jenes Gefühls von Bangigkeit, ja von Angst, das er bei solchen Reden empfand, fühlte er sich von ihnen auf eine unheimliche Art angezogen, und nicht nur, weil sie amüsant waren, nein, sie schienen ihn auch im Ernst etwas anzugehen. Nicht daß er innerlich dem kühnen Redner zugestimmt hätte, aber es gab Zweifel, von deren Existenz oder Möglichkeit man nur zu wissen brauchte, um an ihnen zu leiden. Es war vorerst kein schlimmes Leiden, es war nur ein Angerührtsein und eine Unruhe, ein Gefühl, gemischt aus heftigem Drang und schlechtem Gewissen.

Die Stunde mußte kommen, und sie kam, in der Designori bemerkte, daß er unter seinen Zuhörern einen hatte, dem seine Worte mehr bedeuteten als anregende oder auch anstößige Unterhaltungen und Befriedigungen der Disputierlust, einen schweigsamen blonden Knaben, der hübsch und fein, aber etwas schüchtern aussah und der denn auch rot wurde und verlegene, knappe Antworten gab, als er ihn freundlich ansprach. Offenbar war dieser Junge ihm schon länger nachgegangen, dachte Plinio, und dachte ihn nun mit einer freundschaftlichen Gebärde zu belohnen und vollends zu gewinnen: er lud ihn für den Nachmittag zu einem Besuch auf seiner Stube ein. So leicht war dieser schüchterne und spröde Knabe nicht zu haben. Plinio mußte zu seiner Verwunderung erleben, daß er ihm auswich und nicht Rede stehen wollte, auch die Einladung nahm er nicht an; dies wieder reizte den Älteren, und er begann von dem Tag an um den schweigsamen Josef zu werben, anfangs wohl nur aus Eigenliebe, später im Ernst, denn er spürte hier einen Gegenspieler, vielleicht einen künftigen Freund, vielleicht das Gegenteil. Immer wieder sah er Josef in seiner Nähe erscheinen und spürte sein intensives Zuhören, und immer wieder zog der Scheue sich zurück, sobald er ihm nähertreten wollte.

Dieses Verhalten hatte seine Ursachen. Längst hatte Josef gespürt, daß ihn bei diesem andern etwas Wichtiges erwartete, vielleicht etwas Schönes, eine Erweiterung seines Horizontes, eine Erkenntnis, eine Aufklärung, vielleicht auch eine Versuchung und Gefahr, jedenfalls etwas, was es zu bestehen galt. Er hatte die ersten Regungen von Zweifel und Kritiklust, die Plinios Reden in ihm geweckt hatten, seinem Freunde Ferromonte mitgeteilt, aber dieser hatte wenig darauf geachtet, er hatte Plinio für einen eingebildeten und wichtigtuerischen Kerl erklärt, auf den man nicht zu hören brauche, und sich alsbald wieder in seine musikalischen Übungen vertieft. Ein Gefühl sagte Josef, daß der Vorstand die Instanz wäre, vor welche er seine Zweifel und Beunruhigungen hätte bringen müssen; nun hatte er aber seit jener kleinen Auseinandersetzung kein herzliches und offenes Verhältnis mehr zu ihm: er fürchtete, von ihm nicht verstanden zu werden, und noch mehr fürchtete er, eine Aussprache über den Rebellen Plinio würde vom Vorstand am Ende als eine Art von Denunziation aufgefaßt werden. In dieser Verlegenheit, die durch Plinios Versuche zu freundschaftlicher Annäherung immer peinlicher wurde, wandte er sich nun an seinen Gönner und guten Geist, den Musikmeister, in einem sehr langen Brief, der uns erhalten ist. Er schrieb darin unter andrem: „Es ist mir noch nicht klar, ob Plinio in mir einen Gesinnungsgenossen zu gewinnen hofft oder nur einen Gesprächspartner. Ich hoffe das letztere, denn mich zu seinen Auffassungen bekehren, hieße ja, mich zur Untreue verführen und mein Leben zerstören, das nun einmal in Kastalien verwurzelt ist; ich habe keine Eltern und Freunde draußen, zu denen ich zurückkehren könnte, wenn ich wirklich einmal diesen Wunsch haben sollte. Aber auch wenn Plinios respektlose Reden gar keine Bekehrung und Beeinflussung bezwecken, bin ich ihnen gegenüber in Verlegenheit. Denn um Ihnen gegenüber, verehrter Meister, ganz aufrichtig zu sein: es tritt mir in Plinios Denkart etwas entgegen, dem ich nicht einfach mit einem Nein antworten kann, er appelliert an eine Stimme in mir, die zuweilen sehr dazu neigt, ihm recht zu geben. Vermutlich ist es die Stimme der Natur, und sie steht zu meiner Erziehung und der uns geläufigen Anschauungsweise in grellem Widerspruch. Wenn Plinio unsre Lehrer und Meister als Priesterkaste bezeichnet und uns Schüler als gegängelte und kastrierte Herde, so sind das natürlich derbe und übertreibende Worte, aber irgend etwas Wahres enthalten sie vielleicht doch, sonst könnten sie mich ja auch nicht so beunruhigen. Plinio kann so erstaunliche und entmutigende Sachen sagen. Etwa: das Glasperlenspiel sei ein Rückfall in die feuilletonistische Epoche, ein bloßes verantwortungsloses Spielen mit den Buchstaben, in welche wir die Sprachen der verschiedenen Künste und Wissenschaften aufgelöst hätten; es bestehe aus lauter Assoziationen und spiele mit lauter Analogien. Oder: beweisend für den Unwert unsrer ganzen geistigen Bildung und Haltung sei unsre resignierte Unfruchtbarkeit. Wir analysieren zum Beispiel, sagt er, die Gesetze und Techniken aller Stilarten und Zeiten der Musik und bringen selber keine neue Musik hervor. Wir lesen und erläutern, sagt er, den Pindar oder den Goethe und schämen uns, selber Verse zu machen. Das sind Vorwürfe, über die ich nicht lachen kann. Und sie sind noch nicht die schlimmsten, nicht die, die mich am meisten verwunden. Schlimm ist es, wenn er etwa sagt, wir Kastalier führten das Leben von künstlich gezüchteten Singvögeln, ohne unser Brot selber zu verdienen, ohne die Not und den Kampf des Lebens zu kennen, ohne von dem Teil der Menschheit etwas zu wissen und wissen zu wollen, dessen Arbeit und Armut die Grundlage für unsere Luxusexistenz sei." Und der Brief schloß mit den Worten: „Ich habe vielleicht Ihre Freundlichkeit und Güte mißbraucht, Reverendissime, und ich bin darauf gefaßt, von Ihnen ausgescholten zu werden. Schelten Sie mich nur, und erlegen Sie mir Bußen auf, ich werde Ihnen dafür danken. Aber eines Rates bin ich äußerst bedürftig. Ich kann den jetzigen Zustand noch eine kleine Weile so hinhalten. Ihm zu einer wirklichen und fruchtbaren Entwicklung verhelfen kann ich nicht, dazu bin ich zu schwach und unerfahren, und was vielleicht das schlimmste ist, unsrem Herrn Schulvorstand kann ich mich nicht anvertrauen, es sei denn, daß Sie es mir ausdrücklich beföhlen. Darum habe ich Sie mit der Sache, die für mich eine große Not zu werden beginnt, belästigt."

Es wäre uns überaus wertvoll, die Antwort des Meisters auf diesen Hilferuf ebenfalls schwarz auf weiß zu besitzen. Diese Antwort ist aber mündlich erfolgt. Kurze Zeit nach Knechts Brief traf der Magister Musicae selbst in Waldzell ein, um eine Musikprüfung zu leiten, und hat sich während der Tage seines dortigen Aufenthaltes seines kleinen Freundes aufs beste angenommen. Wir wissen davon aus späteren Erzählungen Knechts. Leicht hat er es ihm nicht gemacht. Er begann damit, daß er Knechts Schulzeugnisse sowie namentlich seine Privatstudien einer genauen Prüfung unterzog und diese Studien allzu einseitig fand, hierin gab er dem Waldzeller Vorstand recht und bestand auch darauf, daß Knecht dies dem Vorstand gegenüber zugab. Für Knechts Verhalten gegen Designori gab er genaue Richtlinien und reiste nicht ab, ehe auch diese Frage mit dem Vorstand Zbinden besprochen war. Die Folge war nicht nur das merkwürdige und allen Miterlebenden unvergeßliche Kampfspiel zwischen Designori und Knecht, sondern auch ein ganz neues Verhältnis zwischen diesem und dem Vorstand. Dies Verhältnis war nach wie vor kein herzliches und geheimnisvolles, wie etwa das zum Musikmeister, aber ein geklärtes und entspanntes.

Die Rolle, welche Knecht nun zugefallen war, bestimmte sein Leben für längere Zeit. Es war ihm erlaubt, Designoris Freundschaft anzunehmen, sich seinem Einfluß und seinen Angriffen zu stellen, ohne Einmischung oder Überwachung von seiten der Lehrer. Die ihm vom Mentor gestellte Aufgabe aber war, Kastalien gegen seinen Kritiker zu verteidigen und die Auseinandersetzung der Anschauungen auf das höchste Niveau zu bringen; das bedeutete unter andrem, daß Josef sich die Grundlagen der Ordnung, die in Kastalien und im Orden herrschte, intensiv zu eigen machen und immer wieder vergegenwärtigen mußte. Die Redekämpfe zwischen den beiden befreundeten Gegnern wurden bald berühmt, man drängte sich, sie zu hören. Designoris aggressiver und ironischer Ton wurde feiner, seine Formulierungen strenger und verantwortlicher, seine Kritik sachlicher. Bisher war Plinio der Bevorzugte in diesem Kampf gewesen; er kam aus der „Welt", er hatte ihre Erfahrung, ihre Methoden, ihre Angriffsmittel und auch etwas von ihrer Unbedenklichkeit, er kannte aus den Gesprächen mit den Erwachsenen zu Hause alles, was die Welt gegen Kastalien einzuwenden hatte. Jetzt zwangen ihn Knechts Repliken einzusehen, daß er zwar die Welt recht gut kenne, besser als jeder Kastalier, daß er aber keineswegs Kastalien und seinen Geist ebenso gut kenne wie die, die hier zu Hause waren und deren Heimat und Schicksal Kastalien war. Er lernte einsehen und lernte allmählich auch zugeben, daß er hier ein Gast sei, kein Einheimischer, und daß es nicht nur draußen, sondern auch hier in der pädagogischen Provinz jahrhundertealte Erfahrungen und Selbstverständlichkeiten gebe, auch hier eine Tradition, ja eine „Natur", die er nur zum Teil kannte und die ihren Anspruch auf Achtung nun durch ihren Sprecher Josef Knecht kundgab. Knecht hingegen, um seiner Rolle als Apologet zu genügen, war genötigt, mit Hilfe von Studium, Meditation und Selbstzucht sich das, was zu verteidigen er dastand, immer deutlicher und inniger zu eigen und bewußt zu machen. Im Rhetorischen blieb Designori der Überlegene, außer dem Feuer und Ehrgeiz seiner Natur kam ihm da eine gewisse Weltschulung und Gewitztheit zu Hilfe, er verstand namentlich auch im Unterliegen noch an die Zuhörer zu denken und sich einen würdigen oder doch witzigen Abgang zu sichern, während Knecht, wenn ihn der Gegner in die Enge getrieben hatte, etwa sagen konnte: „Darüber muß ich erst noch nachdenken, Plinio. Warte ein paar Tage, ich werde dich wieder daran erinnern."

Wenn nun dies Verhältnis auch in eine würdige Form gebracht war, ja für die Teilnehmer und Zuhörer der Dispute ein unentbehrliches Element des damaligen Waldzeller Schullebens wurde, so war doch für Knecht die Not und der Konflikt kaum leichter geworden. Kraft des hohen Maßes von Vertrauen und Verantwortlichkeit, die ihm damit auferlegt waren, bewältigte er die Aufgabe, und es ist ein Beweis für die Kraft und Wohlbeschaffenheit seiner Natur, daß er sie ohne sichtbare Schädigung durchgeführt hat. Im stillen aber hatte er viel zu leiden. Wenn er für Plinio Freundschaft empfand, so empfand er sie ja nicht nur für den gewinnenden und witzigen Kameraden, für den welt- und redegewandten Plinio, sondern nicht minder für jene fremde Welt, welche sein Freund und Gegner vertrat, die er in seiner Gestalt und in seinen Worten und Gebärden kennen oder ahnen lernte, jene sogenannte „reale" Welt, in der es zärtliche Mütter und Kinder, Hungernde und Armenhäuser, Zeitungen und Wahlkämpfe gab, jene primitive und zugleich raffinierte Welt, in welche Plinio zu allen Ferienzeiten zurückkehrte, um Eltern und Geschwister zu besuchen, Mädchen den Hof zu machen, Arbeiterversammlungen beizuwohnen oder Gast in vornehmen Klubs zu sein, während Knecht in Kastalien blieb, mit Kameraden wanderte und schwamm, Frobergersche Ricercari übte oder Hegel las.

Es war keine Frage für Josef, daß er nach Kastalien gehöre und zu Recht das kastalische Leben führe, ein Leben ohne Familie, ohne mancherlei sagenhafte Zerstreuungen, ein Leben ohne Zeitungen, ein Leben auch ohne Not und Hunger – übrigens hatte ja auch Plinio, der den Eliteschülern ihr Drohnendasein so eindringlich vorhalten konnte, niemals bisher gehungert oder sich sein Brot selber verdient.

Nein, jene Plinio-Welt war nicht die bessere und richtigere. Aber sie war da, es gab sie, und sie war, wie er aus der Weltgeschichte wußte, immer dagewesen und immer ähnlich gewesen wie heute, und viele Völker hatten keine andre Welt gekannt als sie, wußten nichts von Eliteschulen und pädagogischer Provinz, von Orden, Meistern und Glasperlenspiel. Die große Mehrzahl aller Menschen auf der ganzen Erde lebte anders, als man in Kastalien lebte, einfacher, primitiver, gefährlicher, unbehüteter, ungeordneter. Und diese primitive Welt war jedem Menschen eingeboren, man spürte etwas von ihr im eigenen Herzen, etwas von Neugierde nach ihr, von Heimweh nach ihr, von Mitleid mit ihr. Ihr gerecht zu werden, ihr ein gewisses Heimatrecht im eigenen Herzen zu bewahren, aber dennoch nicht an sie zurückzufallen, war die Aufgabe. Denn es gab neben und über ihr die zweite Welt, die kastalische, die geistige, eine künstliche, eine geordnetere, geschütztere, aber der beständigen Aufsicht und Übung bedürftige Welt, die Hierarchie. Ihr zu dienen, ohne doch jener andern Welt unrecht zu tun oder sie gar zu verachten, auch ohne mit irgendeinem unklaren Verlangen oder Heimweh nach ihr zu schielen, müßte das Richtige sein. Denn die kleine kastalische diente ja der großen anderen Welt, sie gab ihr Lehrer, Bücher, Methoden, sie sorgte für die Reinhaltung der geistigen Funktionen und Moral, und sie stand als Schule und Zuflucht jener kleinen Zahl von Menschen offen, deren Bestimmung es schien, ihr Leben dem Geist und der Wahrheit zu widmen. Warum nur lebten die beiden Welten anscheinend nicht harmonisch und brüderlich neben- und ineinander, warum konnte man sie nicht beide in sich hegen und vereinen?

Einst fiel einer der seltenen Besuche des Musikmeisters in eine Zeit, wo Josef, von seiner Aufgabe ermüdet und zermürbt, große Mühe hatte, das Gleichgewicht zu bewahren. Der Meister konnte es aus einigen Andeutungen des Jünglings schließen, las es aber weit deutlicher aus seinem überanstrengten Aussehen, seinen unruhigen Blicken, seinem etwas fahrigen Wesen. Er stellte einige forschende Fragen, stieß auf Unlust und Hemmungen, gab das Fragen auf und nahm, dadurch ernstlich besorgt geworden, ihn mit in eine Übungskammer, unter dem Vorwand, ihm eine kleine mu-

sikgeschichtliche Entdeckung mitteilen zu wollen. Er hieß ihn ein Klavichord bringen und stimmen und verwickelte ihn so lange in ein Privatissimum über die Entstehung der Sonatenform, bis der Schüler seine Nöte einigermaßen vergaß, sich hingab und entspannt und dankbar seinen Worten und seinem Spiele zuhörte. Geduldig ließ er sich Zeit, ihn in den Zustand der Bereitschaft und Empfänglichkeit zu versetzen, den er an ihm vermißt hatte. Und als es gelungen war, als er seinen Vortrag beendet und zum Schluß eine der Gabrielischen Sonaten gespielt hatte, stand er auf, ging langsam in der kleinen Stube auf und ab und erzählte:
„Diese Sonate hat mich vor langen Jahren einmal sehr beschäftigt. Es war noch in den Jahren meines freien Studiums, noch ehe ich zum Lehrer und später dann zum Musikmeister berufen wurde. Ich hatte damals den Ehrgeiz, eine Geschichte der Sonate mit neuen Gesichtspunkten auszuarbeiten, aber es kam da eine Zeit, in der ich nicht nur nicht mehr vorwärtskam, sondern mehr und mehr daran zu zweifeln anfing, ob alle diese musikalischen und historischen Forschungen denn überhaupt einen Wert hätten, ob sie wirklich mehr seien als ein leeres Spiel für müßige Leute und ein flitterhafter, geistig-künstlerischer Ersatz für echtes, gelebtes Leben. Kurz, ich hatte eine von den Krisen durchzumachen, in denen alles Studium, alle geistige Bemühung, aller Geist überhaupt uns zweifelhaft und entwertet wird und wo wir dazu neigen, jeden pflügenden Bauern und jedes abendliche Liebespaar zu beneiden oder auch jeden Vogel, der im Baume singt, und jede Zikade, die im Sommergrase zirpt, denn sie scheinen uns so natürlich, so erfüllt und glücklich zu leben, und von ihren Nöten und von den Härten, Gefahren und Leiden ihres Lebens wissen wir ja nichts. Kurz, ich hatte das Gleichgewicht so ziemlich verloren, es war kein hübscher Zustand, er war sogar recht schwer erträglich. Ich dachte mir die wunderlichsten Möglichkeiten zu Flucht und Befreiung aus, ich dachte daran, als Musikant in die Welt hinauszuziehen und tanzenden Hochzeitsgesellschaften aufzuspielen, und wäre wie in alten Romanen ein ausländischer Werber erschienen und hätte mich eingeladen, eine Uniform anzuziehen und einer beliebigen Truppe in einen beliebigen Krieg zu folgen, ich wäre mitgegangen. Und so

ging es denn, wie es bei solchen Zuständen oft zu gehen pflegt: ich verlor mich so sehr, daß ich allein nicht mehr fertig wurde und eine Hilfe brauchte."

Er blieb einen Augenblick stehen und lachte vor sich hin. Dann fuhr er fort: „Natürlich hatte ich einen Studienberater, wie es Vorschrift ist, und natürlich wäre es vernünftig und richtig und meine Pflicht gewesen, mir bei ihm Rat zu holen. Aber es ist nun einmal so, Josef: gerade wenn man in Schwierigkeiten gerät und vom Weg abgekommen ist und eine Korrektur am nötigsten brauchte, gerade dann hat man die größte Abneigung dagegen, auf den normalen Weg zurückzukehren und die normale Korrektur aufzusuchen. Mein Studienberater war mit meinem letzten Quartalsbericht nicht zufrieden gewesen, er hatte mir ernstliche Einwendungen gemacht, ich aber hatte geglaubt, auf dem Weg zu neuen Entdeckungen oder Einsichten zu sein, und hatte ihm seine Einwände einigermaßen übelgenommen. Kurz, ich mochte zu ihm nicht gehen, ich mochte nicht zu Kreuze kriechen und zugeben, daß er recht gehabt habe. Auch meinen Kameraden wollte ich mich nicht anvertrauen, aber es gab da einen Sonderling in meiner Nachbarschaft, den ich nur vom Sehen und Hörensagen kannte, einen Sanskritgelehrten mit dem Spitznamen ‚der Yogin'. In einer Stunde, in der mein Zustand mir genügend unerträglich geworden war, ging ich zu diesem Manne hin, dessen etwas einsame und absonderliche Gestalt ich ebensooft belächelt wie heimlich bewundert hatte. Ich suchte ihn in seiner Zelle auf, wollte ihn anreden, fand ihn aber in der Versenkung, er hatte dabei die rituelle indische Haltung inne und war nicht erreichbar, er schwebte leise lächelnd in einer vollkommenen Abseitigkeit, ich konnte nichts tun, als bei der Tür stehenbleiben und warten, bis er aus der Versunkenheit zurückkehre. Dies dauerte sehr lange, es dauerte eine Stunde und zwei Stunden, ich wurde schließlich müde und ließ mich zu Boden gleiten; dort saß ich, an die Wand gelehnt, und wartete weiter. Am Ende sah ich den Mann langsam erwachen, er bewegte den Kopf ein wenig, er reckte die Schultern, er schlug langsam die gekreuzten Beine auseinander, und indem er sich zum Aufstehen anschickte, fiel sein Blick auf mich. ‚Was willst du?' fragte er. Ich erhob mich und sagte, ohne etwas überlegt zu haben und ohne recht zu wissen, was ich sagte: ‚Es sind die Sonaten von Andrea Gabrieli.' Er stand vollends auf, setzte mich in seinen einzigen Stuhl, nahm auf dem Tischrande Platz und sagte: ‚Gabrieli? Was hat er dir denn getan mit seinen Sonaten?' Ich fing an, ihm zu erzählen, wie es mir gegangen war, zu beichten, wie es um mich stehe. Er fragte mich mit einer Genauigkeit, die mir pedantisch schien, nach meiner Geschichte aus, nach den Studien um Gabrieli und die Sonate, er wollte wissen, wann ich aufgestanden, wie lang ich gelesen, wieviel ich musiziert, zu welchen Stunden ich gegessen und mich schlafen gelegt habe. Ich hatte mich ihm anvertraut, ja aufgedrängt, so mußte ich seine Fragen dulden und beantworten, aber sie beschämten mich, sie gingen immer unerbittlicher ins einzelne, es wurde mein geistiges und mein moralisches Leben in den letzten Wochen und Monaten analysiert. Dann schwieg er plötzlich, der Yogin, und als ich auch daraus nicht klug wurde, zuckte er mit den Schultern und sagte: ‚Siehst du es denn nicht selber, wo der Fehler liegt?' Nein, ich konnte es nicht sehen. Und jetzt rekapitulierte er erstaunlich genau alles, was er aus mir herausgefragt hatte, bis zurück zu den ersten Anzeichen von Ermüdung, Widerwillen und geistiger Verstopfung, und wies mir nach, daß dies nur einem allzu frei drauflos Studierenden habe passieren können und daß es hohe Zeit für mich gewesen sei, die mir verlorengegangene Kontrolle über mich und meine Kräfte mit fremder Hilfe wiederzufinden. Ich hätte, so wies er mir nach, wenn ich mir schon die Freiheit genommen hatte, auf regelmäßige Meditationsübungen zu verzichten, doch wenigstens gleich bei den ersten üblen Folgen mich dieser Versäumnis erinnern und sie wiedergutmachen sollen. Und er hatte vollkommen recht. Ich hatte nicht nur eine ganze Zeit lang das Meditieren unterlassen, hatte keine Zeit gehabt, war immer zu unlustig und zerstreut oder allzu studienbeflissen und angeregt gewesen – ich hatte sogar mit der Zeit ganz das Bewußtsein meiner dauernden Unterlassungssünde verloren, und hatte mich jetzt, da ich beinah gescheitert und verzweifelt war, erst durch einen andern an sie erinnern lassen müssen. Und in der Tat hatte ich dann die größte Mühe, mich aus der Verwahrlosung herauszureißen, ich mußte zu den Schul- und Anfängerübungen im Meditieren zurückkehren, um nur die Fähigkeit zu Sammlung und Versenkung allmählich mir wieder anzueignen.“

Der Magister endete seinen Stubenspaziergang mit einem kleinen Seufzer und mit den Worten: „So ist es mir damals gegangen, und es beschämt mich noch heute ein wenig, davon zu sprechen. Aber es ist so, Josef: Je mehr wir von uns verlangen, oder je mehr unsre jeweilige Aufgabe von uns verlangt, desto mehr sind wir auf die Kraftquelle der Meditation angewiesen, auf die immer erneute Versöhnung von Geist und Seele. Und – ich wüßte noch manche Beispiele dafür – je intensiver eine Aufgabe uns in Anspruch nimmt, uns bald erregt und steigert, bald ermüdet und niederdrückt, desto leichter kann es geschehen, daß wir diese Quelle vernachlässigen, so wie man beim Verbohrtsein in eine geistige Arbeit leicht dazu neigt, den Körper und seine Pflege zu vernachlässigen. Die wirklich großen Männer der Weltgeschichte haben alle entweder zu meditieren verstanden oder doch unbewußt den Weg dorthin gekannt, wohin Meditation uns führt. Die andern, auch die begabtesten und kräftigsten, sind alle am Ende gescheitert und unterlegen, weil ihre Aufgabe, oder ihr ehrgeiziger Traum, so von ihnen Besitz ergriff, sie so besaß und zu Besessenen machte, daß sie die Fähigkeit verloren, sich immer wieder vom Aktuellen zu lösen und zu distanzieren. Nun, du weißt dies ja, man lernt es ja schon bei den ersten Übungen. Es ist unerbittlich wahr. Wie unerbittlich wahr es ist, sieht man erst, wenn man den Weg einmal verloren hat.“

Es blieb von dieser Erzählung so viel in Josef wirksam, daß er die Gefahr, in der er selber stand, witterte und sich den Übungen mit erneuter Hingabe unterzog. Einen tiefen Eindruck machte es ihm, daß der Meister ihm zum erstenmal ein Stückchen aus seinem ganz persönlichen Leben gezeigt hatte, aus seiner Jugend und Studienzeit; zum erstenmal wurde ihm klar, daß auch ein Halbgott, ein Meister, einmal jung und auf Irrwegen habe sein können. Er empfand dankbar, welches Vertrauen der Verehrte ihm mit seinem Bekenntnis gezeigt hatte. Man konnte irrgehen, ermüden, Fehler machen, gegen Vorschriften verstoßen, und konnte doch wieder damit fertig werden, zurückfinden und am Ende noch ein Meister werden. Er überwand die Krise.

In den zwei bis drei Waldzeller Jahren, während die

Freundschaft zwischen Plinio und Josef bestand, erlebte die Schule das Schauspiel dieser kämpferischen Freundschaft wie ein Drama mit, an welchem jeder ein wenig teilhatte, vom Vorstand bis zum jüngsten Schüler. Die beiden Welten, die beiden Prinzipien hatten sich in Knecht und Designori verkörpert, jeder steigerte den andern, jede Disputation wurde ein feierlicher und repräsentativer Wettkampf, der alle anging. Und wie Plinio aus jedem Ferienbesuch, aus jeder Umarmung seines Mutterbodens neue Kräfte mitbrachte, so sog Josef aus jedem Nachdenken, aus jeder Lektüre, aus jeder Versenkungsübung, aus jedem Wiedersehen mit dem Magister Musicae neue Kräfte, machte sich geeigneter zum Vertreter und Anwalt Kastaliens. Einst, als Kind noch, hatte er die erste Berufung erlebt. Jetzt erfuhr er die zweite, und diese Jahre schmiedeten und prägten ihn zur Gestalt des vollkommenen Kastaliers. Längst hatte er nun auch den ersten Unterricht im Glasperlenspiel absolviert und begann damals schon, in den Ferien und unter Kontrolle eines der Spielleiter, eigene Glasperlenspiele zu entwerfen. Hier nun entdeckte er eine der ergiebigsten Quellen der Freude und innern Entspannung; seit seinen unersättlichen Cembalo- und Klavichordübungen mit Carlo Ferromonte hatte nichts ihm so wohlgetan, ihn so gekühlt, gestärkt, bestätigt und beglückt wie diese ersten Vorstöße in die Sternenwelt des Glasperlenspiels.

Aus eben diesen Jahren nun stammen jene Gedichte des jungen Josef Knecht, die in der Abschrift Ferromontes sich erhalten haben; es ist wohl möglich, daß ihrer mehr waren, als auf uns gekommen sind, und es ist anzunehmen, daß auch diese Gedichte, deren früheste noch vor Knechts Einführung ins Glasperlenspiel entstanden sind, mitgeholfen haben, ihm die Durchführung seiner Rolle und das Überstehen jener kritischen Jahre zu ermöglichen. Jeder Leser wird da und dort in diesen zum Teil kunstvollen, zum Teil sichtlich rasch hingeschriebenen Versen Spuren der tiefen Erschütterung und Krise entdecken, welche Knecht damals unter Plinios Einfluß durchgemacht hat. Es klingt in mancher Zeile eine tiefe Beunruhigung, ein grundsätzlicher Zweifel an sich selbst und am Sinn seines Daseins, bis in dem Gedicht „Glasperlenspiel“ die fromme Hingabe gelungen scheint. Übrigens lag ein gewisses Zugeständnis an die

Welt Plinios, ein Stück Rebellion gegen gewisse kastalische Hausgesetze schon in der bloßen Tatsache, daß er diese Gedichte geschrieben und sie sogar mehreren Kameraden gelegentlich gezeigt hat. Denn wenn man schon im allgemeinen Kastalien auf das Hervorbringen von Kunstwerken Verzicht geleistet hat (auch musikalisches Produzieren kennt und duldet man dort nur in der Form von stilistisch streng gebundenen Kompositionsübungen), so galt Gedichtemachen gar für das denkbar Unmöglichste, Lächerlichste, Verpönteste. Ein Spiel also, ein müßiges Schnitz- und Schnörkelwerk sind diese Gedichte nicht; es bedurfte eines hohen Drucks, um diese Produktivität in Fluß zu bringen, und es gehörte ein gewisser trotziger Mut dazu, diese Verse zu schreiben und sich zu ihnen zu bekennen.
Es bleibe nicht unerwähnt, daß auch Plinio Designori unter dem Einfluß seines Antagonisten erhebliche Wandlungen und Entwicklungen erfuhr, und zwar nicht nur im Sinn einer Erziehung zur Läuterung seiner Kampfmethoden. Während des kollegialen und kämpferischen Austausches jener Schuljahre sah er seinen Gegenspieler sich in stetiger Steigerung zum vorbildlichen Kastalier entwickeln, es trat ihm der Geist der Provinz in der Gestalt des Freundes immer sichtbarer und lebendiger entgegen, und ebenso wie er jenen bis zu einem gewissen Gärungsgrade mit der Atmosphäre seiner Welt infiziert hatte, atmete er selbst die kastalische Luft und erlag ihrem Reiz und Einfluß. Im letzten Jahr seiner Schulzeit, nach einer zweistündigen Disputation über die Ideale des Mönchtums und deren Gefahren, welche sie im Beisein der obersten Glasperlenspielklasse ausgekämpft hatten, nahm er Josef zu einem Spaziergang mit und machte ihm auf diesem Gang ein Geständnis, das wir nach einem Brief Ferromontes zitieren: „Ich weiß natürlich längst, Josef, daß du der frommgläubige Glasperlenspieler und Provinzheilige nicht bist, dessen Rolle du so ausgezeichnet spielst. Jeder von uns beiden steht an exponierter Stelle in einem Kampf, und jeder von uns weiß ja wohl, daß das, wogegen er kämpft, zu Recht existiert und seine unbestrittenen Werte hat. Du stehst auf der Seite der Hochzucht des Geistes, ich auf der Seite des natürlichen Lebens. In unsrem Kampf hast du gelernt, die Gefahren des natürlichen Lebens auszuspüren und aufs Korn zu nehmen; dein

Amt ist es, darauf hinzuweisen, wie das natürliche, naive Leben ohne geistige Zucht zum Sumpf werden und ins Tierische und noch weiter zurückführen muß. Und ich wieder muß immer wieder daran erinnern, wie gewagt, gefährlich und schließlich unfruchtbar ein Leben sei, das rein auf den Geist gestellt ist. Gut, jeder verteidigt das, an dessen Primat er glaubt, du den Geist, ich die Natur. Aber nimm es nicht übel, es will mir manchmal so vorkommen, als haltest du mich tatsächlich und naiv für so etwas wie einen Feind eures kastalischen Wesens, für einen Mann, dem eure Studien, Übungen und Spiele im Grunde nur Firlefanz bedeuten, wenn er sie auch aus diesen oder jenen Gründen eine Weile mitmacht. Ach, mein Lieber, wie sehr wärest du im Irrtum, wenn du das wirklich glauben solltest! Ich will dir bekennen, daß ich zu eurer Hierarchie eine ganz närrische Liebe habe, daß sie mich oft entzückt und verlockt wie das Glück selbst. Ich will dir auch bekennen, daß ich vor Monaten, als ich eine Weile zu Hause bei den Eltern war, eine Aussprache mit meinem Vater durchgekämpft und es erreicht habe, daß er mir erlaubt, Kastalier zu bleiben und in den Orden einzutreten für den Fall, daß am Ende meiner Schulzeit dies mein Wunsch und Entschluß sein sollte; und ich war glücklich, als er endlich seine Einwilligung dazu gab. Nun, ich werde keinen Gebrauch von ihr machen, das weiß ich seit kurzem. O nicht, daß ich die Lust dazu verloren hätte! Aber ich sehe mehr und mehr: für mich würde das Verbleiben bei euch eine Flucht bedeuten, eine anständige, eine edle Flucht vielleicht, aber eben doch eine Flucht. Ich werde zurückkehren und ein Weltmensch werden. Aber ein Weltmensch, der eurem Kastalien dankbar bleibt, einer, der manche eurer Übungen weiter üben und jedes Jahr das große Glasperlenspiel mitfeiern wird."

Mit tiefer Bewegung teilte Knecht dies Geständnis Plinios seinem Freunde Ferromonte mit. Und dieser fügt der Erzählung in eben jenem Briefe die Worte bei: „Mir, dem Musiker, war dies Bekenntnis Plinios, dem ich nicht immer gerecht geworden war, wie ein musikalisches Erlebnis. Der Gegensatz: Welt und Geist, oder der Gegensatz: Plinio und Josef hatte sich vor meinen Augen aus dem Kampf zweier unversöhnlicher Prinzipien in ein Konzert sublimiert."

Als Plinio seinen vierjährigen Schulkurs beendet hatte und

nach Hause zurückkehren sollte, brachte er dem Vorstand einen Brief seines Vaters, der Josef Knecht für die Ferien einlud. Dies war ein ungewöhnliches Ansinnen. Urlaub zu Reisen und Aufenthalt außerhalb der pädagogischen Provinz gab es zwar, vor allem zu Studienzwecken, nicht allzu selten, doch war er allerdings eine Ausnahme und wurde nur älteren und bewährteren Studierenden, niemals aber Schülern gewährt. Schulvorstand Zbinden hielt immerhin die Einladung, da sie von einem so hochgeachteten Hause und Manne kam, für wichtig genug, um sie nicht von sich aus abzulehnen, sondern legte sie dem Ausschuß der Erziehungsbehörde vor, welche sie alsbald mit einem lakonischen Nein beantwortete. Die Freunde mußten Abschied voneinander nehmen.

„Wir werden es später wieder mit der Einladung versuchen", sagte Plinio, „irgendeinmal wird es schon glücken. Du mußt einmal mein Vaterhaus und meine Leute kennenlernen und sehen, daß auch wir Menschen sind und nicht bloß so ein Geschmeiß von Welt- und Geschäftsleuten. Du wirst mir sehr fehlen. Und nun sieh zu, Josef, daß du in diesem komplizierten Kastalien bald nach oben kommst; du eignest dich zwar sehr zum Glied einer Hierarchie, aber nach meiner Meinung doch mehr zum Bonzen als zum Famulus, deinem Namen zum Trotz. Ich prophezeie dir eine große Zukunft, du wirst eines Tages Magister sein und zu den Erlauchten zählen."

Josef sah ihn traurig an.

„Spotte nur!" sagte er, mit der Bewegung des Abschiednehmens kämpfend. „Ich bin nicht so ehrgeizig wie du, und wenn ich es jemals zu einem Amt bringe, so wirst du längst Präsident oder Bürgermeister, Hochschulprofessor oder Bundesrat sein. Denke freundlich an uns, Plinio, und an Kastalien, entfremde dich uns nicht ganz! Es muß doch bei euch draußen auch einige Leute geben, die von Kastalien mehr wissen als die Witze, die dort draußen über uns gemacht werden."

Sie drückten einander die Hände, und Plinio reiste ab. Für sein letztes Waldzeller Jahr wurde es um Josef sehr still, seine exponierte und anstrengende Funktion als gewissermaßen öffentliche Persönlichkeit hatte plötzlich ein Ende, Kastalien brauchte keinen Verteidiger mehr. Seine Freizeit widmete er in diesem Jahr vorwiegend dem Glasperlenspiel, das ihn mehr und mehr anzog. Ein Heftchen Notizen aus jener Zeit über Bedeutung und Theorie des Spieles beginnt mit dem Satz: „Das Ganze des Lebens, des physischen wie des geistigen, ist ein dynamisches Phänomen, von welchem das Glasperlenspiel im Grunde nur die ästhetische Seite erfaßt, und zwar erfaßt es sie vorwiegend im Bild rhythmischer Vorgänge."

Studienjahre

Josef Knecht war nun etwa vierundzwanzig Jahre alt. Mit der Entlassung aus Waldzell war seine Schülerzeit abgeschlossen, und es begannen die Jahre des freien Studierens; mit Ausnahme der harmlosen Eschholzer Knabenjahre sind sie wohl die heitersten und glücklichsten seines Lebens gewesen. Es ist ja auch immer aufs neue etwas Wunderbares und rührend Schönes um die schweifende Entdeckungs- und Eroberungslust eines Jünglings, der zum erstenmal frei vom Schulzwang sich den unendlichen Horizonten des Geistigen entgegen bewegt, dem noch keine Illusion zerflattert, kein Zweifel weder an der eigenen Fähigkeit zu unendlicher Hingabe noch an der Unbegrenztheit der geistigen Welt gekommen ist. Gerade für Begabungen von Josef Knechts Art, welche nicht von einem Einzeltalent schon früh zur Konzentration auf ein Spezialfach gedrängt werden, sondern ihrem Wesen nach auf Ganzheit, auf Synthese und Universalität zielen, ist dieser Frühling der Studienfreiheit nicht selten eine Zeit intensiven Glückes, ja beinahe Rausches; ohne die vorangegangene Zucht der Eliteschule, ohne die seelische Hygiene der Meditationsübungen und ohne die mild geübte Kontrolle der Erziehungsbehörde wäre diese Freiheit für solche Begabungen eine schwere Gefahr und müßte vielen zum Verhängnis werden, wie sie es in den Zeiten vor unsrer heutigen Ordnung, in den vorkastalischen Jahrhunderten, unzähligen hohen Begabungen gewesen ist. An den Hochschulen jener Vorzeit hat es zu gewissen Zeiten von jungen faustischen Naturen geradezu gewimmelt, welche mit vollen Segeln aufs hohe Meer der Wissenschaften und der akademischen Freiheit fuhren und alle Schiffbrüche eines ungezügelten Dilettantismus erleiden mußten; Faust selber ist ja der Prototyp des genialen Dilettantismus und seiner Tragik. In Kastalien nun ist die geistige Freiheit der Studierenden noch unendlich viel größer, als sie es je an den Universitäten früherer Epochen war, denn die zur Verfügung stehenden Möglichkeiten zu Studien sind viel reichhaltiger, außerdem fehlt in Kastalien völlig die Beeinflussung und Beschränkung durch materielle Rücksichten, durch Ehrgeiz, Ängstlichkeit, Armut der Eltern, Aussichten auf Brot und Karriere und so weiter. In den Akademien, Seminaren, Bibliotheken, Archiven, Laboratorien der pädagogischen Provinz ist jeder Studierende, was seine Herkunft und was seine Aussichten betrifft, vollkommen gleichgestellt; die Hierarchie stuft sich lediglich aus den intellektuellen und charakterlichen Anlagen und Qualitäten der Schüler. In materieller und geistiger Hinsicht dagegen sind von den Freiheiten, Verlockungen und Gefahren, welchen an weltlichen Hochschulen viele Begabte zum Opfer fallen, in Kastalien die meisten nicht vorhanden; es besteht auch hier noch Gefahr, Dämonie und Verblendung genug – wo wäre das Menschendasein von ihnen frei? –, aber der kastalische Student ist immerhin manchen Möglichkeiten der Entgleisung, der Enttäuschung und des Untergangs entzogen. Weder kann es ihm geschehen, daß er der Trunksucht verfällt, noch kann er seine Jugendjahre an die renommistischen oder geheimbündlerischen Gepflogenheiten gewisser Studentengenerationen der älteren Zeit verlieren, noch auch kann er eines Tages die Entdeckung machen, daß sein studentisches Reifezeugnis ein Irrtum war, daß er erst im Lauf seiner Studienzeit auf nicht wieder auszufüllende Lücken in seiner Vorbildung stoßt; vor diesen Mißständen schützt ihn die kastalische Ordnung. Auch die Gefahr, sich an Frauen oder an sportliche Exzesse zu verschwenden, ist nicht eben groß. Was die Frauen betrifft, so kennt der kastalische Student weder die Ehe mit ihren Verlockungen und Gefahren, noch kennt er die Prüderie mancher vergangenen Epoche, welche den Studenten entweder zu geschlechtlicher Askese zwang oder ihn auf mehr oder weniger käufliche und dirnenhafte Weiber anwies. Da es für die Kastalier keine Ehe gibt, gibt es auch keine auf die Ehe hin gerichtete Liebesmoral. Da es für den Kastalier kein Geld und so gut wie kein Eigentum gibt, existiert auch die Käuflichkeit der Liebe nicht. Es ist in der Provinz Sitte, daß die Bürgertöchter nicht allzu früh heiraten, und in den Jahren vor der Ehe scheint ihnen der Student und Gelehrte als Geliebter ganz besonders begehrenswert; er fragt nicht nach Herkunft und Vermögen, ist gewohnt, geistige Fähigkeiten den vitalen mindestens gleichzustellen, hat meistens Phantasie und Humor und muß, da er kein Geld hat, mehr als andre mit dem Einsatz seiner selbst bezahlen. Die Studentenliebste in Kastalien kennt die Frage nicht: wird er mich heiraten? Nein, er wird sie nicht heiraten. Zwar ist tatsächlich auch dies schon geschehen; es hat sich je und je der seltene Fall ereignet, daß ein Elitestudent auf dem Weg der Heirat in die bürgerliche Welt zurückkehrte, unter Verzicht auf Kastalien und die Zugehörigkeit zum Orden. Doch spielen diese paar Fälle von Abtrünnigwerden in der Geschichte der Schulen und des Ordens kaum eine andre Rolle als die einer Kuriosität.

Der Grad an Freiheit und Selbstbestimmung, mit welchem der Eliteschüler nach der Entlassung aus den vorbereitenden Schulen sich allen Wissens- und Forschungsgebieten gegenübergestellt findet, ist in der Tat ein sehr hoher. Eingeschränkt wird diese Freiheit, soweit nicht die Begabungen und Interessen von Anfang an engere sind, lediglich durch die Verpflichtung jedes frei Studierenden zur Vorlage eines Studienplanes jeweils für ein Halbjahr, dessen Durchführung von den Behörden milde überwacht wird. Für die vielseitig Begabten und Interessierten – und zu ihnen gehörte Knecht – haben die paar ersten Studienjahre durch diese sehr weitgehende Freiheit etwas wunderbar Verlockendes und Entzückendes. Gerade diesen vielseitig Interessierten läßt die Behörde, wenn sie nicht etwa geradezu ins Bummeln geraten, eine beinahe paradiesische Freiheit; der Schüler mag nach Belieben sich in allen Wissenschaften umsehen, die verschiedensten Studiengebiete miteinander vermischen, sich in sechs- oder acht Wissenschaften gleichzeitig verlieben oder von Anfang an sich an eine engere Auswahl halten; außer der Innehaltung der allgemeinen, für Provinz und Orden geltenden moralischen Lebensregeln wird nichts von ihm verlangt als jährlich einmal der Ausweis über die von ihm gehörten Vorlesungen, über seine Lektüre und seine Arbeit in Instituten. Die genauere Kontrolle und Prüfung seiner Leistungen beginnt erst dort, wo er fachwissenschaftliche Kurse und Seminare besucht, zu welchen auch die des Glasperlenspiels und der Musikhochschule gehören; hier freilich hat jeder Studierende sich den offiziellen Prüfungen zu stellen und die vom Seminarleiter verlangten Arbeiten zu leisten, wie es sich von selbst versteht. Aber niemand zwingt ihn in diese Kurse, er kann semesterlang und jahrelang nach Belieben auch nur in den Bibliotheken sitzen und Vorlesungen hören. Diese Studenten, die mit der Bindung an ein einzelnes Wissensgebiet sich lange Zeit lassen, zögern zwar damit ihre Aufnahme in den Orden hinaus, werden aber mit großer Duldung auf ihren Streifzügen durch alle möglichen Wissenschaften und Studienarten belassen, ja gefördert. Es wird von ihnen, außer dem moralischen Wohlverhalten, nichts an Leistung verlangt als jedes Jahr die Abfassung eines „Lebenslaufes". Diese alte und oft bespöttelte Sitte ist es, der wir die drei während seiner Studienjahre geschriebenen Lebensläufe Knechts verdanken. Es handelt sich bei ihnen also nicht, wie bei den in Waldzell entstandenen Gedichten, um eine rein freiwillige und inoffizielle, ja heimliche und mehr oder weniger verbotene Art von literarischer Tätigkeit, sondern um eine normale und offizielle. Schon in den frühesten Zeiten der pädagogischen Provinz war die Sitte aufgekommen, die jüngern Studierenden, das heißt die noch nicht in den Orden Aufgenommenen, je und je zur Abfassung einer besonderen Art von Aufsatz oder Stilübung anzuhalten, nämlich eines sogenannten „Lebenslaufes", das heißt einer fiktiven, in eine beliebige Zeit zurückverlegten Selbstbiographie. Der Schüler hatte die Aufgabe, sich in eine Umgebung und Kultur, in das geistige Klima irgendeiner frühern Epoche zurückzuversetzen und sich darin eine ihm entsprechende Existenz auszudenken; je nach Zeit und Mode war das kaiserliche Rom, das Frankreich des siebzehnten oder das Italien des fünfzehnten Jahrhunderts, das perikleische Athen oder das Österreich der Mozartzeit bevorzugt, und bei den Philologen war es Sitte geworden, daß sie ihre Lebensromane in der Sprache und im Stil des Landes und der Zeit abfaßten, in welchen sie spielten; es gab zuzeiten höchst virtuose Lebensläufe im Kurialstil des päpstlichen Rom um das Jahr 1200, im Mönchslatein, im Italienisch der „Hundert Novellen“, im Französisch Montaignes, im Barockdeutsch des Schwans von Boberfeld. Es lebte ein Rest des alten asiatischen Wiedergeburts- und Seelenwanderungsglaubens in dieser freien und spielerischen Form hier fort; allen Lehrern und Schülern war die Vorstellung geläufig, daß ihrer jetzigen Existenz frühere vorangegangen sein könnten, in anderen Körpern, zu andern Zeiten, unter andern Bedingungen. Dies war nun freilich nicht etwa ein Glaube im strengen Sinn, noch viel weniger war es eine Lehre; es war eine Übung, ein Spiel der Imaginationskräfte, sich das eigene Ich in veränderten Lagen und Umgebungen vorzustellen. Man übte sich dabei, so wie man es in vielen stilkritischen Seminaren und so oft auch im Glasperlenspiele tat, im behutsamen Eindringen in vergangene Kulturen, Zeiten und Länder, lernte seine eigene Person als Maske, als vergängliches Kleid einer Entelechie betrachten. Die Sitte, solche Lebensläufe zu schreiben, hatte ihren Reiz und hatte manche Vorzüge, sie hätte sich sonst wohl auch nicht so lange erhalten. Übrigens war die Zahl der Studierenden gar nicht so sehr klein, welche nicht nur an die Idee der Reinkarnation mehr oder weniger glaubten, sondern auch an die Wahrheit ihrer eigenen erfundenen Lebensläufe. Denn natürlich waren die meisten dieser imaginierten Vorexistenzen nicht nur Stilübungen und historische Studien, sondern auch Wunschbilder und gesteigerte Selbstbildnisse: die Verfasser der meisten Lebensläufe schilderten sich in demjenigen Kostüm und als denjenigen Charakter, als welcher zu erscheinen und sich zu verwirklichen ihr Wunsch und Ideal war. Des weiteren waren die Lebensläufe, pädagogisch kein schlechter Gedanke, ein legitimer Kanal für das dichterische Bedürfnis des jugendlichen Alters. War auch seit Generationen das eigentliche, ernsthafte Dichten verpönt und teils durch die Wissenschaften, teils durch das Glasperlenspiel ersetzt, so war doch der Künstler- und Gestaltungstrieb des Jugendalters nicht erledigt; er fand in den Lebensläufen, welche sich oft bis zu kleinen Romanen erweiterten, ein erlaubtes Feld der Betätigung. Auch mochte mancher Verfasser dabei die ersten Schritte ins Land der Selbsterkenntnis tun. Übrigens kam es auch des öfteren vor und stieß bei den Lehrern meistens auf wohlwollendes Verständnis, daß Studierende ihre Lebensläufe zu kritischen und revolutionären Auslassungen über die heutige Welt und über Kastalien benutzten. Außerdem aber waren diese Aufsätze für die Lehrer gerade während der Zeit, in welcher die Studierenden die größte Freiheit genossen und keiner genauen Kontrolle unterlagen, sehr aufschlußreich und gaben ihnen über das geistige und moralische Leben und Befinden der Verfasser oft überraschend deutliche Auskunft.

Von Josef Knecht sind drei solche Lebensläufe erhalten, wir werden sie wortgetreu mitteilen und halten sie für den vielleicht wertvollsten Teil unseres Buches. Ob er nur diese drei Lebensläufe geschrieben habe, ob nicht einer oder der andere verlorengegangen sei, darüber sind mancherlei Vermutungen möglich. Mit Bestimmtheit wissen wir nur, daß es Knecht nach der Überreichung seines dritten, des „indischen" Lebenslaufes von der Kanzlei der Erziehungsbehörde nahegelegt wurde, er möge einen etwaigen noch folgenden Lebenslauf in eine historisch näherliegende und reicher dokumentierte Epoche verlegen und sich mehr um das historische Detail bekümmern. Wir wissen aus Erzählungen und Briefen, daß er daraufhin in der Tat Vorstudien zu einem Lebenslauf aus dem achtzehnten Jahrhundert gemacht hat. Er wollte darin als schwäbischer Theologe auftreten, der den Kirchendienst später mit der Musik vertauscht, der ein Schüler Johann Albrecht Bengels, ein Freund Oetingers und eine Weile Gast der Gemeinde Zinzendorfs war. Wir wissen, daß er damals eine Menge alter, zum Teil entlegener Literatur über Kirchenverfassung, über Pietismus und Zinzendorf, über Liturgie und Kirchenmusik jener Zeit gelesen und exzerpiert hat. Wir wissen auch, daß er für die Gestalt des magischen Prälaten Oetinger eine richtige Verliebtheit, für die des Magisters Bengel eine echte Liebe und tiefe Verehrung empfand – sein Bildnis ließ er sich eigens photographieren und hatte es eine Weile auf dem Schreibtisch stehen – und sich um die Würdigung Zinzendorfs, der ihn ebenso interessierte wie abstieß, ehrlich bemüht hat. Am Ende ließ er diese Arbeit liegen, zufrieden mit dem, was er bei ihr gelernt hatte, erklärte sich aber für unfähig, daraus einen Lebenslauf zu machen, denn

er habe viel zu viel Einzelstudien getrieben und Details gesammelt. Diese Aussage berechtigt uns vollends, in jenen ausgeführten drei Lebensläufen mehr die Schöpfungen und Bekenntnisse eines dichterischen Menschen und eines edlen Charakters als die Arbeiten eines Gelehrten zu sehen, womit wir ihnen nicht unrecht zu tun meinen.
Für Knecht kam nun aber zu der Freiheit des in die selbstgewählten Studien entlassenen Schülers noch eine andere Freiheit und Entspannung hinzu. Er war ja nicht nur ein Zögling wie alle gewesen, hatte nicht nur die Ordnung der strengen Schulung, der genauen Tageseinteilung, der sorgfältigen Kontrolle und Beobachtung durch die Lehrer über sich gehabt und war allen Anstrengungen eines Eliteschülers ausgesetzt gewesen. Er war, neben diesem allem und weit darüber hinaus, durch sein Verhältnis zu Plinio zum Träger einer Rolle und einer Verantwortung geworden, die ihn geistig und seelisch bis an die Grenzen des Möglichen teils anspornte, teils belastete, einer aktiven sowohl wie repräsentativen Rolle, einer Verantwortung, welche eigentlich über seine Jahre und Kräfte ging und welche er, oft gefährdet genug, nur aus einem Überschuß an Willenskraft und Begabung bewältigt hatte und ohne den mächtigen Beistand aus der Ferne, den Musikmeister, überhaupt nicht hätte zu Ende führen können. Wir finden ihn, den etwa Vierundzwanzigjährigen, am Ende seiner ungewöhnlichen Waldzeller Schuljahre zwar über sein Alter gereift und etwas überanstrengt, erstaunlicherweise aber nicht erkennbar geschädigt. Wie tief dennoch sein ganzes Wesen durch jene Rolle und Last in Anspruch genommen, ja der Erschöpfung nahegebracht worden war, darüber fehlt es zwar an unmittelbaren Zeugnissen, wir erkennen es aber, sobald wir die Art betrachten, auf welche der den Schulen Entwachsene in den ersten Jahren von der errungenen und gewiß oft tief ersehnten Freiheit Gebrauch gemacht hat. Knecht, der während seiner letzten Schülerjahre an so sichtbarer Stelle gestanden und gewissermaßen schon der Öffentlichkeit angehört hatte, hat sich aus ihr sofort und vollkommen zurückgezogen; ja wenn man die Spuren seines damaligen Lebens aufsucht, hat man den Eindruck: am liebsten hätte er sich unsichtbar gemacht, keine Umgebung und Gesellschaft konnte ihm harmlos genug, keine Existenzform pri-

vat genug sein. So hat er auch auf einige lange und stürmische Briefe Designoris erst kurz und unlustig, dann gar nicht mehr geantwortet. Der berühmte Schüler Knecht verschwand und war nicht mehr aufzufinden; nur in Waldzell blühte sein Ruhm weiter und wurde mit der Zeit beinah zur Legende.

So hat er im Beginn seiner Studienjahre aus den genannten Gründen Waldzell gemieden, daraus ergab sich denn auch der vorläufige Verzicht auf die höheren und höchsten Kurse im Glasperlenspiel. Trotzdem aber, das heißt, obwohl ein oberflächlicher Beobachter damals eine auffallende Vernachlässigung des Glasperlenspiels bei Knecht hätte feststellen können, wissen wir, daß im Gegenteil der ganze, scheinbar launische und zusammenhanglose, jedenfalls recht ungewöhnliche Gang seiner freien Studien vom Glasperlenspiel beeinflußt war und zu ihm und dem Dienst am Spiel zurückführte. Wir gehen darauf etwas ausführlicher ein, denn dieser Zug ist charakteristisch; Josef Knecht hat auf die wunderlichste, eigensinnigste Weise sich seiner Studierfreiheit bedient, auf eine verblüffende, jugendlich geniale Weise. Während seiner Waldzeller Jahre hatte er wie üblich die offizielle Einführung ins Glasperlenspiel und den Wiederholungskurs durchgemacht; dann war er, im Lauf des letzten Schuljahres und im Freundeskreis schon damals im Ruf eines guten Spielers stehend, von der Anziehungskraft des Spiels der Spiele mit solcher Heftigkeit ergriffen worden, daß er, nach Absolvierung eines weiteren Kurses, noch als Eliteschüler unter die Spieler der zweiten Stufe aufgenommen wurde, was eine recht seltene Auszeichnung bedeutet.

Einem Kameraden beim offiziellen Wiederholungskurs, seinem Freunde und späteren Gehilfen Fritz Tegularius, hat er einige Jahre später ein Erlebnis berichtet, das nicht nur seine Bestimmung zum Glasperlenspieler entschied, sondern auch auf den Gang seiner Studien von größtem Einfluß war. Der Brief ist erhalten, die Stelle lautet: „Laß mich Dich aus jener Zeit, wo wir beide, derselben Gruppe zugeteilt, so eifrig an unsern ersten Dispositionen zu Glasperlenspielen arbeiteten, an einen bestimmten Tag und ein bestimmtes Spiel erinnern. Unser Gruppenleiter hatte uns verschiedene Anregungen gegeben und allerlei Themata zur Wahl gestellt; wir waren gerade bei dem heiklen Übergang von der Astronomie, Mathematik und Physik zu den Sprach- und Geschichtswissenschaften, und der Leiter war ein Virtuose in der Kunst, uns begierigen Anfängern Fallen zu stellen und uns auf das Glatteis unzulässiger Abstraktionen und Analogien zu locken, er schmuggelte uns verlokkende etymologische und sprachvergleichende Spielereien in die Hände und hatte seinen Spaß daran, wenn einer von uns darauf hereinfiel. Wir zählten griechische Silbenlängen bis zur Ermüdung, um dann plötzlich den Boden unter den Füßen weggezogen zu bekommen, indem wir vor die Möglichkeit, ja Notwendigkeit eines akzentuierenden, statt des metrischen Skandierens gestellt wurden, und dergleichen mehr. Er machte seine Sache formal glänzend und ganz korrekt, wenn auch in einem Geist, der mir nicht angenehm war, er zeigte uns Irrgänge und verlockte uns zu Fehlspekulationen, zwar mit der guten Absicht, uns mit den Gefahren bekannt zu machen, aber ein wenig auch, um uns dumme Jungen auszulachen und gerade den Eifrigsten möglichst viel Skepsis in ihre Begeisterung zu gießen. Dennoch geschah es gerade unter ihm und bei einem seiner verzwickten Vexier-Experimente, daß ich, während wir tastend und ängstlich ein halbwegs taugliches Spielproblem zu entwerfen versuchten, plötzlich und mit einem Schlage vom Sinn und von der Größe unsres Spiels ergriffen und bis ins Innerste erschüttert wurde. Wir sezierten an einem sprachgeschichtlichen Problem herum und sahen gewissermaßen dem Höhepunkt und der Glanzzeit einer Sprache aus der Nähe zu, gingen in Minuten einen Weg mit ihr, zu dem sie einige Jahrhunderte gebraucht hatte, und mich packte das Schauspiel der Vergänglichkeit gewaltig an: wie da vor unsern Augen ein so komplizierter, alter, ehrwürdiger, in vielen Generationen langsam aufgebauter Organismus zu seiner Blüte kommt, und die Blüte schon den Keim des Verfalls enthält, und der ganze sinnvoll gegliederte Bau zu sinken, zu entarten, dem Untergang entgegenzuwanken beginnt – und zugleich durchfuhr es mich mit einem Zuck und freudigen Schrecken, daß dennoch der Verfall und Tod jener Sprache nicht ins Nichts geführt hatte, daß ihre Jugend, ihre Blüte, ihr Niedergang in unserem Gedächtnis, im Wissen um sie und ihre Geschichte, aufbewahrt und daß sie in den Zeichen und Formeln der Wissenschaft sowohl wie in den geheimen Formulierungen des Glasperlenspiels fortlebe und jederzeit wieder aufgebaut werden könne. Ich begriff plötzlich, daß in der Sprache oder doch mindestens im Geist des Glasperlenspiels tatsächlich alles allbedeutend sei, daß jedes Symbol und jede Kombination von Symbolen nicht hierhin oder dorthin, nicht zu einzelnen Beispielen, Experimenten und Beweisen führe, sondern ins Zentrum, ins Geheimnis und Innerste der Welt, in das Urwissen. Jeder Übergang von Dur zu Moll in einer Sonate, jede Wandlung eines Mythos oder eines Kultes, jede klassische, künstlerische Formulierung sei, so erkannte ich im Blitz jenes Augenblicks, bei echter meditativer Betrachtung, nichts andres als ein unmittelbarer Weg ins Innere des Weltgeheimnisses, wo im Hin und Wider zwischen Ein- und Ausatmen, zwischen Himmel und Erde, zwischen Yin und Yang sich ewig das Heilige vollzieht. Zwar hatte ich damals schon manches gut aufgebaute und gut durchgeführte Spiel als Zuhörer miterlebt, und es war mir manche große Erhebung und manche beglückende Einsicht dabei zuteil geworden; doch war ich bis dahin über den eigentlichen Wert und Rang des Spieles an sich immer wieder zu Zweifeln geneigt gewesen. Am Ende konnte ja jede gut gelöste Mathematikaufgabe geistigen Genuß bringen, jede gute Musik konnte beim Hören, und noch weit mehr beim Spielen, die Seele erheben und ins Große dehnen, und jede andächtige Meditation konnte das Herz beruhigen und es zum Einklang mit dem All stimmen; aber eben darum war doch vielleicht das Glasperlenspiel, so sagten meine Zweifel, nur eine formale Kunst, eine geistreiche Fertigkeit, eine witzige Kombination, und dann war es besser, dies Spiel nicht zu spielen, sondern sich mit sauberer Mathematik und guter Musik zu beschäftigen. Jetzt aber hatte ich zum erstenmal die innere Stimme des Spieles selbst vernommen, seinen Sinn, sie hatte mich erreicht und durchdrungen, und seit jener Stunde bin ich des Glaubens, daß unser königliches Spiel wirklich eine lingua sacra, eine heilige und göttliche Sprache ist. Du wirst dich erinnern, denn Du selbst hast damals bemerkt, daß eine Wandlung in mir vorgegangen war und ein Ruf mich erreicht hatte. Ich kann ihn nur jenem unvergeßlichen Ruf vergleichen, der einst mein Herz und mein

Leben verwandelt und emporgehoben hat, da ich als kleiner Knabe vom Magister Musicae geprüft und nach Kastalien berufen worden bin. Du hast es bemerkt, das spürte ich damals wohl, wenn Du auch kein Wort darüber sagtest; wir wollen auch heute nichts weiter darüber sagen. Aber nun habe ich eine Bitte an Dich, und um sie Dir zu erklären, muß ich Dir sagen, was sonst niemand weiß und wissen soll, nämlich, daß mein derzeitiges Herumstudieren keiner Laune entspringt, daß ihm vielmehr ein ganz bestimmter Plan zugrunde liegt. Du entsinnst dich, in großen Zügen wenigstens, jener Glasperlenspielübung, die wir damals als Schüler im dritten Kurs mit Hilfe des Leiters aufbauten und in deren Verlauf ich jene Stimme vernahm und meine Berufung zum Lusor erlebte. Nun, jenes Übungsspiel, das mit einer rhythmischen Analyse des Themas zu einer Fuge begann und in dessen Mitte ein angeblicher Satz des Kungtse stand, jenes ganze Spiel von Anfang bis zu Ende studiere ich jetzt, das heißt, ich arbeite mich durch jeden seiner Sätze durch, übersetze ihn aus der Spielsprache in seine Ursprache zurück, in Mathematik, in Ornamentik, in Chinesisch, in Griechisch usw. Ich will, wenigstens dies eine Mal im Leben, den ganzen Inhalt eines Glasperlenspiels fachmäßig nachstudieren und nachkonstruieren; den ersten Teil habe ich schon hinter mir und habe zwei Jahre dazu gebraucht. Es wird natürlich noch manche Jahre kosten. Aber da wir nun einmal unsre berühmte Studienfreiheit in Kastalien haben, will ich sie eben auf diese Art benützen. Die Einwände dagegen sind mir bekannt. Die meisten unsrer Lehrer würden sagen: wir haben in einigen Jahrhunderten das Glasperlenspiel erfunden und ausgebaut, als eine universale Sprache und Methode, um alle geistigen und künstlerischen Werte und Begriffe auszudrücken und auf ein gemeinsames Maß zu bringen. Nun kommst Du und willst nachprüfen, ob das auch stimme! Du wirst dein Leben dazu brauchen und wirst es bereuen. Nun, ich werde nicht mein Leben dazu brauchen und hoffe es auch nicht zu bereuen. Und nun meine Bitte: da Du zur Zeit im Spielarchiv arbeitest und ich aus besonderen Gründen Waldzell noch für eine gute Weile meiden möchte, sollst Du mir je und je eine Anzahl Fragen beantworten, das heißt, mir in der nicht gekürzten Form jeweils die offiziellen Schlüssel und Zeichen für allerlei Themata aus dem Archiv mitteilen. Ich rechne auf Dich und rechne darauf, daß Du, sobald ich Dir irgendwelche Gegendienste leisten kann, über mich verfügst."

Vielleicht ist hier der Ort, auch jene andre Stelle aus Knechts Briefen mitzuteilen, welche sich auf das Glasperlenspiel bezieht, wenn auch der betreffende Brief, an den Musikmeister gerichtet, mindestens ein oder zwei Jahre später geschrieben wurde. „Ich denke mir", schreibt Knecht seinem Gönner, „daß man ein ganz guter, ja virtuoser Glasperlenspieler sein kann, ja vielleicht sogar ein recht tüchtiger Magister Ludi, ohne das eigentliche Geheimnis des Spieles und seinen letzten Sinn zu ahnen. Ja es könnte sein, daß gerade ein Ahnender und Wissender, wenn er zum Fachmann im Glasperlenspiel oder dessen Leiter würde, dem Spiel gefährlicher werden könnte als jene. Denn die Innenseite, die Esoterik des Spiels, zielt wie alle Esoterik ins Ein und All hinab, in die Tiefen, wo nur noch der ewige Atem im ewigen Ein und Aus sich selbst genügend waltet. Wer den Sinn des Spiels in sich zu Ende erlebt hätte, wäre eigentlich schon kein Spieler mehr, er stünde nicht in der Vielfalt mehr und wäre der Freude am Erfinden, Konstruieren und Kombinieren nicht mehr fähig, da er eine ganz andere Lust und Freude kennt. Da ich dem Sinn des Glasperlenspiels nahe zu sein meine, wird es für mich und für andre besser sein, wenn ich das Spiel nicht zu meinem Beruf mache, sondern mich lieber auf die Musik verlege."

Der Musikmeister, meist sehr sparsam im Briefschreiben, war von dieser Äußerung offenbar beunruhigt und hat auf sie eine freundlich warnende Auskunft gegeben: „Es ist gut, daß Du selber von einem Spielmeister nicht verlangst, er solle ein ‚Esoteriker' in deinem Sinne sein, denn ich hoffe, Du habest das ohne Ironie gesagt. Ein Spielmeister oder Lehrer, der sich in erster Linie darum sorgte, ob er auch dem ‚innersten Sinn' nahe genug sei, wäre ein sehr schlechter Lehrer. Ich zum Beispiel habe, offen gestanden, meinen Schülern zeitlebens niemals ein Wort über den ‚Sinn' der Musik gesagt; wenn es einen gibt, so bedarf er meiner nicht. Dagegen habe ich stets großen Wert darauf gelegt, daß meine Schüler ihre Achtel und Sechzehntel hübsch genau zählten. Ob Du nun Lehrer, Gelehrter oder Musikant wirst, habe die Ehrfurcht vor dem ‚Sinn', aber halte ihn nicht für lehrbar. Mit dem Lehrenwollen des ‚Sinnes' haben einst die Geschichtsphilosophen die halbe Weltgeschichte verdorben, das feuilletonistische Zeitalter eingeleitet und eine Menge von vergossenem Blut mitverschuldet. Auch wenn ich etwa Schüler in den Homer oder die griechischen Tragiker einzuführen hätte, würde ich nicht versuchen, ihnen die Dichtung als eine Erscheinungsform des Göttlichen zu suggerieren, sondern bemüht sein, ihnen die Dichtung durch die genaue Kenntnis ihrer sprachlichen und metrischen Mittel zugänglich zu machen. Sache des Lehrers und des Gelehrten ist das Erforschen der Mittel und die Pflege der Überlieferung, das Reinhalten der Methoden, nicht das Erregen und Beschleunigen jener nicht mehr sagbaren Erlebnisse, welche den Auserwählten – oft sind sie auch Geschlagene und Opfer – vorbehalten sind."

Im übrigen erwähnt Knechts Briefwechsel jener Jahre, der ohnehin nicht groß gewesen zu sein scheint oder zum Teil verlorengegangen ist, das Glasperlenspiel und seine „esoterische" Auffassung an keiner Stelle; die größte und besterhaltene dieser Korrespondenzen, die mit Ferromonte, handelt ohnehin nahezu ausschließlich von Problemen der Musik und der musikalischen Stilanalyse.

So sehen wir denn in dem eigentümlichen Zickzack, den Knechts Studiengang beschrieb und der nichts anderes war als die genaue Nachzeichnung und jahrelange Durcharbeitung eines einzigen Spielschemas, einen sehr bestimmten Sinn und Willen sich durchsetzen. Um sich die Inhalte dieses einzigen Spielschemas anzueignen, welches sie einst als Schüler zu Übungszwecken in wenigen Tagen komponiert hatten und das, in der Sprache des Glasperlenspiels, in einer Viertelstunde abzulesen gewesen war, verwendete er Jahr um Jahr, saß in Lehrsälen und Bibliotheken, studierte Froberger und Alessandro Scarlatti, Fugen und Sonatenbau, repetierte Mathematik, lernte Chinesisch, arbeitete ein System der Klangfiguren und die Feustelsche Theorie von der Entsprechung zwischen der Farbenskala und den musikalischen Tonarten durch. Man fragt sich, warum er diesen mühsamen, eigensinnigen und vor allem einsamen Weg gewählt habe, denn sein Endziel (außerhalb Kastaliens würde man sagen: seine Berufswahl) war ohne Zweifel das Glasperlenspiel. Wäre er, als Hospitant und unverbindlich zunächst, in eines der Institute des Vicus Lusorum, der Glasperlenspielersiedlung in Waldzell, eingetreten, so wären ihm alle auf das Spiel bezüglichen Spezialstudien erleichtert gewesen, es hätten ihm Rat und Auskunft in allen Einzelfragen zu jeder Stunde offengestanden, und außerdem hätte er seinen Studien unter Kameraden und Mitstrebenden obliegen können, statt sich allein und gewiß oft wie in freiwilliger Verbannung abzuquälen. Nun, er ging seinen Weg. Er vermied, so vermuten wir, Waldzell nicht nur, um seine dortige Schülerrolle und die Erinnerung an sie möglichst auszulöschen, bei den andern wie bei sich selbst, sondern ebenso, um nicht inmitten der Gemeinschaft der Glasperlenspieler in eine neue, ähnliche Rolle hineinzugeraten. Denn etwas wie Schicksal, etwas wie Vorbestimmung zu Führerschaft und Repräsentation mochte er seit damals in sich spüren, und er tat das Mögliche, dies ihm sich aufdrängende Schicksal zu überlisten. Er spürte die Schwere der Verantwortung voraus, er spürte sie schon jetzt den Waldzeller Mitschülern gegenüber, die für ihn begeistert waren und denen er sich entzog, und spürte sie besonders gegenüber jenem Tegularius, von dem er instinktiv wußte, daß er für ihn durchs Feuer gehen würde. So suchte er die Verborgenheit und Beschaulichkeit, während jenes Schicksal ihn nach vorn und ins Öffentliche drängen wollte. So etwa denken wir uns seine innere Lage damals. Aber es war noch ein wichtiger Grund oder Antrieb mehr vorhanden, ihn vom üblichen Lehrgang der höheren Glasperlenspielschulen abzuschrecken und zum Outsider zu machen, nämlich ein nicht zu beschwichtigender Forschungstrieb, auf dessen Grund die einstigen Zweifel gegen das Glasperlenspiel ruhten. Gewiß, er hatte es erlebt und geschmeckt, daß das Spiel wirklich in einem höchsten und heiligen Sinn gespielt werden könne, aber er hatte auch gesehen, daß die Mehrzahl der Spieler und Schüler, ja auch ein Teil der Leiter und Lehrer keineswegs in jenem hohen und heiligen Sinn Spieler waren und in der Spielsprache nicht eine lingua sacra sahen, sondern eben eine geistvolle Art von Stenographie, und daß sie das Spiel als eine interessante oder amüsante Spezialität, als einen intellektuellen Sport oder als einen

Wettkampf des Ehrgeizes betrieben. Ja, er hatte, wie sein Brief an den Musikmeister zeigt, auch schon eine Ahnung davon, daß möglicherweise nicht immer das Suchen nach dem letzten Sinn die Qualität des Spielers bestimmt, daß das Spiel auch einer Exoterik bedürfe, daß es auch Technik, Wissenschaft und gesellschaftliche Institution sei. Kurz, es waren Zweifel und Zwiespälte da, das Spiel war eine Lebensfrage, war vorläufig das große Hauptproblem seines Lebens geworden, und er war keineswegs gesonnen, sich seine Kämpfe durch wohlwollende Seelenhirten erleichtern oder durch freundlich ablenkendes Lehrerlächeln bagatellisieren zu lassen.

Natürlich hätte er unter den Zehntausenden der schon gespielten und den Millionen der möglichen Glasperlenspiele jedes beliebige zur Grundlage seiner Studien machen können. Er wußte dies und ging von jenem zufälligen, in jenem Schülerkurs von ihm und seinen Kameraden kombinierten Spielplane aus. Es war das Spiel, bei dem er zum erstenmal vom Sinn aller Glasperlenspiele erfaßt worden war und seine Berufung zum Spieler erfahren hatte. Ein von ihm in der üblichen Kurzschrift aufgezeichnetes Schema jenes Spieles begleitete ihn in diesen Jahren beständig. In den Bezeichnungen, Schlüsseln, Signaturen und Abbreviaturen der Spielsprache war hier eine Formel der astronomischen Mathematik, das Formprinzip einer alten Sonate, ein Ausspruch des Kungfutse und so weiter aufgezeichnet. Ein Leser, welcher etwa das Glasperlenspiel nicht kennen sollte, möge sich ein solches Spielschema etwa ähnlich vorstellen wie das Schema einer Schachpartie, nur daß die Bedeutungen der Figuren und die Möglichkeiten ihrer Beziehungen zueinander und ihrer Einwirkung aufeinander vervielfacht gedacht und jeder Figur, jeder Konstellation, jedem Schachzuge ein tatsächlicher, durch eben diesen Zug, diese Konfiguration und so weiter symbolisch bezeichneter Inhalt zuzuschreiben wäre. Knechts Studienjahre nun galten nicht nur der Aufgabe, die im Spielplan enthaltenen Inhalte, Prinzipien, Werke und Systeme des genauesten kennenzulernen, im Lernen einen Weg durch verschiedene Kulturen, Wissenschaften, Sprachen, Künste, Jahrhunderte zurückzulegen; nicht minder hatte er sich die keinem seiner Lehrer bekannte Aufgabe gestellt, an diesen Objekten die Systeme und Ausdrucksmöglichkeiten der Glasperlenspielkunst auf das genaueste nachzuprüfen.

Um das Resultat im voraus mitzuteilen: er fand hier und dort eine Lücke, ein Ungenügen, im ganzen aber muß unser Glasperlenspiel seiner zähen Prüfung standgehalten haben, sonst wäre er nicht am Ende zu ihm zurückgekehrt.

Schrieben wir hier eine kulturgeschichtliche Studie, so wäre gewiß mancher Ort und manche Szene aus Knechts Studentenzeit der Beschreibung würdig. Er bevorzugte, soweit dies irgend möglich war, solche Orte, an welchen er allein oder nur mit ganz wenigen zusammen arbeiten konnte, und einigen dieser Orte hat er eine dankbare Anhänglichkeit bewahrt. Häufig weilte er in Monteport, manchmal als Gast des Musikmeisters, manchmal als Teilnehmer an einem musikgeschichtlichen Seminar. Zweimal finden wir ihn in Hirsland, dem Sitz der Ordensleitung, als Teilnehmer an der „großen Übung", dem zwölftägigen Fasten und Meditieren. Mit besonderer Freude, ja Zärtlichkeit erzählte er später seinen Nächsten vom „Bambusgehölz", der lieblichen Eremitage, dem Schauplatz seiner I-Ging-Studien. Hier hat er nicht nur Entscheidendes gelernt und erlebt, er fand hier auch, von einer wunderbaren Ahnung oder Führung geleitet, eine einzigartige Umgebung und einen ungewöhnlichen Menschen, nämlich den sogenannten „Älteren Bruder", den Schöpfer und Bewohner der chinesischen Eremitage Bambusgehölz. Es scheint uns angezeigt, diese merkwürdigste Episode seiner Studienzeit etwas eingehender zu schildern.

Knecht hatte das Studium der chinesischen Sprache und der Klassiker in dem berühmten ostasiatischen Lehrhaus begonnen, das seit Generationen der Schulsiedlung der Altphilologen, Sankt Urban, angegliedert war. Er hatte daselbst rasche Fortschritte im Lesen und Schreiben gemacht, sich auch mit einigen dort arbeitenden Chinesen befreundet und eine Anzahl der Lieder des Schi King auswendig gelernt, als er im zweiten Jahr seines Aufenthaltes sich immer intensiver für das I Ging, das Buch der Wandlungen, zu interessieren anfing. Die Chinesen gaben ihm auf sein Drängen zwar allerlei Auskünfte, doch keine Einführung, ein Lehrer dafür war im Lehrhaus nicht vorhanden, und als Knecht immer wieder sein Anliegen vorbrachte, man möge ihm einen Lehrer für eine gründliche Beschäftigung mit dem I Ging verschaffen, erzählte man ihm vom „Älteren Bruder“ und seiner Einsiedelei. Knecht hatte schon seit einer Weile wohl bemerkt, daß er mit seinem Interesse für das Buch der Wandlungen in ein Gebiet ziele, von dem man im Lehrhaus wenig wissen wollte, er wurde vorsichtiger in seinen Erkundigungen, und wie er sich nun des weiteren um Auskünfte über den sagenhaften Älteren Bruder bemühte, blieb ihm nicht verborgen, daß dieser Eremit zwar eine gewisse Achtung, ja einen Ruhm genoß, jedoch mehr den eines kauzigen Outsiders als den eines Gelehrten. Er spürte, daß er sich hier selbst helfen müsse, brachte eine begonnene Seminararbeit so bald wie möglich zum Abschluß und empfahl sich. Zu Fuß machte er sich auf den Weg nach der Gegend, in welcher jener Geheimnisvolle einst sein Bambusgehölz angelegt hatte, vielleicht ein Weiser und Meister, vielleicht ein Narr. Er hatte über ihn etwa so viel in Erfahrung gebracht: Der Mann war vor etwa fünfundzwanzig Jahren der hoffnungsvollste Student der chinesischen Abteilung gewesen, er schien für diese Studien geboren und berufen zu sein, übertraf die besten Lehrer, seien sie nun Chinesen von Geburt oder Abendländer, in der Technik des Pinselschreibens und des Entzifferns alter Schriften, fiel jedoch ein wenig auf durch den Eifer, mit dem er sich auch äußerlich zum Chinesen zu machen suchte. So redete er alle Vorgesetzten, vom Leiter eines Seminars bis zu den Meistern hinauf, hartnäckig nicht mit ihren Titeln und dem vorschriftsmäßigen Ihr an, wie alle Studenten es taten, sondern mit der Anrede „Mein älterer Bruder“, welche Bezeichnung schließlich für immer als Spottname an ihm selbst hängenblieb. Besondere Sorgfalt widmete er dem Orakelspiel des I Ging, dessen Handhabung mit Hilfe der traditionellen Schafgarbenstengel er meisterhaft übte. Nächst den alten Kommentaren zum Orakelbuch war sein Lieblingsbuch das des Dschuang Dsie. Offenbar war der rationalistische und eher antimystische, streng konfuzianisch sich gebende Geist in der chinesischen Abteilung des Lehrhauses, wie Knecht ihn kennengelernt hatte, schon damals zu spüren gewesen, denn der Ältere Bruder verließ eines Tages das Institut, das ihn als Fachlehrer gern behalten hätte, und begab sich auf Wanderung, ausgerüstet mit Pinsel, Tuscheschale und zwei, drei Büchern. Er suchte den Süden des Landes auf, war bald da, bald dort bei Ordensbrüdern zu Gast, suchte und fand den geeigneten Ort für die von ihm geplante Einsiedelei, erwarb in hartnäckigen Eingaben und mündlichen Vorstellungen von den weltlichen Behörden sowohl wie vom Orden das Recht, diesen Ort als Siedler zu bepflanzen, und lebte seither dort in einer streng altchinesisch eingerichteten Idylle, bald als Kauz belächelt, bald als eine Art Heiliger verehrt, mit sich und der Welt im Frieden, seine Tage mit Meditation und dem Abschreiben alter Schriftrollen hinbringend, soweit nicht die Arbeit an seinem Bambusgehölz, das einen sorgfältig angelegten chinesischen Kleingarten vor dem Nordwind schützte, ihn in Anspruch nahm.

Dorthin also wanderte Josef Knecht, mit häufigen Rasten und von der Landschaft entzückt, die ihm nach der Übersteigung der Bergpässe von Süden blau und duftig entgegenblickte, mit sonnigen Rebenterrassen, braunem Gemäuer voll Eidechsen, würdigen Kastanienhainen, eine würzige Mischung aus Südland und Hochgebirge. Es war Spätnachmittag, als er das Bambusgehölz erreichte; er trat ein und sah mit Erstaunen ein chinesisches Gartenhaus inmitten eines wunderlichen Gartens stehen, ein Brunnen plätscherte aus hölzerner Röhre, das in einem Kieselbett abfließende Wasser füllte nahebei ein gemauertes Becken, in dessen Ritzen vielerlei Grün wucherte und in dessen stillklarem Wasser ein paar Goldkarpfen schwammen. Friedlich und zart wiegten sich die Bambusfahnen über den schlanken, starken Schäften, der Rasen war von Steinplatten unterbrochen, auf welchen Inschriften im klassischen Stil zu lesen waren. Ein schmächtiger Mann, in graugelbes Leinen gekleidet, mit einer Brille über blauen abwartenden Augen, erhob sich von einem Blumenbeet, über dem er kauernd verweilt hatte, kam langsam auf den Besucher zu, nicht unfreundlich, aber mit jener etwas linkischen Scheu, wie Zurückgezogene und Alleinlebende sie manchmal an sich haben, richtete den Blick fragend auf Knecht und wartete, was er zu sagen habe. Dieser sprach nicht ohne Befangenheit die chinesischen Worte, die er sich zur Begrüßung ausgedacht hatte: „Der junge Schüler erlaubt sich, dem Älteren Bruder seine Aufwartung zu machen.“

„Der wohlerzogene Gast ist willkommen“, sagte der Ältere Bruder, „stets sei ein junger Kollege mir zu einer Schale Tee und einem kleinen erfreulichen Gespräch willkommen, und auch ein Nachtlager findet sich für ihn, wenn ihm dies erwünscht ist.“

Knecht machte Kotao und dankte, wurde in das Häuschen geführt und mit Tee bewirtet; es wurde ihm alsdann der Garten gezeigt, die Steine mit den Inschriften, der Teich, die Goldfische, deren Alter ihm genannt wurde. Bis zum Abendessen saß man unter dem wehenden Bambus, tauschte Höflichkeiten, Liederverse und Sprüche aus den Klassikern, betrachtete Blumen und genoß das rosig an den Bergzügen verblühende Abendlicht. Darauf kehrte man ins Haus zurück, der Ältere Bruder trug Brot und Früchte auf, buk auf winzigem Herde je einen vortrefflichen Pfannkuchen für sich und den Gast, und als sie gegessen hatten, wurde der Student nach dem Zweck seines Besuches gefragt, auf deutsch, und auf deutsch erzählte er, wie er hierhergekommen und was sein Anliegen sei, nämlich so lange hierzubleiben, als der Ältere Bruder erlaube, und sein Schüler zu sein.

„Wir sprechen morgen darüber“, sagte der Eremit und bot dem Gast ein Lager an. Am Morgen dann setzte sich Knecht ans Wasser zu den Goldfischen, blickte in die kleine kühle Welt von Dunkel und Licht und zauberisch spielenden Farben hinab, wo in dem dunkel Grünblauen und tintig Finstren sich die Leiber der Goldenen wiegten und dann und wann, eben wenn die ganze Welt verzaubert und für immer entschlafen und in Traumbann verfallen schien, mit einer sanft elastischen und doch erschreckenden Bewegung Blitze von Kristall und Gold durch das Schlafdunkel schickten. Er blickte hinab, mehr und mehr versinkend, mehr träumend als kontemplierend, und fühlte es nicht, als der Ältere Bruder mit leisen Schritten aus dem Hause kam, stehenblieb und seinen so versunkenen Gast lange betrachtete. Als Knecht endlich die Versunkenheit abschüttelnd sich erhob, war jener nicht mehr da, aber alsbald lud aus dem Innern seine Stimme zum Tee. Sie wechselten einen kurzen Gruß, tranken Tee, saßen und hörten durch die Morgenstille den kleinen Wasserstrahl des Brunnens klingen, Melodie der Ewigkeit. Dann stand der Eremit

auf, machte sich da und dort in der unregelmäßig gebauten Stube zu schaffen, blickte zwischenein blinzelnd zu Knecht hinüber und fragte plötzlich: „Bist du bereit, deine Schuhe anzuziehen und wieder fortzuwandern?"
Knecht zögerte, dann sagte er: „Wenn es so sein muß, bin ich bereit."
„Und sollte es sich fügen, daß du eine kleine Weile hier bleibst, bist du dann bereit, Gehorsam zu leisten und dich so still zu halten wie ein Goldfisch?" Wieder bejahte der Student.
„Es ist gut", sagte der Ältere Bruder. „Nun werde ich die Stäbchen legen und das Orakel befragen."
Während Knecht saß und mit ebenso großer Ehrfurcht wie Neugierde zuschaute, sich still haltend „wie ein Goldfisch", holte jener aus einem hölzernen Becher, eine Art von Köcher vielmehr, eine Handvoll Stäbchen; es waren Schafgarbenstengel, die zählte er aufmerksam durch, tat einen Teil des Bündels wieder in das Gefäß zurück, legte einen Stengel beiseite, teilte die andern in zwei gleich große Bündel, behielt das eine in der linken Hand, nahm mit der rechten, mit spitzen empfindsamen Fingern, winzig kleine Bündelchen aus dem andern, zählte sie, legte sie beiseite, bis einige wenige Stengel übrigblieben, die er zwischen zwei Finger der Linken klemmte. Nachdem er so das eine Bündel nach ritueller Zählung auf einige Stengel reduziert hatte, nahm er mit dem andern die gleiche Prozedur vor. Er legte die ausgezählten Stengel ab, nahm beide Bündel, eines nach dem andern, aufs neue durch, zählte, klemmte kleine Bündelreste zwischen zwei Finger, und dies alles taten die Finger mit einer sparsamen, stillen Behendigkeit, es sah aus wie ein geheimes, von strengen Regeln beherrschtes, tausendmal geübtes und zur virtuosen Fertigkeit gewordenes Geschicklichkeitsspiel. Nachdem er es mehrmals durchgespielt hatte, waren drei kleine Bündelchen übriggeblieben, aus den Zahlen ihrer Stengel las er ein Zeichen ab, das malte er mit spitzem Pinsel auf ein kleines Blatt. Nun begann der ganze komplizierte Vorgang von neuem, die Stäbchen wurden in zwei gleiche Bündel geteilt, es wurde gezählt, es wurden Stäbchen weggelegt, Stäbchen zwischen die Finger gesteckt, bis am Ende wieder drei winzige Bündelchen blieben, deren Ergebnis ein zweites Zeichen war.

Tänzerisch bewegt, mit einem ganz leisen trockenen Klappern, schlugen die Stengel aneinander, wechselten ihre Plätze, bildeten Bündel, wurden getrennt, wurden neu abgezählt, rhythmisch mit gespenstischer Sicherheit bewegten sich die Stäbchen. Am Ende jedes Vorgangs schrieb der Finger ein Zeichen nieder, und zuletzt standen die positiven und negativen Zeichen in sechs Zeilen übereinander. Die Stengel wurden gesammelt und sorgfältig in ihren Behälter zurückgestellt, der Magier hockte am Boden auf schilfener Matte und hatte vor sich das Ergebnis des Orakelsuchens auf seinem Blatte stehen, das er lange still betrachtete.

„Es ist das Zeichen Mong", sagte er. „Dies Zeichen hat den Namen: Jugendtorheit. Oben der Berg, unten das Wasser, oben Gen, unten Kan. Unten am Berge entspringt die Quelle, Gleichnis der Jugend. Das Urteil aber lautet:

Jugendtorheit hat Gelingen.
Nicht ich suche den jungen Toren,
Der junge Tor sucht mich.
Beim ersten Orakel gebe ich Auskunft.
Fragt er mehrmals, ist es Belästigung.
Wenn er belästigt, so gebe ich keine Auskunft.
Fördernd ist Beharrlichkeit."

Knecht hatte vor aufmerksamer Spannung den Atem angehalten. In der entstehenden Stille seufzte er unwillkürlich tief auf. Er wagte nicht zu fragen. Aber er glaubte verstanden zu haben: der junge Tor war angekommen, er durfte bleiben. Noch während er von dem sublimen Marionettenspiel der Finger und Stäbchen eingefangen und bezaubert war, dem er so lange zugesehen hatte, das so überzeugend sinnvoll aussah, obwohl man seinen Sinn nicht zu erraten vermochte, nahm das Ergebnis von ihm Besitz. Das Orakel hatte gesprochen, es hatte zu seinen Gunsten entschieden.

Wir hätten die Episode nicht so eingehend geschildert, wenn nicht Knecht selbst sie seinen Freunden und Schülern des öftern mit einem gewissen Behagen erzählt hätte. Nun kehren wir zu unserm sachlichen Bericht zurück. Knecht blieb monatelang im Bambusgehölz und hat das Manipulieren mit den Schafgarbenstengeln beinahe ebenso vollkommen gelernt wie sein Lehrer. Dieser übte jeden Tag mit ihm eine Stunde Stäbchenzählen, führte ihn in die Grammatik und Symbolik der Orakelsprache ein, ließ ihn sich im Schreiben und Auswendiglernen der vierundsechzig Zeichen üben, las ihm aus den alten Kommentaren vor, erzählte ihm je und je an besonders guten Tagen eine Geschichte von Dschuang Dsie. Im übrigen lernte der Schüler den Garten pflegen, die Pinsel waschen, die Tusche reiben, er lernte auch Suppe und Tee kochen, Reisig sammeln, auf das Wetter achten und den chinesischen Kalender handhaben. Seine seltenen Versuche jedoch, auch das Glasperlenspiel und die Musik mit in ihre sparsamen Gespräche einzubeziehen, waren vollkommen ergebnislos, sie schienen entweder an einen Schwerhörigen gerichtet oder wurden mit einem nachsichtigen Lächeln beiseitegeschoben oder mit einem Spruch beantwortet, wie etwa: „Dichte Wolken, kein Regen" oder „Der Edle ist ohne Makel". Als sich jedoch Knecht aus Monteport ein kleines Klavichord schikken ließ und jeden Tag eine Stunde spielte, wurde kein Einspruch erhoben. Einmal gestand Knecht seinem Lehrer, er wünsche es dahin zu bringen, daß er imstande wäre, das System des I Ging dem Glasperlenspiel einzubauen. Der Ältere Bruder lachte. „Nur zu!" rief er, „du wirst ja sehen. Einen hübschen kleinen Bambusgarten in die Welt hineinsetzen, das kann man schon. Aber ob es dem Gärtner gelingen würde, die Welt in sein Bambusgehölz einzubauen, scheint mir doch fraglich." – Genug davon. Wir erwähnen nur noch, daß der Ältere Bruder einige Jahre später, als Knecht in Waldzell schon eine sehr geachtete Person war, von diesem eingeladen wurde, einen Lehrauftrag dort anzunehmen, worauf er aber nicht antwortete.

Nachmals hat Josef Knecht die Monate seines Lebens im Bambusgehölz nicht nur als eine besonders glückliche Zeit, sondern auch des öftern als den „Beginn seines Erwachens" bezeichnet, wie denn von jener Zeit an das Bild vom Erwachen häufiger in seinen Äußerungen vorkommt, mit einer ähnlichen, doch nicht durchaus gleichen Bedeutung, wie er sie vorher dem Bild der Berufung beigelegt hatte. Daß das „Erwachen" eine jeweilige Erkenntnis seiner selbst und des Ortes, an dem er innerhalb der kastalischen und der menschlichen Ordnung überhaupt stand, zu bedeuten hat,

ist zu vermuten, doch scheint uns der Akzent mehr und mehr auf die Selbsterkenntnis sich zu verschieben in dem Sinn, daß Knecht vom „Beginn des Erwachens“ an mehr und mehr sich einem Gefühl seiner besonderen, einmaligen Position und Bestimmung näherte, während ihm die Begriffe und die Kategorien der überkommenen allgemeinen und speziell kastalischen Hierarchie immer mehr zu relativen wurden.
Die chinesischen Studien waren mit dem Aufenthalt im Bambusgehölz noch längst nicht abgeschlossen, sie dauerten fort, und namentlich war Knecht bemüht um die Kenntnis der alten chinesischen Musik. Überall bei den ältern chinesischen Schriftstellern stieß er auf das Lob der Musik als einer der Urquellen aller Ordnung, Sitte, Schönheit und Gesundheit, und diese weite und sittliche Auffassung der Musik war ihm ja durch den Musikmeister, der geradezu für ihre Verkörperung gelten konnte, von jeher vertraut. Ohne je den Grundplan seiner Studien aufzugeben, den wir aus jenem Briefe an Fritz Tegularius kennen, stieß er überall, wo er Wesentliches für sich witterte, das heißt, wo der beschrittene Weg des „Erwachens“ für ihn weiterzuführen schien, großzügig und energisch vor. Eines der positiven Ergebnisse seiner Lehrzeit beim Älteren Bruder bestand darin, daß er von da an seine Scheu vor der Rückkehr nach Waldzell überwand, jedes Jahr nahm er dort an irgendeinem der höheren Kurse teil und war nun schon, ohne recht zu wissen, wie es dazu gekommen war, eine im Vicus Lusorum mit Interesse und Anerkennung betrachtete Persönlichkeit, gehörte jenem innersten und sensibelsten Organe des ganzen Spielwesens an, jener anonymen Gruppe von bewährten Spielern, in deren Händen eigentlich das jeweilige Schicksal oder doch mindestens die jeweilige Richtung und Mode des Spieles liegt. Diese Gruppe von Spielern, in welcher auch Beamte der Spielanstalten nicht fehlten, aber keineswegs dominierten, war hauptsächlich in einigen abgelegenen, stillen Räumen des Spielarchivs zu treffen, beschäftigt mit spielkritischen Studien, kämpfend um die Einziehung neuer Stoffgebiete in das Spiel oder um deren Fernhaltung, debattierend für oder gegen gewisse stets wechselnde Geschmacksrichtungen in der Form, in der äußern Handhabung, im Sportlichen des Glasperlen-

spiels; jeder hier heimisch Gewordene war ein Virtuose des Spiels, jeder jedem in seinen Talenten und Eigenheiten sehr genau bekannt, es war wie im Umkreis eines Ministeriums oder in einem aristokratischen Klub, wo die Herrschenden und Verantwortlichen von morgen und übermorgen einander treffen und kennenlernen. Ein gedämpfter, geschliffener Ton herrschte hier, man war ehrgeizig, ohne es zu zeigen, und war aufmerksam und kritisch bis zur Übertreibung. Diese Elite des Nachwuchses aus dem Vicus Lusorum galt für viele in Kastalien, und auch für einige draußen im Lande, als letzte Blüte der kastalischen Tradition, als Creme einer exklusiv aristokratischen Geistigkeit, und mancher Jüngling hat jahrelang voll Ehrgeiz davon geträumt, ihr einst anzugehören. Für andere wieder war dieser erlesene Kreis von Prätendenten auf die höheren Würden in der Hierarchie des Glasperlenspiels etwas Verhaßtes und Verkommenes, eine Clique von hochnäsigen Nichtstuern, geistreich verspielten Genies ohne Sinn für Leben und Wirklichkeit, eine anmaßende und im Grunde schmarotzerische Gesellschaft von Elegants und Strebern, deren Beruf und Lebensinhalt eine Spielerei, ein unfruchtbarer Selbstgenuß des Geistes sei.
Knecht stand beiden Auffassungen ohne Empfindlichkeit gegenüber; es bedeutete ihm nichts, ob er vom Studentenklatsch als Wundertier gepriesen oder als Emporkömmling und Streber bespöttelt werde. Was ihm wichtig war, waren nur seine Studien, welche nun alle in den Bezirk des Spieles einbezogen waren. Was ihm wichtig war, war außerdem vielleicht nur noch jene eine Frage, ob nämlich das Spiel wirklich das Höchste von Kastalien und wert sei, sein Leben daran zu setzen. Denn mit dem Sicheinspielen in immer verborgenere Geheimnisse der Spielgesetze und Spielmöglichkeiten, mit dem Heimischwerden in den bunten Labyrinthen des Archives und der komplexen Innenwelt der Spielsymbolik waren seine Zweifel nicht unbedingt zum Schweigen gebracht, er hatte es schon in sich erfahren, daß Glaube und Zweifel zusammengehören, daß sie einander bedingen wie Ein- und Ausatmen, und mit den Fortschritten in allen Gebieten des Spiel-Mikrokosmos waren natürlich auch sein Sehvermögen und seine Empfindlichkeit für alles Problematische des Spieles gewachsen. Eine kleine

Weile hatte vielleicht das Idyll im Bambusgehölz ihn beruhigt oder auch irre gemacht; das Beispiel des Älteren Bruders hatte ihm gezeigt, daß es immerhin Auswege aus all dieser Problematik gab, man konnte zum Beispiel wie jener sich zum Chinesen machen, sich hinter einer Gartenhecke abschließen und in einer genügsam schönen Art von Vollkommenheit leben. Man konnte vielleicht auch Pythagoreer werden oder Mönch und Scholastiker – aber es war ein Ausweg, ein nur wenigen möglicher und erlaubter Verzicht auf Universalität, ein Verzicht auf das Heute und Morgen zugunsten eines Vollkommenen, aber Vergangenen, es war eine sublime Art von Flucht, und Knecht hatte beizeiten gespürt, daß dies sein Weg nicht sei. Aber welches war sein Weg? Außer seiner großen Begabung für die Musik und für das Glasperlenspiel wußte er noch andere Kräfte in sich vorhanden, eine gewisse innere Unabhängigkeit, einen hohen Eigensinn, der ihm zwar keineswegs das Dienen verbot oder erschwerte, der aber von ihm verlangte, daß er nur dem höchsten Herrn diene. Und diese Kraft, diese Unabhängigkeit, dieser Eigensinn in ihm war nicht nur ein Zug in seinem Bild, er war nicht nur nach innen gerichtet und wirksam, er wirkte auch nach außen. Josef Knecht hatte schon in den Schuljahren, und namentlich während jener Periode seiner Rivalität mit Plinio Designori, des öftern die Erfahrung gemacht, daß manche Gleichaltrige, noch mehr aber Jüngere unter den Kameraden ihn nicht nur gern hatten und seine Freundschaft suchten, sondern dazu neigten, sich von ihm beherrschen zu lassen, ihn um Rat zu fragen, ihm Einfluß auf sich einzuräumen, und diese Erfahrung hatte sich seither des öftern wiederholt. Sie hatte eine höchst angenehme und schmeichelhafte Seite, diese Erfahrung, sie tat dem Ehrgeiz wohl und stärkte das Selbstbewußtsein. Aber sie hatte auch eine ganz andre Seite, eine finstre und furchtbare, denn schon die Neigung, auf jene nach Rat, Führung und Vorbild begierigen Kameraden in ihrer Schwäche, ihrem Mangel an Eigensinn und an Würde herabzusehen, ja die gelegentlich auftauchende heimliche Lust, sie (wenigstens in Gedanken) zu gefügigen Sklaven zu machen, hatte etwas Verbotenes und Häßliches an sich. Außerdem hatte er während der Zeit mit Plinio es zu schmecken bekommen, mit wieviel Verantwortung, Anstrengung und innerer Belastung jede glänzende und repräsentative Stellung bezahlt wird; er wußte auch, wie schwer der Musikmeister zuweilen an der seinen trug. Es war schön und hatte etwas Verlockendes, Macht über Menschen zu haben und vor andern hervorzuglänzen, aber es hatte auch eine Dämonie und Gefahr, und die Weltgeschichte bestand ja aus einer lückenlosen Reihe von Herrschern, Führern, Machern und Befehlshabern, welche mit unendlich seltenen Ausnahmen alle hübsch begonnen und übel geendet, welche alle, wenigstens angeblich, um des Guten willen nach der Macht gestrebt hatten, um nachher von der Macht besessen und betäubt zu werden und sie um ihrer selbst willen zu lieben. Es galt, jene ihm von Natur mitgegebene Macht dadurch zu heiligen und heilsam zu machen, daß er sie in den Dienst der Hierarchie stellte; dies war ihm stets selbstverständlich gewesen. Aber wo war die Stelle, an welcher seine Kräfte am besten dienen und Frucht tragen konnten? Die Fähigkeit, andere und namentlich Jüngere anzuziehen und mehr oder weniger zu beeinflussen, wäre für einen Offizier oder Politiker von Wert gewesen, aber hier in Kastalien war dafür kein Ort, hier waren diese Fähigkeiten eigentlich nur dem Lehrer und Erzieher dienlich, und gerade zu diesen Tätigkeiten fühlte Knecht wenig Lust in sich. Wenn es nach seinem Willen allein gegangen wäre, hätte er das Leben des unabhängigen Gelehrten jedem andern vorgezogen – oder aber das des Glasperlenspielers. Und damit stand er vor der alten, quälenden Frage: war dieses Spiel wirklich das Höchste, war es wirklich die Königin im geistigen Reich? War es nicht, trotz allem und allem, am Ende doch nur ein Spiel? War es einer vollen Hingabe, eines lebenslänglichen Dienstes wirklich wert? Dies berühmte Spiel hatte einst, vor Generationen, begonnen als eine Art von Ersatz für die Kunst, und es war, für viele wenigstens, im Begriffe, allmählich zu einer Art von Religion zu werden, einer Sammlungs-, Erhebungs- und Andachtsmöglichkeit für hochentwickelte Intelligenzen. Man sieht, es war der alte Wettstreit zwischen Ästhetisch und Ethisch, der sich in Knecht vollzog. Die nie vollkommen ausgesprochene, aber auch niemals ganz schweigende Frage war dieselbe, die da und dort in seinen Schülergedichten in Waldzell so dunkel und drohend auf-

getaucht war – sie galt nicht nur dem Glasperlenspiel, sie galt Kastalien überhaupt.
Gerade zu einer Zeit, in der diese Problematik ihn stark bedrängte und er in Träumen des öftern Auseinandersetzungen mit Designori erlebte, begegnete es ihm einmal beim Gang über einen der geräumigen Höfe der Waldzeller Spielerstadt, daß hinter ihm von einer Stimme, die er nicht gleich erkannte und die ihm doch wohlbekannt scheinen wollte, laut sein Name gerufen wurde. Als er sich umwandte, sah er einen großgewachsenen jungen Mann, mit einem Bärtchen im Gesicht, der stürmisch auf ihn zulief. Es war Plinio, und in einem Andrang von Erinnerung und Zärtlichkeit begrüßte er ihn herzlich. Sie verabredeten sich auf den Abend. Plinio, der längst seine Studentenzeit an den weltlichen Hochschulen hinter sich hatte und schon Beamter war, hatte sich für eine kurze Ferienzeit als Gast zu einem Glasperlenspielkurs eingefunden, wie er auch schon vor einigen Jahren einen absolviert hatte. Das abendliche Beisammensein brachte die beiden Freunde jedoch bald in Verlegenheit. Plinio war hier ein Gastschüler, ein geduldeter Dilettant von draußen, der zwar mit großem Eifer seinem Kurse folgte, aber einem Kurse für Außenstehende und Liebhaber, die Distanz war allzu groß; er saß einem Fachmann und Eingeweihten gegenüber, der sogar noch durch seine Schonung und sein artiges Eingehen auf des Freundes Interesse für das Glasperlenspiel ihn fühlen lassen mußte, daß er hier kein Kollege, sondern ein Kind sei und an der Peripherie einer Wissenschaft sein Vergnügen fand, welche dem andern bis ins Innerste vertraut war. Knecht suchte das Gespräch vom Spiele abzulenken, er bat Plinio, ihm von seinem Amt, seiner Arbeit, seinem Leben dort draußen zu erzählen. Hier nun war Josef der Zurückgebliebene und das Kind, das ahnungslose Fragen stellte und vom andern schonend belehrt wurde. Plinio war Jurist, strebte nach politischem Einfluß, war im Begriff, sich mit der Tochter eines Parteiführers zu verloben, er sprach eine Sprache, welche Josef nur halb verstand, viele oft wiederkehrende Ausdrücke klangen ihm leer, wenigstens hatten sie für ihn keinen Inhalt. Es war immerhin zu merken, daß Plinio dort in seiner Welt etwas galt, Bescheid wußte und ehrgeizige Ziele hatte. Aber die zwei Welten, die sich einst

vor zehn Jahren in den beiden Jünglingen neugierig und nicht ohne Sympathie berührt und befühlt hatten, klafften jetzt unvereinbar und fremd auseinander. Es war ja anzuerkennen, daß dieser Weltmann und Politiker eine gewisse Anhänglichkeit an Kastalien bewahrt hatte und schon zum zweitenmal eine Ferienzeit dem Glasperlenspiel opferte; aber am Ende, dachte Josef, war es doch nicht viel anders, als wenn er, Knecht, eines Tages sich in Plinios Amtsbezirk eingefunden und sich als neugieriger Gast einige Gerichtssitzungen, ein paar Fabriken oder Wohlfahrtseinrichtungen hätte zeigen lassen. Enttäuscht waren beide. Knecht fand seinen einstigen Freund vergröbert und veräußerlicht, Designori dagegen fand den Kameraden von damals recht hochmütig in seiner exklusiven Geistigkeit und Esoterik, ein richtiger von sich und seinem Sport entzückter „Nurnochgeist" schien er ihm geworden zu sein. Indessen gaben sie sich Mühe, und Designori wußte allerlei zu erzählen, von seinen Studien und Prüfungen, von Reisen nach England und in den Süden, von politischen Versammlungen, vom Parlament. Einmal äußerte er auch ein Wort, das wie Drohung oder Warnung klang, er sagte: „Du wirst sehen, es wird bald unruhige Zeiten geben, vielleicht Kriege, und es ist gar nicht unmöglich, daß eure ganze kastalische Existenz einst wieder ernstlich in Frage gestellt wird." Josef nahm es nicht allzu ernst, er fragte nur: „Und du, Plinio? Wirst du für oder gegen Kastalien sein?"

„Ach", meinte Plinio mit erzwungenem Lachen, „mich wird man kaum um meine Meinung fragen. Übrigens bin ich natürlich für den ungestörten Fortbestand von Kastalien, sonst wäre ich ja nicht hier. Immerhin, so bescheiden eure Ansprüche in materieller Hinsicht sind, kostet Kastalien das Land eine ganz hübsche Summe im Jahr."

„Ja", lachte Josef, „die Summe beträgt, wie man mir sagte, etwa den zehnten Teil von dem, was während des kriegerischen Jahrhunderts unser Land jährlich für Waffen und Munition ausgab."

Sie trafen sich noch einige Male, und je näher das Ende von Plinios Kurs heranrückte, desto beflissener waren sie um Artigkeiten gegeneinander. Doch fühlten beide sich erleichtert, als die zwei oder drei Wochen um waren und Plinio abreiste.

Glasperlenspielmeister war damals Thomas von der Trave, ein berühmter, weitgereister und weltgewandter Mann, konziliant und vom artigsten Entgegenkommen gegen jedermann, der sich ihm näherte, in den Spielangelegenheiten aber von wachsamster und asketischer Strenge, ein großer Arbeiter, was jene nicht ahnten, die ihn nur von der repräsentativen Seite kannten, etwa im Festornat als Leiter der großen Spiele oder beim Empfang von Abordnungen aus dem Auslande. Man sagte ihm nach, er sei ein kühler, ja kalter Verstandesmensch, der zum Musischen nur in einem Höflichkeitsverhältnis stehe, und unter jungen und enthusiastischen Liebhabern des Glasperlenspiels hörte man gelegentlich eher absprechende Urteile über ihn – Fehlurteile, denn wenn er kein Enthusiast war und es in den großen öffentlichen Spielen eher vermied, große und erregende Themen anzurühren, so zeigen seine glänzend aufgebauten, formal unübertrefflichen Spiele doch für die Kenner eine nahe Vertrautheit mit den hintergründigen Problemen der Spielwelt.
Eines Tages ließ der Magister Ludi Josef Knecht zu sich laden, er empfing ihn in seiner Wohnung, in Haustracht, und fragte ihn, ob es ihm möglich und angenehm sein würde, in den nächsten Tagen immer um diese Tageszeit für eine halbe Stunde zu kommen. Knecht war noch nie allein bei ihm gewesen, er nahm den Befehl verwundert entgegen. Für heute legte ihm der Meister ein umfangreiches Schreiben vor, einen Vorschlag, der ihm von einem Organisten zugegangen war, einen der unzähligen Vorschläge, deren Prüfung zu den Arbeiten des obersten Spielamtes gehört. Es handelt sich dabei meistens um Anträge zur Aufnahme neuen Stoffes in das Archiv: Einer hat zum Beispiel die Geschichte des Madrigals besonders genau durchgearbeitet und in der Stilentwicklung eine Kurve entdeckt, die er musikalisch und mathematisch aufzeichnet, damit sie in den Sprachschatz des Spieles aufgenommen werde. Einer hat das Latein des Julius Cäsar auf seine rhythmischen Eigenschaften hin untersucht und hat darin die auffallendsten Übereinstimmungen gefunden mit dem Ergebnis wohlbekannter Intervalluntersuchungen im byzantinischen Kirchengesang. Oder ein Schwärmer hat, wieder einmal, eine neue Kabbala zur Notenschrift des fünfzehnten Jahrhun-

derts erfunden, nicht zu reden von den stürmischen Briefen abwegiger Experimentatoren, welche etwa aus einer Vergleichung der Horoskope Goethes und Spinozas die erstaunlichsten Schlüsse zu ziehen wissen und oft sehr hübsch und einleuchtend aussehende mehrfarbige geometrische Zeichnungen beilegen. Knecht ging mit Eifer auf die heutige Vorlage ein, er selbst hatte ja Vorschläge dieser Art des öfteren schon im Kopfe gehabt, wenn auch nicht eingesandt; jeder aktive Glasperlenspieler träumt ja von einer beständigen Erweiterung der Spielgebiete, bis sie die ganze Welt umfassen, vielmehr, er vollzieht diese Erweiterungen in seiner Vorstellung und in seinen privaten Glasperlenspielübungen beständig und hegt für diejenigen, welche sich dabei zu bewähren scheinen, den Wunsch, sie möchten aus privaten auch zu offiziellen Erweiterungen werden. Die eigentliche, letzte Finesse des privaten Spielens hochentwickelter Spieler besteht ja eben darin, daß sie der ausdrückenden, namengebenden und formbildenden Kräfte der Spielgesetze so sehr Herr sind, um in ein beliebiges Spiel mit objektiven und historischen Werten auch ganz individuelle, einmalige Vorstellungen mit aufzunehmen. Ein geschätzter Botaniker hat davon einmal das drollige Wort gesagt: „Beim Glasperlenspielen muß alles möglich sein, auch daß etwa eine einzelne Pflanze sich mit Herrn Linné auf lateinisch unterhält."

Knecht half also dem Magister bei der Analyse des vorliegenden Schemas; rasch war die halbe Stunde vergangen, andern Tages fand er sich pünktlich ein, und so kam er zwei Wochen lang täglich, um eine halbe Stunde allein mit dem Magister Ludi zu arbeiten. Schon in den ersten Tagen fiel es ihm auf, daß dieser ihn auch ganz minderwertige Eingaben, deren Unbrauchbarkeit sich dem ersten prüfenden Blick preisgab, trotzdem sorgfältig bis zu Ende kritisch durcharbeiten ließ; er wunderte sich, daß der Meister dafür Zeit habe, und allmählich begann er zu merken, daß es sich hier nicht darum handle, dem Meister Dienste zu tun und ein wenig Arbeit abzunehmen, sondern daß diese Arbeiten, obwohl an sich notwendig, doch vor allem eine Gelegenheit sein sollten, ihn selbst, den jungen Adepten, in artigster Form höchst sorgfältig zu prüfen. Es geschah etwas mit ihm, etwas Ähnliches wie einst in der Knabenzeit beim Erscheinen des Musikmeisters, er merkte es nun plötzlich auch am Verhalten seiner Kameraden, es wurde scheuer, distanzierter, manchmal ironisch-ehrerbietig; es bereitete sich etwas vor, er spürte es, nur war es weniger beglückend als damals.

Nach der letzten ihrer Sitzungen sagte der Glasperlenspielmeister mit seiner etwas hohen, höflichen Stimme in seiner sehr genau akzentuierenden Sprache ohne jede Feierlichkeit: „Es ist gut, du brauchst morgen nicht mehr zu kommen, unser Geschäft ist für den Augenblick beendet, bald werde ich dich allerdings wieder bemühen müssen. Besten Dank für deine Mitarbeit, sie ist mir von Wert gewesen. Übrigens bin ich der Meinung, du solltest jetzt deine Aufnahme in den Orden beantragen; auf Schwierigkeiten wirst du nicht stoßen, ich habe die Ordensbehörde schon verständigt. Du bist doch einverstanden?" Dann fügte er aufstehend hinzu: „Noch ein Wort nebenbei: vermutlich neigst auch du, wie die meisten guten Glasperlenspieler es in der Jugend tun, gelegentlich dazu, unser Spiel als eine Art von Instrument für das Philosophieren zu gebrauchen. Meine Worte allein werden dich davon nicht heilen, ich sage sie dennoch: Philosophieren soll man nur mit den legitimen Mitteln, denen der Philosophie. Unser Spiel aber ist weder Philosophie, noch ist es Religion, es ist eine eigene Disziplin und im Charakter am meisten der Kunst verwandt, es ist eine Kunst sui generis. Man kommt weiter, wenn man sich daran hält, als wenn man es erst nach hundert Mißerfolgen einsieht. Der Philosoph Kant – man kennt ihn wenig mehr, aber er war ein Kopf von Rang – hat vom theologischen Philosophieren gesagt, es sei ‚eine Zauberlaterne von Hirngespinsten'. Dazu dürfen wir unser Glasperlenspiel nicht machen."

Josef war überrascht, und diese letzte Mahnung überhörte er beinahe vor verhaltener Erregung. Blitzschnell durchfuhr es ihn: die Worte bedeuteten das Ende seiner Freiheit, den Abschluß seiner Studienzeit, die Aufnahme in den Orden und seine baldige Einreihung in die Hierarchie. Er dankte mit tiefer Verneigung und ging alsbald zur Waldzeller Ordenskanzlei, wo er sich in der Tat schon in die Liste der neu Aufzunehmenden eingetragen fand. Er kannte, wie alle Studenten seiner Stufe, die Ordensregeln schon ziemlich genau und erinnerte sich der Bestimmung, daß jedes Ordensmitglied, das eine amtliche Stellung des höhern Ranges innehatte, zur Vollziehung der Aufnahme befugt war. So sprach er die Bitte aus, vom Musikmeister die Zeremonie vollziehen zu lassen, bekam einen Ausweis und kurzen Urlaub und reiste am nächsten Tage zu seinem Gönner und Freunde nach Monteport. Er fand den ehrwürdigen alten Herrn etwas leidend, wurde jedoch mit Freude willkommen geheißen.

„Du kommst wie gerufen", sagte der Alte. „In Bälde hätte ich die Befugnis nicht mehr besessen, dich als jungen Bruder in den Orden aufzunehmen. Ich bin im Begriff, mein Amt niederzulegen, meine Entlassung ist schon bewilligt."

Die Zeremonie selbst war einfach. Am folgenden Tage lud der Musikmeister, wie es die Statuten verlangten, zwei Ordensbrüder als Zeugen ein, vorher hatte Knecht einen Satz der Ordensregel als Aufgabe für eine Meditationsübung bekommen. Es war der Satz: „Beruft dich die hohe Behörde in ein Amt, so wisse: jeder Aufstieg in der Stufe der Ämter ist nicht ein Schritt in die Freiheit, sondern in die Bindung. Je höher das Amt, desto tiefer die Bindung. Je größer die Amtsgewalt, desto strenger der Dienst. Je stärker die Persönlichkeit, desto verpönter die Willkür." Nun versammelte man sich in der Musikzelle des Magisters, derselben, in welcher Knecht einst seine erste Einführung in die Kunst des Meditierens erfahren hatte; der Meister forderte den Initianten auf, zur Feier der Stunde ein Choralvorspiel von Bach zu spielen, darauf las einer der Zeugen die gekürzte Fassung der Ordensregel vor, und der Musikmeister selbst stellte die rituellen Fragen und nahm dem jungen Freunde die Gelübde ab. Er schenkte ihm noch eine Stunde, sie saßen im Garten, und der Meister gab ihm freundliche Weisungen, in welchem Sinne er die Ordensregel sich zu eigen machen und nach ihr leben solle. „Es ist schön", sagte er, „daß du in dem Augenblick, wo ich abtrete, in die Lücke trittst, es ist, als hätte ich einen Sohn, der künftig statt meiner seinen Mann stellen wird." Und als er Josefs Gesicht traurig werden sah: „Nun, sei nicht betrübt, auch ich bin es nicht. Ich bin recht müde und freue mich auf die Muße, die ich noch genießen will und an deren Genuß du recht oft teilhaben wirst, so hoffe ich. Und wenn wir uns das nächste

Mal wiedersehen, dann nenne mich du. Ich konnte dir das nicht anbieten, solange ich im Amt war." Er entließ ihn mit dem herzgewinnenden Lächeln, das Josef nun schon seit zwanzig Jahren kannte.

Knecht kehrte rasch nach Waldzell zurück, er hatte nur drei Tage Urlaub von dort erhalten. Kaum war er zurück, so wurde er zum Magister Ludi gerufen, der ihn mit einer kollegialen Munterkeit empfing und zur Aufnahme in den Orden beglückwünschte. „Um uns vollends zu Kollegen und Arbeitskameraden zu machen", fuhr er fort, „fehlt nur noch deine Einreihung an einen bestimmten Platz in unsrem Bau." Josef erschrak ein wenig. Nun also sollte er seine Freiheit verlieren. „Ach", sagte er schüchtern, „ich hoffe, man werde mich an irgendeinem bescheidenen Platz brauchen können. Doch hatte ich, um es Euch zu gestehen, allerdings gehofft, noch eine Weile frei studieren zu können." Der Magister blickte ihm mit seinem klugen, leicht ironischen Lächeln fest in die Augen. „Eine Weile, sagst du, aber wie lang ist das?" Knecht lachte verlegen. „Ich weiß es wirklich nicht." – „Das dachte ich mir", stimmte der Meister zu, „du sprichst noch die Studentensprache und denkst noch in Studentenbegriffen, Josef Knecht, und das ist in Ordnung, aber es wird schon sehr bald nicht mehr in Ordnung sein, denn wir brauchen dich. Du weißt, daß du auch später, ja noch in den höchsten Ämtern unsrer Behörde, Urlaube zu Studienzwecken bekommen kannst, wenn du die Behörde vom Wert dieser Studien zu überzeugen vermagst; mein Vorgänger und Lehrer hat zum Beispiel noch als Magister Ludi und alter Mann ein volles Jahr Urlaub für seine Archivstudien erbeten und bekommen. Aber er bekam seinen Urlaub nicht für ‚eine Weile', sondern für eine bestimmte Zahl von Monaten, Wochen, Tagen. Damit wirst du künftig rechnen müssen. Und jetzt habe ich dir einen Vorschlag zu machen; wir brauchen einen verantwortlichen Mann, den man außerhalb unsres Kreises noch nicht kennt, für eine besondere Mission."

Es handelte sich um folgenden Auftrag: das Benediktinerkloster Mariafels, eine der ältesten Bildungsstätten des Landes, das mit Kastalien freundschaftliche Beziehungen unterhielt und namentlich seit Jahrzehnten dem Glasperlenspiel zugetan war, hatte gebeten, ihm für einige Zeit einen jungen Lehrer zur Einführung in das Spiel wie auch zur Anregung der paar fortgeschrittenern Spieler des Klosters zu überlassen, und die Wahl des Magisters war auf Josef Knecht gefallen. Darum hatte er ihn so behutsam geprüft, darum seinen Eintritt in den Orden beschleunigt.

Zwei Orden

In mancher Beziehung war es nun wieder ähnlich um ihn bestellt wie einst in seiner Lateinschülerzeit nach dem Besuch des Musikmeisters. Daß die Berufung nach Mariafels eine besondere Auszeichnung und einen tüchtigen ersten Schritt auf der Stufenleiter der Hierarchie bedeute, hätte Josef kaum gedacht; er konnte es aber, nun immerhin wacheren Auges als damals, deutlich am Verhalten und Gehaben seiner Kommilitonen ablesen. Gehörte er seit einiger Zeit innerhalb der Elite der Glasperlenspieler zum innersten Kreise, so war er jetzt durch den ungewöhnlichen Auftrag vor allen gekennzeichnet als einer, den die Oberen im Auge haben und dessen sie sich zu bedienen gedenken. Die Kameraden und Mitstrebenden von gestern zogen sich nicht gerade zurück oder wurden unfreundlich, dafür ging es in diesem hocharistokratischen Kreise viel zu manierlich zu, aber es entstand eine Distanz; der Kamerad von gestern konnte der Vorgesetzte von übermorgen sein, und solche Stufungen und Differenzierungen im gegenseitigen Verhältnis verzeichnete dieser Kreis mit den zartesten Schwingungen und brachte sie zum Ausdruck.

Eine Ausnahme machte Fritz Tegularius, den wir nächst Ferromonte wohl den treuesten Freund im Leben Josef Knechts nennen dürfen. Dieser seinen Gaben nach zum Höchsten bestimmte, durch einen Mangel an Gesundheit, Gleichgewicht und Selbstvertrauen aber schwer behinderte Mann war gleichen Alters wie Knecht, um die Zeit von dessen Aufnahme in den Orden also gegen vierunddreißig Jahre, und war ihm vor etwa zehn Jahren bei einem Glasperlenspielkurs das erstemal begegnet, und Knecht hatte schon damals gespürt, wie sehr dieser stille und etwas melancholische Jüngling sich zu ihm hingezogen fühlte. Mit seinem Spürsinn für Menschen, der ihm, wennschon unbewußt, auch damals schon eigen war, erfühlte er auch die Wesensart dieser Liebe; sie war eine zur bedingungslosen Hingabe und Unterordnung bereite Freundschaft und Verehrung, von einer Schwärmerei beinahe religiösen Charakters durchglüht, aber durch innere Vornehmheit und auch durch ein ahnungsvolles Gefühl der innern Tragik beschattet und in Schranken gehalten. Damals noch von der Designori-Epoche her erschüttert und sensibel, ja mißtrauisch gemacht, hatte Knecht diesen Tegularius mit konsequenter Strenge in Distanz gehalten, obwohl auch er sich von dem interessanten und ungewöhnlichen Kameraden angezogen fühlte. Zur Charakterisierung diene uns ein Blatt aus den amtlichen Geheimaufzeichnungen Knechts, wie er sie um Jahre später zur ausschließlichen Verfügung der obersten Behörde führte. Es heißt da:

„Tegularius. Dem Referenten persönlich befreundet. In Keuperheim mehrfach ausgezeichneter Schüler, guter Altphilologe, stark philosophisch interessiert, arbeitete über Leibniz, Bolzano, später Plato. Der begabteste, glänzendste Glasperlenspieler, den ich kenne. Er wäre der prädestinierte Magister Ludi, wäre nicht, im Zusammenhang mit seiner zarten Gesundheit, sein Charakter dazu vollkommen ungeeignet. T. darf niemals zu einer leitenden, repräsentativen oder organisatorischen Stellung gelangen, es wäre für ihn und für das Amt ein Unglück. Sein Mangel äußert sich körperlich in Depressionszuständen, Perioden der Schlaflosigkeit und nervöser Schmerzen, seelisch zeitweise in Melancholie, heftigem Einsamkeitsbedürfnis, Angst vor Pflicht und Verantwortung, vermutlich auch in Gedanken an Selbstmord. Der so schwer Gefährdete hält sich mit Hilfe der Meditation und einer großen Selbstzucht so tapfer aufrecht, daß die meisten in seiner Umgebung keine Ahnung von der Schwere seines Leidens haben und lediglich seine große Schüchternheit und Verschlossenheit zur Kenntnis nehmen. Ist T. also leider zur Führung höherer Ämter nicht geeignet, so ist er im Vicus Lusorum dennoch ein Kleinod, ein ganz unersetzlicher Schatz. Die Technik unsres Spieles beherrscht er so wie ein großer Musikant sein Instrument, er trifft blindlings die zarteste Nuance und ist auch als Lehrer nicht zu verachten. In den höhern und höchsten Wiederholungskursen – für die untern ist er mir zu schade –

wüßte ich mich ohne ihn kaum mehr zu behelfen; wie er die Probespiele der Jünglinge analysiert, ohne sie je zu entmutigen, wie er ihnen hinter die Schliche kommt, alles Nachgeahmte oder nur Dekorative unfehlbar erkennt und bloßlegt, wie er in einem gut fundierten, aber noch unsichern und verkomponierten Spiel die Fehlerquellen findet und aufzeigt wie tadellose anatomische Präparate, ist etwas ganz Einziges. Dieser unbestechliche und scharfe Blick beim Analysieren und Korrigieren ist es vor allem, der ihm die Achtung der Schüler und Kollegen sichert, welche sonst durch sein unsicheres und ungleiches, schüchtern-scheues Auftreten stark in Frage gestellt wäre. Was ich über die Genialität des T. als Glasperlenspieler sagte, die ganz ohne ihresgleichen ist, möchte ich durch ein Beispiel illustrieren. In der ersten Zeit meiner Freundschaft mit ihm, als wir beide in den Kursen schon nicht mehr viel an Technik zu lernen fanden, gab er mir einmal in einer Stunde besonderen Vertrauens Einblick in einige Spiele, die er damals komponiert hatte. Ich fand sie auf den ersten Blick glänzend erfunden und irgendwie neuartig und originell im Stil, bat mir die aufgezeichneten Schemata zum Studium aus und fand in diesen Spielkompositionen, richtigen Dichtungen, etwas so Erstaunliches und Eigenartiges, daß ich es hier nicht glaube verschweigen zu dürfen. Diese Spiele waren kleine Dramen von beinahe rein monologischer Struktur und spiegelten das individuelle, ebenso gefährdete wie geniale Geistesleben ihres Autors wider wie ein vollkommenes Selbstbildnis. Es wurde nicht nur zwischen den verschiedenen Themen und Themengruppen, auf denen das Spiel ruhte und deren Folge und Gegenüberstellung sehr geistreich war, dialektisch konzertiert und gestritten, sondern es wurde auch die Synthese und Harmonisierung der gegensätzlichen Stimmen nicht in der üblichen, der klassischen Weise aufs Letzte gebracht, vielmehr erlitt diese Harmonisierung eine ganze Reihe von Brechungen und blieb jedesmal, wie ermüdet und verzweifelt, vor der Auflösung stehen und verklang in Frage und Zweifel. Es bekamen jene Spiele dadurch nicht nur eine aufregende und meines Wissens bisher nie gewagte Chromatik, sondern die ganzen Spiele wurden zum Ausdruck eines tragischen Zweifels und Verzichtes, sie wurden zur bildhaften Feststellung der Fragwürdigkeit jeder geistigen Bemühung. Dabei waren sie in ihrer Geistigkeit sowohl wie in ihrer spieltechnischen Kalligraphie und Vollendung so außergewöhnlich schön, daß man darüber hätte weinen können. Jedes dieser Spiele strebte so innig und ernsthaft zur Lösung und verzichtete auf die Lösung schließlich mit so edler Entsagung, daß es wie eine vollkommene Elegie auf die allem Schönen inwohnende Vergänglichkeit und die allen hohen Geisteszielen letztlich inwohnende Fragwürdigkeit war. – Item, Tegularius sei, falls er mich oder meine Amtsdauer überlebt, als ein äußerst zartes, kostbares, aber gefährdetes Gut empfohlen. Er soll sehr viel Freiheit genießen, sein Rat soll in allen Spielfragen von Wichtigkeit gehört werden. Doch sollen ihm Schüler nie zur alleinigen Leitung anvertraut werden."

Dieser merkwürdige Mann war im Lauf der Jahre wirklich Knechts Freund geworden. Er war gegen Knecht, in dem er außer dem Geist auch etwas wie eine Herrennatur bewunderte, von einer rührenden Ergebenheit, und vieles, was wir über Knecht wissen, ist durch ihn überliefert. Er war vielleicht im engsten Kreis der jüngern Glasperlenspieler der einzige, der seinen Freund wegen des ihm gewordenen Auftrags nicht beneidete, und der einzige, für welchen dessen Abberufung auf ungewisse Zeit ein so tiefer, beinahe unerträglicher Schmerz und Verlust war.

Josef selbst empfand den neuen Zustand, sobald er jenen gewissen Schreck über das plötzliche Verlorengehen seiner geliebten Freiheit überwunden hatte, freudig, er spürte Lust zur Reise, Lust zur Betätigung und Neugierde auf die fremde Welt, in die man ihn sandte. Übrigens ließ man den jungen Ordensbruder nicht ohne weiteres nach Mariafels reisen; er wurde zuerst drei Wochen in die „Polizei" gesteckt. So hieß unter den Studenten jene kleine Abteilung im Apparat der Erziehungsbehörde, welche man etwa ihr Politisches Departement oder auch ihr Außenministerium nennen könnte, wenn dies nicht doch etwas gar zu großartige Namen für eine kleine Sache wären. Hier wurden ihm die Verhaltungsmaßregeln für Ordensbrüder beim Aufenthalt in der Welt draußen beigebracht, und beinahe jeden Tag widmete ihm Herr Dubois, der Vorstand dieses Amtes, persönlich eine Stunde. Diesem gewissenhaften Mann nämlich schien es bedenklich, an einen solchen Außenposten einen noch unbewährten und noch vollkommen weltunkundigen Mann zu schicken; er machte kein Hehl daraus, daß er den Entschluß des Glasperlenspielmeisters mißbillige, und gab sich doppelte Mühe, den jungen Ordensbruder über die Gefahren der Welt und die Mittel, ihnen wirksam zu begegnen, mit freundlicher Sorgfalt aufzuklären. Und die väterlich besorgte, redliche Gesinnung des Vorstandes traf mit der Willigkeit des jungen Mannes, sich belehren zu lassen, so glücklich zusammen, daß in diesen Stunden seiner Einführung in die Regeln des Umgangs mit der Welt Josef Knecht seinem Lehrer richtig lieb wurde und dieser ihn zuletzt beruhigt und mit vollem Zutrauen in seine Mission entlassen konnte. Er versuchte sogar, mehr aus Wohlwollen als aus Politik, ihm noch von sich aus eine Art von Auftrag mitzugeben. Herr Dubois gehörte, schon als einer der wenigen „Politiker" Kastaliens, zu jener sehr kleinen Gruppe von Beamten, deren Gedanken und Studien zum größern Teil dem staatsrechtlichen und wirtschaftlichen Fortbestande Kastaliens, seinem Verhältnis zur Außenwelt und seiner Abhängigkeit von ihr galten. Die allermeisten Kastalier, die Beamten nicht minder als die Gelehrten und Studierenden, lebten in ihrer pädagogischen Provinz und ihrem Orden als in einer stabilen, ewigen und sich von selbst verstehenden Welt, von welcher sie freilich wußten, daß sie nicht immer dagewesen, daß sie einmal entstanden, und zwar in Zeiten tiefster Not langsam und unter bittern Kämpfen entstanden war, entstanden am Ende der kriegerischen Epoche ebensowohl aus einer asketisch-heroischen Selbstbesinnung und Anstrengung der Geistigen wie aus einem tiefen Bedürfnis der erschöpften, verbluteten und verwahrlosten Völker nach Ordnung, Norm, Vernunft, Gesetz und Maß. Sie wußten das und wußten um die Funktion aller Orden und „Provinzen" der Welt: sich des Regierens und Wettbewerbs zu enthalten und dafür eine Stetigkeit und Dauer der geistigen Fundamente aller Maße und Gesetze zu gewährleisten. Daß aber diese Ordnung der Dinge sich keineswegs von selbst verstehe, daß sie eine gewisse Harmonie zwischen Welt und Geist voraussetze, deren Störung immer wieder möglich war, daß die Weltgeschichte, alles in allem genommen, das Wünschenswerte,

Vernünftige und Schöne keineswegs anstrebe und begünstige, sondern höchstens je und je als Ausnahme dulde, dies wußten sie nicht, und die heimliche Problematik ihrer kastalischen Existenz wurde von fast allen Kastaliern im Grunde nicht wahrgenommen, sondern eben jenen wenigen politischen Köpfen überlassen, deren der Vorstand Dubois einer war. Von ihm, von Dubois, erfuhr Knecht, nachdem er sein Vertrauen gewonnen hatte, eine summarische Einführung in die politischen Grundlagen Kastaliens, welche ihn anfänglich eher abstoßend und uninteressant anmutete gleich den meisten seiner Ordensbrüder, ihm dann jene Bemerkung Designoris über die Möglichkeit einer Gefährdung Kastaliens ins Gedächtnis zurückrief und mit ihr den ganzen, scheinbar längst verwundenen und vergessenen, bittern Nachgeschmack seiner jugendlichen Auseinandersetzungen mit Plinio und ihm dann plötzlich höchst wichtig und zu einer Stufe auf seinem Weg des Erwachens wurde.

Am Ende ihres letzten Beisammenseins sagte ihm Dubois: „Ich glaube, ich kann dich nun ziehen lassen. Du wirst dich streng an den Auftrag halten, den der ehrwürdige Magister Ludi dir gab, und nicht minder an die Verhaltungsmaßregeln, die wir dir hier mitgegeben haben. Es war mir angenehm, dir behilflich sein zu können; du wirst sehen, daß die drei Wochen nicht verloren waren, die wir dich hier aufgehalten haben. Und wenn du jemals den Wunsch verspüren solltest, mir deine Zufriedenheit mit meinen Informationen und mit unsrer Bekanntschaft zu beweisen, so zeige ich dir einen Weg dazu. Du wirst in ein Benediktinerstift kommen, und falls du dort eine Weile bleibst und das Vertrauen der Patres gewinnst, wirst du vermutlich im Kreis dieser ehrwürdigen Herren und ihrer Gäste auch politische Gespräche hören und politische Stimmungen verspüren. Wenn du mich davon gelegentlich benachrichtigen wolltest, wäre ich dankbar dafür. Verstehe mich richtig: du sollst keineswegs dich als eine Art von Spion betrachten oder ein dir von den Patres erwiesenes Vertrauen mißbrauchen. Du sollst mir keine Mitteilung machen, die dein Gewissen dir nicht erlaubt. Daß wir etwaige Informationen nur im Interesse unsres Ordens und Kastaliens zur Kenntnis nehmen und verwerten, dafür bin ich dir Bürge. Wir

sind keine wirklichen Politiker und haben keinerlei Macht, aber auch wir sind auf die Welt angewiesen, die uns braucht oder duldet. Es kann uns unter Umständen von Nutzen sein, es zu erfahren, wenn ein Staatsmann im Kloster einkehrt, oder der Papst für krank gilt, oder neue Anwärter auf die Liste der künftigen Kardinäle kommen. Wir sind nicht auf deine Mitteilungen angewiesen, wir haben mancherlei Quellen, aber eine kleine Quelle mehr kann nicht schaden. Geh nun, du brauchst heute zu meiner Anregung weder ja noch nein zu sagen. Nimm dir nichts vor, als vorerst deinen amtlichen Auftrag gut auszuführen und uns bei den geistlichen Vätern Ehre zu machen. Ich wünsche gute Reise."
Im Buch der Wandlungen, das Knecht vor dem Antritt seiner Reise unter Vollziehung der Schafgarbenstengel-Zeremonie befragte, stieß er auf das Zeichen Lü, das bedeutet „Der Wanderer" mit dem Urteil „Durch Kleinheit Gelingen. Dem Wanderer ist Beharrlichkeit von Heil." Er fand eine Sechs auf zweitem Platz und schlug im Buche die Deutung nach:

> Der Wanderer kommt zur Herberge.
> Er hat seinen Besitz bei sich.
> Er erlangt eines jungen Dieners Beharrlichkeit.

Das Abschiednehmen geschah mit Heiterkeit, nur die letzte Unterredung mit Tegularius war für beide eine harte Probe der Standhaftigkeit. Fritz tat sich Gewalt an und war in der Kühle, die er sich aufzwang, wie erstarrt; für ihn ging mit dem Freunde das Beste weg, was er besaß. Knechts Wesen ließ eine so leidenschaftliche und namentlich eine so ausschließliche Bindung an einen Freund nicht zu, er konnte im Notfall auch ohne Freund sein und konnte den Strahl seiner Sympathie ohne Hemmung neuen Objekten und Menschen zuwenden. Ein einschneidender Verlust war ihm der Abschied nicht; wohl aber kannte er den Freund schon damals gut genug, um zu wissen, welche Erschütterung und Prüfung diese Trennung ihm bedeute, und um sich Sorge um ihn zu machen. Er hatte sich über diese Freundschaft schon oft Gedanken gemacht, hatte einmal auch mit dem Musikmeister über sie gesprochen und hatte es bis zu einem gewissen Grade gelernt, das eigene Erlebnis und Gefühl zu objektivieren und kritisch zu betrachten. Es war ihm dabei bewußt geworden, daß es nicht eigentlich oder doch nicht allein die große Begabung des andern war, die ihn fesselte und ihm etwas wie Leidenschaft für ihn eingab, sondern gerade die Verbindung dieser Begabung mit so schweren Mängeln, so großer Gebrechlichkeit, und daß die Einseitigkeit und Ausschließlichkeit der Liebe, die ihm Tegularius entgegenbrachte, nicht nur einen schönen, sondern auch einen gefährlichen Reiz und Aspekt habe, nämlich die Versuchung, den an Kraft, aber nicht an Liebe Schwächeren gelegentlich seine Macht fühlen zu lassen. Er hatte sich in dieser Freundschaft eine große Zurückhaltung und Selbstzucht zur Pflicht gemacht bis zuletzt. In Knechts Leben hätte der andre, so lieb er ihm war, keine tiefe Bedeutung gewonnen, wenn nicht die Freundschaft mit diesem zarten, von seinem so viel stärkern und sichereren Freund faszinierten Menschen ihn über die Anziehungskraft und Macht belehrt hätte, die ihm über manche Menschen gegeben war. Er lernte spüren, daß etwas von dieser Macht, andre anzuziehen und zu beeinflussen, wesentlich mit zur Begabung des Lehrers und Erziehers gehöre und daß sie Gefahren berge und Verantwortung auferlege. Tegularius war ja nur einer von manchen, Knecht sah sich vielen werbenden Blicken ausgesetzt. Zugleich hatte er im letzten Jahre die hochgespannte Atmosphäre, in der er im Spielerdorf lebte, immer deutlicher und bewußter empfunden. Er gehörte da einem offiziell nicht existierenden, aber sehr scharf abgegrenzten Kreis oder Stande an, der engsten Auswahl von Kandidaten und Repetenten des Glasperlenspiels, einem Kreise, aus dem man zwar wohl den einen und andern zu Hilfsdiensten beim Magister, beim Archivar oder bei den Spielkursen herbeizog, von welchen aber keiner in die niedere oder mittlere Beamten- und Lehrerschaft befohlen wurde; sie waren die Reserve für die Besetzung der leitenden Stellen. Hier kannte man einander sehr genau, peinlich genau, es gab hier nahezu keine Täuschungen über Begabungen, Charaktere und Leistungen. Und gerade weil hier, unter diesen Repetenten der Spielstudien und Aspiranten auf die höheren Würden, jeder eine überdurchschnittliche und beachtenswerte Kraft war, jeder den Leistungen, dem Wissen, den Zeugnissen nach vom ersten Range, gerade darum spielten jene Züge und Färbungen der Charaktere, welche einen Prätendenten zum Führer und Mann des Erfolges prädestinieren, eine besonders große und aufmerksam beobachtete Rolle. Ein Plus oder Minus an Ehrgeiz, an gutem Auftreten, an Körpergröße oder hübscher Erscheinung, ein kleines Plus oder Minus an Charme, an Wirkung auf Jüngere oder auf die Behörden, an Liebenswürdigkeit war hier von großem Gewicht und konnte im Wettbewerb entscheiden. So wie etwa Fritz Tegularius diesem Kreise nur als Outsider, als Gast und Geduldeter und gewissermaßen nur seiner Peripherie angehörte, weil er sichtlich keine Herrschergaben besaß, so gehörte Knecht zum innersten Zirkel. Was ihn den Jungen empfahl und ihm Anbeter warb, war seine Frische und noch ganz jugendliche Anmut, welche dem Anschein nach den Leidenschaften unzugänglich, unbestechlich und auch wieder kindlich-unverantwortlich war, eine gewisse Unschuld also. Und was ihn den Oberen angenehm machte, war die andre Seite dieser Unschuld: sein fast völliger Mangel an Ehrgeiz und Strebertum.

In jüngster Zeit waren die Wirkungen seiner Persönlichkeit, die nach unten zuerst und erst allmählich und zuletzt auch die nach oben, dem jungen Manne bewußt geworden, und wenn er von diesem Standpunkt des Wachgewordenen zurücksah, fand er beide Linien bis in die Knabenzeit zurück sein Leben durchlaufen und formen: die werbende Freundschaft, die ihm von Kameraden und Jüngeren dargebracht wurde, und die wohlwollende Aufmerksamkeit, mit der viele Vorgesetzte ihn behandelt hatten. Es hatte Ausnahmen gegeben, wie den Rektor Zbinden, aber dafür auch solche Auszeichnungen wie die Gönnerschaft des Musikmeisters und neuerdings die des Herrn Dubois und des Magister Ludi. Es war alles eindeutig, und dennoch hatte Knecht es nie ganz sehen und gelten lassen wollen. Es war sichtlich der ihm vorgezeichnete Weg, wie von selbst und ohne Streben überall in die Elite zu geraten, bewundernde Freunde und hochstehende Gönner zu finden, es war sein Weg, sich nicht an der Basis der Hierarchie im Schatten niederlassen zu dürfen, sondern sich stetig ihrer Spitze und dem hellen Licht, in dem sie stand, zu nähern. Er würde nicht ein Subalterner und nicht ein Privatgelehrter, sondern ein Herr sein. Daß er dies später als andre, ähnlich Gestellte bemerkte, gab ihm jenes nicht zu beschreibende Mehr an Zauber, jenen Klang von Unschuld. Und warum bemerkte er es so spät, ja so widerwillig? Weil er dies alles ja gar nicht angestrebt hatte und nicht wollte, weil ihm Herrschen kein Bedürfnis, Befehlen kein Vergnügen war, weil er viel mehr das kontemplative als das aktive Leben begehrte und zufrieden gewesen wäre, noch manche Jahre, wenn nicht sein ganzes Leben, ein unbeachteter Studierender zu bleiben, neugieriger und ehrfürchtiger Pilger durch die Heiligtümer der Vergangenheit, die Kathedralen der Musik, die Gärten und Wälder der Mythologien, der Sprachen und Ideen. Nun, da er sich unerbittlich in die vita activa gestoßen sah, spürte er weit stärker als bisher die Spannungen des Strebens, des Wettbewerbes, des Ehrgeizes in seiner Umgebung, spürte seine Unschuld bedroht und nicht mehr haltbar. Er sah ein, daß er das ihm ungewollt Zugewiesene und Bestimmte nun wollen und bejahen müsse, um das Gefühl des Gefangenseins und das Heimweh nach der verlorenen Freiheit der letzten zehn Jahre zu überwinden, und da er hierzu im Innern noch nicht so ganz disponiert war, empfand er den vorläufigen Abschied von Waldzell und der Provinz und die Reise in die Welt hinaus als Erlösung.

Das Stift und Kloster Mariafels hatte in vielen Jahrhunderten seines Bestehens die Geschichte des Abendlandes mitbestimmt und miterlitten, es hatte Blütezeiten, Niedergänge, Wiedergeburten und neue Tiefstände erlebt und war zu manchen Zeiten und auf verschiedenen Gebieten berühmt und glänzend gewesen. Einst ein Hochsitz scholastischer Gelehrsamkeit und Disputierkunst und noch heute im Besitz einer gewaltigen Bibliothek der mittelalterlichen Theologie, war es nach Zeiten des Erschlaffens und der Trägheit zu neuem Glanz gekommen, diesmal durch seine Musikpflege, seinen vielgepriesenen Chor, durch die von seinen Patres geschriebenen und aufgeführten Messen und Oratorien; von damals her besaß es noch immer eine schöne musikalische Tradition, ein halbes Dutzend nußbaumener Truhen voll musikalischer Manuskripte und die schönste Orgel des Landes. Dann war die politische Zeit des Klosters gekommen; auch sie hatte eine gewisse Tradition und Übung zurückgelassen. In Zeiten schlimmer kriegerischer Verwilderung war Mariafels mehrmals zur kleinen

Insel der Besinnung und Vernunft geworden, auf der die besseren Köpfe der feindlichen Parteien vorsichtig einander suchten und nach Verständigung tasteten, und einmal – das war der letzte Höhepunkt in seiner Geschichte – war Mariafels Geburtsort eines Friedensschlusses geworden, der die Sehnsucht erschöpfter Völker für eine Weile stillte. Als dann eine neue Zeit begann und Kastalien begründet war, verhielt das Kloster sich abwartend, ja ablehnend, vermutlich nicht ohne sich darüber in Rom Weisung geholt zu haben. Ein Gesuch der Erziehungsbehörde um Gastfreundschaft für einen Gelehrten, der einige Zeit in der scholastischen Bibliothek des Klosters arbeiten wollte, wurde höflich abgelehnt, ebenso die Einladung, einen Vertreter zu einer musikgeschichtlichen Tagung zu senden. Erst seit dem Abt Pius, der noch in vorgerücktem Alter sich lebhaft für das Glasperlenspiel zu interessieren anfing, entstand Verkehr und Austausch und war seither zu einer nicht gerade lebhaften, aber freundschaftlichen Beziehung geworden. Man tauschte Bücher, gewährte gegenseitige Gastfreundschaft; auch Knechts Gönner, der Musikmeister, war in jungen Jahren einige Wochen in Mariafels gewesen, hatte Notenhandschriften kopiert und die berühmte Orgel gespielt. Knecht wußte davon und freute sich auf den Aufenthalt an einem Orte, von dem er den Verehrten gelegentlich mit Freude hatte erzählen hören.

Man empfing ihn über sein Erwarten mit einer Auszeichnung und Artigkeit, die ihn beinahe verlegen machte. Es war ja auch das erstemal, daß Kastalien dem Kloster für unbestimmte Zeit einen Glasperlenspiellehrer aus der Elite zur Verfügung stellte. Er hatte beim Vorstand Dubois gelernt, sich namentlich in der ersten Zeit seiner Gastrolle nicht als Person, nur als Vertreter Kastaliens anzusehen und Artigkeiten sowohl wie etwaige Distanzierung lediglich als Abgesandter zur Kenntnis zu nehmen und zu erwidern; das half ihm über die ersten Befangenheiten hinweg. Auch des anfänglichen Gefühls von Fremdheit und der Bangigkeit und leisen Erregtheit der ersten Nächte, in denen er wenig Schlaf genoß, wurde er Meister, und da der Abt Gervasius ihm ein gutmütiges und munteres Wohlwollen zeigte, wurde ihm rasch in der neuen Umwelt wohl. Es erfreute ihn die Frische und Kraft der Landschaft, einer

rauhen Berglandschaft mit schroffen Felswänden und saftigen Weiden voll schönen Viehes dazwischen; es beglückte ihn die Wucht und Weiträumigkeit der alten Bauten, welchen die Geschichte vieler Jahrhunderte abzulesen war, es gewann ihn die Schönheit und einfache Behaglichkeit seiner Wohnung, zweier Räume im oberen Stockwerk des langen Gästeflügels, es behagten ihm die Forschungsgänge durch den stattlichen kleinen Staat mit zwei Kirchen, Kreuzgängen, Archiv, Bibliothek, Abtwohnung, mehreren Höfen, mit ausgedehnten Stallbauten voll wohlgehaltenen Viehes, sprudelnden Brunnen, gewölbten riesigen Wein- und Obstkellern, mit zwei Refektorien, dem berühmten Kapitelsaal, den gepflegten Gärten sowie den Werkstätten der Laienbrüder, des Böttchers, Schuhmachers, Schneiders, Schmiedes und so weiter, welche um den größten Hof ein kleines Dorf bildeten. Schon hatte er Zutritt zur Bibliothek, schon hatte ihm der Organist die herrliche Orgel gezeigt und ihm erlaubt, auf ihr zu spielen, und nicht wenig lockten ihn die Notentruhen, wo er eine stattliche Zahl von unveröffentlichten, zum Teil überhaupt noch unbekannten Musikmanuskripten früherer Epochen warten wußte.
Auf den Beginn seiner amtlichen Funktion schien man im Kloster nicht eben ungeduldig zu warten, es dauerte nicht nur Tage, es dauerte Wochen, bis man dem eigentlichen Ziel seines Hierseins ernstlich nähertrat. Zwar hatten sich vom ersten Tage an einige Patres, und namentlich auch der Abt selber, gern mit Josef über das Glasperlenspiel unterhalten, aber von einem Unterricht oder sonst einer systematischen Tätigkeit war noch nicht die Rede. Auch sonst bemerkte Knecht im Gehaben, Lebensstil und Verkehrston der geistlichen Herren ein ihm bisher unbekanntes Tempo, eine gewisse ehrwürdige Langsamkeit, eine langatmige und gutmütige Geduld, an welcher alle diese Väter, auch die persönlich keineswegs temperamentlosen, teilzuhaben schienen. Es war der Geist ihres Ordens, es war der tausendjährige Atem einer uralten, privilegierten, in Glück und Not hundertmal bewährten Ordnung und Gemeinschaft, an welcher sie teilhatten, so wie jede Biene am Schicksal und Ergehen ihres Stockes teilhat, seinen Schlaf schläft, sein Leiden mitleidet, sein Zittern mitzittert. Verglichen mit dem Lebensstil Kastaliens schien dieser benedikti-

nische beim ersten Zusehen weniger geistig, weniger agil und zugespitzt, weniger aktiv, dafür aber gelassener, unbeeinflußbarer, älter, bewährter, es schien hier ein schon längst wieder zur Natur gewordener Geist und Sinn zu walten. Mit Neugierde und großem Interesse, auch mit großer Bewunderung ließ Knecht dies Klosterleben auf sich wirken, das zu einer Zeit, da es noch kein Kastalien gab, schon beinahe gleich wie heute und schon anderthalbtausend Jahre alt gewesen war und das der beschaulichen Seite seiner Natur so sehr entgegenkam. Er war Gast, wurde geehrt, wurde weit über Erwarten und Gebühr geehrt, aber er fühlte deutlich: dies war Form und Usus und galt weder seiner Person, noch galt es dem Geist Kastaliens oder des Glasperlenspiels, es war die majestätische Höflichkeit einer alten Großmacht gegen eine jüngere. Nur zum Teil war er darauf vorbereitet gewesen, und nach einer Weile fühlte er sich, trotz aller Behaglichkeit seines Mariafelser Lebens, so unsicher, daß er bei seiner Behörde um genauere Vorschriften für sein Verhalten bat. Der Magister Ludi schrieb ihm persönlich einige Zeilen. „Mache dir nichts daraus“, hieß es darin, „deinem Studium des dortigen Lebens beliebige Zeit zu opfern. Benütze deine Tage, lerne, suche dich beliebt und nützlich zu machen, soweit man dort dafür empfänglich ist, aber dränge dich nicht auf, scheine niemals ungeduldiger zu sein, scheine nie weniger Muße zu haben als deine Gastgeber. Auch wenn sie dich ein ganzes Jahr lang so behandeln sollten, als sei es dein erster Gasttag in ihrem Hause, so geh ruhig darauf ein und benimm dich, als käme es dir auch auf zwei oder zehn Jahre mehr nicht an. Nimm es als einen Wettkampf in der Übung der Geduld. Sorgfältig meditieren! Dauert dir deine Muße zu lang, so nimm dir täglich einige Stunden, nicht mehr als vier, für eine regelmäßige Arbeit, etwa das Studium oder Kopieren von Handschriften. Aber mache nicht den Eindruck, als arbeitetest du, habe Zeit für jeden, der Lust hat, mit dir zu plaudern.“
Knecht hielt sich daran und fühlte sich bald wieder freier. Er hatte bisher allzusehr an den Lehrauftrag für Liebhaber des Glasperlenspiels gedacht, welcher seiner hiesigen Mission den Namen gab, während die Väter des Klosters ihn mehr als einen bei guter Stimmung zu haltenden Abgesandten einer befreundeten Macht behandelten. Und als am

Ende Abt Gervasius doch dieses Lehrauftrags sich erinnerte und ihm vorerst einige Patres zuführte, welche eine erste Einführung in die Glasperlenspielkunst schon genossen hatten und mit denen er einen weiterführenden Kursus abhalten sollte, da zeigte es sich, zu seinem Erstaunen und anfänglich zu seiner schweren Enttäuschung, daß die Kultur des edlen Spieles an diesem gastfreien Orte eine sehr oberflächliche und dilettantische und man dem Anschein nach mit einem sehr bescheidenen Maß an Spielkenntnissen zufrieden war. Und im Gefolge dieser Einsicht kam ihm langsam auch die andere: daß es wohl gar nicht die Glasperlenspielkunst und deren Pflege im Kloster sei, derentwegen man ihn hierher geschickt habe. Die Aufgabe, diese paar dem Spiele läßlich zugeneigten Patres im Elementaren etwas zu fördern und ihnen die Befriedigung einer bescheidenen Sportleistung zu verschaffen, war leicht, allzu leicht, und es wäre ihr jeder beliebige andre Spielkandidat, auch wenn er längst noch nicht der Elite angehörte, gewachsen gewesen. Dieser Unterricht also konnte nicht der eigentliche Zweck seiner Mission sein. Er begann zu begreifen, daß man ihn wohl weniger zum Lehren hierhergeschickt habe als zum Lernen.
Allerdings, gerade als er dies durchschaut zu haben meinte, erfuhr seine Autorität im Kloster doch wieder eine plötzliche Stärkung und damit auch sein Selbstbewußtsein, denn er hatte trotz allen Reizen und Annehmlichkeiten seiner Gastrolle seinen Aufenthalt schon zuweilen beinahe wie eine Strafversetzung empfunden. Nun geschah es eines Tages, daß ihm in einer Unterhaltung mit dem Abte absichtslos eine Anspielung auf das chinesische I Ging unterlief; der Abt horchte auf, stellte einige Fragen, und als er seinen Gast so über Erwarten bewandert im Chinesischen und im Buch der Wandlungen fand, konnte er seine Freude nicht verhehlen. Er hatte eine Vorliebe für das I Ging, und wenn er auch kein Chinesisch verstand und sein Wissen um das Orakelbuch und andre chinesische Geheimnisse von jener harmlosen Oberflächlichkeit war, mit welcher die derzeitigen Insassen dieses Klosters in fast allen ihren wissenschaftlichen Interessen sich zu begnügen schienen, so war doch wohl zu merken, daß der kluge und im Vergleich mit seinem Gast so erfahrene und weltkundige Mann zum Geist

der altchinesischen Staats- und Lebensweisheit wirklich ein Verhältnis habe. Es ergab sich ein Gespräch von ungewohnter Lebhaftigkeit, das die bisher zwischen Hausherrn und Gast bestehende höfliche Haltung zum erstenmal durchbrach und dazu führte, daß Knecht gebeten wurde, dem ehrwürdigen Herrn zweimal in der Woche eine I-Ging-Lektion zu erteilen.

Während so sein Verhältnis zum Abt und Gastgeber sich ins Lebendigere und Wirksame steigerte, die kollegiale Freundschaft mit dem Organisten gedieh und der kleine geistliche Staat, in dem er lebte, ihm allmählich vertraut wurde, begann auch die Versprechung des Orakels, das er vor der Abreise aus Kastalien befragt hatte, sich der Erfüllung zu nähern. Es war ihm, dem seinen Besitz bei sich tragenden Wanderer, nicht nur die Einkehr in einer Herberge verheißen worden, sondern auch „eines jungen Dieners Beharrlichkeit". Daß die Verheißung sich zur Erfüllung entfaltete, durfte der Wanderer als ein gutes Zeichen annehmen, als ein Zeichen dafür, daß er wirklich „seinen Besitz bei sich trage", daß er auch fern von den Schulen, Lehrern, Kameraden, Gönnern und Helfern, fern von der heimatlichen, nährenden und hilfreichen Atmosphäre Kastaliens den Geist und die Kräfte in sich gesammelt trage, mit deren Hilfe er einem tätigen und wertvollen Leben entgegenging. Der angekündigte „junge Diener" nämlich näherte sich ihm in Gestalt eines geistlichen Schülers namens Anton, und wenn dieser junge Mensch auch in Josef Knechts Leben selber keine Rolle gespielt hat, so war er doch damals in jener eigentümlich zwiespältig gestimmten ersten Klosterzeit ein Hinweis, ein Bote zu Neuem und Größerem, ein Ansager kommender Ereignisse. Anton, ein schweigsamer, aber feurig und begabt blickender Jüngling, schon nahezu reif, um in den Kreis der Mönche aufgenommen zu werden, begegnete dem Glasperlenspieler, dessen Herkunft und Kunst ihm so geheimnisvoll war, ziemlich häufig, während im übrigen die kleine Schülerschar in ihrem abgesonderten und für den Gast nicht zugänglichen Flügel ihm nahezu unbekannt blieb und ihm sichtlich ferngehalten wurde. Die Teilnahme am Spielkursus war den Schülern nicht erlaubt. Dieser Anton aber hatte mehrmals in der Woche Dienst als Bibliotheksgehilfe; hier begegnete ihm Knecht, gelegentlich

war es auch zu einem Gespräch gekommen, und mehr und mehr bemerkte Knecht, daß dieser junge Mensch mit den dunkelkräftigen Augen unter starken schwarzen Brauen ihm in jener schwärmerischen und dienstbereiten Art von verehrender Jünglings- und Schülerliebe zugetan war, welche ihm nun oft genug schon begegnet war und welche er längst, obwohl er jedesmal Lust fühlte, sich ihr zu entziehen, als ein lebendiges und wichtiges Element im Ordensleben erkannt hatte. Hier im Kloster beschloß er, doppelt zurückhaltend zu sein; es wäre ihm wie ein Verstoß gegen die Gastfreundschaft erschienen, wenn er diesen noch der geistlichen Erziehung unterstehenden Jüngling hätte beeinflussen wollen; auch war ihm ja das strenge Keuschheitsgebot, unter welchem man hier stand, wohlbekannt, und ihm schien, dadurch könnte eine knabenhafte Verliebtheit noch gefährlicher werden. Jedenfalls mußte er jede Möglichkeit eines Anstoßes vermeiden und richtete sich danach.
In der Bibliothek, dem einzigen Ort, an dem er jenem Anton des öftern begegnete, machte er auch die Bekanntschaft eines Mannes, den er anfangs seiner bescheidenen Erscheinung wegen beinahe übersehen hatte, den er dann mit der Zeit genauer kennenlernte und zeitlebens mit einer dankbaren Verehrung geliebt hat wie nur etwa noch den Alt-Musikmeister. Es war der Pater Jakobus, wohl der bedeutendste Geschichtschreiber des Benediktinerordens, damals etwa sechzig Jahre alt, ein hagerer ältlicher Mann mit einem Sperberkopf auf langem sehnigem Halse, mit einem Gesicht, das von vorn, namentlich da er mit seinen Blicken sehr sparsam war, etwas Lebloses und Erloschenes hatte, dessen Profil aber mit der kühn geschwungenen Linie der Stirn, dem tiefen Einschnitt überm Nasenrücken, der scharfgeschnittenen Hakennase und dem etwas kurzen, aber gewinnend rein auslaufenden Kinn eine ausgeprägte und eigenwillige Persönlichkeit anzeigte. Der stille alte Mann, der übrigens dann bei näherem Kennenlernen höchst temperamentvoll sein konnte, hatte einen eigenen, stets mit Büchern, Handschriften und Landkarten bedeckten Studiertisch im kleineren, innern Raum der Bücherei inne und schien in diesem Kloster, das so unschätzbare Bücher besaß, der einzige wirklich ernstlich arbeitende Gelehrte zu sein. Übrigens war es jener Novize Anton, der Jo-

sef Knecht unabsichtlich auf den Pater Jakobus aufmerksam machte. Knecht hatte bemerkt, daß jener innere Raum der Bibliothek, wo der Gelehrte seinen Arbeitstisch stehen hatte, beinahe wie ein privates Studierzimmer betrachtet und von den wenigen Benützern der Bücherei nur im Notfalle und dann nur leise und respektvoll auf Zehenspitzen betreten wurde, obwohl der dort arbeitende Pater gar nicht den Eindruck machte, so leicht störbar zu sein. Natürlich hatte sich Knecht alsbald dieselbe Rücksicht zum Gebot gemacht, und schon dadurch war der arbeitsame Alte seiner Beobachtung entrückt geblieben. Nun hatte dieser eines Tages sich von Anton mit einigen Büchern bedienen lassen, und als Anton aus jenem innern Raum zurückkehrte, fiel es Knecht auf, daß er eine kleine Weile in der offenen Türe stehenblieb und zu dem an seinem Tische in die Arbeit Versunkenen zurückblickte mit einem schwärmerischen Ausdruck von Bewunderung und Ehrfurcht, gemischt mit jenem Gefühl beinahe zärtlicher Rücksicht und Hilfsbereitschaft, wie sie gutartige Jugend zuweilen der Kahlheit und Gebrechlichkeit des Alters entgegenbringt. Zunächst freute sich Knecht dieses Anblickes, der ja auch an sich schön war, auch zeigte er ihm immerhin, daß es bei Anton eine Schwärmerei für Ältere und Bewunderte auch ohne jede leibliche Verliebtheit gebe. Im nächsten Augenblick kam ihm ein eher ironischer Gedanke, dessen er sich beinahe schämte, der Gedanke: wie spärlich es in diesem Institute hier um die Gelehrsamkeit bestellt sein müsse, wenn der einzige ernstlich tätige Gelehrte des Hauses von der Jugend so wie ein Wundertier und Fabelwesen angestaunt wurde. Immerhin, dieser beinahe zärtliche Blick der bewundernden Verehrung, welchen Anton auf den Alten heftete, öffnete Knecht die Augen für die Erscheinung des gelehrten Patres, und indem er von da an je und je einen Blick auf diesen Mann warf, entdeckte er sein römisches Profil und entdeckte allmählich dies und jenes an Pater Jakobus, das auf einen nicht gewöhnlichen Geist und Charakter hinzudeuten schien. Daß er Historiker sei und für den eingeweihtesten Kenner der Geschichte der Benediktiner gelte, war ihm schon bekannt.

Eines Tages sprach der Pater ihn an; er hatte nichts von dem breiten, betont wohlwollenden, betont gutgelaunten und etwas onkelhaften Tonfall, der zum Stil des Hauses zu gehören schien. Er lud Josef ein, ihn nach der Vesper in seinem Zimmer zu besuchen. „Sie finden in mir“, sagte er mit einer leisen und beinahe scheuen Stimme, aber wundervoll genau akzentuierend, „zwar keinen Kenner der Geschichte Kastaliens und noch weniger einen Glasperlenspieler, aber da nun, wie es scheint, unsre beiden so verschiedenen Orden sich mehr und mehr befreunden, möchte ich mich davon nicht ausschließen und möchte auch meinerseits aus Ihrer Anwesenheit je und je ein wenig Gewinn ziehen.“ Er sprach mit vollkommenem Ernst, aber die leise Stimme und das alte kluge Gesicht gaben seinen überhöflichen Worten jene wunderbar zwischen Ernst und Ironie, Devotion und leisem Spott, Pathos und Spielerei schillernde Vieldeutigkeit, wie man sie etwa beim Höflichkeits- und Geduldspiel endloser Verneigungen bei der Begrüßung zwischen zwei Heiligen oder zwei Kirchenfürsten empfinden mag. Diese ihm von den Chinesen her so wohlbekannte Mischung aus Überlegenheit und Spott, aus Weisheit und eigensinnigem Zeremoniell war für Josef Knecht ein Labsal; es kam ihm zum Bewußtsein, daß er diesen Ton – auch der Glasperlenspielmeister Thomas beherrschte ihn meisterlich – seit geraumer Zeit nicht mehr vernommen habe; erfreut und dankbar nahm er die Einladung an. Als er am Abend des Paters abgelegene Wohnung am Ende eines stillen Seitenflügels aufsuchte und sich besann, an welche Tür er zu klopfen habe, hörte er zu seiner Überraschung Klaviermusik. Er horchte, es war eine Sonate von Purcell, anspruchslos und ohne Virtuosität, aber taktfest und sauber gespielt; innig und freundlich klang die reine, innig heitere Musik mit ihren süßen Dreiklängen zu ihm heraus und gemahnte ihn der Zeit in Waldzell, da er Stücke dieser Art mit seinem Freund Ferromonte auf verschiedenen Instrumenten geübt hatte. Er wartete genußvoll lauschend das Ende der Sonate ab, es tönte in dem stillen, dämmrigen Korridor so einsam und weltfern, und so tapfer und unschuldig, so kindlich und überlegen zugleich wie jede gute Musik inmitten der unerlösten Stummheit der Welt. Er pochte an die Tür, Pater Jakobus rief „Herein!“ und empfing ihn mit seiner bescheidenen Würde, am kleinen Klavier brannten noch zwei Kerzen. Ja, sagte Pater Jakobus auf Knechts Frage, er spiele jeden Abend eine halbe oder auch eine ganze Stunde, er beende sein Tagewerk mit dem Einbruch der Dunkelheit und verzichte in den Stunden vor dem Schlafengehen auf Lesen und Schreiben. Sie sprachen von Musik, von Purcell, von Händel, von der uralten Musikpflege bei den Benediktinern, dem recht eigentlich musischen Orden, dessen Geschichte kennenzulernen Knecht Begierde zeigte. Das Gespräch wurde lebhaft und streifte hundert Fragen, die geschichtlichen Kenntnisse des Alten schienen wahrhaft wunderbar zu sein, doch leugnete er nicht, daß die Geschichte Kastaliens, des kastalischen Gedankens und des dortigen Ordens ihn wenig beschäftigt und interessiert habe, machte auch kein Hehl aus seiner kritischen Stellung zu diesem Kastalien, dessen „Orden" er als eine Nachahmung der christlichen Kongregationen betrachtete, und zwar im Grunde als eine blasphemische Nachahmung, da ja der kastalische Orden keine Religion, keinen Gott und keine Kirche zum Fundament habe. Knecht blieb bei dieser Kritik respektvoll Zuhörer, gab immerhin zu bedenken, daß über Religion, Gott und Kirche außer den benediktinischen und römisch-katholischen Auffassungen noch andre möglich seien und existiert hätten, welchen man weder die Reinheit des Wollens und Bestrebens noch einen tiefen Einfluß auf das geistige Leben absprechen könne.

„Richtig", sagte Jakobus, „Sie denken dabei unter andrem an die Protestanten. Sie haben die Religion und Kirche nicht zu erhalten vermocht, aber sie haben zuzeiten viel Tapferkeit gezeigt und vorbildliche Männer gehabt. Es gab einige Jahre in meinem Leben, da gehörten die verschiedenen Versöhnungsversuche zwischen den feindlichen christlichen Bekenntnissen und Kirchen zu meinen bevorzugten Studienobjekten, namentlich die der Epoche um 1700, wo wir Leute wie den Philosophen und Mathematiker Leibniz und dann den wunderlichen Grafen Zinzendorf um die Wiedervereinigung der verfeindeten Brüder bemüht finden. Überhaupt ist das achtzehnte Jahrhundert, so schnellfertig und dilettantisch sein Geist oft erscheinen mag, geistesgeschichtlich merkwürdig interessant und doppeldeutig, und gerade die Protestanten jener Zeit haben mich des öfteren beschäftigt. Ich habe da einst einen Philologen, Lehrer und Erzieher großen Formates entdeckt, einen schwäbischen Pietisten übrigens, einen Mann, dessen moralische Nachwirkung sich volle zweihundert Jahre deutlich nachweisen läßt – aber wir kommen da auf ein andres Gebiet, kehren wir zur Frage nach der Legitimität und geschichtlichen Sendung der eigentlichen Orden zurück ..."

„Ach nein", rief Josef Knecht, „bitte verweilen Sie noch bei diesem Lehrer, von dem Sie eben sprechen wollten, beinahe glaube ich ihn erraten zu können."

„So raten Sie."

„Ich dachte zuerst an den Hallenser Francke, aber es muß ja ein Schwabe sein, und da kann ich an keinen andern denken als an Johann Albrecht Bengel."

Ein Lachen klang auf, und ein Glanz von Freude verklärte das Gesicht des Gelehrten. „Sie überraschen mich, Lieber", rief er lebhaft, „es war richtig Bengel, den ich im Sinn hatte. Woher wissen Sie denn von ihm? Oder gehört es etwa in Ihrer erstaunlichen Provinz zum Selbstverständlichen, daß man so entlegene und vergessene Dinge und Namen kennt? Seien Sie versichert: wenn Sie sämtliche Patres, Lehrer und Schüler unsres Klosters abfragen wollten und auch noch die der letzten paar Generationen dazu, es würde nicht einer diesen Namen wissen."

„Auch in Kastalien wüßten ihn wenige, vielleicht keiner außer mir und zweien meiner Freunde. Ich war einmal mit Studien aus dem achtzehnten Jahrhundert und dem Bereich des Pietismus beschäftigt, zu einem privaten Zwecke nur, und da sind ein paar schwäbische Theologen mir aufgefallen und gewannen meine Bewunderung und Ehrfurcht, und unter ihnen besonders dieser Bengel, er schien mir damals das Ideal eines Lehrers und Jugendleiters zu sein. Ich war so von diesem Mann eingenommen, daß ich mir sogar sein Bildnis aus einem alten Buche photographieren ließ und es eine Zeitlang über meinem Schreibtisch angeheftet hatte."

Der Pater lachte noch immer. „Wir begegnen uns da unter einem ungewöhnlichen Zeichen", sagte er. „Es ist ja schon merkwürdig, daß Sie und ich beide bei unsern Studien auf diesen vergessenen Mann gestoßen sind. Vielleicht noch merkwürdiger ist es, daß es diesem schwäbischen Protestanten gelungen ist, fast gleichzeitig auf einen Benediktinerpater und einen kastalischen Glasperlenspieler zu wirken. Übrigens stelle ich mir Ihr Glasperlenspiel als eine Kunst vor, zu der es vieler Phantasie bedarf, und wundere mich, daß ein so streng nüchterner Mann wie Bengel Sie so sehr anziehen konnte."

Auch Knecht lachte jetzt vergnügt. „Nun", sagte er, „wenn Sie sich an Bengels vieljährige Studien über die Offenbarung des Johannes und sein Auslegungssystem für die Prophezeiungen dieses Buches erinnern, so müssen Sie doch zugeben, daß unsrem Freunde auch der Gegenpol der Nüchternheit nicht ganz fremd war."

„Das stimmt", gab der Pater heiter zu. „Und wie erklären Sie sich solche Gegensätze?"

„Wenn Sie mir einen Scherz erlauben wollen, so würde ich sagen: was Bengel gefehlt hat und was er, ohne es zu wissen, sehnlich gesucht und begehrt hat, war das Glasperlenspiel. Ich rechne ihn nämlich zu den heimlichen Vorläufern und Ahnen unsres Spiels."

Vorsichtig und wieder ernst geworden, fragte Jakobus: „Ein wenig kühn, scheint mir, gerade Bengel für Ihre Ahnentafel zu annektieren. Und wie rechtfertigen Sie das?"

„Es war ein Spaß, aber ein Spaß, der sich verteidigen läßt. Noch in seinen jungen Jahren, ehe die große Bibelarbeit ihn beschäftigte, hat Bengel einmal seinen Freunden den Plan mitgeteilt, er hoffe in einem enzyklopädischen Werk alles Wissen seiner Zeit symmetrisch und synoptisch auf ein Zentrum hin zu ordnen und zusammenzufassen. Das ist nichts andres, als was das Glasperlenspiel auch tut."

„Es ist der enzyklopädische Gedanke, mit dem das ganze achtzehnte Jahrhundert gespielt hat", rief der Pater.

„Er ist es", meinte Josef, „aber Bengel hat nicht bloß ein Nebeneinander der Wissens- und Forschungsgebiete angestrebt, sondern ein Ineinander, eine organische Ordnung, er war unterwegs auf der Suche nach dem Generalnenner. Und das ist einer der elementaren Gedanken des Glasperlenspiels. Und ich möchte noch mehr behaupten, nämlich: Wäre Bengel im Besitz eines ähnliches Systems gewesen, wie unser Spiel eines ist, so wäre ihm wahrscheinlich der große Irrweg mit seiner Umrechnung der prophetischen Zahlen und seiner Verkündigung des Antichrist und des Tausendjährigen Reiches erspart geblieben. Bengel fand für die verschiedenen Begabungen, die er in sich vereinigte, die ersehnte Richtung auf ein gemeinsames Ziel nicht ganz, und so ergab seine mathematische Begabung, in der Zusammenarbeit mit seinem Philologenscharfsinn, jene wunderlich aus Akribie und Phantastik gemischte ‚Zeiten-Ordnung', die ihn so manche Jahre beschäftigt hat."

„Es ist schon gut", meinte Jakobus, „daß Sie nicht Historiker sind, Sie neigen wirklich zum Phantasieren. Aber ich verstehe, wie Sie es meinen; Pedant bin ich nur in meiner Fachwissenschaft."

Es wurde ein ergiebiges Gespräch, ein Sich-Erkennen der beiden, eine Art von Befreundung daraus. Dem Gelehrten schien es mehr als Zufall, oder mindestens doch ein recht besonderer Zufall, daß sie beide, er aus seiner benediktinischen, der Junge aus seiner kastalischen Gebundenheit her, diesen Fund getan und diesen armen württembergischen Klosterpräzeptor entdeckt hatten, diesen ebenso herzenszarten wie felsenfesten, ebenso versponnenen wie nüchternen Mann; es mußte etwas da sein, was sie beide verband, auf die derselbe unscheinbare Magnet so stark gewirkt hatte. Und von jenem Abend an, der mit der Sonate von Purcell begonnen hatte, war in der Tat das Etwas und die Verbundenheit da. Jakobus genoß den Austausch mit einem so geschulten und noch so bildsamen jungen Geist, dies Vergnügen ward ihm nicht allzuoft, und für Knecht wurde der Umgang mit dem Historiker und die Schulung durch ihn, welche nun begann, eine neue Stufe auf jenem Weg des Erwachens, als den er sein Leben betrachtete. Um es in wenigen Worten zu sagen: er lernte durch den Pater die Historie, lernte die Gesetzlichkeiten und Widersprüchlichkeiten des Geschichtsstudiums und der Geschichtsschreibung kennen und lernte in den folgenden Jahren darüber hinaus die Gegenwart und das eigene Leben als geschichtliche Wirklichkeit sehen.

Ihre Gespräche wuchsen oft zu richtigen Disputationen, Angriffen und Rechtfertigungen aus, im Anfang war es freilich mehr Pater Jakobus, der sich angriffslustig zeigte. Je mehr er den Geist seines jungen Freundes kennenlernte, desto mehr tat es ihm leid, diesen so Hohes versprechenden jungen Menschen ohne die Zucht einer religiösen Erziehung und in der Scheinzucht einer intellektuell-ästhetischen Geistigkeit aufgewachsen zu wissen. Was er etwa an Knechts Denkart zu tadeln fand, schrieb er auf Rechnung dieses „modernen“ kastalischen Geistes, seiner Wirklichkeitsferne, seiner Neigung zu spielerischer Abstraktion. Und wo Knecht ihn durch unverdorbene, seiner eigenen Denkart nahe verwandte Auffassungen und Äußerungen überraschte, triumphierte er darüber, daß seines jungen Freundes gute Natur der kastalischen Erziehung so kräftig Widerstand geleistet habe. Josef nahm die Kritik an Kastalien sehr ruhig auf, und wo der alte Herr in seiner Leidenschaftlichkeit ihm zu weit zu gehen schien, wies er seine Angriffe kühl zurück. Übrigens waren unter den herabsetzenden Äußerungen des Paters über Kastalien auch solche, denen Josef zum Teil recht geben mußte, und in einem Punkt lernte er während seiner Mariafelser Zeit gewaltig um. Es handelte sich um das Verhältnis des kastalischen Geistes zur Weltgeschichte, um das, was der Pater „den völligen Mangel an geschichtlichem Sinn“ nannte. „Ihr Mathematiker und Glasperlenspieler“, konnte er sagen, „habet euch eine Weltgeschichte zurechtdestilliert, die bloß noch aus Geistes- und Kunstgeschichte besteht, eure Geschichte ist ohne Blut und Wirklichkeit; ihr wisset genau Bescheid über den Verfall des lateinischen Satzbaues im zweiten oder dritten Jahrhundert und habet von Alexander oder von Cäsar oder von Jesus Christus keine Ahnung. Ihr behandelt die Weltgeschichte wie ein Mathematiker die Mathematik, wo es nur Gesetze und Formeln gibt, aber keine Wirklichkeit, kein Gut und Böse, keine Zeit, kein Gestern, kein Morgen, nur eine ewige, flache, mathematische Gegenwart.“

„Aber wie soll man Geschichte treiben, ohne Ordnung in sie zu bringen?“ fragte Knecht.

„Gewiß soll man Ordnung in die Geschichte bringen“, wetterte Jakobus. „Jede Wissenschaft ist, unter andrem, ein Ordnen, ein Vereinfachen, ein Verdaulichmachen des Unverdaulichen für den Geist. Wir glauben in der Geschichte einige Gesetze erkannt zu haben und versuchen, auf sie beim Erkennen der geschichtlichen Wahrheit Rücksicht zu nehmen. So etwa, wie wenn ein Anatom beim Zerlegen eines Körpers sich nicht vor lauter ganz und gar überraschende Funde gestellt sieht, sondern durch das Vorfinden einer Organe-, Muskel-, Bänder- und Knochenwelt unter der Epidermis ein Schema bestätigt findet, das er in sich selber mitbrachte. Wenn der Anatom aber nur noch sein Schema sieht und die einmalige, individuelle Wirklichkeit seines Objekts darüber vernachlässigt, dann ist er ein Kastalier, ein Glasperlenspieler, er treibt Mathematik am ungeeignetsten Objekt. Wer Geschichte betrachtet, soll meinetwegen den rührendsten Kinderglauben an die ordnende Macht unsres Geistes und unsrer Methoden mitbringen, aber außerdem und trotzdem soll er Respekt haben vor der unbegreiflichen Wahrheit, Wirklichkeit, Einmaligkeit des Geschehens. Geschichte treiben, mein Lieber, ist kein Spaß und kein verantwortungsloses Spiel. Geschichte treiben setzt das Wissen darum voraus, daß man damit etwas Unmögliches und dennoch Notwendiges und höchst Wichtiges anstrebt. Geschichte treiben heißt: sich dem Chaos überlassen und dennoch den Glauben an die Ordnung und den Sinn bewahren. Es ist eine sehr ernste Aufgabe, junger Mann, und vielleicht eine tragische."

Unter den Worten des Paters, die Knecht seinen Freunden damals brieflich mitteilte, sei noch eines als charakteristisch aufgenommen.

„Die großen Männer sind für die Jugend die Rosinen im Kuchen der Weltgeschichte, sie gehören auch zu deren eigentlicher Substanz, gewiß, und es ist gar nicht so einfach und leicht, wie man meinen sollte, die wirklich Großen von den Scheingroßen zu unterscheiden. Bei den Scheingroßen ist es der historische Augenblick und dessen Erraten und Anpacken, was den Schein der Größe gibt; es fehlt ja auch nicht an Historikern und Biographen, geschweige denn Journalisten, denen dies Erraten und Erfassen eines geschichtlichen Augenblicks, will sagen: der momentane Erfolg, schon als ein Kennzeichen der Größe erscheint. Der Korporal, der von heut auf morgen Diktator wird, oder die Kurtisane, die es für eine Weile dazu bringt, über die gute oder böse Laune eines Weltherrschers zu regieren, sind Lieblingsfiguren solcher Historiker. Und ideal gesinnte Jünglinge lieben, umgekehrt, am meisten die tragisch Erfolglosen, die Märtyrer, die um einen Augenblick zu früh oder zu spät Gekommenen. Für mich, der ich ja freilich vor allem ein Historiker unseres benediktinischen Ordens bin, sind das Anziehendste, Erstaunlichste und Studierenswerteste in der Weltgeschichte nicht die Personen und nicht die Coups und Erfolge der Untergänge, sondern meine Liebe und unersättliche Neugierde gilt solchen Erscheinungen, wie unsre Kongregation eine ist, jenen sehr langlebigen Organisationen, in welchen der Versuch gemacht wird, vom Geist und der Seele her Menschen zu sammeln, zu erziehen und umzuformen, sie durch Erziehen, nicht durch Eugenik, durch den Geist, nicht durchs Blut zu einem Adel zu machen, der zum Dienen wie zum Herrschen befähigt ist. Mich hat in der Geschichte der Griechen nicht der Sternhimmel von Heroen und nicht das aufdringliche Geschrei der Agora gefesselt, sondern Versuche wie die der Pythagoreer oder der Platonischen Akademie, bei den Chinesen keine andre Erscheinung so sehr wie die Langlebigkeit des konfuzianischen Systems, und in unserer abendländischen Geschichte ist es vor allem die christliche Kirche und sind es die ihr dienenden und eingebauten Orden, die mir als geschichtliche Werte ersten Ranges erscheinen. Daß ein Abenteurer einmal Glück hat und ein Reich erobert oder begründet, das dann zwanzig oder fünfzig oder sogar einmal hundert Jahre dauert, oder daß ein wohlmeinender Idealist von König oder Kaiser einmal eine redlichere Art von Politik anstrebt oder einen kulturellen Wunschtraum zu verwirklichen sucht, daß einmal unter hohem Druck ein Volk oder eine andre Gemeinschaft Unerhörtes zu leisten und zu dulden fähig war, das alles ist mir längst nicht so interessant, als daß immer wieder der Versuch zu solchen Gebilden gemacht wurde, wie unser Orden eines ist, und daß einige dieser Versuche sich tausend und zweitausend Jahre erhalten konnten. Von der heiligen Kirche selbst will ich nicht reden, sie steht für uns Gläubige oberhalb der Diskussion. Aber daß Kongregationen wie die der Benediktiner, der Dominikaner, später der Jesuiten und so weiter manche Jahrhunderte alt geworden sind und nach all den Jahrhunderten noch, trotz allen Entwicklungen, Entartungen, Anpassungen und Vergewaltigungen, ihr Gesicht und ihre Stimme, ihre Gebärde, ihre individuelle Seele bewahrt haben, das ist für mich das merkwürdigste und ehrwürdigste Phänomen der Geschichte."

Knecht bewunderte den Pater auch noch in seinen zornigen Ungerechtigkeiten. Dabei hatte er damals noch keine Ahnung davon, wer Pater Jakobus wirklich war, er sah in ihm lediglich einen profunden und genialen Gelehrten und wußte noch nicht, daß er außerdem ein Mann war, der selber mit Bewußtsein in der Weltgeschichte stand und sie mitgestalten half, der führende Politiker seiner Kongregation und der von vielen Seiten um Auskunft, Rat, Vermittlung angegangene Kenner der politischen Geschichte und politischen Gegenwart. Etwa zwei Jahre, bis zu seinem ersten Urlaub, verkehrte Knecht mit dem Pater lediglich als mit einem Gelehrten und kannte von dessen Leben, Tätigkeit, Ruf und Einfluß bloß die eine, ihm zugekehrte Seite. Dieser gelehrte Herr verstand zu schweigen, auch noch in der Freundschaft, und seine Brüder im Kloster verstanden es ebenfalls besser, als Josef ihnen zugetraut hätte.

Nach etwa zwei Jahren hatte Knecht sich im Kloster so vollkommen eingelebt, als ein Gast und Außenseiter das irgend konnte. Er war je und je dem Organisten dabei behilflich gewesen, in seinem kleinen Motettenchor eine uralt ehrwürdige, große Tradition in dünnem Faden bescheiden weiterzuführen. Er hatte einige Funde im klösterlichen Musikarchiv getan und einige Abschriften alter Werke nach Waldzell und namentlich nach Monteport geschickt. Er hatte eine kleine Anfängerklasse von Glasperlenspielern herangezogen, zu welcher jetzt auch als eifrigster Schüler jener junge Anton gehörte. Er hatte dem Abt Gervasius zwar nicht das Chinesische, doch aber das Manipulieren mit den Schafgarbenstengeln und eine bessere Methode des Meditierens über die Sprüche des Orakelbuches beigebracht; der Abt hatte sich sehr an ihn gewöhnt und hatte längst auch seine anfänglichen Versuche, den Gast gelegentlich zum Weintrinken zu verführen, aufgegeben. Die Berichte, in denen er halbjährlich auf die offizielle Anfrage des Glasperlenspielmeisters Antwort gab, wie man in Mariafels mit Josef Knecht zufrieden sei, waren Lobpreisungen. In Kastalien wurden genauer als diese Berichte die Lektions- und Zeugnislisten über Knechts Spielkursus geprüft; man fand das Niveau bescheiden, war aber mit der Art zufrieden, wie der Lehrer sich diesem Niveau und überhaupt der Sitte und dem Geist des Klosters anzupassen wußte. Am meisten zufrieden und wahrhaft überrascht aber war man in der kastalischen Behörde, ohne dies freilich den Beauftragten mer-

ken zu lassen, über den häufigen, vertraulichen, ja schließlich geradezu freundschaftlichen Umgang Knechts mit dem berühmten Pater Jakobus.
Dieser Umgang hat allerlei Früchte getragen, über die uns ein der Erzählung etwas vorgreifendes Wort erlaubt sei, oder doch über diejenige Frucht, welche Knecht die liebste war. Sie reifte langsam, langsam, sie wuchs so abwartend und mißtrauisch heran wie die Samen von Bäumen des Hochgebirges, die man unten im üppigen Tiefland gesät hat: diese Samen, einem fetten Boden und gütigen Klima übergeben, tragen als Erbschaft das Zurückhalten und Mißtrauen in sich, mit dem ihre Väter aufgewachsen sind, das langsame Tempo des Wachsens gehört zu ihren erblichen Eigenschaften. So ließ der kluge Alte, daran gewöhnt, jede Möglichkeit eines Einflusses auf ihn mißtrauisch zu kontrollieren, all das nur zögernd und schrittweise in sich Wurzel fassen, was der junge Freund, der Kollege vom Gegenpol, ihm an kastalischem Geist zubrachte. Allmählich indessen keimte es doch, und von allem Guten, was Knecht in seinen Klosterjahren erlebt hat, war das Beste und ihm Kostbarste dieses knappe, aus hoffnungslos scheinenden Anfängen zögernd heranwachsende Vertrauen und Sichöffnen des erfahrenen Alten, sein langsam keimendes, noch langsamer zugestandenes Verständnis für seines jüngeren Bewunderers Person nicht nur, sondern auch für das, was an ihm von spezifisch kastalischer Prägung war. Schritt für Schritt führte der Junge, scheinbar beinahe nur Schüler, Zuhörender und Lernender, den Pater, der zu Anfang die Worte „kastalisch" oder „Glasperlenspieler" nur mit ironischer Betonung, ja ausgesprochen als Schimpfworte benutzt hatte, zur Anerkennung, zum duldenden erst und schließlich auch zum achtungsvollen Geltenlassen auch dieser Geistesart, auch dieses Ordens, auch dieses Versuches zu einer geistigen Adelsbildung. Der Pater hörte auf, die Jugend des Ordens zu bemäkeln, der mit seinen kaum mehr als zwei Jahrhunderten freilich dem benediktinischen um anderthalb Jahrtausende nachstand, er hörte auf, im Glasperlenspiel nur ein ästhetisches Dandytum zu sehen, und hörte auf, für die Zukunft so etwas wie eine Befreundung und Verbündung der beiden so ungleich alten Orden als unmöglich abzulehnen. Daß die Behörden in dieser teilweisen

Gewinnung des Paters, welche Josef als ein persönliches und privates Glück ansah, den Gipfel seiner Mariafelser Sendung und Leistung sahen, davon ahnte er noch eine ganze Weile nichts. Je und je besann er sich ergebnislos darüber, wie es nun eigentlich mit seinem Auftrag im Kloster stehe, ob er eigentlich hier etwas leiste und nütze, ob seine Sendung an diesen Ort, welche anfänglich eine Beförderung und Auszeichnung zu sein schien und von den Mitstrebenden beneidet wurde, nicht auf die Dauer eher einen ruhmlosen Ruheposten, ein Abgeschobensein auf ein totes Geleise bedeute. Lernen konnte man ja überall etwas, warum also nicht auch hier? Aber im Sinn Kastaliens war dies Kloster hier, einzig den Pater Jakobus ausgenommen, kein Garten und Vorbild der Gelehrsamkeit, und ob er im Glasperlenspiel durch die Isolierung zwischen lauter meist genügsamen Dilettanten nicht schon einzurosten beginne und Rückschritte mache, wußte er auch nicht recht festzustellen. Es half ihm jedoch bei dieser Unsicherheit sein Mangel an Strebertum sowohl wie sein schon damals ziemlich weit gediehener amor fati. Ihm war, alles in allem, sein Leben als Gast und kleiner Fachlehrer in dieser altbehäbigen Klosterwelt eher angenehmer, als es die letzte Waldzeller Zeit im Kreis der Ehrgeizigen gewesen war, und sollte das Schicksal ihn etwa für immer auf diesem kleinen kolonialen Posten belassen wollen, so würde er zwar einiges an seinem Leben hier zu ändern suchen, zum Beispiel einen seiner Freunde hierher zu manövrieren suchen oder zumindest sich jährlich einen längern Urlaub nach Kastalien erbitten, im übrigen aber damit zufrieden sein.
Der Leser dieser biographischen Skizze wartet vielleicht auf Bericht über eine andere Seite von Knechts Klostererlebnis, über die religiöse. Wir wagen darüber nur behutsame Andeutungen. Daß Knecht in Mariafels eine innigere Begegnung mit der Religion, einem täglich praktizierten Christentum, gehabt habe, ist nicht nur wahrscheinlich, es geht auch aus mancher seiner späteren Äußerungen und Haltungen sogar deutlich hervor; doch müssen wir die Frage, ob und wieweit er dort etwa zum Christen geworden sei, unbeantwortet lassen, diese Bezirke sind unsrer Forschung nicht zugänglich. Er hatte über den in Kastalien gepflegten Respekt vor den Religionen hinaus eine gewisse Art der Ehr-

furcht in sich, die wir wohl fromm nennen dürfen, und er war über die christliche Lehre und ihre klassischen Formen schon in den Schulen, und speziell beim Studium der kirchlichen Musik, recht gut unterrichtet worden, vor allem waren ihm das Sakrament der Messe und der Ritus des Hochamtes gut bekannt. Bei den Benediktinern hatte er nun, nicht ohne Erstaunen und Ehrfurcht, eine ihm bisher theoretisch und historisch bekannte Religion als eine noch lebende kennengelernt, er nahm an vielen Gottesdiensten teil, und seit er sich mit einigen der Schriften von Pater Jakobus vertraut gemacht und dessen Gespräche auf sich hatte wirken lassen, war ihm vollends das Phänomen dieses Christentums sichtbar geworden, das in den Jahrhunderten so viele Male unmodern und überholt, antiquiert und erstarrt geworden war und sich doch immer wieder auf seine Quellen besonnen und an ihnen erneuert hatte, das Moderne und Siegreiche von gestern wieder hinter sich zurücklassend. Er wehrte sich auch nicht ernstlich gegen den ihm in jenen Unterhaltungen je und je nahegelegten Gedanken, daß möglicherweise auch die kastalische Kultur nur eine verweltlichte und vergängliche Neben- und Spätform der christlich-abendländischen Kultur sei und von ihr einst wieder würde aufgesogen und zurückgenommen werden. Mochte dem so sein, sagte er einst dem Pater, so war doch ihm nun einmal sein Platz und sein Dienst innerhalb der kastalischen, nicht etwa der benediktinischen Ordnung angewiesen, hier hatte er mitzuarbeiten und sich zu bewähren, unbekümmert darum, ob die Ordnung, deren Glied er sei, Anspruch auf ewige oder auch nur lange Dauer habe; eine Konversion hätte er nur als eine nicht ganz würdige Form von Flucht betrachten können. So hatte auch jener verehrte Johann Albrecht Bengel zu seiner Zeit einer kleinen und vergänglichen Kirche gedient, ohne dabei etwas vom Dienst am Ewigen zu versäumen. Frömmigkeit, das heißt gläubiger Dienst und Treue bis zur Hingabe des Lebens, sei in jedem Bekenntnis und auf jeder Stufe möglich, und für die Aufrichtigkeit und den Wert jeder persönlichen Frömmigkeit sei dieser Dienst und diese Treue die einzige gültige Probe.

Als Knechts Aufenthalt bei den Patres etwa zwei Jahre gedauert hatte, erschien im Kloster einst ein Gast, der mit großer Sorgfalt von ihm entfernt gehalten wurde, sogar eine flüchtige Vorstellung wurde vermieden. Dadurch neugierig geworden, beobachtete er den Fremden, der übrigens nur einige Tage blieb, und kam auf allerlei Vermutungen. Das geistliche Kleid, das der Fremde trug, glaubte er als Verkleidung zu erkennen. Mit dem Abt und namentlich mit Pater Jakobus hatte der Unbekannte lange Sitzungen bei geschlossenen Türen, häufig empfing er Eilbotschaften und sandte solche weg. Knecht, der ja von den politischen Beziehungen und Traditionen des Klosters wenigstens gerüchtweise wußte, vermutete, der Gast sei ein hoher Staatsmann in geheimer Mission, oder ein inkognito reisender Fürst; und indem er seinen Beobachtungen nachsann, erinnerte er sich aus den vergangenen Monaten noch des einen und andern Gastes, der ihm jetzt im Nachhinein ebenfalls geheimnis- oder bedeutungsvoll erscheinen wollte. Dabei fiel ihm der Vorstand der „Polizei“ ein, der freundliche Herr Dubois, und dessen Bitte, je und je ein Auge gerade auf solche Vorgänge im Kloster zu haben, und wenn er auch zu solchen Berichten noch immer keinerlei Lust noch Beruf spürte, schlug ihm doch das Gewissen darüber, daß er dem wohlwollenden Manne seit langem nicht geschrieben und ihn vermutlich recht eigentlich enttäuscht habe. Er schrieb ihm einen langen Brief, suchte sein Schweigen zu erklären und erzählte, um dem Brief doch einige Substanz zu geben, ein wenig von seinem Verkehr mit Pater Jakobus. Er ahnte nicht, wie sorgfältig und von wem alles sein Brief würde gelesen werden.

Die Mission

Knechts erster Aufenthalt im Kloster dauerte zwei Jahre; um die Zeit, von der hier die Rede ist, stand er im siebenunddreißigsten Lebensjahr. Am Ende dieses Gastaufenthaltes im Stift Mariafels, etwa zwei Monate nach dem Datum seines langen Briefes an den Vorstand Dubois, wurde er eines Morgens in das Sprechzimmer des Abtes gerufen. Er dachte, der leutselige Herr werde sich ein wenig über Chinesisches zu unterhalten Lust haben, und machte ungesäumt seine Aufwartung. Gervasius kam ihm mit einem Brief in der Hand entgegen. „Man beehrt mich mit einem Auftrag an Sie, Hochgeschätzter“, rief er in seiner behäbig gönnerhaften Art vergnügt und verfiel auch alsbald in den ironischen Neckton, wie er sich als Ausdruck des noch nicht ganz geklärten Freundschaftsverhältnisses zwischen dem geistlichen und dem kastalischen Orden herausgebildet hatte und der eigentlich eine Schöpfung des Paters Jakobus war. „Übrigens alle Achtung vor Ihrem Magister Ludi! Der kann Briefe schreiben! Mir hat er lateinisch geschrieben, der Herr, Gott weiß, warum; bei euch Kastaliern weiß man ja, wenn ihr irgend etwas tut, niemals, ob ihr damit eine Höflichkeit oder eine Verspottung, eine Ehrung oder eine Belehrung beabsichtigt. Also mir hat dieser ehrwürdige Dominus lateinisch geschrieben, und zwar ein Latein, wie es zur Zeit in unsrem ganzen Orden niemand zustande brächte, höchstens den Pater Jakobus ausgenommen. Es ist ein Latein wie aus der unmittelbaren Schule Ciceros und doch mit einem wohlerwogenen kleinen Schuß Kirchenlatein parfümiert, von dem man natürlich auch wieder nicht weiß, ob er naiv als ein Köder für uns Pfaffen, oder ironisch gemeint, oder einfach nur aus einem unbezähmbaren Trieb zum Spielen, Stilisieren und Dekorieren entstanden ist. Also der Verehrungswürdige schreibt mir: man halte es dortseits für wünschenswert, Sie einmal wieder zu sehen und zu umarmen, auch festzustellen, inwieweit etwa der lange Aufenthalt unter uns Halbbarbaren moralisch und stilistisch korrumpierend auf Sie gewirkt habe. Kurz, sofern ich das umfangreiche literarische Kunstwerk richtig verstanden und gedeutet habe, wird Ihnen ein Urlaub bewilligt, und ich werde ersucht, meinen Gast für eine nicht befristete Weile nach Waldzell heimzusenden, nicht für immer jedoch, sondern es liege Ihre baldige Wiederkehr, sofern sie uns angenehm scheine, durchaus in der Absicht der dortigen Behörde. Nun, entschuldigen Sie, ich vermochte längst nicht alle Finessen des Schreibens würdig zu interpretieren, Magister Thomas hat das wohl auch gar nicht von mir erwartet. Das Briefchen hier soll ich Ihnen übergeben, und nun gehen Sie, und überlegen Sie sich, ob und wann Sie reisen wollen. Wir werden Sie vermissen, mein Lieber, und werden, falls Sie gar zu lange ausbleiben sollten, nicht verfehlen, Sie wieder bei Ihrer Behörde zu reklamieren.“

In dem Briefe, den er Knecht übergeben hatte, wurde diesem von der Behörde kurz mitgeteilt, es sei ihm zur Erholung sowohl wie zur Aussprache mit den Oberen ein Urlaub gewährt, und man erwarte ihn nächstens in Waldzell. Auf die Vollendung des laufenden Spielkurses für Anfänger möge er, falls nicht der Abt es ausdrücklich wünsche, keine Rücksicht nehmen. Der Alt-Musikmeister lasse ihn grüßen. Beim Lesen dieser Zeile stutzte Josef und wurde nachdenklich: wie kam der Verfasser des Briefes, der Magister Ludi, dazu, mit diesem Gruß beauftragt zu werden, der ohnehin in das amtliche Schreiben nicht recht passen wollte? Es mußte eine Konferenz der Gesamtbehörde, unter Beiziehung auch der Alt-Meister, stattgefunden haben. Nun, ihn gingen die Sitzungen und Entschlüsse der Erziehungsbehörde nichts an; aber wunderlich berührte ihn dieser Gruß, merkwürdig kollegial klang er ihm. Einerlei, welcher Frage jene Konferenz mochte gegolten haben, der Gruß bewies, daß die Obersten bei diesem Anlaß auch von Josef Knecht gesprochen hatten. Stand ihm Neues bevor? Sollte er abberufen werden? Und würde das eine Beförderung oder ein Rückschritt sein? Aber der Brief sprach nur von Urlaub. Ja, auf diesen Urlaub freute er sich aufrichtig, am liebsten wäre er schon morgen gereist. Aber mindestens mußte er sich doch von seinen Schülern verabschieden und ihnen Weisungen zurücklassen. Anton würde sehr betrübt sein über seine Abreise. Und einigen von den Patres war er auch einen persönlichen Abschiedsbesuch schuldig. Nun dachte er an Jakobus, und beinahe zu seiner Verwunderung spürte er einen zarten Schmerz im Innern, eine Bewegung, die ihm sagte, daß er mit seinem Herzen mehr an diesem Mariafels hange, als er gewußt hatte. Es fehlte ihm hier vieles, woran er gewöhnt und was ihm teuer war, und im Laufe der zwei Jahre war Kastalien in seiner Vorstellung durch die Entfernung und Entbehrung noch immer schöner geworden; in diesem Augenblick aber erkannte er deutlich: was er an Pater Jakobus besaß, war unersetzlich und würde ihm in Kastalien fehlen. Damit wurde ihm auch klarer als bisher bewußt, was er hier erlebt und gelernt habe, und es überkam ihn eine Freude und Zuversicht im Gedanken an die Reise nach Waldzell, das Wiedersehen, das Glasperlenspiel, die Ferien, und die

Freude wäre geringer gewesen ohne die Gewißheit der Rückkehr.
In plötzlichem Entschluß suchte er den Pater auf, erzählte ihm von seiner Abberufung in einen Urlaub, und wie es ihn selbst überrascht habe, hinter seiner Freude auf die Heimkehr und das Wiedersehen auch schon wieder eine Freude auf die Rückkehr vorzufinden, und da diese Freude vor allem ihm, dem verehrten Pater, gelte, habe er sich ein Herz gefaßt und wage es, ihm eine große Bitte vorzutragen, er möge ihn nämlich nach seiner Wiederkehr ein wenig in die Schule nehmen, wenn auch nur für eine Stunde oder zwei in der Woche. Jakobus lachte abwehrend und formulierte wieder einmal die schönsten spöttischen Komplimente auf die unübertrefflich vielseitige kastalische Bildung, vor welcher ein simpler Klosterbruder wie er nur in stummer Bewunderung verharren und vor Erstaunen den Kopf schütteln könne; aber Josef hatte schon gemerkt, daß die Abwehr nicht ernst gemeint sei, und als er die Hand zum Abschied gab, sagte der Pater ihm freundlich, daß er sich seiner Bitte wegen keine Sorge machen möge, er werde gern das ihm irgend mögliche tun, und nahm den herzlichsten Abschied von ihm.
Freudig zog er nun heimwärts in die Ferien, im Herzen dessen gewiß, daß seine Klosterzeit nicht nutzlos gewesen sei. Bei der Abreise kam er sich wie ein Knabe vor, um freilich bald zu merken, daß er kein Knabe und auch kein Jüngling mehr sei; er merkte es an einem Gefühl von Beschämung und innerem Widerstand, das sich in ihm einstellte, sobald er mit irgendeiner Gebärde, einem Ruf, einer kleinen Kinderei auf die Stimmung von Losgebundenheit und ferienhaftem Schulknabenglück antworten wollte. Nein, was einst selbstverständlich und erlösend gewesen wäre, ein Jubelschrei zu den Vögeln im Baum hinauf, ein laut angestimmtes Marschlied, ein schwebend rhythmisches Dahintanzen – es ging nicht mehr, es wäre steif und gespielt herausgekommen, es wäre dumm und kindisch gewesen. Er spürte, daß er ein Mann sei, jung im Gefühl und jung an Kraft, aber in der Hingabe an den Augenblick und die Stimmung nicht mehr geübt, nicht mehr frei, wach gehalten, angebunden und verpflichtet – wodurch? Durch ein Amt? Durch die Aufgabe, bei den Klosterleuten sein Land und

seinen Orden zu vertreten? Nein, es war der Orden selbst, es war die Hierarchie, in die er sich bei dieser plötzlichen Selbstbetrachtung unbegreiflich hineingewachsen und eingebaut fand, es war die Verantwortung, das Umfangensein vom Allgemeinen und Höheren, das manchen Jungen alt und manchen Alten jung konnte erscheinen lassen, das einen festhielt, das einen stützte und zugleich der Freiheit beraubte wie der Pfahl, an den ein junger Baum gebunden wird, das einem die Unschuld nahm, während es doch gerade eine immer klarere Reinheit von einem forderte.
In Monteport begrüßte er den Alt-Musikmeister, welcher selber einst in jungen Jahren Gast von Mariafels gewesen und dort die benediktinische Musik studiert hatte und der ihn nun nach vielem ausfragte. Er fand den alten Herrn zwar etwas leiser und abgewandter, aber an Aussehen kräftiger und heiterer als beim letztenmal, die Müdigkeit war aus seinem Gesicht gewichen, er war nicht jünger, aber hübscher und feiner geworden, seit er sein Amt niedergelegt hatte. Es fiel Knecht auf, daß er ihn wohl nach der Orgel, den Notenschränken und dem Chorgesang in Mariafels fragte, auch vom Baum im Kreuzgarten wissen wollte, ob er noch stehe, nach seiner dortigen Tätigkeit aber, nach dem Glasperlenspielkurs, nach dem Zweck seines Urlaubs ohne alle Neugierde schien. Immerhin gab ihm der Alte vor seiner Weiterreise ein Wort mit, das ihm wertvoll war. „Ich habe vernommen", sagte er in einem wie spaßenden Ton, „du seiest so etwas wie ein Diplomat geworden. Eigentlich kein schöner Beruf, aber es scheint, man sei mit dir zufrieden. Denke du darüber, wie du magst! Falls es aber nicht dein Ehrgeiz sein sollte, in diesem Beruf für immer zu bleiben, dann sieh dich vor, Josef; ich glaube, man will dich einfangen. Wehre dich, du hast das Recht dazu. – Nein, frage nicht, ich sage kein Wort weiter. Du wirst ja sehen."
Trotz dieser Warnung, die er als Stachel in sich trug, empfand er bei seiner Ankunft in Waldzell eine Heimat- und Wiedersehensfreude wie noch nie; ihm wollte scheinen, dies Waldzell sei nicht nur seine Heimat und der schönste Ort der Welt, sondern es sei auch inzwischen noch hübscher und interessanter geworden, oder als habe er neue Augen und ein gesteigertes Sehvermögen mitgebracht. Und dies galt nicht nur den Toren, Türmen, den Bäumen und

dem Fluß, den Höfen und Sälen, den Gestalten und altbekannten Gesichtern, er empfand auch während seines Urlaubs für den Geist Waldzells, für den Orden und das Glasperlenspiel jene gesteigerte Aufnahmefähigkeit, jenes gewachsene und dankbare Verständnis des Heimgekehrten, des Gereisten, des reifer und klüger Gewordenen. „Mir ist", sagte er zu seinem Freund Tegularius am Schlusse eines lebhaften Lobgesangs auf Waldzell und Kastalien, „mir ist, als habe ich alle die Jahre hier im Schlafe hingebracht, glücklich zwar, aber wie ohne Bewußtsein, und als sei ich jetzt erwacht und sähe alles scharf und klar, als Wirklichkeit bestätigt. Daß zwei Jahre Fremde so die Augen schärfen können!" Er genoß seinen Urlaub wie ein Fest, namentlich die Spiele und Diskussionen mit den Kameraden, im Kreis der Elite des Vicus Lusorum, das Wiedersehen der Freunde, den Genius Loci von Waldzell. Aber allerdings kam diese Hochstimmung von Glück und Freude erst nach seinem ersten Empfang beim Glasperlenspielmeister zum Blühen, bis dahin war seiner Freude noch eine Bangigkeit beigemischt.
Der Magister Ludi stellte weniger Fragen, als Knecht erwartet hatte, kaum daß er den Anfänger-Spielkurs und Josefs Studien im Musikarchiv erwähnte, nur über den Pater Jakobus konnte er gar nicht genug zu hören bekommen, immer wieder kam er auf ihn zu sprechen, nichts war ihm zuviel, was Josef ihm von diesem Mann erzählte. Daß man mit ihm und seiner Mission bei den Benediktinern zufrieden, ja sogar sehr zufrieden sei, konnte er nicht nur aus der großen Freundlichkeit des Meisters schließen, sondern beinahe noch mehr aus dem Benehmen des Herrn Dubois, zu welchem der Magister ihn gleich weitergeschickt hatte. „Du hast deine Sache ausgezeichnet gemacht", sagte dieser und fügte mit leisem Lachen hinzu: „Ich hatte wirklich damals keinen guten Instinkt, als ich von deiner Sendung ins Kloster abriet. Daß du außer dem Abt auch noch den großen Pater Jakobus für dich eingenommen und für Kastalien günstiger gestimmt hast, ist viel, es ist mehr, als irgend jemand zu hoffen wagte." Zwei Tage später lud ihn der Glasperlenspielmeister zusammen mit Dubois und dem derzeitigen Leiter der Waldzeller Eliteschule, dem Nachfolger Zbindens, zum Essen ein, und bei der Gesprächsstunde nach dem Essen fand sich unversehens auch der neue Musikmei-

ster sowie der Archivar des Ordens ein, zwei weitere Mitglieder der obersten Behörde also, und der eine von ihnen nahm ihn noch mit sich ins Gästehaus zu einer langen Unterhaltung. Diese Einladung rückte Knecht zum erstenmal für alle sichtbar in den engsten Kreis der Kandidaten für hohe Ämter und richtete zwischen ihm und dem Durchschnitt der Spielerelite eine alsbald fühlbare Schranke auf, die der Wachgewordene empfindlich spürte. Man gab ihm im übrigen einen vorläufigen Urlaub von vier Wochen und die für Beamte gebräuchliche Ausweiskarte für die Gästehäuser der Provinz. Obwohl man ihm keinerlei Verpflichtungen auferlegte, nicht einmal eine Meldepflicht, konnte er doch wohl merken, daß er von oben beobachtet werde, denn als er wirklich einige Besuche und Ausflüge unternahm, so nach Keuperheim, nach Hirsland und ins ostasiatische Studienhaus, erhielt er dort alsbald Einladungen der dortigen hohen Amtsstellen; er wurde in diesen paar Wochen tatsächlich mit der gesamten Ordensbehörde und mit der Mehrzahl der Magister und Studienleiter bekannt. Wären diese sehr offiziellen Einladungen und Bekanntschaften nicht gewesen, so hätten diese Ausflüge für Knecht eine Rückkehr in die Welt und Freiheit seiner Studienjahre bedeutet. Er schränkte sie ein, vor allem aus Rücksicht auf Tegularius, der jede Unterbrechung ihres Wiedersehens schwer empfand, aber auch des Glasperlenspieles wegen, denn ihm lag sehr daran, sich hier wieder an den neuesten Übungen und Problemstellungen zu beteiligen und zu bewähren, und hier tat ihm Tegularius unersetzliche Dienste. Sein andrer naher Freund, Ferromonte, gehörte dem Stab des neuen Musikmeisters an und war ihm in dieser Zeit nur zweimal erreichbar; er fand ihn arbeitsam und arbeitsglücklich, eine große musikgeschichtliche Aufgabe hatte sich ihm erschlossen, die griechische Musik und ihr Fortleben im Tanz und Volkslied der Balkanländer betreffend; voll Mitteilungslust erzählte er dem Freunde von seinen jüngsten Arbeiten und Funden; sie galten der Epoche des allmählichen Niederganges der barocken Musik etwa vom Ende des achtzehnten Jahrhunderts an und dem Eindringen neuer musikalischer Substanz von seiten der slawischen Volksmusik her.

Den Großteil dieser festlichen Ferienzeit aber brachte

Knecht in Waldzell und beim Glasperlenspiel zu, repetierte mit Fritz Tegularius dessen Notizen aus einem Privatissimum, das der Magister in den beiden letzten Semestern für die Fortgeschrittensten gehalten hatte, und lebte sich nach der zweijährigen Entbehrung wieder mit allen Kräften in die edle Spielwelt ein, deren Zauber ihm von seinem Leben so untrennbar und so unentbehrlich schien wie der der Musik.

Erst in den letzten Tagen des Urlaubs kam der Magister Ludi wieder auf Josefs Mariafelser Sendung und auf seine nächste Zukunft und Aufgabe zu sprechen. Im Plauderton zuerst, dann ernster und dringlicher werdend, erzählte er ihm von einem Plan der Behörde, an welchem der Mehrzahl der Magister sowie Herrn Dubois sehr viel gelegen sei, dem Plan nämlich, für die Zukunft eine ständige Vertretung Kastaliens beim Heiligen Stuhl in Rom einzurichten. Es sei, so führte Meister Thomas in seiner gewinnenden und formvollendeten Weise aus, der historische Augenblick gekommen oder doch nahe für eine Überbrückung der alten Kluft zwischen Rom und dem Orden, in etwaigen künftigen Gefahren würden sie ganz ohne Zweifel gemeinsame Feinde haben, würden Schicksalsgenossen und natürliche Verbündete sein, und auf die Dauer sei ja auch der bisherige Zustand unhaltbar und eigentlich unwürdig: nämlich daß die beiden Mächte in der Welt, deren geschichtliche Aufgabe die Erhaltung und Pflege des Geistes und des Friedens sei, so nebeneinander und einander beinahe fremd weiterlebten. Die Römische Kirche habe die Erschütterungen und Krisen der letzten großen Kriegsepoche trotz schwerer Verluste überstanden und sich durch sie erneuert und gereinigt, während die damaligen weltlichen Pflegestätten der Wissenschaft und Bildung mit in den Untergang der Kultur hineingeraten seien; erst auf ihren Trümmern seien der Orden und der kastalische Gedanke entstanden. Schon darum und schon ihres so ehrwürdigen Alters wegen sei der Kirche ein Vorrang einzuräumen, sie sei die ältere, vornehmere, in mehr und in größeren Stürmen bewährte Macht. Vorerst handle es sich darum, das Bewußtsein von der Verwandtschaft beider Mächte und ihrem Aufeinanderangewiesensein in allen etwa kommenden Krisen auch bei den Römischen zu wecken und zu pflegen.

(Hier dachte Knecht: „Oh, also nach Rom wollen sie mich schicken und womöglich für immer!“ und setzte sich, der Warnung des Alt-Musikmeisters eingedenk, innerlich alsbald in Bereitschaft zur Abwehr.)
Meister Thomas fuhr fort: Ein wichtiger Schritt in dieser von kastalischer Seite schon seit langem angestrebten Entwicklung sei durch Knechts Mariafelser Mission geschehen. Diese Mission, an sich nur ein Versuch, eine höfliche Gebärde und zu nichts verpflichtend, sei ohne Nebenabsichten auf Einladung des dortigen Partners hin unternommen worden, andernfalls hätte man selbstverständlich nicht einen politisch ahnungslosen Glasperlenspieler, sondern etwa einen jüngern Beamten aus dem Bereich von Herrn Dubois dafür verwendet. Es habe nun aber dieser Versuch, diese kleine harmlose Mission ein überraschend gutes Resultat ergeben, es sei durch sie ein führender Geist des heutigen Katholizismus, Pater Jakobus, mit dem Geist Kastaliens etwas näher bekannt geworden und habe von diesem Geist, den er bisher durchaus ablehnte, einen günstigeren Begriff bekommen. Man sei Josef Knecht dankbar für die Rolle, die er dabei gespielt habe. Hier nämlich liege der Sinn und der Erfolg seiner Mission, und von diesem Punkt aus müsse nicht nur der ganze Versuch einer Annäherung, sondern besonders auch Knechts Sendung und Arbeit weiter betrachtet und betrieben werden. Man habe ihm einen Urlaub gewährt, der auch noch etwas verlängert werden könne, falls er dies wünsche, man habe sich mit ihm ausgesprochen und ihn mit den meisten Mitgliedern der obersten Behörden bekannt gemacht, die Oberen hätten ihr Vertrauen zu Knecht ausgesprochen und hätten nun ihn, den Glasperlenspielmeister, beauftragt, Knecht mit einem besonderen Geschäft und erweiterten Kompetenzen nach Mariafels zurückzusenden, wo er ja glücklicherweise eines freundlichen Empfanges sicher sei.
Er machte eine Pause, wie um seinem Zuhörer Zeit zu einer Frage zu lassen, aber dieser gab nur durch eine höfliche Gebärde der Ergebenheit zu verstehen, daß er aufmerke und seines Auftrags gewärtig sei.
„Der Auftrag, den ich dir zu übergeben habe“, sagte nun der Magister, „ist also dieser: Wir planen, für früher oder später, die Einrichtung einer ständigen Vertretung unsres

Ordens beim Vatikan, womöglich auf Gegenseitigkeit. Wir sind, als die Jüngeren, Rom gegenüber zu einer zwar nicht servilen, aber sehr ehrfurchtsvollen Haltung bereit, wir wollen gerne den zweiten Rang einnehmen und ihm den ersten lassen. Vielleicht – ich weiß das so wenig, wie Herr Dubois es weiß – würde der Papst unser Anerbieten schon heute annehmen; was wir aber unbedingt zu vermeiden haben, ist eine abschlägige Antwort von dort. Es gibt nun einen uns bekannten und erreichbaren Mann, dessen Stimme in Rom das allergrößte Gewicht hat, den Pater Jakobus. Und dein Auftrag ist, du sollst ins Benediktinerstift zurückkehren, sollst wie bisher dort leben, Studien treiben, einen harmlosen Glasperlenspielkurs abhalten und sollst all dein Augenmerk und deine Sorgfalt daran wenden, den Pater Jakobus langsam für uns zu gewinnen und dafür, daß er dir seine Befürwortung unsres Vorhabens in Rom zusagt. Diesmal ist das Endziel deiner Sendung also genau umgrenzt. Wie lange du brauchen wirst, um es zu erreichen, ist nebensächlich; wir denken, es werde mindestens noch ein Jahr dauern, aber es können auch zwei, auch mehrere Jahre sein. Du kennst ja das benediktinische Tempo und hast gelernt, dich ihm anzupassen. Wir dürfen unter keinen Umständen den Eindruck von Ungeduld und Gierigkeit machen, die Sache muß wie von selber spruchreif werden, nicht wahr? Ich hoffe dich mit dem Auftrag einverstanden und bitte um offene Aussprache jedes Einwandes, den du etwa zu machen hast. Wenn du es wünschest, stehen auch ein paar Tage Bedenkzeit zur Verfügung."
Knecht, den der Auftrag nach manchem vorangegangenen Gespräch nicht mehr überraschte, erklärte die Bedenkzeit für überflüssig, nahm den Auftrag gehorsam an, setzte aber hinzu: „Ihr wisset, daß Missionen dieser Art am besten gelingen, wenn der Beauftragte dabei nicht eigene innere Widerstände und Hemmungen zu bekämpfen hat. Ich habe gegen den Auftrag selbst keine Widerstände, ich begreife seine Wichtigkeit und hoffe ihm gerecht werden zu können. Eine gewisse Furcht und Bedrückung aber empfinde ich meiner Zukunft wegen; seid so gütig, Magister, und höret mein ganz persönliches, egoistisches Anliegen und Geständnis an. Ich bin Glasperlenspieler, wie Ihr wisset, infolge meiner Sendung zu den Patres habe ich nun zwei

volle Jahre in meinen Studien versäumt, habe nichts hinzugelernt und meine Kunst vernachlässigt, nun kommt mindestens ein weiteres Jahr hinzu, wahrscheinlich mehr. Ich möchte in dieser Zeit nicht noch weiter zurückkommen. Darum bitte ich um öfteren kurzen Urlaub nach Waldzell und um ständigen Funkanschluß an die Vorträge und Spezialübungen eures Seminars für Fortgeschrittene."

„Gern bewilligt", rief der Meister und hatte schon etwas von Verabschiedung im Ton, da hob Knecht die Stimme und sagte auch das andere noch, nämlich, daß er befürchte, falls das Vorhaben mit Mariafels glücke, etwa nach Rom geschickt oder sonst weiter zu diplomatischen Diensten gebraucht zu werden. „Und diese Aussicht", schloß er, „würde auf mich und meine Bemühungen im Kloster niederdrükkend und hemmend wirken. Denn auf die Dauer in den diplomatischen Dienst abgeschoben zu werden wäre mir äußerst unerwünscht."

Der Magister zog die Brauen zusammen und hob rügend den Finger. „Du sprichst von Abgeschobenwerden, das Wort ist wirklich schlecht gewählt, niemand hat je an Abschieben gedacht, eher an Auszeichnung, an Beförderung. Ich bin nicht befugt, dir über die Art, wie man dich späterhin verwenden wird, Auskunft zu geben oder Versprechungen zu machen. Doch kann ich deine Bedenken zur Not verstehen, und vermutlich werde ich dir behilflich sein können, falls du wirklich mit deiner Furcht recht behalten solltest. Und nun höre: du hast eine gewisse Gabe, dich angenehm und beliebt zu machen, ein Übelwollender könnte dich beinahe einen Charmeur heißen; vermutlich hat ja auch diese Gabe die Behörde zu deiner zweimaligen Absendung ins Kloster veranlaßt. Aber mache nicht allzuvielen Gebrauch von deiner Gabe, Josef, und suche nicht den Preis deiner Leistungen in die Höhe zu treiben. Wenn es dir mit dem Pater Jakobus glückt, so wird das der rechte Augenblick für dich sein, eine persönliche Bitte an die Behörde zu richten. Heute scheint es mir zu früh. Laß es mich wissen, wenn du reisebereit bist."

Schweigend nahm Josef die Worte entgegen, sich mehr an das hinter ihnen versteckte Wohlwollen als an die Rüge haltend, und reiste bald darauf nach Mariafels zurück.

Dort empfand er die Sicherheit, welche ein genau umgrenz-

ter Auftrag gibt, sehr wohltätig. Überdies war dieser Auftrag wichtig und ehrenvoll, und in einer Hinsicht traf er mit den eigensten Wünschen des Beauftragten zusammen: soviel wie nur möglich sich an den Pater Jakobus anzuschließen und dessen volle Freundschaft zu erwerben. Daß seine neue Mission hier im Stift ernst genommen werde und er selbst im Range erhöht sei, bewies ihm überdies die etwas veränderte Haltung der Würdenträger des Klosters, namentlich des Abtes; sie war unvermindert freundlich, aber um einen spürbaren Grad respektvoller als vormals. Josef war nicht mehr der junge Gast ohne Rang, gegen den man seiner Herkunft wegen und aus Wohlwollen für seine Persönlichkeit artig ist, er wurde jetzt eher wie ein höherer kastalischer Beamter empfangen und behandelt, ein bevollmächtigter Gesandter etwa. Nicht mehr blind in diesen Dingen, zog er daraus seine Schlüsse.
Bei Pater Jakobus allerdings konnte er keine Änderung des Verhaltens entdecken: Die Freundschaftlichkeit und Freude, mit der ihn der Pater begrüßte und, ohne Knechts Bitte oder Mahnung abzuwarten, an die vereinbarte gemeinsame Arbeit erinnerte, rührte ihn tief. Sein Arbeitsplan und Tageslauf bekam nun ein wesentlich anderes Gesicht als vor dem Urlaub. Im Arbeitsplan und Pflichtenkreis nahm diesmal der Glasperlenspielkurs längst nicht mehr die erste Stelle ein, und von seinen musikarchivalischen Studien sowie der kollegialen Zusammenarbeit mit dem Organisten war überhaupt nicht mehr die Rede. Obenan stand jetzt der Unterricht bei Pater Jakobus, ein Unterricht in mehreren Fächern der Geschichtswissenschaft zugleich, denn der Pater führte seinen Vorzugsschüler nicht nur in die Vor- und Frühgeschichte des Benediktinerordens ein, sondern auch in die Quellenkunde des frühen Mittelalters, und las außerdem in einer gesonderten Stunde mit ihm einen der alten Chronisten im Urtext. Es gefiel dem Pater, daß Knecht ihn mit der Bitte bestürmte, auch den jungen Anton teilnehmen zu lassen, doch wurde es ihm nicht schwer, ihn davon zu überzeugen, daß auch der bestgewillte Dritte diese Art von privatestem Unterricht erheblich hemmen müßte, und so wurde Anton, der von Knechts Fürsprache nichts ahnte, nur zur Teilnahme an der Chronistenlektüre eingeladen und war darüber hoch beglückt. Ohne

Zweifel waren diese Stunden für den jungen Bruder, über dessen Leben wir des weiteren nicht unterrichtet sind, eine Auszeichnung, ein Genuß und Ansporn höchster Art; es waren zwei der reinsten Geister und originalsten Köpfe seiner Zeit, an deren Arbeit und deren Austausch er als Zuhörer und junger Rekrut ein wenig teilhaben durfte. Knechts Gegenleistung an den Pater bestand in einer fortlaufenden, jeweils auf die Lektionen in Epigraphik und Quellenkunde folgenden Einführung in die Geschichte und Struktur Kastaliens und der leitenden Ideen des Glasperlenspiels, wobei der Schüler zum Lehrer, der verehrte Lehrer zum aufmerksamen Zuhörer und oft recht schwer zu befriedigenden Fragensteller und Kritiker wurde. Sein Mißtrauen gegen die gesamte kastalische Mentalität blieb immer wach; da er eine eigentlich religiöse Haltung an ihr vermißte, zweifelte er an ihrer Fähigkeit und Würdigkeit zum Erziehen eines wirklich ernst zu nehmenden Menschentyps, obwohl ihm in Knechts Person ein so edles Ergebnis dieser Erziehung gegenüberstand. Auch als er längst, soweit dies eben möglich war, eine Art von Bekehrung durch Knechts Unterricht und Beispiel erfahren hatte und längst entschlossen war, die Annäherung Kastaliens an Rom zu befürworten, schlief dies Mißtrauen nie völlig ein, Knechts Aufzeichnungen sind voll von drastischen, jeweils im Moment notierten Beispielen, deren wir eins anführen:
Pater: „Ihr seid große Gelehrte und Ästhetiker, ihr Kastalier, ihr messet das Gewicht der Vokale in einem alten Gedicht und setzt seine Formel zu der einer Planetenbahn in Beziehung. Das ist entzückend, aber es ist ein Spiel. Ein Spiel ist ja auch euer höchstes Geheimnis und Symbol, das Glasperlenspiel. Ich will auch anerkennen, daß ihr den Versuch machet, dies hübsche Spiel zu so etwas wie einem Sakrament zu erheben, oder mindestens zu einem Mittel der Erbauung. Aber Sakramente entstehen nicht aus solchen Bemühungen, das Spiel bleibt Spiel."
Josef: „Sie meinen, Pater, es fehle uns das Fundament der Theologie?"
Pater: „Ach, von Theologie wollen wir gar nicht reden, davon seid ihr noch allzuweit entfernt. Es wäre euch schon mit einigen einfacheren Fundamenten gedient, mit einer Anthropologie zum Beispiel, einer wirklichen Lehre und

einem wirklichen Wissen vom Menschen. Ihr kennt ihn nicht, den Menschen, nicht seine Bestialität und nicht seine Gottesbildschaft. Ihr kennt bloß den Kastalier, eine Spezialität, eine Kaste, einen aparten Züchtungsversuch."

Für Knecht war es ja ein Glücksfall außerordentlicher Art, daß er für seine Aufgabe, den Pater für Kastalien zu gewinnen und vom Wert einer Bundesgenossenschaft zu überzeugen, in diesen Stunden das denkbar günstigste und breiteste Feld eingeräumt bekam. Es war ihm damit eine Situation geboten, welche allem nur irgend Wünsch- und Ersinnbaren so vollkommen entsprach, daß er schon bald etwas wie Gewissensskrupel dabei empfand, denn es wollte ihm beschämend und unwürdig erscheinen, wie ihm da der verehrte Mann vertrauensvoll sich hingebend gegenübersaß oder mit ihm den Kreuzgang hinab und hinauf wanderte, während er doch das Objekt und Ziel geheimer politischer Absichten und Geschäfte war. Knecht hätte diese Lage nicht lange schweigend hingenommen und sann nur noch über die Form nach, die er seiner Demaskierung zu geben habe, als ihm der Alte zu seiner Überraschung zuvorkam.

„Lieber Freund", sagte er eines Tages wie nebenher, „wir haben da wirklich eine höchst angenehme und, so hoffe ich, auch fruchtbare Art des Austausches erfunden. Die beiden Tätigkeiten, die mir zeitlebens die liebsten waren, das Lernen und das Lehren, haben in unsern gemeinsamen Arbeitsstunden eine schöne neue Kombination gefunden, und für mich kam das gerade zur richtigen Zeit, denn ich beginne zu altern und hätte mir eine bessere Kur und Auffrischung, als unsre Stunden sie sind, gar nicht ausdenken können. Also was mich betrifft, ich bin bei unsrem Austausch der Gewinnende, auf jeden Fall. Dagegen bin ich nicht so sicher, ob auch Sie, Freund, und namentlich ob die Leute, deren Abgesandter Sie sind und in deren Dienst Sie stehen, so viel bei der Sache zu gewinnen haben, wie sie vielleicht hoffen. Ich möchte einer spätern Enttäuschung vorbeugen und möchte außerdem zwischen uns beiden kein unklares Verhältnis entstehen lassen, darum erlauben Sie einem alten Praktiker eine Frage: Ich habe mir über Ihren Aufenthalt in unsrem Klösterchen, so angenehm er mir ist, natürlich schon des öftern Gedanken gemacht. Bis vor kurzem, bis zu Ihrem neulichen Urlaub nämlich,

glaubte ich feststellen zu können, daß der Sinn und das Ziel Ihrer Anwesenheit bei uns auch Ihnen selbst keineswegs vollkommen klar sei. Habe ich richtig beobachtet?"
Und als Knecht bejahte, fuhr er fort: „Gut. Seit Ihrer Rückkehr nun aus jenem Urlaub hat sich das geändert. Sie machen sich jetzt keine Gedanken und Sorgen mehr über den Zweck Ihres Hierseins, sondern wissen darüber Bescheid. Stimmt es? – Gut, ich habe also nicht fehlgeraten. Vermutlich rate ich auch nicht fehl mit der Vorstellung, die ich mir vom Zweck Ihres Hierseins mache. Sie haben einen diplomatischen Auftrag, und der gilt weder unsrem Kloster noch unsrem Herrn Abt, sondern er gilt mir. – Sie sehen, es bleibt von Ihrem Geheimnis gar nicht so viel übrig. Um die Lage vollends ganz zu klären, tue ich den letzten Schritt und gebe Ihnen den Rat, mir auch den Rest vollends mitzuteilen. Wie also lautet Ihr Auftrag?"
Knecht war aufgesprungen und stand ihm überrascht, verlegen, beinahe bestürzt gegenüber. „Sie haben recht", rief er, „aber während Sie mich erleichtern, beschämen Sie mich auch, indem Sie mir zuvorkommen. Seit einer Weile schon habe ich überlegt, wie ich unsrem Verhältnis die Klarheit geben könne, die Sie nun so rasch hergestellt haben. Ein Glück nur, daß meine Bitte um Ihre Unterweisungen und unsre Vereinbarung wegen meiner Einführung in Ihre Wissenschaft noch in die Zeit vor meinem Urlaub fallen, es hätte sonst wahrhaftig den Anschein, als sei das alles Diplomatie von mir gewesen und unsre Studien nur Vorwand!"
Freundlich beruhigte ihn der Alte. „Ich wollte nichts, als uns beiden einen Schritt vorwärts helfen. Die Lauterkeit Ihrer Absichten bedarf keiner Versicherung. Wenn ich Ihnen zuvorgekommen bin und nichts herbeigeführt habe, als was auch Ihnen erwünscht schien, ist ja alles gut." Über den Inhalt von Knechts Auftrag, den dieser ihm nun mitteilte, meinte er: „Ihre Herren in Kastalien sind nicht gerade geniale, aber doch ganz annehmbare Diplomaten, und Glück haben sie auch. Ihren Auftrag werde ich in aller Ruhe überlegen, und meine Entscheidung wird zum Teil davon abhängen, wie weit es Ihnen gelingt, mich in Ihre kastalische Verfassung und Ideenwelt einzuführen und sie mir plausibel zu machen. Wir wollen uns damit alle Zeit lassen." Und als er Knecht noch immer etwas betreten sah,

lachte er hart auf und meinte: „Wenn Sie wollen, können Sie mein Vorgehen auch als eine Art von Lektion auffassen. Wir sind zwei Diplomaten, und deren Beisammensein ist stets ein Kampf, auch wenn er freundschaftliche Formen hat. In unsrem Kampf nun war ich momentan im Nachteil, das Gesetz des Handelns war mir entschlüpft, Sie wußten mehr als ich. Jetzt ist das also ausgeglichen. Der Schachzug ist geglückt, er war also richtig."

Wenn es Knecht wertvoll und wichtig erschien, den Pater für die Absichten der kastalischen Behörde zu gewinnen, so schien es ihm doch noch weit wichtiger, so viel als nur möglich bei ihm zu lernen und seinerseits dem gelehrten und mächtigen Manne ein zuverlässiger Führer in die kastalische Welt zu sein. Um vieles ist Knecht von manchen seiner Freunde und Schüler beneidet worden, so wie eben ausgezeichnete Menschen nicht nur um ihre innere Größe und Energie, sondern auch um ihr scheinbares Glück, ihre scheinbare Bevorzugung durch das Schicksal beneidet zu werden pflegen. Der Kleinere sieht am Größeren das, was er eben zu sehen vermag, und Josef Knechts Laufbahn und Aufstieg hat in der Tat für jeden Betrachter etwas ungewöhnlich Glänzendes, Rasches, scheinbar Müheloses; von jener Zeit seines Lebens kann man wohl versucht sein zu sagen: er hat Glück gehabt. Wir wollen auch nicht den Versuch machen, dies „Glück" rationalistisch oder moralistisch, sei es als kausale Folge äußerer Umstände, sei es als eine Art von Belohnung seiner besonderen Tugend zu erklären. Glück hat weder mit Ratio noch mit Moral etwas zu tun, es ist etwas seinem Wesen nach Magisches, einer frühen, jugendlichen Menschheitsstufe Zugehörendes. Der naive Glückliche, der von den Feen Beschenkte, von den Göttern Verwöhnte ist kein Gegenstand für die rationale Betrachtung und somit auch nicht für die biographische, er ist Symbol und steht jenseits des Persönlichen und des Geschichtlichen. Dennoch gibt es hervorragende Menschen, aus deren Leben das „Glück" nicht wegzudenken ist, bestehe es auch nur darin, daß sie und die ihnen gemäße Aufgabe tatsächlich geschichtlich und biographisch einander finden und treffen, daß sie nicht zu früh und nicht zu spät geboren wurden; und zu ihnen scheint Knecht zu gehören. So macht denn sein Leben, wenigstens eine Strecke weit, den

Eindruck, als sei ihm alles Wünschenswerte wie von selbst in den Schoß gefallen. Wir wollen diesen Aspekt nicht leugnen und nicht wegwischen, wir könnten ihn auch vernunftgemäß nur durch eine biographische Methode erklären, welche nicht die unsre und nicht die in Kastalien erwünschte und erlaubte ist, mit einem beinahe grenzenlosen Eingehen nämlich auf das Persönlichste, Privateste, auf die Gesundheit und Krankheit, die Schwankungen und Kurven im Lebens- und im Selbstgefühl. Wir sind überzeugt, daß eine solche, für uns nicht in Frage kommende Art der Biographie uns zum Nachweis eines vollkommenen Gleichgewichtes zwischen seinem „Glück" und seinen Leiden führen und dennoch das Bild seiner Gestalt und seines Lebens fälschen würde.

Genug der Abschweifung. Wir sprachen davon, daß Knecht von vielen, die ihn kannten oder die auch nur von ihm hörten, beneidet wurde. Aber wohl nichts in seinem Leben ist Kleineren so beneidenswert erschienen wie sein Verhältnis zu dem alten Benediktinerpater, das zugleich Schülerschaft und Lehrerschaft, Nehmen und Geben, Erobertsein und Erobern, zugleich Freundschaft und innige Arbeitsgemeinschaft war. Auch ist Knecht selbst von keiner seiner Eroberungen seit der des Älteren Bruders im Bambusgehölz so beglückt gewesen, durch keine hat er sich so sehr zugleich ausgezeichnet und beschämt, beschenkt und angespornt gefühlt wie durch diese. Kaum einer seiner späteren Vorzugsschüler, der nicht bezeugt hätte, wie häufig, wie gern und freudig er auf Pater Jakobus zu sprechen kam. Bei ihm lernte Knecht etwas, was er im damaligen Kastalien kaum hätte lernen können; er erwarb nicht nur den Überblick über die Methoden und Mittel historischer Erkenntnis und Forschung und seine erste Übung in ihrer Anwendung, sondern weit darüber hinaus gewann und erlebte er Geschichte nicht als Wissensgebiet, sondern als Wirklichkeit, als Leben, und dazu gehört als Entsprechung die Wandlung und Steigerung des eigenen, persönlichen Lebens zu Geschichte. Er hätte dies von einem bloßen Gelehrten nicht lernen können. Jakobus war nicht nur, weit über die Gelehrtheit hinaus, ein Schauender und Weiser. Er war überdies ein Erlebender und Mitschaffender, er hatte die Stelle, an die ihn sein Schicksal gestellt, nicht dazu benutzt, sich im Behagen eines betrachtenden Daseins zu wärmen, sondern hatte die Winde der Welt durch seine Gelehrtenstube wehen lassen und die Nöte und Ahnungen seiner Epoche in sein Herz eingelassen, er war am Geschehen seiner Zeit mittätig, mitschuldig und mitverantwortlich geworden und hatte es nicht nur mit dem Überblicken, Ordnen und Deuten längst abgelaufener Begebnisse und nicht nur mit Ideen zu tun gehabt, sondern nicht minder mit der Widerspenstigkeit der Materie und der Menschen. Er wurde, zusammen mit seinem Mitarbeiter und Gegenspieler, einem unlängst verstorbenen Jesuiten, als der eigentliche Gründer der diplomatischen und moralischen Macht und des hohen politischen Ansehens betrachtet, das die Römische Kirche nach Zeiten der Resignation und großer Dürftigkeit wiedergewonnen hatte.

Wenn nun auch in den Gesprächen zwischen Lehrer und Schüler von der politischen Gegenwart kaum jemals die Rede war – nicht allein die Übung des Paters im Schweigen und Zurückhalten, sondern ebensosehr die Scheu des Jüngeren vor dem Hineingezogenwerden ins Diplomatische und Politische verhinderte das –, so hatte doch die politische Stellung und Tätigkeit des Benediktiners seine Betrachtung der Weltgeschichte so durchdrungen, daß aus jeder seiner Ansichten, aus jedem seiner Blicke ins Gewirre der Welthändel auch der praktische Politiker mitsprach, ein nicht ehrgeiziger, nicht intriganter Politiker allerdings, kein Regent und Führer, auch kein Streber, sondern ein Ratgeber und Vermittler, ein Mann, dessen Aktivität durch Weisheit, dessen Streben durch eine tiefe Einsicht in die Unzulänglichkeit und Schwierigkeit des Menschenwesens gemildert war, dem aber sein Ruhm, seine Erfahrung, seine Kenntnis der Menschen und Zustände und nicht zuletzt seine Selbstlosigkeit und Integrität als Person eine bedeutende Macht gaben. Von alledem hatte Knecht, als er nach Mariafels kam, nichts gewußt, es war ihm nicht einmal der Name des Paters bekannt gewesen. Die Mehrzahl der Bewohner Kastaliens lebte in einer politischen Unschuld und Ahnungslosigkeit, wie sie dem Gelehrtenstande auch in früheren Epochen nicht selten eigen war; aktive politische Rechte und Pflichten besaß man nicht, Zeitungen bekam man kaum zu Gesicht; und wenn dies die Haltung und Ge-

wohnheit der Durchschnittskastalier war, so war die Scheu vor dem Aktuellen, der Politik, der Zeitung noch größer bei den Glasperlenspielern, die sich gern für die eigentliche Elite und Creme der Provinz hielten und sehr darauf hielten, die dünne sublimierte Atmosphäre ihres gelehrt-artistischen Daseins durch nichts trüben zu lassen. Bei seinem erstmaligen Erscheinen im Kloster war Knecht ja auch nicht als Träger eines diplomatischen Auftrags, sondern lediglich als Lehrer des Glasperlenspiels gekommen, und hatte keine andren Kenntnisse politischer Art als die ihm von Monsieur Dubois in ein paar Wochen beigebrachten. Verglichen mit damals war er heute zwar sehr viel wissender geworden, hatte aber den Widerwillen des Waldzellers gegen die Beschäftigung mit aktueller Politik keineswegs aufgegeben. Wenn er auch in politischer Hinsicht im Umgang mit dem Pater Jakobus vielfach geweckt und erzogen wurde, so geschah das nicht, weil Knecht ein Bedürfnis danach gespürt hätte, so wie er etwa auf die Historie geradezu gierig war, sondern es geschah, weil unvermeidlich, wie beiläufig.
Um sein Rüstzeug zu ergänzen und seiner ehrenvollen Aufgabe, den Pater in seinen Vorträgen de rebus castaliensibus zum Schüler zu haben, eher gewachsen zu sein, hatte Knecht Literatur über die Verfassung und Geschichte der Provinz, über das System der Eliteschulen und die Entwicklungsgeschichte des Glasperlenspiels aus Waldzell mitgebracht. Einige dieser Bücher – er hatte sie seitdem nicht wieder vor Augen gehabt – hatten ihm schon vor zwanzig Jahren bei seinem Kampf mit Plinio Designori gedient; andre, die man ihm damals noch hatte vorenthalten müssen, da sie speziell für die Beamten Kastaliens verfaßt waren, las er erst jetzt. So kam es, daß er zur gleichen Zeit, da seine Studiengebiete sich so erweiterten, die eigene geistige und geschichtliche Basis neu zu betrachten, zu erfassen und zu stärken genötigt war. Bei seinem Versuch, dem Pater das Wesen des Ordens und des kastalischen Systems möglichst einfach und klar vor Augen zu stellen, stieß er, wie es nicht anders sein konnte, alsbald auf den schwächsten Punkt seiner eigenen wie der ganzen kastalischen Bildung; es zeigte sich, daß die weltgeschichtlichen Zustände, welche einst das Entstehen des Ordens und alles, was daraus folgte, ermöglicht und gefordert hatten, ihm selber nur in einem

schematisierten und blassen Bilde vorstellbar waren, das der Anschaulichkeit und der Ordnung ermangelte. So kam es, da der Pater ein nichts weniger als passiver Schüler war, zu einer gesteigerten Zusammenarbeit, einem höchst lebendigen Austausch: während er die Geschichte seines kastalischen Ordens vorzutragen versuchte, half ihm Jakobus diese Geschichte in mancher Hinsicht erst richtig sehen und erleben und ihre Wurzeln in der allgemeinen Welt- und Staatengeschichte finden. Wir werden diese intensiven, durch das Temperament des Paters nicht selten bis zur heftigsten Diskussion gesteigerten Auseinandersetzungen noch nach Jahren ihre Frucht tragen und bis zu Knechts Ende lebendig fortwirken sehen. Wie aufmerksam andrerseits der Pater Knechts Ausführungen folgte und wie weit er durch sie Kastalien hat kennen und anerkennen lernen, zeigte sein ganzes späteres Verhalten; das bis heute bestehende, mit wohlwollender Neutralität und gelegentlichem gelehrtem Austausch beginnende und zeitweise bis zur wirklichen Zusammenarbeit und Bundesgenossenschaft gediehene Einvernehmen zwischen Rom und Kastalien ist diesen beiden Männern zu danken. Sogar in die Theorie des Glasperlenspiels – was er anfangs lächelnd von sich gewiesen hatte – begehrte der Pater schließlich eingeführt zu werden, denn er spürte wohl, daß dort das Geheimnis des Ordens und gewissermaßen dessen Glaube oder Religion zu suchen sei, und da er nun einmal willens war, in diese ihm bisher nur vom Hörensagen bekannte und wenig sympathische Welt einzudringen, ging er in seiner ebenso kräftigen wie listigen Art entschlossen aufs Zentrum los, und wenn er auch kein Glasperlenspieler geworden ist – dazu war er ohnehin viel zu alt –, so haben doch die Geister des Spiels und des Ordens sich außerhalb Kastaliens kaum jemals einen ernstern und wertvollern Freund gewonnen als den großen Benediktiner.

Je und je gab der Pater, wenn Knecht sich nach einer Arbeitszeit von ihm verabschiedete, ihm zu verstehen, daß er heute abend für ihn zu Hause sei; das waren auf die Anstrengungen der Lektionen und die Spannungen der Diskussionen hin friedliche Stunden, zu welchen Josef häufig sein Klavichord oder auch eine Geige mitbrachte, dann setzte sich der Alte ans Klavier im sanften Licht einer

Kerze, deren süßer Wachsduft den kleinen Raum erfüllte gleich der Musik von Corelli, Scarlatti, Telemann oder Bach, die sie abwechselnd oder gemeinsam spielten. Früh ging der alte Herr schlafen, während Knecht, von der kleinen musikalischen Abendandacht gestärkt, seine Arbeitszeit bis zur Grenze des von der Disziplin Erlaubten in die Nacht ausdehnte.

Außer seinem Lernen und Lehren beim Pater nämlich, dem läßlich betriebenen Spielkurs im Kloster und etwa je und je einem chinesischen Colloquium mit dem Abt Gervasius finden wir Knecht zu jener Zeit noch mit einer recht umfangreichen Arbeit beschäftigt; er beteiligte sich, was er die beiden letzten Male unterlassen hatte, an dem jährlichen Wettbewerb der Waldzeller Elite. Bei diesem Wettbewerb mußten auf Grund von drei bis vier vorgeschriebenen Hauptthemen Entwürfe zu Glasperlenspielen ausgearbeitet werden, es wurde Wert auf neue, kühne und originelle Verknüpfungen der Themen bei höchster formaler Sauberkeit und Kalligraphie gelegt, und es waren bei diesem einzigen Anlaß den Konkurrenten auch Überschreitungen des Kanons erlaubt, das heißt, man hatte das Recht, sich auch neuer, in den offiziellen Kodex und Hieroglyphenschatz noch nicht aufgenommener Chiffern zu bedienen. Dadurch wurde dieser Wettbewerb, nächst den öffentlichen großen Weihespielen ohnehin das erregendste Ereignis im Spielerdorf, auch zu einer Konkurrenz der aussichtsreichsten Anwärter auf neue Spielzeichen, und die denkbar höchste, sehr selten verliehene Auszeichnung eines Siegers bei diesem Wettkampf bestand darin, daß nicht nur sein Spiel als das beste Kandidatenspiel des Jahres feierlich zur Aufführung gelangte, sondern daß auch noch der von ihm dargebotene Zuwachs zu Grammatik und Sprachschatz des Spieles anerkannt und in das Spielarchiv und die Spielsprache aufgenommen wurde. Einst war, vor etwa fünfundzwanzig Jahren, der große Thomas von der Trave, der jetzige Magister Ludi, dieser seltenen Ehre gewürdigt worden mit seinen neuen Abbreviaturen für die alchimistische Bedeutung der Tierkreiszeichen, wie denn Magister Thomas auch späterhin viel für die Kenntnis und Einordnung der Alchimie als einer aufschlußreichen Geheimsprache geleistet hat. Knecht nun verzichtete für diesmal auf die Verwendung neuer Spielwerte, deren er wie wohl fast jeder Kandidat manche bereit gehabt hätte, er nahm ferner auch die Gelegenheit nicht wahr, ein Bekenntnis zur psychologischen Spielmethode abzulegen, was ihm eigentlich wohl nahegelegen wäre; er baute ein Spiel von zwar moderner und persönlicher Struktur und Thematik, vor allem aber von einer durchsichtig klaren, klassischen Komposition und streng symmetrischer, nur mäßig ornamentierender, altmeisterlich anmutiger Durchführung auf. Vielleicht war es die Entfernung von Waldzell und dem Spielarchiv, die ihn dazu zwang, vielleicht war es die starke Inanspruchnahme seiner Kraft und seiner Zeit durch die historischen Studien, vielleicht auch leitete ihn mehr oder weniger bewußt der Wunsch, sein Spiel so zu stilisieren, wie es dem Geschmack seines Lehrers und Freundes, des Paters Jakobus, am meisten entsprechen mochte; wir wissen es nicht.

Wir haben den Ausdruck „psychologische Spielmethode“ gebraucht, der vielleicht nicht jedem unserer Leser ohne weiteres verständlich ist; zu Knechts Zeiten war er ein oft gehörtes Schlagwort. Es gab wohl zu jeder Zeit Strömungen, Moden, Kämpfe und wechselnde Anschauungen und Sinngebungen unter den Eingeweihten des Glasperlenspiels, und zu jener Zeit waren es vor allem zwei Auffassungen des Spiels, um die der Streit und die Diskussion ging. Man unterschied zwei Spieltypen, den formalen und den psychologischen, und wir wissen, daß Knecht, ebenso wie Tegularius, obwohl er sich dem Wortstreit ferne hielt, zu den Anhängern und Förderern des letzteren gehörte, nur hat Knecht, statt von der „psychologischen Spielweise“, meist lieber von der „pädagogischen“ gesprochen. Das formale Spiel strebte danach, aus den sachlichen Inhalten jedes Spieles, den mathematischen, sprachlichen, musikalischen und so weiter, eine möglichst dichte, lückenlose, formal vollkommene Einheit und Harmonie zu bilden. Das psychologische Spiel dagegen suchte die Einheit und Harmonie, die kosmoshafte Rundheit und Vollkommenheit nicht sosehr in der Wahl, Anordnung, Verschränkung, Verknüpfung und Gegenüberstellung der Inhalte als in der jeder Etappe des Spieles folgenden Meditation, auf die es allen Nachdruck legte. Ein solches psychologisches oder, wie Knecht lieber sagte, pädagogisches Spiel bot nicht von außen her den Anblick des Vollkommenen, sondern leitete den Spieler durch die Folge seiner genau vorgeschriebenen Meditationen zum Erlebnis des Vollkommenen und Göttlichen. „Das Spiel, wie ich es meine“, schrieb Knecht einmal an den Alt-Musikmeister, „umschließt nach absolvierter Meditation den Spieler so, wie die Oberfläche einer Kugel ihren Mittelpunkt umschließt, und entläßt ihn mit dem Gefühl, eine restlos symmetrische und harmonische Welt aus der zufälligen und wirren gelöst und in sich aufgenommen zu haben.“

Jenes Spiel nun, mit dem sich Knecht am großen Wettbewerb beteiligte, war also ein formal, nicht ein psychologisch aufgebautes: Möglich, daß er damit den Oberen und auch sich selbst zu beweisen wünschte, er habe über dem Gastspiel in Mariafels und seiner diplomatischen Mission als Glasperlenspieler nichts an Übung, Elastizität, Eleganz und Virtuosität eingebüßt, und dieser Beweis ist ihm gelungen. Die letzte Ausführung und Reinschrift seines Spielentwurfes hat er, da sie nur im Waldzeller Spielarchiv besorgt werden konnte, seinem Freunde Tegularius anvertraut, welcher übrigens selbst zu den Teilnehmern am Wettbewerb gehörte. Auch konnte er seine Papiere dem Freunde selbst übergeben und sie mit ihm durchsprechen, wie er auch dessen Entwurf mit ihm durchsah, denn es war ihm gelungen, Fritz für drei Tage zu sich ins Kloster zu bekommen; zum erstenmal hatte Magister Thomas diese schon zweimal an ihn gerichtete Bitte erfüllt. So sehr sich Tegularius des Besuches freute, und so viel Neugierde er als kastalischer Insulaner mitbrachte, so fühlte er sich doch im Kloster äußerst unbehaglich, ja der sensible Mensch erkrankte beinahe unter all den fremdartigen Eindrücken und zwischen diesen freundlichen, aber einfachen, gesunden, auch etwas derben Menschen, deren keinem seine Gedanken, Sorgen und Probleme das geringste bedeutet hätten. „Du lebst hier auf einem fremden Gestirn“, sagte er zu seinem Freunde, „und ich begreife nicht und bewundere dich dafür, daß du es hier schon drei Jahre ausgehalten hast. Deine Patres sind ja sehr artig gegen mich, aber ich fühle mich hier von allem abgelehnt und zurückgestoßen, nichts kommt mir entgegen, nichts versteht sich von selber, nichts läßt sich ohne Widerstände und Schmerzen assimilieren; zwei Wochen

hier leben zu müssen, wäre mir die Hölle." Knecht hatte Mühe mit ihm, sah auch mit Unbehagen zum erstenmal diese Fremdheit zwischen den beiden Orden und Welten als Zuschauer mit an und fühlte, daß sein überempfindlicher Freund mit seiner ängstlichen Hilflosigkeit hier keinen guten Eindruck mache. Aber ihre beiden Spielpläne für den Wettbewerb gingen sie miteinander gründlich und kritisch durch, und wenn Knecht nach einer solchen Stunde zu Pater Jakobus in den andern Flügel hinüberging oder zu einer Mahlzeit, hatte auch er das Gefühl, aus einem heimatlichen Lande plötzlich in ein ganz anderes, mit anderer Erde und Luft, anderem Klima und anderen Sternen, versetzt zu sein. Als Fritz wieder fort war, provozierte er beim Pater eine Äußerung über dessen Eindruck. „Ich hoffe", sagte Jakobus, „die Mehrzahl der Kastalier sei mehr Ihnen ähnlich als Ihrem Freunde. Das ist eine unvertraute, überzüchtete, schwächliche und dabei, fürchte ich, auch etwas hochmütige Menschenart, die Sie uns in ihm vorgeführt haben. Ich will mich weiterhin an Sie halten, sonst würde ich ungerecht gegen eure Art werden. Denn dieser arme, empfindliche, überkluge, zapplige Mensch könnte einem eure ganze Provinz wieder entleiden."
„Nun", sagte Knecht, „es wird auch unter den Herren Benediktinern im Lauf der Jahrhunderte etwa einmal einen kränklichen, körperlich schwachen, aber geistig darum doch vollwertigen Mann gegeben haben, wie mein Freund einer ist. Es war vermutlich unklug, ihn hierher einzuladen, wo man zwar scharfe Augen für seine Schwächen, aber kein Organ für seine großen Vorzüge hat. Mir hat er durch sein Kommen einen großen Freundesdienst getan." Und er erzahlte dem Pater von seiner Teilnahme am Wettbewerb. Dieser sah es gerne, daß Knecht sich für seinen Freund wehrte. „Gut gegeben!" lachte er freundlich. „Aber Sie haben auch wirklich, wie es scheint, lauter Freunde, mit denen es sich etwas schwierig verkehrt." Er genoß Knechts Nichtverstehen und verwundertes Gesicht und sagte dann leichthin: „Diesmal meine ich einen andern. Wissen Sie Neues von Ihrem Freund Plinio Designori?" Josefs Verwunderung wurde womöglich noch größer; ganz betroffen bat er um Aufklärung. Es hing so zusammen: Designori hatte in einer politischen Streitschrift sich zu heftig antikle-

rikalen Gesinnungen bekannt und dabei auch den Pater Jakobus recht energisch angegriffen. Dieser hatte von seinen Freunden bei der katholischen Presse Informationen über Designori bekommen, in welchen auch dessen kastalische Schulzeit und sein bekanntes Verhältnis zu Knecht erwähnt war. Josef bat sich den Aufsatz Plinios zum Lesen aus; daran schloß sich das erste Gespräch aktuell politischen Inhalts, das er mit dem Pater hatte und dem auch nur wenige nachfolgten. „Wunderlich und beinahe erschreckend“, schrieb er an Ferromonte, „war es mir, die Figur unsres Plinio und, als Anhängsel, auch meine eigene plötzlich auf das Welttheater der Politik gestellt zu sehen, ein Aspekt, an dessen Möglichkeit ich bis dahin nie gedacht hatte.“ Übrigens sprach sich der Pater über jene Streitschrift Plinios eher anerkennend, jedenfalls ohne Empfindlichkeit aus, er lobte Designoris Stil und fand, man merke ihm die Eliteschule recht wohl an, man sei sonst in der Tagespolitik mit sehr viel weniger an Geist und Niveau zufrieden.

Von seinem Freund Ferromonte bekam Knecht um diese Zeit die Abschrift eines ersten Teiles seiner später zu Berühmtheit gelangten Arbeit zugesandt mit dem Titel: „Die Aufnahme und Verarbeitung slawischer Volksmusik durch die deutsche Kunstmusik von Josef Haydn an“. In Knechts Antwortbrief auf diese Sendung lesen wir unter andrem: „Du hast aus deinen Studien, deren Genosse ich einst eine Weile sein durfte, ein bündiges Fazit gezogen; die beiden Kapitel über Schubert, zumal über die Quartette, gehören zum Gediegensten an Musikgeschichte, was ich aus neuerer Zeit kenne. Gedenke meiner zuweilen, ich bin weit von solch einer Ernte entfernt, wie sie dir geglückt ist. So sehr ich mit meiner hiesigen Existenz zufrieden sein darf – denn meine Mariafelser Mission scheint nicht erfolglos zu sein –, empfinde ich doch zuweilen meine lange Entfernung aus der Provinz und aus dem Waldzeller Kreis, dem ich angehöre, als beklemmend. Ich lerne hier viel, unendlich viel, aber es ist nicht ein Zuwachs an Sicherheit und fachlicher Brauchbarkeit, den ich hier erfahre, sondern ein Zuwachs an Problematik. Freilich auch an Horizont. Über die Unsicherheit, Fremdheit, den Mangel an Zuversicht, Heiterkeit und Selbstvertrauen und andres Üble, was ich namentlich während meiner ersten zwei Jahre hier oft empfand, bin ich freilich jetzt beruhigter: neulich war Tegularius hier, nur drei Tage, aber so sehr er sich auf mich gefreut hatte und auf Mariafels neugierig gewesen war, er hielt es schon am zweiten Tage beinahe nicht mehr aus vor Bedrücktheit und Sichfremdfühlen. Da ja schließlich auch ein Kloster eher eine behütete, friedliche und geistfreundliche Welt ist und noch lange kein Zuchthaus, keine Kaserne oder Fabrik, ziehe ich aus meiner Erfahrung den Schluß, daß wir Leute aus unsrer lieben Provinz weit verwöhnter und empfindsamer sind, als wir selber wissen."

Eben in jener Zeit, aus welcher der Brief an Carlo datiert ist, brachte Knecht den Pater Jakobus dazu, daß er in einem kurzen Schreiben an die kastalische Ordensleitung sein Jawort in der bewußten diplomatischen Frage gab, jedoch die Bitte hinzufügte, man möge den „hierorts allgemein beliebten Glasperlenspieler Josef Knecht", der ihn eines Privatissimum de rebus castaliensibus würdige, noch eine Weile hier belassen. Selbstverständlich machte man sich drüben eine Ehre daraus, seinen Wunsch zu erfüllen. Knecht aber, der eben noch so weit von seiner „Ernte" entfernt zu sein geglaubt hatte, erhielt ein von der Ordensleitung und Herrn Dubois gezeichnetes Anerkennungsschreiben über die Durchführung seines Auftrags. Was ihm an diesem hochamtlichen Schreiben im Augenblick am wichtigsten schien und die meiste Freude machte (er meldete es beinahe triumphierend in einem Briefchen an Fritz), war ein kurzer Satz des Inhalts, der Orden sei durch den Glasperlenspielmeister über seinen Wunsch, in den Vicus Lusorum zurückzukehren, unterrichtet und durchaus geneigt, diesem Wunsch nach Beendigung seines jetzigen Auftrags zu entsprechen. Er las diese Stelle auch dem Pater Jakobus vor und bekannte ihm, wie sehr er sich über sie freue, bekannte jetzt auch, wie sehr er gefürchtet habe, vielleicht dauernd von Kastalien verbannt zu bleiben und nach Rom geschickt zu werden. Der Pater meinte lachend: „Ja, die Orden haben es in sich, Freund, man lebt lieber in ihrem Schoß als an der Peripherie oder gar im Exil. Sie mögen ruhig das bißchen Politik wieder vergessen, in dessen unlautere Nähe Sie hier geraten sind, denn ein Politiker sind Sie nicht. Aber der Geschichte sollten Sie nicht untreu werden, auch wenn sie vielleicht immer ein Neben- und Liebhaberfach für Sie bleibt. Denn zum Historiker hätten Sie das Zeug. Und jetzt wollen wir beide noch voneinander profitieren, solang ich Sie habe."

Von der Erlaubnis zu häufigeren Besuchen in Waldzell scheint Josef Knecht wenig Gebrauch gemacht zu haben; doch hörte er am Apparat ein Übungsseminar und manche Vorträge und Spiele mit. Und so nahm er auch aus der Ferne, in seinem vornehmen Gastzimmer im Stifte sitzend, an jener „Solennität" teil, bei welcher im Festsaal des Vicus Lusorum die Ergebnisse des Preisausschreibens bekanntgegeben wurden. Er hatte eine nicht sehr persönliche und gar nicht revolutionäre, aber gediegene und höchst elegante Arbeit eingereicht, die er einzuschätzen wußte, und war auf eine lobende Erwähnung oder einen dritten oder zweiten Preis gefaßt. Zu seiner Überraschung hörte er nun, daß ihm der erste Preis zugesprochen sei, und noch ehe die Überraschung die Freude in ihm recht hatte aufkommen lassen, las schon der Sprecher des Spielmeisteramtes mit seiner schönen tiefen Stimme weiter und nannte als Träger des zweiten Preises Tegularius. Dies war nun allerdings ein bewegendes und entzückendes Erlebnis, daß sie beide, Hand in Hand, als gekrönte Sieger aus diesem Wettkampf hervorgingen! Er sprang auf, ohne weiter zuzuhören, und lief die Treppe hinab und durch die hallenden Dormente ins Freie. In einem Brief an den Alt-Musikmeister, der in jenen Tagen geschrieben ist, lesen wir: „Ich bin sehr glücklich, Verehrter, wie du dir denken kannst. Erst die Durchführung meiner Mission und deren ehrenvolle Anerkennung durch die Ordensleitung samt der mir so wichtigen Aussicht auf baldige Rückkehr in die Heimat, zu den Freunden und zum Glasperlenspiel, statt weiter in diplomatischen Diensten verwendet zu werden, und nun dieser erste Preis für ein Spiel, bei dem ich mir zwar mit dem Formalen Mühe gegeben habe, das aber aus guten Gründen nicht alles erschöpft, was ich zu geben hätte, und zu allem noch die Freude, diesen Erfolg mit meinem Freunde zu teilen – es war in der Tat viel auf einmal. Ich bin glücklich, ja, aber ich könnte nicht sagen, daß ich fröhlich sei. Auf eine karge Zeit hin, oder doch eine, die mir so erschien, kommen diese Erfüllungen für mein innerstes Gefühl etwas zu plötzlich und zu reichlich; meiner Dankbarkeit ist eine gewisse Bangigkeit

beigemischt, so, als bedürfe es im randvoll gefüllten Gefäß nur noch eines hinzukommenden Tropfens, um alles wieder fragwürdig zu machen. Aber betrachte dies, bitte, als nicht gesagt, hier ist jedes Wort schon zu viel."
Wir werden sehen, daß das randvoll gefüllte Gefäß bald noch mehr als nur einen Tropfen aufzunehmen bestimmt war. In der kurzen Zeit bis dahin aber lebte Josef Knecht seinem Glück und der ihm beigemischten Bangigkeit mit einer Hingabe und Intensität, als hätte er die nahe bevorstehende große Änderung vorausgefühlt. Auch für den Pater Jakobus waren diese paar Monate eine glückliche und beschwingte Zeit. Es tat ihm leid, diesen Schüler und Kollegen bald verlieren zu sollen, und er suchte ihm, in den Arbeitsstunden selbst und noch mehr in ihren freien Unterhaltungen, das äußerst Mögliche von dem mitzugeben und zu vererben, was er in seinem arbeits- und gedankenreichen Leben an Einsicht in die Höhen und Tiefen des Menschen- und Völkerlebens gewonnen hatte. Auch über den Sinn und die Folgen von Knechts Mission sprach er zuweilen mit ihm, über die Möglichkeit und den Wert einer Befreundung und politischen Einigkeit zwischen Rom und Kastalien, und empfahl ihm das Studium jener Epoche, zu deren Früchten die Gründung des kastalischen Ordens ebenso wie die allmähliche Wiedererhebung Roms aus einer demütigenden Prüfungszeit gehörten. Er empfahl ihm auch zwei Werke über die Reformation und Kirchenspaltung im sechzehnten Jahrhundert, legte ihm jedoch sehr ans Herz, grundsätzlich das unmittelbare Quellenstudium und die jeweilige Beschränkung auf übersehbare Teilgebiete stets dem Lesen weltgeschichtlicher Wälzer vorzuziehen, und machte kein Hehl aus seinem tiefen Mißtrauen gegen alle Geschichtsphilosophien.

Magister Ludi

Knecht hatte beschlossen, seine endgültige Rückkehr nach Waldzell auf das Frühjahr zu verlegen, auf die Zeit des großen öffentlichen Glasperlenspiels, des Ludus anniversarius oder sollemnis. War auch der Höhepunkt in der denkwürdigen Geschichte dieser Spiele, die Zeit der wochenlang dauernden, aus aller Welt von Würdenträgern und Repräsentanten besuchten Jahresspiele schon vorüber und gehörte für immer der Geschichte an, so waren doch immer noch diese Frühlingstagungen mit dem meist zehn bis vierzehn Tage dauernden solennen Spiel das große festliche Ereignis des Jahres für ganz Kastalien, ein Fest, dem auch eine hohe religiöse und moralische Bedeutung nicht fehlte, denn es vereinigte die Vertreter aller, nicht immer völlig gleichgerichteter Gesinnungen und Tendenzen der Provinz im Sinn eines Gleichnisses der Harmonie, es schloß Frieden zwischen den Egoismen der einzelnen Disziplinen und weckte die Erinnerung an die Einheit, welche über ihrer Vielfalt stand. Es besaß für die Gläubigen die sakramentale Kraft echter Weihe, war für die Glaubenslosen zumindest ein Religionsersatz und für beide ein Bad in den reinen Quellen des Schönen. In ähnlicher Weise waren einstmals die Passionen von Johann Sebastian Bach – nicht sosehr zur Zeit ihrer Entstehung als in dem auf ihre Wiederentdekkung folgenden Jahrhundert – für ihre Mitwirkenden und Hörer teils echte religiöse Handlung und Weihe, teils Andacht und Religionsersatz und für alle zugleich feierliche Manifestationen der Kunst und des Creator spiritus gewesen.

Es hatte Knecht wenig Mühe gekostet, für seinen Entschluß die Zustimmung sowohl der Klosterleute wie der heimatlichen Behörde zu erlangen. Er vermochte sich noch nicht recht vorzustellen, welcher Art seine Position nach der Wiedereinreihung in die kleine Republik des Vicus Lusorum sein werde, vermutete aber, daß man ihn nicht lange in dieser Position belassen, sondern sehr bald mit irgendeinem Amte oder Auftrag beladen und ehren werde. Vorläufig freute er sich auf die Heimkehr, auf die Freunde, auf die bevorstehende Festzeit, genoß die letzten Tage des Zusammenseins mit Pater Jakobus und nahm es mit guter Haltung und Laune entgegen, daß Abt und Konvent ihn zum Abschiede noch durch manche Kundgebungen ihres Wohlwollens feierten. Dann reiste er, nicht ohne Wehmut des Abschieds von einem liebgewonnenen Ort und von einem hinter ihm zurückbleibenden Lebensabschnitt, aber durch die das Festspiel vorbereitende Folge kontemplativer Exerzitien schon festlich vorgestimmt, denen er sich zwar ohne

Führung und Kameraden, aber nach dem Wortlaut der Vorschriften genauestens unterzogen hatte. Daß es ihm nicht gelungen war, den vom Magister Ludi seit langem feierlich zum Jahresspiel eingeladenen Pater Jakobus zur Annahme der Einladung und zur Mitreise zu überreden, tat dieser Stimmung keinen Abbruch, er verstand die reservierte Haltung des alten Antikastaliers, und er selbst fühlte sich so für einen Augenblick allen Pflichten und Beengungen enthoben und völlig hingabebereit an die ihn erwartende Feier.

Es ist nun mit Festlichkeiten eine eigene Sache. Ganz und gar mißglücken kann ein echtes Fest, es sei denn durch unseligen Einbruch höherer Gewalten, niemals; für den Frommen behält auch eine verregnete Prozession ihre Weihe, und auch ein verbratenes Festmahl kann ihn nicht ernüchtern, und so ist für die Glasperlenspieler jedes Jahresspiel festlich und gewissermaßen geheiligt. Dennoch gibt es, wie jeder von uns weiß, Feste und Spiele, bei welchen alles und jedes zusammenstimmt und einander hebt, beschwingt und steigert, so wie es theatralische und musikalische Aufführungen gibt, welche sich ohne deutlich erkennbare Ursache wie durch ein Wunder zu Höhepunkten und innigen Erlebnissen steigern, während andre, um nichts schlechter vorbereitete, nur eben brave Leistungen bleiben. Soweit nun das Zustandekommen jener hohen Erlebnisse im Gemütszustande des Erlebenden mitbegründet ist, wäre Josef Knecht aufs denkbar beste vorbereitet gewesen: von keiner Sorge gedrückt, mit Ehren aus der Fremde heimkehrend, sah er dem Kommenden mit freudiger Erwartung entgegen.

Es war jedoch dem Ludus sollemnis dieses Mal nicht beschieden, von jenem Hauch des Wunders gestreift zu einem besonderen Grade von Weihe und Strahlung zu gedeihen. Es wurde sogar ein unfrohes, ein ausgesprochen glückloses, ein schon beinahe mißglücktes Spiel. Mochten trotzdem viele seiner Teilnehmer sich erbaut und gehoben fühlen, so spürten, wie immer in solchem Falle, die eigentlichen Träger, Veranstalter und Verantwortlichen desto unerbittlicher jene Atmosphäre von Stumpfheit, Gnadenlosigkeit und Mißerfolg, von Hemmung und Pech, welche den Himmel dieses Festes bedrohte. Knecht, obwohl natürlich auch er es spürte und eine gewisse Enttäuschung seiner hochgespannten Erwartung erlebte, war keineswegs unter

denen, welche das Mißgeschick am deutlichsten zu fühlen bekamen: ihm, der bei diesem Spiel kein Mitwirkender war und keine Mitverantwortung trug, war es möglich, in jenen Tagen, obwohl die eigentliche Blüte und Begnadung sich dem Akt versagte, als frommer Teilnehmer dem geistvoll gebauten Spiele anerkennend zu folgen, die Meditationen ungestört ausschwingen zu lassen und in dankbarer Hingabe jenes allen Gästen dieser Spiele wohlbekannte Erlebnis einer Feier und eines Opfers, einer mystischen Einswerdung der Gemeinde zu Füßen des Göttlichen in sich zu vollziehen, wie es auch ein für den engen Kreis der ganz Eingeweihten „mißglückter" Festakt zu geben vermag. Immerhin blieb auch er nicht unberührt von dem Unstern, der über dieser Feier waltete. Das Spiel selbst freilich, sein Plan und Aufbau, war ohne Tadel, wie jedes Spiel des Meisters Thomas, es war sogar eines seiner eindrücklichsten, einfachsten, unmittelbarsten. Seine Ausführung aber stand unter einem besonderen Unstern und ist in der Geschichte Waldzells noch nicht vergessen.
Als Knecht dort eintraf, eine Woche vor dem Beginn des großen Spieles, wurde er nach seiner Anmeldung im Spielerdorf nicht vom Glasperlenspielmeister empfangen, sondern von dessen Stellvertreter Bertram, der ihn höflich willkommen hieß, ihm aber ziemlich kurz und zerstreut mitteilte, der ehrwürdige Magister sei dieser Tage erkrankt und er selbst, Bertram, über Knechts Mission nicht genügend unterrichtet, um seinen Bericht entgegenzunehmen, er möge sich dieserhalb zur Ordensleitung nach Hirsland begeben, dort seine Rückkehr melden und deren Befehle erwarten. Als Knecht bei der Verabschiedung in Stimme oder Gebärde unwillkürlich eine gewisse Befremdung über die Kühle und Kürze seines Empfanges verriet, entschuldigte sich Bertram. Der Kollege möge verzeihen, wenn er ihn enttäuscht habe, er möge das Besondere der Situation verstehen: der Magister sei erkrankt, das große Jahresspiel stehe dicht vor der Tür, und noch sei es sehr ungewiß, ob der Magister es werde leiten können oder ob er, der Stellvertreter, für ihn werde einspringen müssen. Die Krankheit des Ehrwürdigen hätte auf keinen ungünstigeren und heikleren Augenblick fallen können; er sei zwar, wie jederzeit, in Bereitschaft, die Amtsgeschäfte statt des Magisters zu

versehen, aber dazu noch innerhalb so kurzer Frist sich genügend auf das große Spiel vorzubereiten und dessen Leitung zu übernehmen, das würde, so fürchte er, doch über seine Kräfte gehen.

Knecht bedauerte den sichtlich niedergeschlagenen und etwas aus dem Gleichgewicht gekommenen Mann und bedauerte nicht minder, daß in dessen Händen nun vielleicht die Verantwortung für das Fest liegen solle. Er war zu lange von Waldzell fort gewesen, um zu wissen, wie begründet die Sorgen Bertrams seien, denn dieser war, was für einen Stellvertreter immer das denkbar Mißlichste ist, seit einer Weile des Vertrauens der Elite, der sogenannten Repetenten, verlustig und hatte in der Tat einen sehr schweren Stand. Mit Sorge dachte Knecht des Glasperlenspielmeisters, dieses Helden der klassischen Form und der Ironie, des vollkommenen Magisters und Kavaliers; er hatte sich darauf gefreut, von ihm empfangen, angehört und wieder in das kleine Gemeinwesen der Spieler, vielleicht auf einen Vertrauensposten, eingereiht zu werden. Von Meister Thomas das Festspiel zelebriert zu sehen, unter seinen Augen weiter zu arbeiten und um seine Anerkennung zu werben, war sein Wunsch gewesen; nun war es ihm schmerzlich und enttäuschend, ihn hinter seiner Krankheit verborgen und sich an andere Instanzen gewiesen zu finden. Es entschädigte ihn dafür allerdings das achtungsvolle Wohlwollen, ja die Kollegialität, mit der ihn der Ordenssekretär und Herr Dubois empfingen und anhörten. Er konnte auch gleich bei der ersten Aussprache feststellen, daß man ihn bei dem römischen Plan vorerst nicht weiter zu brauchen gedenke und seinen Wunsch nach dauernder Rückkehr zum Spiel respektiere; vorerst lud man ihn freundlich ein, im Gästehaus des Vicus Lusorum Wohnung zu nehmen und erst einmal sich hier wieder umzusehen und dem Jahresspiel beizuwohnen. Mit seinem Freunde Tegularius widmete er die Vortage den Fasten- und Versenkungsübungen und hat jenes eigenartige Spiel, das manchen in so wenig erfreulicher Erinnerung geblieben ist, fromm und dankbar mitgemacht.

Die Stellung der Magisterstellvertreter, auch „Schatten" genannt, und besonders die beim Musik- und beim Spielmeisteramt, ist eine höchst eigentümliche. Jeder der Magister hat einen Stellvertreter, den ihm nicht etwa die Behörde zur Seite stellt, sondern den er selbst aus dem engeren Kreis seiner Kandidaten wählt und für dessen Handlungen und Unterschrift der Meister selbst, den er vertritt, die volle Verantwortung trägt. Es ist also für einen Kandidaten eine große Auszeichnung und ein Zeichen höchsten Vertrauens, wenn er von seinem Magister zum Stellvertreter ernannt wird, er wird dadurch als intimer Mitarbeiter und rechte Hand des allmächtigen Magisters anerkannt und übt jedesmal, wenn der Magister verhindert ist und ihn schickt, dessen Amtshandlungen aus, allerdings nicht alle: an Abstimmungen der obersten Behörde zum Beispiel darf er nur als Überbringer eines Ja oder Nein im Namen seines Meisters auftreten, niemals als Redner oder Antragsteller, und was dergleichen Vorsichtsmaßregeln mehr sind. Während nun die Ernennung zum Stellvertreter diesen an einen sehr hohen und zuweilen recht exponierten Platz stellt, bedeutet sie dennoch zugleich etwas wie eine Kaltstellung, sie sondert ihn innerhalb der amtlichen Hierarchie gewissermaßen als einen Ausnahmefall ab, und während sie ihm häufig die wichtigsten Funktionen anvertraut und hohe Ehre gewährt, nimmt sie ihm doch gewisse Rechte und Möglichkeiten, deren jeder andere Mitstrebende genießt. Namentlich sind es zwei Punkte, in welchen seine Ausnahmestellung deutlich erkennbar wird: der Stellvertreter trägt nicht die Verantwortung für seine Amtshandlungen, und er kann innerhalb der Hierarchie nicht weiter emporsteigen. Das Gesetz ist zwar ungeschrieben, aber es ist aus der Geschichte Kastaliens zu lesen: niemals ist beim Tode oder der Amtsniederlegung eines Magisters dessen „Schatten" an seine Stelle nachgerückt, der ihn doch so oft vertreten hat und dessen ganze Existenz ihn zum Nachfolger zu prädestinieren scheint. Es ist, als wolle die Sitte hier eine scheinbar fließende und bewegliche Grenze und Schranke geflissentlich als unüberbrückbar betonen: die Grenze zwischen Magister und Stellvertreter steht wie ein Gleichnis für die Grenze zwischen Amt und Person. Indem denn also ein Kastalier den hohen Vertrauensposten eines Stellvertreters annimmt, verzichtet er auf die Aussicht, jemals selbst Magister zu werden, jemals mit den Amtskleidern und Insignien, die er so oft repräsentierend trägt, wirklich eins zu werden, und zugleich tritt er das merkwürdig zweideutige Recht an, mit etwaigen

Verfehlungen in seiner Amtsführung nicht sich selber, sondern seinen Magister zu belasten, der allein für ihn einzustehen hat. Und es ist in der Tat schon vorgekommen, daß ein Magister das Opfer des von ihm gewählten Stellvertreters geworden ist und einer gröberen Verfehlung wegen, die der andere sich zuschulden kommen ließ, von seinem Amte hat zurücktreten müssen. Der Ausdruck, mit welchem in Waldzell der Stellvertreter des Glasperlenspielmeisters bezeichnet wurde, wird dessen eigentümlicher Stellung, seiner Verbundenheit, ja quasi Identität mit dem Magister sowohl wie dem Scheinhaften und Wesenlosen seiner amtlichen Existenz vorzüglich gerecht. Man nennt ihn dort den „Schatten".
Meister Thomas von der Trave nun hatte seit Jahr und Tag einen „Schatten" namens Bertram walten lassen, dem es mehr an Glück als an Begabung oder gutem Willen gemangelt zu haben scheint. Er war ein vorzüglicher Glasperlenspieler, wie es sich von selbst versteht, er war auch ein mindestens nicht ungeschickter Lehrer und ein gewissenhafter Beamter, seinem Meister unbedingt ergeben; dennoch war er im Lauf der letzten Jahre bei den Beamten eher unbeliebt geworden und hatte die nachwachsende jüngste Schicht der Elite gegen sich, und da er nicht die ritterlich klare Natur seines Meisters besaß, störte das die Sicherheit und Ruhe seiner Haltung. Der Magister ließ ihn nicht fallen, hatte ihn aber seit Jahren den Reibungen mit jener Elite möglichst entzogen, ihn überhaupt immer seltener an die Öffentlichkeit gestellt und mehr in den Kanzleien und im Archiv verwendet. Dieser unbescholtene, aber nicht oder doch zur Zeit nicht mehr beliebte Mann, vom Glück sichtlich nicht begünstigt, sah sich nun plötzlich durch die Krankheit seines Meisters an die Spitze des Vicus Lusorum und, falls er wirklich das Jahresspiel zu leiten haben würde, für die Festzeit an den sichtbarsten Posten der ganzen Provinz gestellt und wäre dieser großen Aufgabe nur dann gewachsen gewesen, wenn die Mehrzahl der Glasperlenspieler oder doch die Repetentenschaft ihn durch ihr Vertrauen gestützt hätte, was jedoch bedauerlicherweise nicht geschah. So kam es denn, daß das Ludus sollemnis diesmal zu einer schweren Prüfung, beinahe zu einer Katastrophe für Waldzell wurde.

Erst am Tage vor Spielbeginn wurde amtlich bekanntgegeben, daß der Magister ernstlich erkrankt und außerstande sei, das Spiel zu leiten. Wir wissen nicht, ob diese Hintanhaltung der Mitteilung etwa vom Willen des kranken Magisters diktiert war, der vielleicht bis zum letzten Augenblick hoffte, sich wieder aufraffen und dem Spiele doch noch vorstehen zu können. Wahrscheinlich ist, daß er schon zu krank war, um solche Gedanken zu hegen, und daß sein „Schatten" den Fehler beging, Kastalien bis zur vorletzten Stunde im ungewissen über die Lage in Waldzell zu lassen. Freilich ließe sich auch darüber noch streiten, ob dies Zögern wirklich ein Fehler war. Es geschah ohne Zweifel in guter Absicht, nämlich um das Fest nicht von vornherein zu mißkreditieren und die Verehrer des Meisters Thomas vom Besuch abzuschrecken. Und wäre alles gut gegangen, hätte zwischen der Waldzeller Spielergemeinde und Bertram das Vertrauen bestanden, so hätte – es ist sehr wohl denkbar – der „Schatten" wirklich zum Stellvertreter werden und das Fehlen des Magisters nahezu unbemerkt bleiben können. Es ist müßig, weitere Vermutungen hierüber aufzustellen; wir glaubten nur andeuten zu müssen, daß jener Bertram nicht so unbedingt ein Versager oder gar ein Unwürdiger war, wie die öffentliche Meinung Waldzells damals ihn sah. Er war weit mehr Opfer als Schuldiger.
Es vollzog sich nun wie alljährlich der Zustrom der Gäste zum großen Spiel. Viele kamen ahnungslos, andre mit Besorgnis um das Ergehen des Magister Ludi und mit unfrohen Vorgefühlen für den Verlauf des Festes. Waldzell und die nahen Siedlungen füllten sich mit Menschen, die Ordensleitung und die Erziehungsbehörde fanden sich beinahe vollzählig ein, auch aus entlegenern Teilen des Landes und dem Auslande kamen festlich gestimmte Reisende, die Gästehäuser überfüllend. Wie immer wurde die Feier am Abend vor Spielbeginn durch die Meditationsstunde eröffnet, während welcher vom Glockenzeichen an das ganze mit Menschen gefüllte Festgebiet in ein tiefes, andächtiges Schweigen versank. Der folgende Morgen brachte die erste der musikalischen Aufführungen und die Verkündigung des ersten Spielsatzes sowie die Meditation über die beiden musikalischen Themata dieses Satzes. Bertram, in der Festtracht des Glasperlenspielmeisters, zeigte ein gemessenes

und beherrschtes Auftreten, nur war er sehr blaß und erschien in der Folge von Tag zu Tag mehr überanstrengt, leidend und resigniert, in den letzten Tagen glich er wirklich einem Schatten. Schon am zweiten Spieltage verbreitete sich das Gerücht, Magister Thomas' Befinden habe sich verschlechtert, und sein Leben sei in Gefahr, und am Abend dieses Tages vernahm man da und dort und überall unter den Eingeweihteren die ersten Beiträge zu der allmählich entstehenden Legende um den kranken Meister und seinen „Schatten". Diese Legende, vom innersten Kreis des Vicus Lusorum, der Repetentenschaft ausgehend, wollte wissen, der Meister sei willens und wäre auch fähig gewesen, als Spielleiter zu amtieren, habe jedoch dem Ehrgeiz seines „Schattens" das Opfer gebracht und diesem die festliche Aufgabe überlassen. Nun aber, da Bertram seiner hohen Rolle eben doch nicht ganz gewachsen scheine und das Spiel zu einer Enttäuschung zu werden drohe, wisse der kranke Mann sich für das Spiel, für seinen „Schatten" und dessen Versagen verantwortlich und habe es auf sich genommen, an dessen Stelle selbst für den Fehler zu büßen; dies und nichts andres sei die Ursache der raschen Verschlimmerung seines Befindens und der Steigerung des Fiebers. Natürlich war dies nicht die einzige Lesart der Legende, doch war es die der Elite, und zeigte deutlich, daß die Elite, der strebsame Nachwuchs, die Situation als tragisch empfand und kein Abbiegen, Aufhellen oder Beschönigen dieser Tragik zu unterstützen gewillt war. Der Verehrung gegen den Meister hielt die Abneigung gegen seinen „Schatten" die Waage, diesem wurden Mißerfolg und Sturz gewünscht, sollte selbst der Meister mitbüßen müssen. Wieder einen Tag später konnte man erzählen hören, der Magister habe vom Krankenlager aus seinen Stellvertreter sowie zwei Senioren der Elite beschworen, Frieden zu halten und das Fest nicht zu gefährden; andern Tages wurde behauptet, er habe seinen letzten Willen diktiert und der Behörde den Mann namhaft gemacht, den er sich zum Nachfolger wünsche; es wurden auch Namen genannt. Zusammen mit den Nachrichten von dem sich stets verschlimmernden Befinden des Magisters zirkulierten diese und andere Gerüchte, und im Festsaal sowohl wie in den Gästehäusern sank die Stimmung von Tag zu Tag, wenn auch niemand

sich soweit gehen ließ, auf die Fortführung zu verzichten und abzureisen. Es lag ein schwerer und finsterer Druck über der ganzen Veranstaltung, deren äußerer Ablauf sich dennoch in korrekter Form vollzog, aber von der Freude und Gehobenheit, die man bei diesem Feste kannte und erwartete, war wenig zu spüren, und als am vorletzten Spieltage der Schöpfer des Festspieles, Magister Thomas, die Augen für immer schloß, gelang es den Bemühungen der Behörde nicht, die Verbreitung der Nachricht zu unterdrükken, und merkwürdigerweise empfanden manche Teilnehmer diese Lösung des Knotens als befreiend. Die Spielschüler und namentlich die Elite, obwohl sie vor dem Ende des Ludus sollemnis weder Trauer anlegen noch den in diesen Tagen so streng vorgeschriebenen Ablauf der Stunden mit ihrem Wechsel von Vorführungen und Versenkungsübungen im geringsten unterbrechen durften, begingen den letzten Festakt und Festtag einmütig in einer Haltung und Stimmung, als wäre er eine Trauerfeier für den verehrten Toten, und ließen um den übermüdeten, schlaflosen, bleich und mit halbgeschlossenen Augen weiter amtierenden Bertram eine eisige Atmosphäre der Vereinsamung entstehen.
Josef Knecht, obwohl durch Tegularius noch in lebendiger Fühlung mit der Elite und als alter Spieler für alle diese Strömungen und Stimmungen voll empfänglich, ließ sie dennoch nicht in sich eindringen, vom vierten oder fünften Tage an verbot er seinem Freunde Fritz sogar, ihn mit Nachrichten über des Magisters Krankheit zu behelligen; er empfand und verstand zwar die tragische Beschattung des Festes wohl, er gedachte des Meisters mit tiefer Besorgnis und Trauer und des wie zum Mitsterben verurteilten „Schattens" Bertram mit wachsendem Unbehagen und Mitleid, wehrte sich aber standhaft und hart gegen alle Beeinflussungen durch echte oder legendäre Nachrichten, übte strengste Konzentration, gab sich den Übungen und dem Gange des schön gebauten Spieles willig hin und erlebte denn trotz allen Unstimmigkeiten und Verdunkelungen das Fest in ernster Gehobenheit. Dem „Schatten" Bertram blieb es erspart, als Vizemagister am Ende auch noch die Gratulanten und die Behörden wie üblich empfangen zu müssen, auch der herkömmliche Freudentag der Studierenden des Glasperlenspiels fiel diesmal dahin. Unmittelbar nach dem

musikalischen Schlußakt des Festes gab die Behörde den Tod des Magisters bekannt, und es begannen im Vicus Lusorum die Trauertage, welche auch der im Gästehaus wohnende Josef Knecht mitbeging. Das Begräbnis des verdienten Mannes, der noch heute in hohem Ansehen steht, wurde mit der in Kastalien üblichen Einfachheit begangen. Bertram, sein „Schatten", der seine schwere Rolle während des Festes mit Aufgebot seiner letzten Kräfte zu Ende gespielt hatte, begriff seine Lage. Er bat um Urlaub und wanderte ins Gebirge.

Im Spielerdorf, ja in ganz Waldzell herrschte Trauer. Vielleicht hatte niemand zum verstorbenen Magister intime, betont freundschaftliche Beziehungen gehabt, aber die Überlegenheit und Lauterkeit seines vornehmen Wesens zusammen mit seiner Klugheit und seinem zart ausgebildeten Sinn für Formen hatten ihn zu einem Regenten und Repräsentanten gemacht, wie ihn das im Grunde ganz demokratisch angelegte Kastalien nicht zu allen Zeiten hervorbrachte. Man war stolz auf ihn gewesen. Schien seine Person den Bezirken der Leidenschaft, der Liebe, der Freundschaft entrückt, so war sie ein desto geeigneterer Gegenstand für das Verehrungsbedürfnis der Heranwachsenden gewesen, und diese Würde und fürstliche Grazie, die ihm übrigens den halb zärtlich gemeinten Spottnamen „die Exzellenz" eingetragen, hatte ihm trotz harter Widerstände im Lauf der Jahre auch im hohen Rat, in den Sitzungen und gemeinsamen Arbeiten der Erziehungsbehörde eine etwas gesonderte Stellung gegeben. Die Frage der Wiederbesetzung seines hohen Amtes wurde natürlich eifrig besprochen, nirgends eifriger als in der Elite der Glasperlenspieler. Die Funktionen des Magisteramtes waren nach dem Ausscheiden und der Abreise des „Schattens", dessen Sturz man in diesem Kreise gewollt und erreicht hatte, von der Elite selbst durch Abstimmung an drei provisorische Vertreter verteilt worden, das heißt natürlich nur die internen Funktionen im Vicus Lusorum, nicht die behördlichen im Erziehungsrat. Dem Herkommen gemäß würde dieser das Magistrat nicht länger als drei Wochen unbesetzt lassen. In Fällen, wo ein sterbender oder ausscheidender Magister einen dezidierten, konkurrenzlosen Nachfolger hinterließ, war das Amt sogar sofort, nach nur einer einzigen Vollsitzung der Behörde, neu besetzt worden. Diesmal würde es wohl länger dauern.

Während der Trauertage sprach Josef Knecht mit seinem Freunde gelegentlich über das beendete Spiel und seinen so merkwürdig verdüsterten Verlauf.

„Dieser Stellvertreter Bertram", sagte Knecht, „hat seine Rolle nicht nur leidlich zu Ende geführt, das heißt einen wirklichen Magister bis zuletzt zu spielen versucht, sondern hat meines Erachtens weit mehr getan, er hat sich diesem Ludus sollemnis als seiner letzten und feierlichsten Amtshandlung zum Opfer gebracht. Ihr waret hart, nein, grausam gegen ihn, ihr hättet das Fest und hättet Bertram retten können und habet es nicht getan, ich erlaube mir kein Urteil darüber, ihr werdet Gründe gehabt haben. Jetzt aber, wo dieser arme Bertram ausgeschieden ist und ihr euren Willen durchgesetzt habet, solltet ihr großmütig sein. Ihr müsset ihm, wenn er wieder erscheint, entgegenkommen und zeigen, daß ihr sein Opfer verstanden habt."

Tegularius schüttelte den Kopf. „Wir haben es verstanden", sagte er, „und haben es angenommen. Du warst so glücklich, das Spiel diesmal als Gast und parteilos mitmachen zu dürfen, darum hast du wohl den Vorgang nicht so genau verfolgt. Nein, Josef, wir werden keine Gelegenheit mehr haben, irgendwelche Gefühle für Bertram in die Tat umzusetzen. Er weiß, daß sein Opfer notwendig war, und wird nicht versuchen, es rückgängig zu machen."

Erst jetzt verstand Knecht ihn ganz und verstummte betrübt. Er hatte, so sah er, in der Tat diese Spieltage nicht als ein richtiger Waldzeller und Kamerad miterlebt, sondern wirklich mehr wie ein Gast, und so begriff er erst jetzt, wie es eigentlich mit Bertrams Opfer beschaffen sei. Bisher war ihm Bertram als ein Ehrgeiziger erschienen, der einer über sein Vermögen gehenden Aufgabe erlegen war, der auf weitere Ziele des Ehrgeizes verzichten und zu vergessen suchen mußte, daß er einmal der „Schatten" eines Meisters und der Leiter eines Jahresspiels gewesen war. Jetzt erst, bei seines Freundes letzten Worten, hatte er – und war dabei jäh verstummt – begriffen, daß Bertram von seinen Richtern völlig verurteilt worden war und nicht zurückkehren würde. Man hatte ihm erlaubt, das Festspiel zu Ende zu führen, und hatte dabei gerade so viel mitgeholfen, daß es

ohne Skandal ablief, aber man hatte das nicht getan, um Bertram, sondern um Waldzell zu schonen.
Die Stellung eines „Schattens" verlangte nun einmal nicht nur das volle Vertrauen des Magisters – daran hatte es Bertram nicht gefehlt –, sondern nicht minder das Vertrauen der Elite, und dies hatte sich der Bedauernswerte nicht zu erhalten vermocht. Beging er einen Fehler, so stand hinter ihm nicht, wie hinter seinem Herrn und Vorbild, die Hierarchie, um ihn zu schützen. Und wurde er von seinen ehemaligen Kameraden nicht für voll anerkannt, so stand keine Autorität ihm bei, und seine Kameraden, die Repetenten, wurden zu seinen Richtern. Waren sie unerbittlich, so war der „Schatten" erledigt. Und wirklich kehrte dieser Bertram von seinem Ausflug in die Berge nicht mehr zurück, und nach einer Weile wurde erzählt, er sei an einer Steilwand zu Tode gestürzt. Weiter wurde nicht darüber gesprochen.
Unterdessen erschienen jeden Tag hohe und höchste Beamte der Ordensleitung und der Erziehungsbehörde im Spielerdorf, und jeden Augenblick wurden einzelne aus der Elite wie aus der Beamtenschaft zu Befragungen abgerufen, über deren Inhalt nur innerhalb der Elite selbst dieses und jenes verlautete. Auch Josef Knecht wurde des öfteren abgerufen und befragt; einmal von zwei Herren der Ordensleitung, einmal vom philologischen Magister, dann von Monsieur Dubois, und nochmals von zwei Magistern. Tegularius, welcher ebenfalls zu einigen solchen Informationen berufen wurde, war angenehm aufgeregt und machte Witze über diese Konklavestimmung, wie er sie nannte. Josef hatte schon während der Spieltage wohl bemerkt, wie wenig von seinem einstigen engen Zusammenhang mit der Elite übriggeblieben war, und bekam es während dieser Konklavezeit noch deutlicher zu fühlen. Nicht nur, daß er im Gästehaus wohnte wie ein Fremder und daß die Oberen mit ihm wie mit ihresgleichen zu verkehren schienen; die Elite selbst, die Repetentenschaft, nahm ihn nicht wieder vertraulich und kameradschaftlich auf, sondern mit einer spöttischen Höflichkeit oder zumindest mit einer abwartenden Kühle; sie war schon damals von ihm abgerückt, als er den Ruf nach Mariafels erhalten hatte, und dies war richtig und natürlich: wer den Schritt von der Freiheit in den Dienst,

von der Studenten- oder Repetentenschaft in die Hierarchie einmal getan hatte, war nicht mehr Kamerad, sondern auf dem Wege zum Vorgesetzten und Bonzen, er gehörte nicht mehr der Elite an und mußte wissen, daß diese vorläufig kritisch zu ihm stehen werde. So ging es jedem in seiner Lage. Nur spürte er die Distanzierung und Kühle um diese Zeit besonders stark, einmal weil die Elite jetzt, wo sie verwaist war und einen neuen Magister erhalten sollte, sich doppelt dicht und abwehrend zusammenschloß, und dann auch, weil ihre Entschlossenheit und Unnachgiebigkeit sich soeben im Schicksal des „Schattens" Bertram so hart gezeigt hatte.

Eines Abends kam Tegularius höchst aufgeregt ins Gästehaus gelaufen, suchte Josef, zog ihn in eine leere Kammer, schloß die Tür und sprudelte los: „Josef! Josef! Mein Gott, ich hätte es doch ahnen können, ich hätte es wissen müssen, es lag ja gar nicht so fern . . . Ach, ich bin ganz außer mir und weiß wahrhaftig nicht, ob ich mich freuen soll." Und er, der alle Nachrichtenquellen im Spielerdorf genauestens kannte, berichtete eifrig: es sei mehr als wahrscheinlich, es sei schon so gut wie gewiß, daß Josef Knecht zum Glasperlenspielmeister gewählt werden würde. Der Archivleiter, den viele für den prädestinierten Nachfolger des Meisters Thomas gehalten hatten, sei schon seit vorgestern offenkundig aus der engern Wahl ausgeschieden, und von den drei Kandidaten aus der Elite, deren Namen bisher in den Befragungen obenan standen, habe anscheinend keiner die spezielle Gunst und Empfehlung eines Magisters oder der Ordensleitung hinter sich stehen, während für Knecht sowohl zwei Mitglieder der Ordensleitung wie Herr Dubois einträten, und hinzu käme die gewichtige Stimme des Alt-Musikmeisters, der dieser Tage, wie man bestimmt wisse, von mehreren Magistern persönlich aufgesucht worden sei.

„Josef, sie machen dich zum Magister", stieß er nochmals heftig hervor, da legte sein Freund ihm die Hand auf den Mund. Josef war im ersten Augenblick von der Vermutung kaum weniger überrascht und ergriffen als Fritz, und sie hatte ihm ganz und gar unmöglich geschienen, aber schon während jener die Spielerdorfmeinungen über den Stand und Verlauf des „Konklave" mitteilte, begann Knecht einzusehen, daß die Vermutung des Freundes nicht fehlgehe.

Vielmehr, er spürte etwas wie ein Ja in seiner Seele, etwas wie die Empfindung, er habe es ja gewußt und erwartet, es sei ja richtig und natürlich. Nun also legte er dem erregten Kameraden die Hand auf den Mund, sah ihn fremd und verweisend, wie aus einer plötzlich vorhandenen Distanz und Ferne an und sagte: „Sprich nicht so viel, Amice; ich will diesen Klatsch nicht wissen. Geh zu deinen Kameraden.“

Tegularius, soviel er noch hätte sagen mögen, verstummte vor diesem Blick, aus dem ein neuer, ihm noch nicht bekannter Mensch ihn ansah, sofort, erbleichte und ging hinaus. Später hat er erzählt, Knechts merkwürdige Ruhe und Kälte in diesem Augenblick habe er zuerst wie einen Schlag und eine Beleidigung, wie eine Ohrfeige empfunden, einen Verrat an ihrer alten Freundschaft und Vertrautheit, ein kaum begreifliches Überbetonen und Vorwegnehmen seiner demnächstigen Stellung als höchster Vorgesetzter. Erst im Weggehen – und er ging wirklich wie ein Geschlagener weg – sei der Sinn dieses unvergeßlichen Blickes ihm aufgegangen, dieses fernen, königlichen, aber nicht minder leidenden Blickes, und er habe begriffen, daß sein Freund das ihm Zugefallene nicht stolz, sondern in Demut angenommen habe. Er habe, erzählte er, an den nachdenklichen Blick Josef Knechts und den Ton tiefen Mitgefühls in seiner Stimme denken müssen, mit dem er vor kurzem sich über Bertram und dessen Opfer erkundigt hatte. Wie wenn er selbst im Begriff wäre, gleich jenem „Schatten“ sich zu opfern und auszulöschen, so stolz und demütig zugleich, so erhaben und ergeben, so einsam und schicksalbereit sei jenes Gesicht gewesen, mit dem ihn sein Freund angeblickt, als sei es ein Monument aller je gewesenen Magister Kastaliens. „Geh zu deinen Kameraden“, hatte er zu ihm gesagt. Also schon in der Sekunde, da er von seiner neuen Würde zum erstenmal erfuhr, war dieser nie zu Kennende eingeordnet und sah die Welt vom neuen Mittelpunkte aus, war kein Kamerad mehr, würde es nie mehr sein.

Knecht hätte seine Ernennung, diese letzte und höchste seiner Berufungen, recht wohl auch selbst erraten oder mindestens als möglich, vielleicht als wahrscheinlich erkennen können; doch überraschte, ja erschreckte sie ihn auch diesmal. Er hätte es sich denken können, sagte er sich nachträglich, und lächelte über den eifrigen Tegularius, der die Ernennung zwar auch nicht von Anfang an erwartet, doch immerhin mehrere Tage vor der Entscheidung und Bekanntgebung errechnet und vorausgesagt hatte. Es sprach in der Tat nichts gegen eine Wahl Josefs in die oberste Behörde, außer etwa seine Jugend; die meisten seiner Kollegen hatten ihr hohes Amt im Alter von mindestens fünfundvierzig bis fünfzig Jahren angetreten, während Josef noch kaum vierzig war. Ein Gesetz jedoch, das eine so frühe Ernennung verboten hätte, existierte nicht.

Als nun Fritz seinen Freund mit dem Ergebnis seiner Beobachtungen und Kombinationen überraschte, Beobachtungen eines gewiegten Elitespielers, der den komplizierten Apparat des kleinen Waldzeller Gemeinwesens bis ins kleinste kannte, hatte Knecht sofort eingesehen, daß jener recht habe, hatte sofort seine Wahl, sein Schicksal begriffen und angenommen, seine erste Reaktion auf die Nachricht aber hatte darin bestanden, daß er den Freund wegwies mit den Worten, er wolle „von diesem Klatsch nichts wissen". Kaum war nun der andre, betroffen und nahezu beleidigt, weggegangen, so suchte Josef eine Meditationsstätte auf, um sich zu ordnen, und seine Betrachtung ging von einem Erinnerungsbilde aus, das ihn in dieser Stunde mit ungewöhnlicher Stärke überfallen hatte. Er sah in dieser Vision eine kahle Kammer und ein Klavier darin stehen, durchs Fenster schien ein kühl-heiteres Vormittagslicht, und in der Kammertür erschien ein schöner freundlicher Mann, ein ältlicher Mann mit ergrautem Haar und einem lichten Gesicht voll Güte und voll Würde; er selbst aber, Josef, war ein kleiner Lateinschüler, der in der Kammer halb ängstlich, halb beglückt auf den Musikmeister gewartet hatte und ihn jetzt zum ersten Male sah, den Ehrwürdigen, den Meister aus der sagenhaften Provinz der Eliteschulen und der Magister, der gekommen war, um ihm zu zeigen, was Musik sei, der ihn alsdann Schritt für Schritt in seine Provinz, in sein Reich, in die Elite und in den Orden eingeführt und aufgenommen hatte und dessen Kollege und Bruder er nun geworden war, während der Alte seinen Zauberstab, oder sein Szepter, weggelegt und sich in einen freundlich schweigsamen, noch immer gütigen, noch immer ehrwürdigen, noch immer geheimnisvollen Greis verwandelt hatte, dessen Blick und Vorbild über Josefs Leben lag und der ihm immer um ein Menschenalter und einige Lebensstufen und um ein Unmeßbares an Würde und zugleich an Bescheidenheit, an Meisterschaft und an Geheimnis überlegen sein, ihn aber immer, sein Patron und Vorbild, sanft zur Nachfolge zwingen würde, wie ein auf- und untergehendes Gestirn seine Brüder nach sich zieht. Solange sich Knecht absichtslos dem Zustrom der inneren Bilder überließ, wie sie sich, den Träumen wesensverwandt, im Zustand der ersten Entspannung einfinden, waren es vor allem zwei Vorstellungen, die aus dem Geströme traten und länger verweilten, zwei Bilder oder Sinnbilder, zwei Gleichnisse. In dem einen folgte Knecht, ein Knabe, auf mancherlei Gängen dem vorangehenden Meister nach, welcher als Führer vor ihm schritt und mit jedem Male, wo er sich umwandte und sein Gesicht zeigte, älter, stiller und ehrwürdiger wurde, zusehends einem Idealbild zeitloser Weisheit und Würde sich annähernd, während er, Josef Knecht, hingegeben und gehorsam hinter dem Vorbilde her schritt, aber immer derselbe Knabe blieb, worüber er abwechselnd bald Beschämung, bald aber auch eine gewisse Freude, ja beinahe etwas wie trotzige Genugtuung empfand. Und das zweite Bild war dieses: die Szene im Klavierzimmer, das Hereintreten des Alten zu dem Knaben, wiederholte sich immerzu, unendliche Male, der Meister und der Knabe folgten einander, wie am Draht eines Mechanismus gezogen, so daß es bald nicht mehr zu erkennen war, wer komme und wer gehe, wer führe und wer folge, der Alte oder der Junge. Bald schien es der Junge zu sein, welcher dem Alter, der Autorität und Würde Ehre und Gehorsam erwies; bald war es anscheinend der Alte, welchen die ihm leicht voraneilende Figur der Jugend, des Anfangs, der Heiterkeit zur dienenden oder adorierenden Nachfolge verpflichtete. Und während er diesem unsinnig-sinnvollen Traum-Rundlauf zusah, war in seinem eigenen Gefühl der Träumende bald mit dem Alten, bald mit dem Knaben identisch, war bald Verehrer, bald Verehrter, bald Führer, bald Gehorchender, und im Verlaufe dieses schwebenden Wechsels kam ein Augenblick, da war er beide, war zugleich Meister und Schülerlein, ja er stand vielmehr über beiden, war der Veranstalter, Ersinner, Lenker und Zuschauer des Kreislaufs, des ergebnislos in der Runde spielenden Wettlaufes von alt und jung, den er mit wechselnden Empfindungen bald verlangsamte, bald zur höchsten Eile antrieb. Und aus diesem Stadium entwickelte sich eine neue Vorstellung, mehr schon Symbol als Traum, mehr schon Erkenntnis als Bild, nämlich die Vorstellung oder vielmehr Erkenntnis: dieser sinnvoll-sinnlose Rundlauf von Meister und Schüler, dieses Werben der Weisheit um die Jugend, der Jugend um die Weisheit, dieses endlose, beschwingte Spiel war das Symbol Kastaliens, ja war das Spiel des Lebens überhaupt, das in alt und jung, in Tag und Nacht, in Yang und Yin gespalten ohne Ende strömt. Von hier aus dann fand der Meditierende den Weg aus der Bilderwelt in die Ruhe und kehrte nach lange dauernder Versenkung gestärkt und heiter zurück.

Als einige Tage später die Ordensleitung ihn zu sich befahl, ging er getrost und nahm die brüderliche Begrüßung der Obersten durch Handschlag und angedeutete Umarmung gefaßt mit heiterem Ernst entgegen. Es wurde ihm seine Ernennung zum Glasperlenspielmeister mitgeteilt und er zur Investitur und Vereidigung auf den übernächsten Tag in die Festspielhalle befohlen, dieselbe Halle, in welcher vor kurzem noch der Stellvertreter des entschlafenen Meisters jene beklemmende Feier absolviert hatte wie ein goldgeschmücktes Opfertier. Der freigelassene Tag vor der Investitur war einem genauen und von rituellen Meditationen begleiteten Studium der Eidesformel und der „kleinen Magisterordnung“ unter Anleitung und Aufsicht zweier Obern bestimmt, diesmal waren es der Ordenskanzler und der Magister Mathematicae, und in der mittäglichen Ruhepause dieses sehr anstrengenden Tages erinnerte Josef sich lebhaft seiner Aufnahme in den Orden und der vorangehenden Einführung durch den Musikmeister. Diesmal freilich führte der Aufnahmeritus ihn nicht, wie jährlich Hunderte, durch ein weites Tor in eine große Gemeinde ein, es ging durchs Nadelöhr in den höchsten und engsten Kreis, den der Meister. Dem Alt-Musikmeister gestand er später, es habe ihm an jenem Tage intensiver Selbstprüfung ein Gedanke Mühe gemacht, ein ganz lächerlicher kleiner Einfall; er habe sich nämlich vor dem Augenblick gefürchtet, wo ihm von einem der Meister bedeutet werden würde, wie ungewöhnlich jung er der höchsten Würde teilhaftig werde. Er habe ernstlich mit dieser Furcht, diesem kindisch eitlen

Gedanken zu kämpfen gehabt, und mit der Lust, falls eine Anspielung auf sein Alter fallen sollte, zu erwidern: „So laßt mich doch ruhig älter werden, ich habe ja nach dieser Erhöhung nie gestrebt.“ Die weitere Selbstprüfung aber habe ihm gezeigt, daß ihm unbewußt der Gedanke an seine Ernennung und der Wunsch nach ihr doch nicht so ganz fern könne gelegen haben; er habe sich dies eingestanden, habe die Eitelkeit seines Gedankens erkannt und abgetan, und er sei in der Tat weder an jenem Tage noch jemals später von den Kollegen an sein Alter erinnert worden.

Desto eifriger allerdings wurde die Wahl des neuen Meisters unter denen besprochen und kritisiert, deren Mitstrebender Knecht bis dahin gewesen war. Er hatte keine ausgesprochenen Gegner, wohl aber Konkurrenten und unter ihnen einige, die ihm an Alter voraus waren, und in diesem Kreise war man durchaus nicht gesonnen, die Wahl anders zu billigen als nach einem Kampf und einer Bewährung, zumindest aber nach einer höchst genauen und kritischen Beobachtung. Beinahe in jedem Falle ist der Amtsantritt und die erste Amtszeit eines neuen Magisters ein Gang durchs Fegefeuer.

Die Investitur eines Meisters ist keine öffentliche Feier, außer der obersten Erziehungsbehörde und der Ordensleitung nimmt an ihr nur der ältere Teil der Schülerschaft, die Kandidaten und die Beamtenschaft jener Disziplin teil, welche einen neuen Magister bekommt. Bei der Feier im Festsaal hatte der Glasperlenspielmeister den Amtseid abzulegen, hatte ferner von der Behörde die Insignien seines Amtes, bestehend in einigen Schlüsseln und Siegeln, entgegenzunehmen und sich vom Sprecher der Ordensleitung mit dem Ornat bekleiden zu lassen, dem festlichen Überkleide, das der Magister bei den höchsten Feierlichkeiten, vor allem beim Zelebrieren des Jahresspiels zu tragen hat. Einem solchen Akte fehlt zwar der Schwall und leichte Rausch öffentlicher Feste, er ist seiner Natur nach zeremoniell und eher nüchtern, dafür verleiht ihm schon allein die vollzählige Anwesenheit der beiden höchsten Behörden eine ungemeine Würde. Die kleine Republik der Glasperlenspieler erhält einen neuen Herrn, der ihr vorzustehen und sie in der Gesamtbehörde zu vertreten hat, das ist ein bedeutendes und seltenes Ereignis; mögen die Schüler und jüngeren

Studenten seine Wichtigkeit noch nicht voll erfassen und in der Feier nur eine Zeremonie und Augenlust erleben, alle anderen Teilnehmer sind sich dieser Wichtigkeit bewußt und sind genügend mit ihrer Gemeinschaft verwachsen und ihr wesensähnlich, um den Vorgang wie einen Vorgang im eigenen Leibe und Leben zu empfinden. Dieses Mal war die Festfreude nicht nur vom Tode des vorigen Meisters und der Trauer um ihn beschattet, sondern auch von der bangen Stimmung dieses Jahresspiels und der Tragödie des Stellvertreters Bertram.

Die Einkleidung wurde vom Sprecher der Ordensleitung und dem obersten Spielarchivar vollzogen, gemeinsam hielten sie den Ornat hoch und legten ihn dem neuen Glasperlenspielmeister über die Schultern. Die kurze Festrede sprach der Magister Grammaticae, der Meister der klassischen Philologie in Keuperheim, ein von der Elite gestellter Vertreter Waldzells übergab die Schlüssel und Siegel, und bei der Orgel sah man den greisen Alt-Musikmeister in eigener Person stehen. Er war zur Investitur herbeigereist, um seinen Schützling einkleiden zu sehen und durch seine unvermutete Anwesenheit froh zu überraschen, vielleicht auch ihm den einen oder andern Rat zu geben. Am liebsten hätte der Alte die Festmusik mit eigenen Händen gespielt, doch durfte er sich eine solche Anstrengung nicht mehr zutrauen, er hatte also das Spielen dem Organisten des Spielerdorfes überlassen, stand aber hinter ihm und wendete ihm die Blätter um. Mit andächtigem Lächeln blickte er auf Josef, sah ihn den Ornat und die Schlüssel empfangen und hörte ihn erst die Eidesformel, dann die freie Anrede an seine künftigen Mitarbeiter, Beamten und Schüler sprechen. Nie war ihm dieser Knabe Josef so lieb und erfreulich gewesen wie heute, wo er schon beinahe aufgehört hatte, Josef zu sein, und begann, nur noch der Träger eines Ornats und Amtes, ein Stein in einer Krone, ein Pfeiler im Bau der Hierarchie zu sein. Er konnte aber seinen Knaben Josef nur wenige Augenblicke allein sprechen. Heiter lächelte er ihm zu und beeilte sich, ihm einzuschärfen: „Sieh, daß du die nächsten drei, vier Wochen gut überstehst, es wird viel von dir verlangt werden. Denke immer ans Ganze, und denke immer daran, daß ein Versäumnis im einzelnen jetzt nicht schwer wiegt. Du mußt dich ganz der Elite widmen, alles andre laß gar nicht in deinen Kopf hinein. Man wird dir zwei Leute schicken, die dir einhelfen sollen; der eine davon, der Yogamann Alexander, ist von mir instruiert, höre gut auf ihn, er versteht seine Sache. Was du brauchst, ist ein felsenfestes Vertrauen darauf, daß die Oberen recht daran taten, dich zu den Ihren zu holen; vertraue auf sie, vertraue auf die Leute, die man dir zur Hilfe schickt, vertraue blind auf deine eigene Kraft. Der Elite aber schenke ein fröhliches, immer waches Mißtrauen, sie erwartet nichts andres. Du wirst gewinnen, Josef, ich weiß es."

Die meisten magistralen Amtsfunktionen waren für den neuen Magister wohlbekannte und vertraute Tätigkeiten, denen er in dienender oder assistierender Eigenschaft schon sich gewidmet hatte; die wichtigsten waren die Spielkurse, von den Schüler- und Anfänger-, den Ferien- und Gastkursen bis zu den Übungen, Vorlesungen und Seminaren für die Elite. Diesen Tätigkeiten, mit Ausnahme der letzten, konnte jeder neu ernannte Magister sich ohne weiteres gewachsen wissen, während ihm jene neuen Funktionen, welche zu üben er niemals Gelegenheit gehabt hatte, weit mehr Sorge und Mühe machen mußten. Auch Josef ging es so. Am liebsten hätte er vorerst sich mit ungeteiltem Eifer ebendiesen neuen Pflichten zugewandt, den eigentlich magistralen, der Mitarbeit im obersten Erziehungsrat, der Zusammenarbeit zwischen Magisterrat und Ordensleitung, der Vertretung des Glasperlenspiels und des Vicus Lusorum in der Gesamtbehörde. Er brannte darauf, sich mit diesen neuen Tätigkeiten vertraut zu machen und ihnen den drohenden Aspekt des Unbekannten zu nehmen, am liebsten hätte er sich vorerst einige Wochen beiseite gesetzt und dem genauesten Studium der Verfassung, der Formalitäten, der Sitzungsprotokolle und so weiter hingegeben. Für Auskunft und Belehrung auf diesem Gebiet stand ihm, das wußte er, außer Herrn Dubois der erfahrenste Kenner und Meister der magistralen Formen und Traditionen zur Verfügung, nämlich der Sprecher der Ordensleitung, welcher zwar selbst nicht Magister war, also eigentlich im Range unter den Meistern stand, der aber in allen Sitzungen der Behörde die Regie führte und der traditionellen Ordnung zu ihrem Recht verhalf gleich dem Oberzeremonienmeister eines Fürstenhofes. Wie gern hätte er diesen klugen, erfahrenen, in seiner glänzenden Höflichkeit undurchsichtigen Mann, dessen Hände ihn eben erst feierlich mit dem Ornat bekleidet hatten, um ein Privatissimum gebeten, hätte jener nur seinen Wohnsitz in Waldzell gehabt statt in dem immerhin eine halbe Tagreise entfernten Hirsland! Wie gern hätte er sich für eine Weile nach Monteport geflüchtet und sich vom Alt-Musikmeister in diese Dinge einführen lassen! Allein daran war nicht zu denken, solche private und studentische Wünsche durfte ein Magister nicht hegen. Vielmehr mußte er sich für die erste Zeit mit intensiver, ausschließlicher Sorgfalt und Hingabe gerade jenen Funktionen widmen, von denen er der Meinung gewesen war, sie würden ihm kaum Mühe machen. Was er während Bertrams Festspiel, wo er einen von der eigenen Gemeinschaft, der Elite, im Stich gelassenen Magister gleichsam im luftleeren Raum hatte kämpfen und ersticken sehen, was er damals geahnt und was die Worte des Alten von Monteport am Tag der Einkleidung bestätigt hatten, das zeigte ihm jetzt jeder Augenblick seines Amtstages und jeder Moment einer Besinnung über seine Lage: er mußte sich vor allem andern der Elite und Repetentenschaft, den obersten Stufen des Studiums, den Seminarübungen und dem ganz persönlichen Umgang mit den Repetenten widmen. Er konnte das Archiv den Archivaren, die Anfängerkurse den vorhandenen Lehrern, die Post den Sekretären überlassen, es würde dabei nicht viel versäumt werden. Die Elite aber durfte er keinen Augenblick sich selbst überlassen, er mußte sich ihr widmen, sich ihr aufdrängen und unentbehrlich machen, sie vom Wert seiner Fähigkeiten, von der Reinheit seines Willens überzeugen, mußte sie erobern, um sie werben, sie gewinnen, sich mit jedem ihrer Kandidaten messen, der dazu Lust zeigte, und es war kein Mangel an solchen Kandidaten. Dabei kam manches ihm zu Hilfe, was er früher als wenig förderlich angesehen hatte, namentlich seine lange Abwesenheit von Waldzell und der Elite, wo er jetzt beinahe wieder ein Homo novus war. Sogar seine Freundschaft mit Tegularius erwies sich als dienlich. Denn Tegularius, der geistreich-kränkliche Outsider, kam offensichtlich für eine streberische Laufbahn so wenig in Betracht und schien selbst so wenig Ehrgeiz zu haben, daß eine etwaige Bevorzugung durch den neuen Magister keine Benachteiligung von Mitstrebenden bedeutet hätte. Das Meiste und Beste mußte Knecht immerhin selber tun, um diese oberste, lebendigste, unruhigste und empfindlichste Schicht der Spielwelt erforschend zu durchdringen und sich ihrer wie der Reiter eines edlen Pferdes zu bemächtigen. Denn in jedem kastalischen Institut, nicht nur beim Glasperlenspiel, stellt die Elite der fertig ausgebildeten, aber noch frei studierenden, noch nicht in den Dienst der Erziehungsbehörde oder des Ordens eingestellten Kandidaten, die man auch Repetenten heißt, den kostbarsten Bestand und recht eigentlich die Reserve, die Blüte und Zukunft dar, und überall, nicht nur im Spielerdorf, ist diese hochgemute Auslese der Nachzucht neuen Lehrern und Vorgesetzten gegenüber durchaus auf Sprödigkeit und Kritik gestimmt, erweist einem neuen Oberhaupt gerade knapp das Mindestmaß an Höflichkeit und Unterordnung und muß durchaus persönlich und mit vollem Einsatz des Werbenden gewonnen, überzeugt und überwunden werden, ehe sie ihn anerkennt und sich seiner Führung willig ergibt.

Knecht stellte sich der Aufgabe ohne Bangen, war über ihre Schwierigkeit aber doch verwundert, und während er sie löste und das für ihn höchst anstrengende, ja aufreibende Spiel gewann, traten jene anderen Pflichten und Aufgaben, an die er eher mit Sorge zu denken geneigt gewesen war, von selber zurück und schienen weniger Aufmerksamkeit zu fordern; er gestand einem Kollegen, daß er die erste Vollsitzung der Behörde, zu welcher er mit Eilpost eintraf und nach deren Beendigung er mit Eilpost zurückreiste, beinah wie im Traume mitgemacht und ihr im Nachhinein keinen Gedanken mehr habe widmen können, so völlig habe die für ihn aktuelle Arbeit ihn in Anspruch genommen; ja sogar während der Beratung selbst, obwohl deren Thema ihn interessierte und obwohl er ihr als seinem ersten Auftreten in der Behörde mit einiger Unruhe entgegengesehen hatte, ertappte er sich mehrmals darauf, daß er mit seinen Gedanken nicht hier unter den Kollegen und bei den Debatten, sondern in Waldzell und in jenem blau getünchten Raum des Archivs war, wo er zur Zeit jeden dritten Tag ein dialektisches Seminar mit nur fünf Teilnehmern hielt und wo jede Stunde eine größere Anspannung und Kraftausgabe forderte als der ganze übrige Amtstag, wel-

cher doch auch nicht leicht war und dem er sich nirgends entziehen konnte, denn wie der Alt-Musikmeister ihm angekündigt hatte, war ihm von der Behörde für diese erste Zeit ein Einpeitscher und Kontrolleur beigegeben worden, der seinen Tageslauf von Stunde zu Stunde überwachen, ihn bei der Zeiteinteilung beraten und ihn vor Einseitigkeiten sowohl wie vor völliger Überanstrengung bewahren mußte. Knecht war ihm dankbar, und noch mehr war er es dem Abgesandten der Ordensleitung, einem Meister der Meditationskunst von großem Ruf; er hieß Alexander. Dieser sorgte dafür, daß der bis zur äußersten Anspannung Arbeitende täglich dreimal der „kleinen" oder „kurzen" Übung nachkam und daß Ablauf und Minutendauer für jede solche Übung genauestens eingehalten wurden. Mit den beiden, dem Einpauker und dem kontemplativen Ordensmann, hatte er täglich, dicht vor der Abendmeditation, seinen Amtstag rückblickend zu rekapitulieren, Fortschritte und Niederlagen festzustellen, sich „den Puls zu fühlen", wie die Meditationslehrer es nennen, das heißt, sich selbst, seine augenblickliche Lage, sein Befinden, die Verteilung seiner Kräfte, seine Hoffnungen und Sorgen zu erkennen und zu messen, sich selbst und sein Tagewerk objektiv zu sehen und nichts Ungelöstes in die Nacht und den andern Tag mit hinüberzunehmen.
Während die Repetenten mit teils sympathisierendem, teils kämpferischem Interesse der gewaltigen Arbeit ihres Magisters zusahen und keine Gelegenheit versäumten, ihm improvisierte kleine Kraft-, Gedulds- und Schlagfertigkeitsproben aufzuerlegen, seine Arbeit bald zu befeuern, bald zu hemmen bestrebt, war um Tegularius eine fatale Leere entstanden. Daß Knecht jetzt keine Aufmerksamkeit, keine Zeit, keine Gedanken, keine Teilnahme für ihn übrig haben könne, begriff er zwar, vermochte aber sich gegen die vollkommene Vergessenheit, in die er für den Freund plötzlich versunken schien, doch nicht hart und gleichgültig genug zu machen, um so weniger, als er nicht nur von einem Tag auf den andern seinen Freund verloren zu haben schien, sondern auch noch von seinen Kameraden einiges Mißtrauen erfuhr und kaum angesprochen wurde. Was nicht verwunderlich war, denn wenn Tegularius auch den Ehrgeizigen nicht ernstlich im Wege stehen konnte, so war er

doch eben Partei und hatte bei dem jungen Magister seinen Stein im Brett. Dies alles konnte Knecht sich wohl denken, und es gehörte mit zu seinen augenblicklichen Aufgaben, mit allem andern Persönlichen und Privaten auch diese Freundschaft für eine Weile auszuschalten. Er tat dies aber, wie er dem Freunde später gestand, nicht eigentlich wissend und willentlich, sondern er hatte den Freund ganz einfach vergessen, er hatte sich so ganz zum Werkzeug gemacht, daß so private Dinge wie Freundschaft ins Unmögliche entschwanden, und wenn irgendwo, wie zum Beispiel in jenem Seminar zu fünfen, Fritzens Gestalt und Gesicht vor ihm erschien, so war es nicht Tegularius, war nicht ein Freund, ein Bekannter, eine Person, sondern es war einer von der Elite, ein Student, vielmehr Kandidat und Repetent, ein Stück seiner Arbeit und Aufgabe, ein Soldat in der Truppe, die zu schulen und mit der zu siegen sein Ziel war. Fritz hatte einen Schauder gespürt, als er zum erstenmal vom Magister so angeredet wurde; er hatte an dessen Blick gespürt, daß diese Fremde und Objektivität durchaus nicht gespielt, sondern echt und unheimlich sei und daß der Mann vor ihm, der ihn mit dieser sachlichen Höflichkeit bei großer geistiger Wachheit behandelte, nicht mehr sein Freund Josef sei, sondern nur Lehrer und Prüfer, nur Glasperlenspielmeister, vom Ernst und von der Strenge seines Amtes umgeben und abgeschlossen wie von einer glänzenden Glasur, die im Feuer um ihn gegossen und erstarrt wäre. Übrigens passierte mit Tegularius in diesen heißen Wochen ein kleiner Zwischenfall. Schlaflos und innerlich strapaziert durch das Erlebte, ließ er sich im kleinen Seminar eine Unartigkeit, eine kleine Explosion zuschulden kommen, nicht gegen den Magister, sondern gegen einen Kollegen, der ihm durch seinen spöttischen Ton auf die Nerven ging. Knecht bemerkte es wohl, bemerkte auch den überreizten Zustand des Delinquenten, er wies ihn nur durch eine stumme Fingerbewegung zurecht, schickte ihm aber nachher seinen Meditationsmeister, um etwas Seelsorge an dem Schwierigen zu üben. Diese Fürsorge empfand Tegularius nach wochenlanger Entbehrung als erstes Anzeichen wiedererwachender Freundschaft, denn er nahm sie als eine ihm persönlich geltende Aufmerksamkeit und ließ sich willig in die Kur nehmen. In Wirklichkeit hatte

Knecht kaum wahrgenommen, wem er diese Fürsorge erweise, er hatte lediglich als Magister gehandelt: er hatte bei einem Repetenten Gereiztheit und Mangel an Haltung bemerkt und hatte erzieherisch darauf reagiert, ohne einen Moment diesen Repetenten als Person anzusehen und zu sich selbst in Beziehung zu bringen. Als ihn, um Monate später, der Freund an diese Szene erinnerte und ihm versicherte, wie sehr er ihn durch dies Zeichen des Wohlwollens erfreut und getröstet habe, schwieg Josef Knecht, der die Sache völlig vergessen hatte, und ließ den Irrtum auf sich beruhen.

Schließlich war das Ziel erreicht und der Kampf gewonnen, es war eine große Arbeit gewesen, mit dieser Elite fertig zu werden, sie müde zu exerzieren, die Strebsamen zu zähmen, die Unentschiedenen für sich zu gewinnen, den Hochmütigen zu imponieren; aber nun war die Arbeit geleistet, die Kandidatenschaft des Spielerdorfes hatte ihren Meister anerkannt und sich ihm ergeben, plötzlich ging alles leicht, als habe es nur an einem Tropfen Öl gefehlt. Der Einpauker stellte mit Knecht ein letztes Arbeitsprogramm zusammen, sprach ihm die Anerkennung der Behörde aus und verschwand, der Meditationsmeister Alexander ebenso. An Stelle der Massage am Morgen trat wieder der Spaziergang, an etwas wie Studium oder auch nur Lektüre war zwar vorläufig noch nicht zu denken, doch wurde am Abend vor dem Schlafengehen an manchen Tagen schon wieder ein wenig musiziert. Bei seinem nächsten Erscheinen in der Behörde spürte Knecht deutlich, ohne daß es mit Worten berührt worden wäre, daß er jetzt unter seinen Kollegen als bewährt und ebenbürtig gelte. Nach der Glut und Hingabe des Kampfes um seine Bewährung überkam ihn nun ein Erwachen, eine Erkühlung und Ernüchterung, er sah sich im Innersten Kastaliens, sah sich im obersten Rang der Hierarchie und nahm mit wunderlicher Nüchternheit, beinah Enttäuschung wahr, daß auch diese sehr dünne Luft sich atmen lasse, daß aber freilich er, der sie nun atmete, als kenne er keine andre, durchaus gewandelt sei. Es war die Frucht dieser harten Prüfungszeit, die ihn ausgeglüht hatte, wie kein anderer Dienst, keine andere Anstrengung es bisher getan hatte.

Die Anerkennung des Regenten durch die Elite fand diesmal in einer besonderen Geste ihren Ausdruck. Als Knecht das Aufhören der Widerstände, das Vertrauen und Einverständnis der Repetentenschaft spürte und das Schwerste geleistet wußte, war der Augenblick für ihn gekommen, sich einen „Schatten" zu wählen, und in der Tat war er eines solchen und einer Entlastung niemals bedürftiger als in jenem Moment nach gewonnenem Sieg, wo die beinah übermenschliche Kraftprobe ihn plötzlich in eine relative Freiheit entließ; schon mancher war gerade an dieser Stelle des Weges umgesunken. Knecht nun verzichtete auf das ihm zustehende Recht der Wahl unter den Kandidaten und bat die Repetentenschaft, ihm einen „Schatten" nach ihrer eigenen Wahl zur Verfügung zu stellen. Noch unter dem Eindruck von Bertrams Schicksal stehend, nahm die Elite dieses Entgegenkommen doppelt ernst, traf nach mehreren Sitzungen und geheimen Befragungen ihre Wahl und stellte dem Magister einen ihrer besten Männer als Stellvertreter vor, der bis zu Knechts Ernennung für einen der aussichtsvollsten Kandidaten für die Meisterwürde gegolten hatte.

Wohl war das Härteste nun überstanden, es gab wieder Spaziergang und Musik, mit der Zeit würde auch wieder an Lektüre zu denken erlaubt sein, würde die Freundschaft mit Tegularius, je und je ein Briefaustausch mit Ferromonte möglich sein, es würde zuweilen einen freien Halbtag, etwa auch einmal einen kleinen Reiseurlaub geben. Allein diese Annehmlichkeiten alle würden einem andern zugute kommen, nicht dem bisherigen Josef, der sich für einen beflissenen Glasperlenspieler und einen leidlich guten Kastalier gehalten hatte und doch so ohne Ahnung vom Innersten der kastalischen Ordnung gewesen war, der so harmlos eigensüchtig, so kindlich spielerisch, so unvorstellbar privat und verantwortungsfrei gelebt hatte. Einmal fielen die spöttisch mahnenden Worte ihm ein, die er einst von Meister Thomas sich hatte sagen lassen müssen, nachdem er den Wunsch hatte laut werden lassen, noch eine Weile dem freien Studium leben zu dürfen: „Eine Weile – wie lang ist das? Du sprichst noch die Studentensprache, Josef." Das war vor wenigen Jahren gewesen; mit Bewunderung und tiefer Ehrfurcht hatte er ihn angehört, und auch mit einem ganz leisen Grauen vor der unpersönlichen Vollkommenheit und Zucht dieses Mannes, und hatte gefühlt, wie Kastalien auch nach ihm selbst greifen und ihn an sich saugen wollte, um vielleicht auch aus ihm einmal einen solchen Thomas zu machen, einen Meister, einen Regenten und Diener, ein vollkommenes Werkzeug. Und nun stand er an der Stelle, wo jener gestanden war, und wenn er mit einem seiner Repetenten sprach, einem dieser klugen, mit allen Wassern gewaschenen Spieler und Privatgelehrten, einem dieser fleißigen und hochmütigen Prinzen, so blickte er zu ihm in eine andre, fremdschöne, wunderliche und erledigte Welt hinüber, ganz ebenso wie einst Magister Thomas ihm in seine wunderliche Studentenwelt hineingeblickt hatte.

Im Amte

Wenn die Übernahme des Magisteramtes zunächst mehr Verlust als Gewinn gebracht zu haben schien, wenn sie die Kräfte und das persönliche Leben beinahe aufgezehrt, allen Gewohnheiten und Liebhabereien den Garaus gemacht, im Herzen eine kühle Stille und im Kopf etwas wie das Schwindelgefühl bei einer Überanstrengung zurückgelassen hatte, so brachte die nun folgende Zeit der Erholung, Besinnung und Eingewöhnung doch auch neue Beobachtungen und Erlebnisse. Das größte war, nach geschlagener Schlacht, die vertrauensvolle und freundschaftliche Zusammenarbeit mit der Elite. In den Besprechungen mit seinem „Schatten", in der Arbeit mit Fritz Tegularius, den er probeweise als Gehilfen bei der Korrespondenz gebrauchte, im allmählichen Studieren, Nachprüfen und Ergänzen der Zeugnisse und andern Notizen über Schüler und Mitarbeiter, die sein Vorgänger hinterlassen hatte, lebte er sich mit rasch wachsender Liebe in diese Elite ein, die er so gut zu kennen geglaubt hatte, deren Wesen aber, ebenso wie die ganze Eigenart des Spielerdorfes und seiner Rolle im kastalischen Leben, sich ihm erst jetzt in aller Wirklichkeit erschloß. Zwar hatte er dieser Elite und Repetentenschaft, diesem ebenso musischen wie ehrgeizigen Spielerdorf in Waldzell, manche Jahre angehört und hatte sich durchaus als ein Teil davon empfunden. Jetzt aber war er nicht mehr nur irgendein Teil, lebte nicht nur mit dieser Gemeinschaft innig mit, sondern er empfand sich nun wie das Gehirn, wie das Bewußtsein und auch wie das Gewissen dieser Gemeinschaft, deren Regungen und Schicksale nicht nur miterlebend, sondern sie leitend und für sie verantwortlich. In einer gehobenen Stunde, am Schluß eines Kurses zur Ausbildung von Spiellehrern für Anfänger, hat er es einmal so ausgesprochen: „Kastalien ist ein kleiner Staat für sich, und unser Vicus Lusorum ein Stätchen innerhalb des Staates, eine kleine, aber alte und stolze Republik, ihren Schwestern gleichgeordnet und gleichberechtigt, aber in ihrem Selbstbewußtsein bestärkt und gehoben durch die besondere musische und gewissermaßen sakrale Art ihrer Funktion. Denn wir sind ja durch die Aufgabe ausgezeichnet, das eigentliche Heiligtum Kastaliens, sein einzigartiges Geheimnis und Symbol, zu hüten, das Glasperlenspiel. Kastalien erzieht vorzügliche Musiker und Kunsthistoriker, Philologen, Mathematiker und andre Gelehrte. Jedes kastalische Institut und jeder Kastalier sollte nur zwei Ziele und Ideale kennen: in seinem Fache das möglichst Vollkommene zu leisten und sein Fach und sich selbst dadurch lebendig und elastisch zu erhalten, daß er es beständig mit allen andern Disziplinen verbunden und allen innig befreundet weiß. Dieses zweite Ideal, der Gedanke der inneren Einheit aller geistigen Bemühungen des Menschen, der Gedanke der Universalität, hat in unsrem erlauchten Spiel seinen vollkommenen Ausdruck gefunden. Mag vielleicht für den Physiker oder Musikhistoriker oder irgendeinen anderen Gelehrten ein strenges und asketisches Beharren bei seinem Fache zuzeiten geboten und ein Verzicht auf den Gedanken der Universalbildung der momentanen, speziellen Höchstleistung förderlich sein – wir jedenfalls, wir Glasperlenspieler, dürfen diese Beschränkung und Selbstgenügsamkeit niemals gutheißen und üben, denn gerade unsere Aufgabe ist es ja, den Gedanken der Universitas Litterarum und seinen höchsten Ausdruck, das edle Spiel, zu hüten und immer wieder vor der Neigung der Einzeldisziplinen zur Selbstgenügsamkeit zu retten. Aber wie können wir etwas retten, was nicht selber den Wunsch hätte, gerettet zu werden? Und wie können wir den Archäologen, den Pädagogen, den Astronomen usw. zwingen, auf ein selbstgenügsames Fachgelehrtentum zu verzichten und immer wieder ihre Fenster gegen alle andern Disziplinen zu öffnen?

Wir können es nicht durch Zwangsvorschriften, indem wir etwa das Glasperlenspiel schon in den Schulen zum offiziellen Lehrfach machen, und wir können es auch nicht durch die bloße Erinnerung an das, was unsre Vorgänger mit diesem Spiel gemeint haben. Wir können unser Spiel und uns selbst nur dadurch als unentbehrlich ausweisen, daß wir es stets auf der Höhe des gesamten geistigen Lebens halten, daß wir jede neue Errungenschaft, jede neue Blickrichtung und Fragestellung der Wissenschaften uns wachsam aneignen und daß wir unsre Universalität, unser edles und auch gefährliches Spiel mit dem Gedanken der Einheit immer neu und immer wieder so hold, so überzeugend, so verlokkend und reizvoll gestalten und betreiben, daß auch der ernsteste Forscher und fleißigste Fachmann immer wieder seinen Mahnruf, seine Verführung und Lockung empfinden muß. Stellen wir uns einmal vor, wir Spieler würden einige Zeit mit geringerem Eifer arbeiten, die Spielkurse für Anfänger würden langweiliger und oberflächlicher, in den Spielen für Fortgeschrittene würden die Fachgelehrten das lebendig pulsierende Leben, die geistige Aktualität und Interessantheit vermissen, unser großes Jahresspiel würde zwei-, dreimal nacheinander von den Gästen als leere Zeremonie, als unlebendig, als altmodisch, als zopfiges Relikt der Vergangenheit empfunden – wie rasch wäre es da mit dem Spiel und mit uns zu Ende! Wir sind ja schon jetzt nicht mehr auf der glänzenden Höhe, auf der das Glasperlenspiel vor einem Menschenalter stand, wo das Jahresspiel nicht eine oder zwei, sondern drei und vier Wochen dauerte und nicht nur für Kastalien, sondern für das ganze Land der Höhepunkt des Jahres war. Heute wohnt diesem Jahresspiel noch ein Vertreter der Regierung bei, oft genug als ein eher gelangweilter Gast, und einige Städte und Stände schicken noch Abgesandte; gegen Ende der Spieltage belieben diese Vertreter der weltlichen Mächte gelegentlich in höflicher Form durchblicken zu lassen, daß die lange Dauer des Festes manche Stadt davon abhalte, auch ihrerseits Repräsentanten zu senden, und daß es vielleicht zeitgemäß wäre, entweder das Fest erheblich zu kürzen oder aber es inskünftig nur noch jedes zweite oder dritte Jahr abzuhalten. Nun, diese Entwicklung oder diesen Verfall können wir nicht aufhalten. Es ist wohl möglich, daß unser Spiel draußen in der Welt bald gar kein Verständnis mehr finden, daß das Fest nur noch alle fünf, alle zehn Jahre oder gar nicht mehr gefeiert werden kann. Was wir aber verhindern müssen und können, das ist die Mißkreditierung und Entwertung des Spieles in seiner eigenen Heimat, in unsrer Provinz. Hier ist unser Kampf hoffnungsvoll und führt immer wieder zum Sieg. Wir erleben es jeden Tag, daß junge Eliteschüler, die sich zu ihrem Spielkurs ohne allzu großen Eifer gemeldet hatten und ihn artig, aber ohne Begeisterung absolvierten, plötzlich von den Geistern des Spieles, von seinen intellektuellen Möglichkeiten, seiner ehrwürdigen Tradition, seinen seelenrührenden Kräften ergriffen und zu unsern leidenschaftlichen Anhängern und Parteigängern werden. Und wir können jedes Jahr beim Ludus sollemnis Gelehrte von Rang und Namen sehen, von denen wir wissen, daß sie ihr arbeitsreiches Jahr hindurch uns Glasperlenspieler eher von oben herab betrachten und unserm Institut nicht immer das Beste wünschen, und die nun, im Laufe des großen Spiels, von den Zaubern unsrer Kunst mehr und mehr gelöst und gewonnen, entspannt und erhoben werden, sich verjüngen und beschwingen und schließlich im Herzen gestärkt und ergriffen mit Worten beinah beschämter Dankbarkeit sich verabschieden. Betrachten wir einen Augenblick die Mittel, die uns zu Gebote stehen, um unsre Aufgabe zu erfüllen, so sehen wir einen reichen, schönen und wohlgeordneten Apparat, dessen Herz und Mittelpunkt das Spielarchiv ist, den wir alle allstündlich dankbar benutzen und dem wir alle, vom Magister und Archivar bis zum letzten Gehilfen, dienen. Das Beste und Lebendigste an unsrem Institut ist das alte kastalische Prinzip der Auswahl der Besten, der Elite. Die Schulen Kastaliens sammeln die besten Schüler aus dem ganzen Lande und bilden sie aus. Ebenso suchen wir im Spielerdorf die Besten unter den mit Liebe zum Spiel Begabten auszuwählen, sie festzuhalten und immer vollkommener auszubilden, unsre Kurse und Seminare nehmen Hunderte auf und lassen sie wieder ziehen, die Besten aber bilden wir als echte Spieler, als Künstler des Spiels weiter und weiter, und jeder von euch weiß, daß es in unserer Kunst, wie in jeder, keinen Endpunkt der Entwicklung gibt, daß jeder von uns, wenn wir erst einmal der Elite angehören, zeitlebens an der

Weiterentwicklung, Verfeinerung, Vertiefung seiner selbst und unsrer Kunst arbeiten wird, einerlei, ob er unsrer Beamtenschaft angehöre oder nicht. Man hat das Vorhandensein unsrer Elite gelegentlich einen Luxus gescholten und gemeint, wir sollten nicht mehr Elitespieler heranbilden als nötig seien, um unsre Beamtenstellen stets gut besetzen zu können. Aber einmal ist die Beamtenschaft ja keine sich selbst genügende Institution, und dann ist längst nicht jeder zum Beamten geeignet, so wenig wie etwa jeder gute Philologe auch zum Lehrer geeignet ist. Wir Beamte jedenfalls wissen und fühlen es genau, daß die Repetentenschaft nicht bloß das Reservoir begabter und im Spiel erfahrener Leute ist, aus welchem wir unsre Lücken ergänzen und das unsre Nachfolger liefern wird. Beinahe möchte ich sagen, dies sei nur eine Nebenfunktion der Spielerelite, wenn wir sie auch den Ahnungslosen gegenüber sehr betonen, sobald vom Sinn und von der Lebensberechtigung unsrer Anstalt die Rede ist. Nein, die Repetenten sind nicht in erster Linie künftige Magister, Kursleiter, Archivbeamte, sie sind Selbstzweck, ihre kleine Schar ist die eigentliche Heimat und Zukunft des Glasperlenspiels; hier in diesen paar Dutzend Herzen und Gehirnen spielen sich die Entwicklungen, Anpassungen, Aufschwünge, die Auseinandersetzungen unseres Spieles mit dem Zeitgeist und den Einzelwissenschaften ab. Eigentlich und richtig, vollwertig und mit ganzem Einsatz wird nur hier unser Spiel gespielt, nur hier in unserer Elite ist es Selbstzweck und heiliger Dienst, hat nichts mehr mit Liebhaberei oder Bildungseitelkeit zu tun, nichts mit Wichtigtuerei, noch auch mit Aberglauben. Bei euch Waldzeller Repetenten liegt die Zukunft des Spiels. Da es das Herz und Innerste von Kastalien ist, ihr aber das Innerste und Lebendigste unsrer Siedlung, seid ihr recht eigentlich das Salz der Provinz, ihr Geist, ihre Unruhe. Es besteht keine Gefahr, daß eure Zahl zu groß, euer Eifer zu heftig, eure Leidenschaft für das herrliche Spiel zu heiß werden könnte; steigert sie, steigert sie! Es besteht für euch, wie für alle Kastalier, im Grunde nur eine einzige Gefahr, vor der wir alle und jeden Tag auf der Hut sein müssen. Der Geist unsrer Provinz und unsres Ordens ist auf zwei Prinzipien gegründet: auf die Objektivität und Wahrheitsliebe im Studium, und auf die Pflege der meditativen Weisheit und

Harmonie. Die beiden Prinzipien im Gleichgewicht halten, heißt für uns: weise und unsres Ordens würdig sein. Wir lieben die Wissenschaften, ein jeder die seine, und wissen doch, daß die Hingabe an eine Wissenschaft einen Mann nicht unbedingt vor Eigennutz, Laster und Lächerlichkeit zu schützen vermag, die Geschichte ist voll von Beispielen, die Figur des Doktor Faust ist die literarische Popularisierung dieser Gefahr. Andere Jahrhunderte suchten Zuflucht bei der Vereinigung von Geist und Religion, von Forschung und Askese, in ihrer Universitas Litterarum regierte die Theologie. Bei uns ist es die Meditation, die vielfach gestufte Yoga-Praxis, mit der wir das Tier in uns und den in jeder Wissenschaft hausenden Diabolus zu bannen suchen. Nun, ihr wisset so gut wie ich, daß auch das Glasperlenspiel seinen Diabolus in sich stecken hat, daß es zur leeren Virtuosität, zum Selbstgenuß künstlerhafter Eitelkeit, zur Streberei, zum Erwerb von Macht über andere und damit zum Mißbrauch dieser Macht führen kann. Darum bedürfen wir noch einer andern Erziehung als der intellektuellen und haben uns der Moral des Ordens unterstellt, nicht um unser geistigaktives Leben in ein seelisch-vegetatives Traumleben umzubiegen, sondern im Gegenteil um geistiger Höchstleistungen fähig zu sein. Wir sollen nicht aus der Vita activa in die Vita contemplativa fliehen, noch umgekehrt, sondern zwischen beiden wechselnd unterwegs sein, in beiden zu Hause sein, an beiden teilhaben."

Wir haben Knechts Worte, deren viele ähnliche von Schülern aufgezeichnet und erhalten sind, wiedergegeben, weil sie seine Auffassung vom Amt, wenigstens in den ersten Jahren seines Magistrats, so klar beleuchten. Daß er ein hervorragender Lehrer war (anfänglich übrigens zu seiner eigenen Verwunderung), zeigt uns schon die auffallend große Zahl der auf uns gekommenen Nachschriften seiner Vorträge. Es gehörte zu den Entdeckungen und Überraschungen, die sein hohes Amt ihm schon von Anfang an brachte, daß das Lehren ihm so viele Freude machte und so leicht gelang. Er hätte es nicht gedacht, denn bisher hatte er nach einer Lehrtätigkeit sich eigentlich nie gesehnt. Wohl hatte er, wie jeder aus der Elite, schon als älterer Student je und je Lehraufträge für kurze Dauer erhalten, hatte vertretungsweise in den Glasperlenspielkursen verschiedener Stufen unterrichtet, noch häufiger den Teilnehmern solcher Kurse als Korrepetitor gedient, doch waren ihm damals die Freiheit des Studierens und die einsame Konzentration auf seine jeweiligen Studiengebiete so lieb und wichtig gewesen, daß er, obwohl schon damals als Lehrer geschickt und beliebt, diese Aufträge eher als unerwünschte Störungen betrachtet hatte. Schließlich hatte er ja auch im Benediktinerstift Kurse gehalten, aber die waren freilich von geringer Bedeutung an sich und von ebenso geringer für ihn gewesen; an jenem Orte hatte für ihn das Lernen bei Pater Jakobus und der Umgang mit ihm alle andere Arbeit zur Nebensache werden lassen. Ein guter Schüler zu sein, zu lernen, aufzunehmen und sich zu bilden, war damals sein oberstes Streben gewesen. Nun war aus dem Schüler ein Lehrer geworden, und als Lehrer vor allem hatte er die große Aufgabe seiner ersten Amtszeit bewältigt, den Kampf um die Autorität und um die genaue Identifizierung von Person und Amt. Es waren zwei Entdeckungen, die er dabei machte: die Freude, welche es bereitet, geistig Erworbenes in andere Geister zu verpflanzen und es dabei zu ganz neuen Erscheinungsformen und Ausstrahlungen sich wandeln zu sehen, also die Freude am Lehren, und dann das Kämpfen mit den Persönlichkeiten der Studenten und Schüler, das Erwerben und Ausüben der Autorität und Führerschaft, also die Freude am Erziehen. Er hat beides nie getrennt, und während seines Magistrates hat er nicht nur eine große Zahl guter und bester Glasperlenspieler herangebildet, sondern auch einen großen Teil seiner Schüler durch Beispiel und Vorbild, durch Mahnung, durch seine strenge Art von Geduld, durch die Kraft seines Wesens als Menschen und Charakter zum Besten entwickelt, dessen sie fähig waren.

Dabei hat er, wenn uns hier ein Vorwegnehmen erlaubt ist, eine charakteristische Erfahrung gemacht. Im Anfang seiner Amtstätigkeit hatte er es ausschließlich mit der Elite zu tun, mit der obersten Schicht seiner Schülerschaft, mit Studenten und Repetenten, deren manche ihm an Alter gleich und deren jeder schon ein durchgebildeter Spieler war. Erst allmählich, als er der Elite sicher war, begann er ihr langsam und vorsichtig von Jahr zu Jahr etwas mehr an Kraft und an Zeit zu entziehen, bis er am Ende sie zeitweilig beinahe ganz seinen Vertrauensmännern und Mitarbeitern überlassen konnte. Der Vorgang dauerte Jahre, und von einem Jahr zum andern drang Knecht in den Vorträgen, Kursen und Übungen, die er leitete, zu immer ferneren, jüngeren Schichten der Schülerschaft zurück, zuletzt hat er sogar, was selten ein Magister Ludi tat, mehrere Male persönlich die Anfängerkurse für die Jüngsten, für Schüler also und noch nicht Studenten, abgehalten. Und dabei fand er, je jünger und unwissender seine Schüler waren, desto mehr Freude am Lehren. Manchmal bereitete es ihm im Lauf dieser Jahre geradezu Unbehagen und kostete ihn eine spürbare Anstrengung, von diesen Jungen und Jüngsten zu den Studenten oder gar zur Elite zurückzukehren. Ja zuweilen empfand er den Wunsch, noch weiter zurückzugehen und sich an noch jüngeren Schülern zu versuchen, an solchen, für die es noch keine Kurse und kein Glasperlenspiel gab; er konnte sich etwa wünschen, eine Weile in Eschholz oder an einer der andern Vorbereitungsschulen kleine Knaben im Latein, im Singen oder in der Algebra zu unterrichten, wo es weit weniger geistvoll zuging als selbst im allerersten Anfängerkurs des Glasperlenspiels, wo er es aber mit noch offeneren, bildsameren, erziehbareren Schülern zu tun haben würde, wo Unterrichten und Erziehen noch mehr und inniger eins waren. In den letzten beiden Jahren seines Magisteramtes hat er sich zweimal in Briefen als „Schulmeister" bezeichnet, daran erinnernd, daß der Ausdruck Magister Ludi, der seit Generationen in Kastalien nur noch „Meister des Spieles" bedeutete, ursprünglich einfach das Prädikat des Schulmeisters war.

Es war nun allerdings von einer Erfüllung solcher Schulmeisterwünsche nicht die Rede, sie waren Träume, so wie jemand am graukalten Wintertag sich einen Hochsommerhimmel träumen mag. Für Knecht war kein Weg mehr offen, seine Pflichten waren durch das Amt bestimmt, aber da das Amt die Art, wie er diese Pflichten erfüllen wollte, sehr weitgehend seiner eigenen Verantwortung überließ, hat er im Lauf der Jahre, anfangs wohl ganz unbewußt, allmählich sein Hauptinteresse mehr und mehr dem Erziehen und den frühesten ihm erreichbaren Altersstufen zugewandt. Je älter er wurde, desto mehr zog die Jugend ihn an. So dürfen wir heute wenigstens sagen. Damals hätte ein Kritiker Mühe gehabt, irgendwo in seiner Amtsführung etwas wie Liebhaberei und Willkür aufzuspüren. Auch zwang ihn ja das Amt, immer und immer wieder zur Elite zurückzukehren, und auch in Zeiten, da er Seminare und Archive beinahe ganz seinen Helfern und seinem „Schatten" überließ, hielten langdauernde Arbeiten wie zum Beispiel die jährlichen Spielwettbewerbe oder das Vorbereiten des öffentlichen Jahresspiels ihn in lebendiger und täglicher Fühlung mit der Elite. Zu seinem Freunde Fritz hat er einmal scherzend gesagt: „Es hat Fürsten gegeben, die sich zeitlebens mit einer unglücklichen Liebe zu ihren Untertanen geplagt haben. Ihr Herz zog sie zu den Bauern, den Schäfern, den Handwerkern, den Schullehrern und Schulkindern, aber selten bekamen sie etwas von ihnen zu sehen, sie waren immer von ihren Ministern und Offizieren umgeben, sie standen wie eine Mauer zwischen ihnen und dem Volk. So geht es einem Magister auch. Er möchte zu den Menschen und sieht nur Kollegen, er möchte zu den Schülern und Kindern und sieht nur Studierte und Leute der Elite."

Aber wir haben weit vorgegriffen und kehren in die Zeit von Knechts ersten Amtsjahren zurück. Nach der Gewinnung des wünschenswerten Verhältnisses zur Elite war es vor allem die Beamtenschaft des Archivs, deren er sich als freundlicher, aber wachsamer Herr zu versichern hatte, auch die Kanzlei war in der Struktur ihres Amtsganges zu studieren und einzuordnen, und immer wieder kam eine Menge Briefpost, und immer wieder riefen Sitzungen oder Rundschreiben der Gesamtbehörde ihn zu Pflichten und Aufgaben, deren Verständnis und richtige Einordnung zu finden dem Neuling nicht leicht fiel. Es handelte sich dabei nicht selten um Fragen, in welchen die Fakultäten der Provinz interessiert und gegeneinander zur Eifersucht geneigt waren, Kompetenzfragen etwa, und nur allmählich, aber mit wachsender Bewunderung, lernte er die ebenso geheime wie mächtige Funktion des Ordens kennen, der lebendigen Seele des kastalischen Staates und des wachsamen Hüters ihrer Verfassung.

So waren strenge und überfüllte Monate hingegangen, ohne daß in Josef Knechts Gedanken Raum für Tegularius gewesen wäre, außer daß er, es geschah halb instinktiv, dem Freunde mancherlei Arbeit auftrug, um ihn vor zu viel

Muße zu bewahren. Fritz hatte seinen Kameraden verloren, es war über Nacht ein Herr und höchster Vorgesetzter aus ihm geworden, zu dem er keinen privaten Zutritt mehr hatte, dem er gehorchen und den er mit „Ihr" und „Ehrwürdiger" anreden mußte. Doch nahm er, was der Magister über ihn verfügte, als Fürsorge und Zeichen persönlichen Gedenkens auf, sah sich auch, der etwas launische Einzelgänger, teils durch die Erhöhung des Freundes und die höchst angeregte Stimmung der ganzen Elite mit in Aufregung versetzt, teils durch jene ihm aufgetragenen Arbeiten in einer ihm zuträglichen Weise aktiviert; jedenfalls ertrug er die völlig geänderte Lage besser, als er selbst seit jenem Augenblick gedacht hätte, in dem ihn Knecht auf die Nachricht hin, daß er zum Glasperlenspielmeister bestimmt sei, von sich geschickt hatte. Auch war er sowohl klug wie mitfühlend genug, die ungeheure Anstrengung und Kraftprobe teils zu sehen, teils wenigstens zu ahnen, welche sein Freund in dieser Zeit zu bestehen hatte; er sah ihn im Feuer stehen und ausgeglüht werden, und was etwa Empfindsames dabei zu erleben war, erlebte er vermutlich lebhafter als der Geprüfte selbst. Tegularius gab sich bei den Aufträgen, die er vom Magister zugewiesen bekam, die größte Mühe, und wenn er seine eigene Schwäche und seine Nichteignung zu Amt und Verantwortung je ernstlich bedauert und als Mangel empfunden hat, so war es damals, wo er sich sehr gewünscht hat, als Gehilfe, als Beamter, als „Schatten" dem Bewunderten zur Seite zu stehen und Hilfe zu leisten.

Die Buchenwälder über Waldzell begannen sich schon zu bräunen, da nahm Knecht eines Tages ein kleines Buch mit sich in den Magistergarten neben seiner Wohnung, diesen kleinen hübschen Garten, den der verstorbene Meister Thomas so sehr geschätzt und mit horazischer Liebhaberhand oft selbst gepflegt hatte, den Garten, welchen Knecht, wie alle Schüler und Studenten, einst als eine ehrwürdige Stätte, als den geheiligten Erholungs- und Sammlungsort des Meisters sich wie ein zauberhaftes Museneiland und Tuskulum vorgestellt und den er, seit er selbst Magister und Herr des Gartens war, so selten betreten und noch kaum je in Muße genossen hatte. Auch jetzt kam er nur für eine Viertelstunde, nach Tisch, und gönnte sich nur ein paar Schritte

sorglosen Auf- und Abwandelns zwischen den hohen Sträuchern und Stauden, unter denen sein Vorgänger manche immergrüne Pflanzen des Südens angesiedelt hatte. Dann trug er, denn es war im Schatten schon kühl, einen leichten Rohrstuhl auf einen sonnenbeschienenen Platz, setzte sich und schlug das mitgebrachte Büchlein auf. Es war der „Taschenkalender für den Magister Ludi", den vor etwa siebzig oder achtzig Jahren der damalige Glasperlenspieler Ludwig Wassermaler verfaßt hatte und der seither von jedem seiner Nachfolger mit einigen zeitgemäßen Korrekturen, Streichungen oder Ergänzungen versehen worden war. Der Kalender war als ein Vademecum für die Magister, namentlich die noch unerfahrenen in ihren ersten Amtsjahren, gedacht und führte denselben durch das ganze Arbeits- und Amtsjahr hindurch von Woche zu Woche die wichtigsten ihrer Pflichten vor Augen, manchmal nur mit Stichworten, manchmal ausführlicher beschreibend und mit persönlichen Ratschlägen versehen. Knecht suchte das Blatt für die laufende Woche und las es aufmerksam durch. Er fand nichts Überraschendes oder besonders Dringliches, am Schluß des Abschnittes aber standen die Zeilen: „Beginne deine Gedanken allmählich auf das künftige Jahresspiel zu lenken. Es scheint früh, ja es könnte dir verfrüht scheinen. Dennoch rate ich: Falls du nicht schon einen Plan für das Spiel im Kopfe hast, so laß von jetzt an keine Woche, mindestens aber keinen Monat vergehen, ohne deine Gedanken dem künftigen Spiele zuzuwenden. Notiere deine Einfälle, nimm dir für eine freie halbe Stunde je und je das Schema eines klassischen Spieles mit, auch auf etwaige Amtsreisen. Bereite dich vor, nicht durch Erzwingenwollen von guten Einfällen, sondern dadurch, daß du von jetzt an des öfteren daran denkst, daß in den kommenden Monaten eine schöne und festliche Aufgabe deiner wartet, zu der du dich immer wieder stärken, sammeln, stimmen sollst."
Diese Worte waren vor etwa drei Generationen von einem weisen alten Manne und Meister seiner Kunst geschrieben worden, zu einer Zeit übrigens, als das Glasperlenspiel formal vielleicht seine höchste Kultur erreicht hatte, es war damals in den Spielen eine Zierlichkeit und reiche Ornamentik der Ausführung erreicht worden, wie etwa in der Spätgotik oder im Rokoko die Bau- und Dekorationskunst sie

erreicht hatte, es war etwa zwei Jahrzehnte lang ein Spielen wirklich wie mit Glasperlen gewesen, ein scheinbar gläsernes und inhaltarmes, scheinbar kokettes, scheinbar übermütiges Spielen voll zarter Schmuckformen, ein tänzerisches, ja manchmal ein seiltänzerisches Schweben in differenziertester Rhythmik; es gab Spieler, welche vom damaligen Stil wie von einem verlorengegangenen Zauberschlüssel sprachen, und andre, die ihn als äußerlich, mit Schmuck überladen, dekadent und unmännlich empfanden. Einer der Meister und Mitschöpfer des damaligen Stiles war es gewesen, der die wohlüberlegten, freundlichen Ratschläge und Mahnungen des Magisterkalenders verfaßt hatte, und indem Josef Knecht seine Worte ein zweites und drittes Mal prüfend las, spürte er eine heitere, wohlige Bewegung im Herzen, eine Stimmung, die er, wie ihm schien, erst ein einziges Mal und seither nicht wieder empfunden hatte, und als er nachdachte, war es in jener Meditation vor seiner Investitur gewesen, und war die Stimmung, die ihn damals bei der Vorstellung jenes wunderlichen Reigens erfüllt hatte, des Reigens zwischen Musikmeister und Josef, zwischen Meister und Anfänger, zwischen Alter und Jugend. Es war ein alter, ein schon greiser Mann gewesen, der einst die Worte geschrieben und gedacht hatte: „Laß keine Woche vergehen . . .“ und „nicht durch Erzwingenwollen von guten Einfällen“. Es war ein Mann gewesen, der mindestens zwanzig Jahre, vielleicht viel länger, das hohe Amt des Spielmeisters bekleidet, der es in der Zeit jenes spielfrohen Rokoko ohne Zweifel mit einer höchst verwöhnten und selbstsicheren Elite zu tun gehabt, der mehr als zwanzig der damals noch vier Wochen dauernden, glänzenden Jahresspiele erfunden und zelebriert hatte, ein alter Mann, dem die jährlich wiederkehrende Aufgabe, ein großes solennes Spiel zu komponieren, längst nicht mehr nur eine hohe Ehre und Freude, sondern weit mehr eine Last und große Mühe bedeutete, eine Aufgabe, zu der man sich selber stimmen, gut zureden und ein wenig stimulieren muß. Diesem weisen Alten und erfahrenen Ratgeber gegenüber nun fühlte Knecht nicht nur dankbare Ehrfurcht, denn sein Kalender war ihm schon oft ein wertvoller Führer gewesen, sondern er fühlte auch eine freudige, ja lustige und übermütige Überlegenheit, die Überlegenheit der Jugend. Denn unter den vielen Sorgen eines Glasperlenspielmeisters, die er schon hatte kennenlernen, kam doch diese eine Sorge nicht vor: man könnte etwa nicht rechtzeitig genug an das Jahresspiel denken, man könnte dieser Aufgabe nicht freudig und gesammelt genug begegnen, es könnte einem für ein solches Spiel an Unternehmungslust oder gar an Einfällen fehlen. Nein, Knecht, der sich in diesen Monaten zuweilen recht alt erschienen war, fühlte sich zur Stunde jung und stark. Er konnte sich diesem schönen Gefühl nicht lange hingeben, es nicht auskosten, seine kurze Ruhezeit war schon nahezu vorbei. Aber das schöne, frohe Gefühl saß in ihm, er nahm es mit, und so hatten die kurze Rast im Magistergarten und das Lesen im Kalender doch etwas gebracht und geboren. Nämlich nicht nur eine Entspannung und einen Augenblick freudig gesteigerten Lebensgefühls, sondern auch zwei Einfälle, welche beide im selben Augenblick auch schon die Qualität von Entschlüssen annahmen. Erstens: er wollte, wenn einst auch er alt und müde wäre, sein Amt in der Stunde niederlegen, wo er zum erstenmal die Komposition des Jahresspiels als lästige Pflicht empfinden und um Einfälle dazu verlegen sein würde. Zweitens: er wollte mit den Arbeiten für sein erstes Jahresspiel schon bald beginnen, und als Kameraden und ersten Gehilfen bei dieser Arbeit wollte er Tegularius zu sich rufen, das wäre eine Genugtuung und Freude für den Freund, und für ihn selbst wäre es ein erster Anlauf, es mit einer neuen Lebensform dieser zur Zeit lahmgelegten Freundschaft zu versuchen. Denn dazu konnte nicht jener den Anlaß und Anstoß geben; sie mußten von ihm, dem Magister, ausgehen.

Für den Freund würde es dabei sogar reichlich zu tun geben. Denn schon seit Mariafels trug Knecht den Einfall zu einem Glasperlenspiele mit sich herum, den er für sein erstes feierliches Spiel als Magister benutzen wollte. Es sollte diesem Spiel, dies war der hübsche Einfall, für Struktur und Dimensionen das alte, konfuzianisch rituelle Schema des chinesischen Hausbaues zugrunde liegen, die Orientierung nach den Himmelsrichtungen, die Tore, die Geistermauer, die Verhältnisse und Bestimmungen der Bauten und Höfe, ihre Zuordnung zu den Gestirnen, dem Kalender, dem Familienleben, dazu die Symbolik und Stilregeln des Gartens. Es war ihm einst, beim Studium eines Kommentares zum

I Ging, die mythische Ordnung und Bedeutsamkeit dieser Regeln als ein besonders ansprechendes und liebenswürdiges Gleichnis des Kosmos und der Einordnung des Menschen in die Welt erschienen, auch fand er uralt mythischen Volksgeist in dieser Tradition des Hausbaues wunderbar innig mit spekulativ-gelehrtem Mandarinen- und Magistergeist vereinigt. Er hatte sich, ohne freilich je Notizen zu machen, mit dem Gedanken an den Plan dieses Spieles oft und liebevoll genug beschäftigt, um es eigentlich als Ganzes schon fertig vorgebildet in sich zu tragen; erst seit seinem Amtsantritt war er dazu nicht mehr gekommen. Jetzt stand im Augenblick sein Entschluß fest, auf dieser chinesischen Idee sein Festspiel aufzubauen, und Fritz sollte schon jetzt, falls er sich dem Geist dieses Einfalls zu öffnen vermochte, mit den Studien für den Ausbau und mit den Vorbereitungen für die Übertragung in die Spielsprache beginnen. Nur war da ein Hindernis: Tegularius konnte kein Chinesisch. Es noch zu lernen, dazu war es viel zu spät. Aber nach Hinweisen, die ihm teils Knecht selbst, teils das ostasiatische Studienhaus geben würde, konnte Tegularius in die magische Symbolik des Chinesenhauses mit Hilfe der Literatur recht wohl eindringen, es ging ja hier nicht um Philologie. Immerhin brauchte es Zeit, zumal bei einem verwöhnten und nicht jeden Tag arbeitslustigen Menschen, wie sein Freund einer war, und so war es gut, die Sache gleich anzugehen; es hatte also, so sah er lächelnd und angenehm überrascht, der vorsichtige alte Herr im Taschenkalender vollkommen recht behalten.

Schon andern Tages, da die Sprechstunde gerade sehr früh zu Ende ging, ließ er Tegularius zu sich rufen. Er kam, vollzog die Verneigung mit dem etwas betont ergebenen und demütigen Ausdruck, den er sich Knecht gegenüber angewöhnt hatte, und war recht erstaunt, als der sonst so knapp und mit den Worten sparsam Gewordene ihm mit einer gewissen Schelmerei zunickte und ihn fragte: „Erinnerst du dich noch daran, wie wir einmal in unseren Studentenjahren etwas wie einen Streit miteinander hatten, bei dem es mir nicht gelang, dich zu meiner Auffassung zu bekehren? Es ging um die Frage nach dem Wert und der Wichtigkeit der ostasiatischen Studien, namentlich der chinesischen, und ich wollte dich dazu bringen, daß auch du dich eine

Weile ins Studienhaus setzest und Chinesisch lernest. – Ja, du erinnerst dich? Nun, heute bedaure ich es einmal wieder, daß ich dich damals nicht umzustimmen vermochte. Wie gut wäre es jetzt, wenn du Chinesisch verstündest! Wir könnten die wunderbarste Arbeit miteinander tun." Und so neckte er den Freund noch ein wenig und spannte seine Erwartung, bis er mit seinem Vorschlag herausrückte: er wolle bald mit der Ausarbeitung des großen Spiels beginnen, und wenn es ihm Freude mache, solle Fritz einen großen Teil dieser Arbeit ausführen, so wie er damals Knechts Konkurrenzspiel für die Solennität habe ausführen helfen, während Knecht bei den Benediktinern war. Beinahe ungläubig blickte der andre ihn an, tief überrascht und auf eine köstliche Art beunruhigt schon durch den munteren Ton und das lächelnde Gesicht des Freundes, den er nur noch als Herrn und Magister gekannt hatte. Gerührt und freudig empfand er nicht bloß die Ehre und das Vertrauen, welche in diesem Vorschlag sich ausdrückten, sondern begriff und ergriff vor allem die Bedeutung dieser schönen Gebärde; sie war ein Versuch zur Heilung, ein Wiederaufschließen der zugefallenen Tür zwischen dem Freunde und ihm. Knechts Bedenken wegen des Chinesischen nahm er leicht und erklärte sich ohne weiteres bereit, sich dem Ehrwürdigen und der Ausarbeitung seines Spieles ganz und gar zur Verfügung zu stellen. „Gut", sagte der Magister, „ich nehme dein Versprechen an. So werden wir also zu gewissen Stunden wieder Arbeits- und Studiengenossen sein wie einst in jenen so merkwürdig fern scheinenden Zeiten, wo wir manches Spiel gemeinsam durchgearbeitet und durchgekämpft haben. Es freut mich, Tegularius. Und nun mußt du dir vor allem das Verständnis für die Idee erwerben, auf die ich das Spiel bauen will. Du mußt verstehen lernen, was ein chinesisches Haus ist und was die Regeln bedeuten, die für seinen Bau vorgeschrieben sind. Ich gebe dir eine Empfehlung an das ostasiatische Studienhaus mit, dort wird man dir helfen. Oder – es fällt mir noch etwas anderes, Hübscheres ein – wir könnten es mit dem Älteren Bruder versuchen, dem Mann im Bambusgehölz, von dem ich dir damals so viel erzählt habe. Vielleicht ist es unter seiner Würde oder eine zu große Störung für ihn, sich mit jemand einzulassen, der kein Chinesisch versteht, aber versuchen sollten wir es doch. Wenn er will, so ist dieser Mann imstande, einen Chinesen aus dir zu machen."

Es erging eine Botschaft an den Älteren Bruder, die ihn herzlich einlud, für eine Weile als Gast des Glasperlenspielmeisters nach Waldzell zu kommen, da diesem sein Amt zu einem Besuch keine Zeit lasse, und ihn über den Dienst, den man von ihm begehrte, unterrichtete. Der Chinese jedoch verließ das Bambusgehölz nicht, der Bote brachte statt seiner ein Briefchen mit, mit Tusche in chinesischen Zeichen gemalt, darin stand: „Ehrenvoll wäre es, den großen Mann zu sehen. Aber Gehen führt in Hemmnisse. Zwei Schüsselchen benutze man zum Opfer. Den Erhabenen grüßt der Jüngere." Daraufhin brachte Knecht seinen Freund nicht ohne Mühe zu dem Entschluß, selbst nach dem Bambusgehölz zu reisen und um Aufnahme und Belehrung zu bitten. Doch blieb die kleine Reise ohne Erfolg. Der Einsiedler im Gehölz empfing Tegularius mit einer beinahe unterwürfigen Höflichkeit, ohne aber eine einzige von dessen Fragen anders als mit freundlichen Sentenzen in chinesischer Sprache zu beantworten und ohne ihn zum Bleiben einzuladen, trotz dem auf schönes Papier gemalten prachtvollen Empfehlungsschreiben von der Hand des Magister Ludi. Unverrichteter Dinge und eher verstimmt kehrte Fritz nach Waldzell heim, brachte als Geschenk für den Magister ein Blättchen zurück, auf das ein alter Vers über einen Goldfisch gepinselt war, und mußte nun also doch im Haus der ostasiatischen Studien sein Heil versuchen. Hier waren die Empfehlungen Knechts wirksamer, man war dem Bittsteller, dem Abgesandten eines Magisters, auf das gefälligste behilflich, und bald hatte er sich über sein Thema so vollkommen unterrichtet, wie es ohne Chinesisch irgend möglich war, und fand dabei an Knechts Einfall, diese Haus-Symbolik seinem Plan zugrunde zu legen, eine solche Freude, daß er seinen Mißerfolg im Bambusgehölze darüber verschmerzte und vergaß.

Als Knecht den Bericht des Abgewiesenen über seinen Besuch beim Älteren Bruder anhörte, und als er dann für sich allein den Goldfischvers las, berührten ihn die Atmosphäre dieses Menschen und die Erinnerung an seinen einstigen Aufenthalt in dessen Hütte beim wehenden Bambus und bei den Schafgarbenstengeln mit eindringlicher Stärke, Erinnerung zugleich an Freiheit, Muße, Studentenzeit und buntes Paradies der Jugendträume. Wie hatte dieser tapfre schrullige Einsiedler es verstanden, sich zurückzuziehen und freizuhalten, wie hielt sein stilles Bambusgehölz ihn vor der Welt verborgen, wie innig und stark lebte er in seinem zur zweiten Natur gewordenen, reinlichen, pedantischen und weisen Chinesentum, wie geschlossen, konzentriert und dicht hielt der Zauber seines Lebenstraumes ihn Jahr um Jahr und Jahrzehnt um Jahrzehnt umfangen, machte seinen Garten zu China, seine Hütte zum Tempel, seine Fische zu Gottheiten und ihn selbst zum Weisen! Mit einem Seufzer machte Knecht sich von dieser Vorstellung los. Er war einen anderen Weg gegangen, vielmehr geführt worden, und es kam nur darauf an, diesen ihm nun zugewiesenen Weg gerade und treu zu gehen, nicht ihn mit den Wegen anderer zu vergleichen.

Mit Tegularius gemeinsam entwarf und komponierte er in ausgesparten Stunden sein Spiel und überließ die ganze Auslesearbeit im Archiv sowie die erste und zweite Aufzeichnung dem Freunde. Mit dem neuen Inhalt gewann die Freundschaft wieder Leben und Form, eine andere als früher, und auch das Spiel, an dem sie arbeiteten, erfuhr durch die Eigenart und spitzfindige Phantasie des Sonderlings manche Veränderung und Bereicherung. Fritz gehörte zu den nie zufriedenen und dennoch genügsamen Leuten, welche über einem gepflückten Blumenstrauß, einem gedeckten Eßtisch, der für jeden andern fertig und vollendet ist, Stunde um Stunde mit unruhigem Behagen und rastlosen, liebevollen Handgriffen weiter sich zu betätigen und aus der kleinsten Arbeit ein emsig und innig betreutes Tagewerk zu machen wissen. Es blieb nun auch in den kommenden Jahren dabei: das große solenne Spiel war jedesmal eine Leistung von zweien, und für Tegularius war es eine doppelte Genugtuung, sich dem Freund und Meister in einer so wichtigen Sache brauchbar, ja unentbehrlich zu zeigen und die öffentliche Begehung des Spieles als ungenannter, der Elite aber wohlbekannter Mitschöpfer mitzuerleben.

Im Spätherbst jenes ersten Amtsjahres nun, während sein Freund noch bei seinen ersten Chinastudien war, stieß der Magister eines Tages beim raschen Durchsehen der Einträge im Tagebuch seiner Kanzlei auf eine Notiz: „Student Petrus aus Monteport kommt an, empfohlen vom Magister Musicae, bringt spezielle Grüße vom Alt-Musikmeister, bittet um Unterkunft und Zulaß ins Archiv. Wurde im Studentengasthaus untergebracht." Nun, den Studenten und sein Gesuch konnte er ruhig den Leuten vom Archiv überlassen, es war etwas Alltägliches. Aber „spezielle Grüße vom Alt-Musikmeister", das konnte nur ihn selber angehen. Er ließ sich den Studenten kommen; es war ein zugleich grüblerisch und feurig aussehender, doch schweigsamer junger Mann und gehörte offenbar zur Elite von Monteport, wenigstens schien die Audienz bei einem Magister ihm etwas Gewohntes zu sein. Knecht fragte, was der Alt-Musikmeister ihm aufgetragen habe. „Grüße", sagte der Student, „sehr herzliche und respektvolle Grüße für Euch, Ehrwürdiger, und auch eine Einladung." Knecht forderte den Gast auf, sich zu setzen. Sorgfältig die Worte wählend, fuhr der Jüngling fort: „Der verehrte Alt-Magister hat mir, wie gesagt, angelegentlich aufgetragen, Euch von ihm zu grüßen. Dabei hat er den Wunsch angedeutet, Euch nächstens, und zwar möglichst bald, einmal bei sich zu sehen. Er lädt Euch ein oder legt Euch nahe, ihn in nächster Zeit aufzusuchen, vorausgesetzt natürlich, daß der Besuch sich in eine Dienstreise einbeziehen lasse und Euch nicht allzusehr versäume. So etwa lautet der Auftrag."

Knecht blickte den jungen Mann prüfend an; gewiß gehörte er zu den Schützlingen des Alten. Vorsichtig stellte er die Frage: „Wie lange gedenkst du dich bei uns im Archiv aufzuhalten, Studiose?" und bekam die Antwort: „Genau so lange, ehrwürdiger Herr, bis ich sehe, daß Ihr die Reise nach Monteport antretet."

Knecht überlegte. „Gut", sagte er dann. „Und warum hast du mir das, was der Altmeister dir für mich auftrug, nicht im Wortlaut übermittelt, wie es eigentlich zu erwarten wäre?"

Petrus erwiderte Knechts Blick beharrlich und gab langsam Bescheid, immer behutsam nach den Worten suchend, als müsse er sich in einer fremden Sprache ausdrücken. „Es gibt keinen Auftrag, Ehrwürdiger", sagte er, „und es gibt keinen Wortlaut. Ihr kennet meinen verehrten Meister und wisset, er war immer ein außerordentlich bescheidener

Mann; in Monteport erzählt man, in seiner Jugend, als er noch Repetent war, aber schon bei der ganzen Elite für den prädestinierten Musikmeister galt, habe diese ihm den Spottnamen gegeben ‚der große Gerneklein'. Nun, diese Bescheidenheit, und nicht minder seine Pietät, seine Dienstbereitschaft, Rücksichtnahme und Duldung hat sich, seit er alt wurde, und vollends, seit er sein Amt niedergelegt hat, noch vermehrt, Ihr wisset das ohne Zweifel besser als ich. Diese Bescheidenheit würde es ihm verbieten, etwa Eure Ehrwürden um einen Besuch zu bitten, auch wenn er ihn sich noch so sehr wünschen würde. So kam es, Domine, daß ich mit einem Auftrag dieser Art nicht beehrt worden bin und dennoch gehandelt habe, als sei er mir erteilt worden. Wenn es ein Fehler war, so liegt es bei Euch, den nicht vorhandenen Auftrag wirklich als nicht vorhanden zu betrachten."

Knecht lächelte ein wenig. „Und deine Beschäftigung im Spielarchiv, Bester? War sie bloß Vorwand?"

„O nein. Ich habe dort eine Anzahl Schlüssel zu exzerpieren, hätte in nächster Zeit also ohnehin Eure Gastfreundschaft ansprechen müssen. Es schien mir aber geraten, die kleine Reise lieber etwas zu beschleunigen."

„Sehr gut", nickte der Magister, wieder ganz ernst geworden. „Ist die Frage nach der Ursache dieser Beschleunigung erlaubt?"

Der Jüngling schloß einen Moment die Augen, die Stirn tief gerunzelt, als quäle die Frage ihn sehr. Dann richtete er den forschenden und jugendlich-kritischen Blick wieder fest auf des Magisters Gesicht.

„Die Frage kann nicht beantwortet werden, außer Ihr würdet Euch entschließen, sie noch genauer zu fassen."

„Gut denn", rief Knecht. „Ist also das Befinden des Altmeisters schlecht, ist es besorgniserregend?"

Der Student merkte, obwohl der Magister mit der größten Ruhe gesprochen hatte, dessen liebende Sorge um den alten Mann; zum erstenmal seit dem Beginn dieser Unterhaltung kam ein Strahl von Wohlwollen in seinen etwas finstern Blick, und seine Stimme klang um ein weniges freundlicher und unmittelbarer, als er sich endlich anschickte, sich offen seines Anliegens zu entledigen.

„Herr Magister", sagte er, „seid beruhigt, das Befinden des

Hochverehrten ist keineswegs schlecht, er ist immer ein vorbildlich gesunder Mann gewesen und ist es noch immer, wenn auch das hohe Alter ihn natürlich sehr geschwächt hat. Es ist nicht etwa so, daß sein Aussehen sich merklich verändert oder seine Kräfte plötzlich rascher abgenommen hätten, er macht kleine Spaziergänge, musiziert jeden Tag ein wenig und hat bis vor kurzem noch zwei Schülern Unterricht an der Orgel gegeben, Anfängern noch, denn er hat immer die Jüngsten am liebsten um sich gehabt. Aber daß er auch diese beiden letzten Schüler seit einigen Wochen abgegeben hat, ist immerhin ein Symptom, das mir auffiel, und seither habe ich den ehrwürdigen Herrn etwas mehr beobachtet und mir Gedanken über ihn gemacht – diese sind die Ursache meines Hierseins. Wenn etwas mich zu solchen Gedanken und Schritten berechtigt, so ist es der Umstand, daß ich früher selbst ein Schüler des Alt-Musikmeisters war, eine Art Vorzugsschüler, wenn ich so sagen darf, und daß sein Nachfolger mich schon seit einem Jahr als eine Art von Famulus und Gesellschafter dem alten Herrn zugewiesen und mit der Sorge um sein Ergehen beauftragt hat. Es war mir ein sehr angenehmer Auftrag, denn es gibt keinen Menschen, für den ich eine solche Verehrung und Anhänglichkeit hege wie für meinen alten Lehrer und Gönner. Er war es, der mir das Geheimnis der Musik erschlossen und mich zum Dienst an ihr fähig gemacht hat, und was ich darüber hinaus an Gedanken, an Sinn für den Orden, an Reife und innerer Ordnung etwa noch gewonnen habe, das kam alles auch von ihm und ist sein Werk. So lebe ich also seit wohl einem Jahre ganz bei ihm, zwar mit einigen Studien und Kursen beschäftigt, aber immer zu seiner Verfügung, sein Gesellschafter bei Tisch, sein Begleiter beim Promenieren, etwa auch beim Musizieren, und nachts sein Wandnachbar. Bei diesem nahen Zusammenleben nun kann ich die Stadien seines – nun ja, seines Alterns muß ich wohl sagen, seines körperlichen Alterns recht genau beobachten, und einige meiner Kameraden machen je und je mitleidige oder spöttische Glossen über das wunderliche Amt, das einen so jungen Menschen wie mich zum Diener und Lebensbegleiter eines uralten Mannes macht. Aber sie wissen nicht, und außer mir allein weiß es wohl niemand so recht, was für ein Altern diesem Meister beschieden ist, wie er am Körper allmählich schwächer und hinfälliger wird, immer weniger Nahrung nimmt und immer ermüdeter von seinen kleinen Gängen heimkehrt, ohne doch je krank zu sein, und wie er zugleich in der Stille seines Greisenalters immer mehr Geist, Andacht, Würde und Einfalt wird. Wenn mein Amt als Famulus oder Wärter einige Schwierigkeiten hat, so liegen sie einzig darin, daß der Ehrwürdige so gar nicht bedient und gepflegt sein, daß er immer nur geben und nie nehmen möchte."

„Ich danke dir", sagte Knecht, „es ist mir lieb, einen so ergebenen und dankbaren Schüler bei dem Ehrwürdigen zu wissen. Aber nun sage mir, da du ja nicht im Auftrag deines Herrn sprichst, endlich deutlich, warum dir mein Besuch in Monteport so am Herzen liegt."

„Ihr fragtet vorher mit Besorgnis nach der Gesundheit des Herrn Alt-Musikmeisters", gab der Junge Antwort, „denn offenbar hatte mein Anliegen Euch den Gedanken nahegelegt, er möchte krank und es könnte am Ende hohe Zeit sein, ihn noch einmal aufzusuchen. Nun, ich glaube in der Tat, es sei hohe Zeit. Zwar scheint der Ehrwürdige mir nicht dem Ende nah, aber seine Art des Abschiednehmens von der Welt ist nun einmal eine besondere. So hat er seit einigen Monaten sich beinahe ganz des Sprechens entwöhnt, und wenn er schon immer die kurze Rede der langen vorgezogen hat, so ist er jetzt zu einer Kürze und Stille gelangt, die mich ein wenig beängstigt. Als es immer häufiger vorkam, daß er mich auf eine Anrede oder Frage ohne Antwort ließ, dachte ich anfangs, sein Gehör beginne schwach zu werden, aber er hört so gut wie immer, ich habe viele Proben angestellt. Nun mußte ich also annehmen, er sei eben zerstreut und vermöge seine Aufmerksamkeit nicht recht mehr zu sammeln. Aber es ist auch dies keine genügende Erklärung. Vielmehr ist er schon lang gewissermaßen unterwegs und lebt nicht mehr ganz unter uns, sondern mehr und mehr in seiner eigenen Welt; so hat er auch immer seltener jemand aufgesucht oder gar zu sich kommen lassen, außer mir sieht er jetzt tagelang niemanden mehr. Und seit dies begonnen hat, diese Abseitigkeit, dieses Nichtmehrhiersein, seither war ich bemüht, ihm die paar Freunde noch einmal zuzuführen, von denen ich weiß, daß er sie am meisten liebte. Wenn Ihr ihn aufsuchen wolltet, Domine, würdet Ihr ohne Zweifel Eurem alten Freunde eine Freude bereiten, dessen bin ich gewiß, und Ihr würdet auch noch einigermaßen denselben Mann antreffen, den Ihr verehrt und geliebt habt. In einigen Monaten, vielleicht auch schon in einigen Wochen, würde seine Freude an Euch und seine Teilnahme für Euch schon viel geringer sein, ja es ist wohl möglich, daß er Euch gar nicht mehr kennen oder doch nicht mehr beachten würde."

Knecht stand auf, trat ans Fenster und stand eine kleine Weile, hinausblickend und Luft schöpfend. Als er sich dem Studenten wieder zuwandte, war dieser vom Stuhl aufgestanden, als halte er die Audienz für beendet. Der Magister reichte ihm die Hand.

„Ich danke nochmals, Petrus", sagte er. „Es wird dir bekannt sein, daß ein Magister allerlei Pflichten hat. Ich kann nicht den Hut aufsetzen und abreisen, es muß erst eingeteilt und ermöglicht werden. Hoffentlich bin ich bis übermorgen soweit. Würde dir das genügen, und wärest du bis dahin mit deiner Arbeit im Archiv fertig? – Ja? Dann werde ich dich also rufen lassen, wenn es Zeit ist."

Wirklich reiste Knecht wenige Tage später, von Petrus begleitet, nach Monteport. Als sie dort den Pavillon betraten, den der Alt-Magister in den Gärten bewohnte, eine anmutige und überaus ruhige Klause, hörten sie Musik aus dem hinteren Zimmer her, eine zarte, dünne, aber taktfeste und köstlich heitere Musik; dort saß der Alte und spielte mit zwei Fingern eine zweistimmige Melodie – Knecht riet sofort, es müsse aus einem der Bicinien-Bücher vom Ende des sechzehnten Jahrhunderts sein. Sie blieben stehen, bis es still wurde, dann rief Petrus seinen Meister an und meldete, er sei zurück und habe einen Besuch mitgebracht. Der Greis erschien in der Tür und blickte sie begrüßend an. Dies Begrüßungslächeln des Musikmeisters, das alle liebten, war stets von einer kindlich offenen, strahlend sich darbietenden Herzlichkeit und Freundlichkeit gewesen; vor bald dreißig Jahren hatte Josef Knecht es zum erstenmal gesehen und sein Herz diesem freundlichen Manne geöffnet und geschenkt in jener beklommen-seligen Morgenstunde im Musikzimmer, er hatte dies Lächeln seither oft und jedesmal mit tiefer Freude und einer wunderlichen Rührung wiedergesehen, und während des freundlichen Meisters

grauliches Haar allmählich vollends grau und allmählich weiß geworden, während seine Stimme leiser, sein Händedruck schwächer, sein Gang mühsamer geworden war, hatte das Lächeln nichts an Helligkeit und Anmut, an Reinheit und Innigkeit verloren. Und diesmal, sah der Freund und Schüler, war es unzweifelhaft: die strahlende, werbende Botschaft des lächelnden Greisengesichtes, dessen blaue Augen und zarte Wangenröte mit den Jahren immer lichter geworden waren, war nicht nur die alte und oft gesehene, sie war vielmehr inniger, geheimnisvoller und intensiver geworden. Erst jetzt, bei der Begrüßung, begann Knecht wirklich zu verstehen, worin eigentlich des Studenten Petrus Anliegen bestand und wie sehr er selbst, indem er diesem Anliegen ein Opfer zu bringen meinte, der Beschenkte sei.
Sein Freund Carlo Ferromonte, den er einige Stunden später aufsuchte – er war damals Bibliothekar an der berühmten Monteporter Musikbibliothek –, war der erste, dem er davon sprach. Er hat das Gespräch jener Stunde in einem Briefe festgehalten.
„Unser Alt-Musikmeister", sagte Knecht, „ist ja dein Lehrer gewesen, und du hast ihn sehr geliebt; siehst du ihn eigentlich noch häufig?"
„Nein", meinte Carlo, „das heißt, ich sehe ihn natürlich nicht selten, etwa wenn er seine Promenade macht und ich gerade von der Bibliothek komme, aber gesprochen habe ich seit Monaten nicht mit ihm. Er zieht sich mehr und mehr zurück und scheint Geselligkeit nicht mehr wohl zu vertragen. Früher hatte er einen Abend für Leute meinesgleichen, für seine früheren Repetenten, soweit sie jetzt Beamte in Monteport sind; aber das hat schon seit einem Jahr etwa aufgehört, und daß er damals zu Eurer Investitur nach Waldzell gefahren ist, war für uns alle höchst erstaunlich."
„Ja", sagte Knecht, „aber wenn du ihn also doch zuweilen siehst, ist dir da keine Veränderung an ihm aufgefallen?"
„O ja, Ihr meinet sein gutes Aussehen, seine Heiterkeit, sein merkwürdiges Strahlen. Natürlich haben wir das bemerkt. Während seine Kräfte hinschwinden, nimmt diese Heiterkeit beständig zu. Wir haben uns daran gewöhnt, Euch aber mußte es auffallen."
„Sein Famulus Petrus", rief Knecht, „sieht ihn noch viel öfter als du, aber er hat sich nicht, wie du sagst, daran ge-

wöhnt. Er kam, mit plausibler Begründung natürlich, eigens nach Waldzell gereist, um mich zu diesem Besuch zu veranlassen. Was hältst du von ihm?"

„Von Petrus? Er ist ein ganz guter Musikkenner, mehr von der pedantischen Art übrigens als von der genialischen, ein etwas schwerfälliger oder schwerblütiger Mensch. Dem Alt-Musikmeister ist er unbedingt ergeben und würde sein Leben für ihn lassen. Ich glaube, sein Dienst bei diesem seinem angebeteten Herrn und Götzen füllt ihn ganz und gar aus, er ist von ihm besessen. Hattet Ihr nicht auch diesen Eindruck?"

„Besessen? Ja, aber dieser junge Mensch ist, glaube ich, nicht einfach von einer Vorliebe und Leidenschaft besessen, er ist nicht einfach in seinen alten Lehrer verliebt und macht seinen Abgott aus ihm, sondern er ist besessen und bezaubert von einem wirklichen und echten Phänomen, das er besser sieht oder mit dem Gefühl besser versteht als ihr andern. Ich will dir erzählen, wie es mir erschienen ist. Also ich kam heut zum Alt-Magister, den ich ein halbes Jahr nicht mehr gesehen hatte, und nach den Andeutungen seines Famulus erwartete ich für mich wenig oder nichts von diesem Besuch; ich hatte einfach Angst bekommen, der verehrte alte Herr könne uns nächstens plötzlich verlassen, und eilte her, um ihn mindestens noch einmal zu sehen. Als er mich erkannte und begrüßte, leuchtete sein Gesicht auf, doch sagte er nichts als meinen Namen und gab mir die Hand, und auch diese Bewegung und die Hand schienen mir zu leuchten, der ganze Mann schien, oder doch seine Augen, sein weißes Haar und seine hell rosige Haut, eine leise kühle Strahlung von sich zu geben. Ich setzte mich zu ihm, er schickte den Studenten fort, nur mit einem Blick, und jetzt begann das merkwürdigste Gespräch, das ich je erlebt habe. Anfangs freilich war es für mich sehr befremdend und bedrückend, auch beschämend, denn ich redete den Alten immer wieder an oder stellte Fragen, und auf nichts gab er anders als durch einen Blick Antwort; ich konnte nicht erkennen, ob meine Fragen und Mitteilungen ihn anders denn als ein lästiges Geräusch erreichten. Es verwirrte, enttäuschte und ermüdete mich, ich kam mir so überflüssig und aufdringlich vor; was immer ich dem Meister sagte, darauf bekam ich nur ein Lächeln und einen kurzen Blick zurück. Ja, wären diese Blicke nicht so voll von Wohlwollen und Herzlichkeit gewesen, so hätte ich denken müssen, der Greis mache sich unverhohlen lustig über mich, über meine Erzählungen und Fragen, über den ganzen unnützen Aufwand meiner Reise hierher und meines Besuches bei ihm. Nun, und etwas dergleichen war schließlich mit seinem Schweigen und Lächeln ja auch gemeint, sie waren tatsächlich eine Abwehr und eine Zurechtweisung, nur waren sie es auf andre Weise, auf einer andern Ebene und Sinnstufe, als etwa spöttische Worte es hätten sein können. Ich mußte erst erlahmen und mit meinen, wie mir schien, geduldighöflichen Versuchen zur Einleitung eines Gespräches vollkommen Schiffbruch erleiden, ehe ich zu begreifen anfing, daß der alte Mann auch einer hundertmal größeren Geduld, Beharrlichkeit und Höflichkeit, als meine es war, leicht gewachsen sein würde. Möglich, daß es eine viertel oder eine halbe Stunde gedauert hat, mir kam es wie ein halber Tag vor, ich fing an, traurig, müde und unwillig zu werden und meine Reise zu bereuen, der Mund wurde mir trocken. Da saß der ehrwürdige Mann, mein Gönner, mein Freund, der, seit ich denken konnte, mein Herz und Vertrauen besaß und nie ein Wort von mir ohne Antwort gelassen hatte, da saß er und hörte mich reden, oder hörte mich auch nicht, saß und hatte sich völlig hinter sein Strahlen und Lächeln, hinter seine goldene Maske verborgen und verschanzt, unerreichbar, einer anderen Welt mit anderen Gesetzen angehörig, und alles, was von mir zu ihm, aus unserer Welt in die seine hinüber sprechen wollte, lief an ihm ab wie Regen an einem Stein. Endlich – ich hatte schon keine Hoffnung mehr – durchbrach er die Zaubermauer, endlich half er mir, endlich sagte er ein Wort! Es war das einzige Wort, das ich ihn heut habe sprechen hören.

‚Du ermüdest dich, Josef', sagte er leise und mit einer Stimme voll jener rührenden Freundlichkeit und Fürsorge, die du an ihm kennst. Dies war alles. ‚Du ermüdest dich, Josef.' Als habe er mir lange Zeit bei einer allzu angestrengten Arbeit zugesehen und wolle mich jetzt mahnen. Er sprach die Worte ein wenig mühsam, als habe er schon recht lange Zeit die Lippen nicht mehr zum Sprechen gebraucht. Zugleich legte er seine Hand auf meinen Arm, sie war leicht wie ein Schmetterling, sah mir eindringlich in die Augen und lächelte. In diesem Augenblick war ich besiegt. Etwas von seiner heiteren Stille, etwas von seiner Geduld und Ruhe ging in mich über, und plötzlich überkam mich das Verständnis für den Alten und für die Wendung, die sein Wesen genommen hatte, weg von den Menschen und hin zur Stille, weg von den Worten und hin zur Musik, weg von den Gedanken und hin zur Einheit. Ich begriff, was mir hier anzuschauen vergönnt war, und begriff nun auch erst dieses Lächeln, dieses Strahlen; es war ein Heiliger und Vollendeter, der mir hier für eine Stunde in seinem Glanz mitzuwohnen erlaubte und den ich Stümper hatte unterhalten, ausfragen und zu einer Konversation verführen wollen. Gott sei Dank war mir das Licht nicht zu spät aufgegangen. Er hätte mich auch wegschicken und damit für immer ablehnen können. Ich wäre damit um das Merkwürdigste und Herrlichste gekommen, was ich je erlebt habe."

„Ich sehe", sagte Ferromonte nachdenklich, „daß Ihr in unserem Alt-Musikmeister so etwas wie einen Heiligen gefunden habet, und es ist gut, daß gerade Ihr es seid, der es mir berichtet hat. Ich gestehe, daß ich von jedem andern Erzähler den Bericht nur mit dem größten Mißtrauen entgegengenommen hätte. Ich bin, alles in allem, gar kein Liebhaber des Mystischen, und namentlich bin ich, als Musiker und als Historiker, ein Freund und Pedant der reinlichen Kategorien. Da wir in Kastalien weder eine christliche Kongregation sind noch ein indisches oder taoistisches Kloster, scheint mir die Einreihung unter die Heiligen, unter eine rein religiöse Kategorie also, für einen von uns eigentlich nicht zulässig, und einem andern als dir – verzeihet, als Euch, Domine – würde ich diese Einreihung als eine Entgleisung vorhalten. Aber ich denke mir, Ihr werdet kaum die Absicht haben, zugunsten des verehrten Alt-Magisters ein Kanonisierungsverfahren einzuleiten, es würde dafür in unsrem Orden sich ja auch die zuständige Behörde nicht finden. Nein, unterbrechet mich nicht, ich spreche im Ernst; es ist keineswegs spaßhaft gemeint. Ihr habt mir ein Erlebnis erzählt, und ich muß gestehen, daß es mich ein wenig beschämt hat, denn das von Euch geschilderte Phänomen ist zwar mir und meinen Monteporter Kollegen nicht völlig entgangen, aber wir haben es doch nur eben zur Kenntnis genommen und ihm wenig Aufmerksamkeit geschenkt. Ich besinne mich über die Ursache meines Versagens und meiner Gleichgültigkeit. Daß die Verwandlung des Altmeisters Euch so sehr auffiel und zur Sensation wurde, während ich sie kaum bemerkte, erklärt sich natürlich dadurch, daß diese Verwandlung Euch unerwartet und als fertiges Resultat entgegentrat, während ich Zeuge ihrer langsamen Entwicklung war. Der Alt-Magister, den Ihr vor Monaten und den Ihr heute gesehen habet, sind sehr voneinander verschieden, während wir Nachbarn vom einen zum andern Mal des Wiederbegegnens kaum merkliche Veränderungen antrafen. Aber ich gestehe, die Erklärung genügt mir nicht. Wenn sich vor unsern Augen so etwas wie ein Wunder vollzieht, sei es auch noch so leise und langsam, so müßten wir, wenn wir unvoreingenommen wären, davon stärker berührt werden, als es mir geschehen ist. Und hier stoße ich auf die Ursache meiner Verschlossenheit: ich war eben keineswegs unvoreingenommen. Daß ich das Phänomen nicht bemerkte, geschah, weil ich es nicht bemerken wollte. Bemerkt habe ich, wie jeder, die zunehmende Zurückgezogenheit und Schweigsamkeit unseres Verehrten, und die gleichzeitige Steigerung seiner Freundlichkeit, das immer heller und unsinnlicher werdende Glänzen seines Gesichts, wenn er beim Begegnen meinen Gruß stumm erwiderte. Das habe ich und jeder hat es natürlich wohl bemerkt. Aber ich wehrte mich dagegen, mehr darin zu sehen, und ich wehrte mich nicht aus Mangel an Ehrfurcht gegen den alten Magister, sondern zum Teil aus einer Abneigung gegen Personenkult und Schwärmerei im allgemeinen, zum Teil aus Abneigung gegen ebendiese Schwärmerei im speziellen Falle, gegen die Art von Kultus nämlich, die der Studiosus Petrus mit seinem Meister und Abgott treibt. Dies ist mir während Eurer Erzählung vollends klargeworden."

„Das war", lachte Knecht, „immerhin ein Umweg, um dir selber deine Abneigung gegen den armen Petrus zu entdekken. Aber wie steht es nun? Bin auch ich ein Mystiker und Schwärmer? Treibe auch ich verbotenen Personen- und Heiligenkult? Oder gestehst du mir zu, was du dem Studenten nicht zugestandest, nämlich, daß wir etwas gesehen und erlebt haben, nicht Träume und Phantasien, sondern etwas Reales und Gegenständliches?"

„Natürlich gestehe ich es Euch zu", sagte Carlo langsam und überlegend, „niemand wird an Eurem Erlebnis und an der Schönheit oder Heiterkeit des Alt-Magisters zweifeln, der einem so unglaublich zulächeln kann. Die Frage ist nur: Wohin tun wir das Phänomen, wie benennen wir es, wie erklären wir es? Es klingt schulmeisterlich, aber wir Kastalier sind nun einmal Schulmeister, und wenn ich Euer und unser Erlebnis einzuordnen und zu benennen wünsche, so wünsche ich das nicht, weil ich seine Wirklichkeit und Schönheit durch Abstraktion und Verallgemeinerung auflösen, sondern weil ich sie möglichst bestimmt und deutlich aufzeichnen und festhalten möchte. Wenn ich auf einer Reise irgendwo einen Bauern oder ein Kind eine Melodie summen höre, die ich nicht kannte, so ist mir das ebenfalls ein Erlebnis, und wenn ich dann diese Melodie sofort und so genau wie möglich in Noten aufzuschreiben versuche, so ist das kein Abtun und Weglegen, sondern eine Ehrung und Verewigung meines Erlebnisses."
Knecht nickte ihm freundschaftlich zu. „Carlo", sagte er, „es ist ein Jammer, daß wir uns so selten mehr sehen können. Nicht alle Jugendfreunde bewähren sich bei jedem Wiedersehen. Ich bin mit meiner Erzählung vom alten Magister zu dir gekommen, weil du hier am Ort der einzige bist, an dessen Mitwissen und Teilnahme mir gelegen ist. Ich muß es nun dir überlassen, was du mit meiner Erzählung anfangen und wie du den verklärten Zustand unsres Meisters benennen willst. Ich würde mich freuen, wenn du ihn einmal aufsuchen und eine kleine Weile in seiner Aura weilen wolltest. Sein Zustand von Gnade, Vollendung, Altersweisheit, Seligkeit, oder wie immer wir ihn nennen wollen, mag dem religiösen Leben angehören; wenn wir Kastalier auch keine Konfession und keine Kirche haben, so ist Frömmigkeit uns doch nichts Unbekanntes; gerade unser Alt-Musikmeister ist stets ein durch und durch frommer Mensch gewesen. Und da es Berichte von Begnadeten, Vollendeten, Strahlenden, Verklärten in vielen Religionen gibt, warum sollte nicht auch unsre kastalische Frömmigkeit einmal zu dieser Blüte kommen? – Es ist spät geworden, ich sollte schlafen gehen, morgen muß ich in aller Frühe reisen. Ich hoffe bald wiederzukommen. Laß mich dir nur noch ganz kurz meine Geschichte zu Ende erzählen! Also nachdem er

zu mir gesagt hatte: ‚Du ermüdest dich', gelang es mir endlich, von meinen Bemühungen um die Einleitung eines Gespräches abzustehen und nicht nur still zu sein, sondern auch meinen Willen von dem falschen Ziel abzurufen, diesen Schweiger mit Hilfe von Wort und Unterredung erforschen und von ihm profitieren zu wollen. Und vom Augenblick an, in dem ich verzichtete und alles dem andern überließ, ging es wie von selbst. Du magst nachher meine Ausdrücke beliebig durch andre ersetzen, jetzt aber höre mich an, auch wenn ich ungenau scheine oder Kategorien verwechsle. Ich war etwa eine Stunde oder anderthalbe bei dem Alten, und ich kann dir nicht mitteilen, was zwischen ihm und mir vorgegangen oder ausgetauscht worden ist, Worte sind dabei nicht gesprochen worden. Ich fühlte nur, nachdem mein Widerstand gebrochen war, daß er mich in seinen Frieden und seine Helligkeit mit aufnahm, es umschloß ihn und mich Heiterkeit und wunderbare Ruhe. Ohne daß ich mit Willen und Wissen meditiert hätte, glich es einigermaßen einer besonders geglückten und beglükkenden Meditation, deren Thema das Leben des Alt-Magisters gewesen wäre. Ich sah ihn oder fühlte ihn und den Gang seines Werdens von damals an, wo er mir, einem Knaben, zum erstenmal begegnete, bis zur jetzigen Stunde. Es war ein Leben der Hingabe und Arbeit, aber frei von Zwang, frei von Ehrgeiz und voll von Musik. Und es entwickelte sich so, als habe er, indem er Musiker und Musikmeister wurde, die Musik als einen der Wege zum höchsten Ziel des Menschen, zur innern Freiheit, zur Reinheit, zur Vollkommenheit erwählt, und als habe er seitdem nichts anderes getan, als sich von der Musik immer mehr durchdringen, verwandeln, läutern zu lassen, von den gewandten, klugen Cembalistenhänden und dem reichen riesigen Musikergedächtnis bis in alle Teile und Organe des Leibes und der Seele, bis in die Pulse und Atemzüge, bis in den Schlaf und Traum, und sei jetzt nur noch ein Symbol, vielmehr eine Erscheinungsform, eine Personifikation der Musik. Wenigstens habe ich das, was von ihm ausstrahlte oder was zwischen ihm und mir wie ein rhythmisches Atmen hin und her wogte, durchaus als Musik empfunden, als eine völlig unmateriell gewordene, esoterische Musik, welche jeden in den Zauberkreis Eintretenden mit aufnimmt wie ein mehrstimmiges Lied eine neu einfallende Stimme. Einem Nichtmusiker wäre die Gnade vielleicht in anderen Bildern wahrnehmbar geworden, ein Astronom hätte vielleicht sich als Mond um einen Planeten kreisen sehen, oder ein Philologe sich in einer allbedeutsamen, magischen Ursprache angeredet gehört. Genug nun, ich verabschiede mich. Es war mir eine Freude, Carlo."

Wir haben diese Episode etwas ausführlich mitgeteilt, da der Musikmeister in Knechts Leben und Herzen einen so wichtigen Platz einnahm; mit dazu bewogen oder verführt hat uns der Umstand, daß Knechts Unterhaltung mit Ferromonte in des letzteren eigener Niederschrift, in einem Briefe, auf uns gekommen ist. Über die „Verklärung" des Alt-Musikmeisters ist dieser Bericht gewiß der früheste und zuverlässigste, später gab es ja über dies Thema Legenden und Deutungen übergenug.

Die beiden Pole

Das Jahresspiel, als „Chinesenhausspiel" noch heute bekannt und nicht selten zitiert, brachte Knecht und seinem Freunde die Früchte ihrer Arbeit und brachte Kastalien und der Behörde die Bestätigung, daß mit Knechts Berufung in das höchste Amt das Richtige geschehen sei. Wieder einmal erlebte Waldzell, das Spielerdorf und die Elite, die Genugtuung einer glänzenden und hochgestimmten Festzeit, ja das Jahresspiel war seit langem nicht mehr ein solches Ereignis gewesen wie diesmal, wo der jüngste und meistbesprochene Magister sich zum erstenmal vor aller Öffentlichkeit zeigen und bewähren und wo außerdem Waldzell den im vergangenen Jahre erlittenen Verlust und Mißerfolg wettmachen sollte. Diesmal lag niemand krank, und es stand kein eingeschüchterter Stellvertreter ängstlich der großen Zeremonie vor, vom wachsamen Übelwollen und Mißtrauen der Elite eisig umlauert, von nervös gewordenen Beamten treu, aber schwunglos unterstützt. Lautlos, unnahbar, ganz Hohepriester, weiß und golden gekleidete Leitfigur auf dem feierlichen Schachbrett der Symbole, zelebrierte der Magister sein und seines Freundes Werk; Ruhe, Kraft und Würde ausstrahlend, keinem profanen Anruf erreichbar, erschien er im Festsaal inmitten seiner vielen Ministranten, eröffnete Akt um Akt seines Spiels mit den rituellen Gebärden, schrieb zierlich mit leuchtendem Goldgriffel Zeichen um Zeichen auf die kleine Tafel, vor welcher er stand, und alsbald erschienen dieselben Zeichen in der Spiel-Chiffernschrift, hundertmal vergrößert, auf der Riesentafel der hinteren Saalwand, wurden von tausend flüsternden Stimmen nachbuchstabiert, von den Sprechern laut ausgerufen, von den Fernmeldern ins Land und in die Welt hinaus entsendet, und als er am Ende des ersten Aktes die den Akt resümierende Formel auf die Tafel beschwor, mit anmutvoller und eindrücklicher Haltung die Meditationsvorschriften gab, den Griffel niederlegte und sich, niedersitzend, mit beispielhafter Haltung in die Versenkungsstellung begab, da setzten sich nicht nur im Saale, im Spielerdorf und in Kastalien, sondern auch draußen in manchem Lande der Erde die Gläubigen des Glasperlenspiels andächtig zu derselben Meditation nieder und verharrten in ihr bis zum Augenblick, da im Saale der Magister sich wieder erhob. Es war alles, wie es viele Male gewesen war, und war doch alles herzbewegend und neu. Die abstrakte und scheinbar zeitlose Welt des Spieles war elastisch genug, in hundert Nuancen auf Geist, Stimme, Temperament und Handschrift einer Persönlichkeit zu reagieren, die Persönlichkeit groß und kultiviert genug, ihre Einfälle nicht für wichtiger zu halten als die unantastbare Eigengesetzlichkeit des Spieles, die Helfer und Mitspieler, die Elite, gehorchten wie gut gedrillte Soldaten, und doch schien jeder einzelne von ihnen, auch wenn er nur die Verneigungen mit ausführte oder den Vorhang um den meditierenden Meister bedienen half, sein eigenes, aus seiner eigenen Inspiration lebendes Spiel zu begehen. Aus der Menge aber, aus der großen, den Saal und ganz Waldzell überfüllenden Gemeinde, aus den tausend Seelen, welche auf des Meisters Spur den phantastisch-hieratischen Gang durch die unendlichen, vieldimensionalen Vorstellungsräume des Spieles schritten, kam der Feier der Grundakkord und tief belebende Glockenbaß, der für die kindlicheren Glieder der Gemeinde das beste und beinahe einzige Erlebnis beim Feste ist, der aber auch von den durchtriebenen Spielvirtuosen und Kritikern der Elite, von den Mini-

stranten und Beamten bis hinauf zum Leiter und Meister mit ehrfürchtigem Schauer empfunden wird.
Es war eine hohe Feier, auch die Abgesandten von draußen spürten und bekundeten es, und mancher Neuling wurde in diesen Tagen auf immer für das Glasperlenspiel gewonnen. Merkwürdig aber klingen die Worte, in welche Josef Knecht nach Beendigung des zehntägigen Festes seinem Freunde Tegularius gegenüber sein Erlebnis zusammenfaßte. „Wir können zufrieden sein“, sagte er. „Ja, Kastalien und das Glasperlenspiel sind wunderbare Dinge, etwas nahezu Vollkommenes sind sie. Nur sind sie es vielleicht allzu sehr, sind allzu schön; sie sind so schön, daß man sie kaum betrachten kann, ohne für sie zu fürchten. Man denkt nicht gerne daran, daß sie wie alles einmal wieder vergehen sollen. Und doch muß man daran denken.“
Dieses uns überlieferte Wort nötigt den Biographen, sich dem heikelsten und geheimnisvollsten Teil seiner Aufgabe zu nähern, dem er wohl gerne noch sich eine Weile ferngehalten hätte, um erst mit der Ruhe und dem Behagen, welches klare und eindeutige Zustände ihrem Schilderer gönnen, seinen Bericht von Knechts Erfolgen, seiner vorbildlichen Amtsführung und glänzenden Lebenshöhe zu Ende zu führen. Allein es schiene uns verfehlt und unserem Gegenstande nicht angemessen, die Zweiheit oder Polarität in des verehrten Meisters Wesen und Leben nicht auch schon dort zu erkennen und aufzuzeigen, wo sie noch niemandem, Tegularius ausgenommen, sichtbar gewesen ist. Vielmehr wird es unsere Aufgabe sein, von jetzt an diese Spaltung oder besser diese unaufhörlich pulsierende Polarität in Knechts Seele recht als das Eigentliche und Kennzeichnende im Wesen des Verehrten anzunehmen und zu bejahen. Es wäre nämlich einem Autor, der die Lebensbeschreibung eines kastalischen Magisters ganz nur im Sinne eines Heiligenlebens ad maiorem gloriam Castaliae zu schreiben für erlaubt hielte, durchaus nicht schwer gemacht, den Bericht von Josef Knechts Magisterjahren, mit einziger Ausnahme ihrer letzten Augenblicke, ganz als eine glorifizierende Aufzählung von Verdiensten, Pflichterfüllungen und Erfolgen zu gestalten. Leben und Amtsführung jedes beliebigen Glasperlenspielmeisters, auch etwa jenen Magister Ludwig Wassermaler der spielfreudigsten Epoche Wald-

zells nicht ausgenommen, kann dem Blick des Historikers, der sich nur an die dokumentierten Tatsachen hält, nicht einwandfreier und lobenswerter erscheinen als Leben und Amtsführung des Magisters Knecht. Dennoch hat diese Amtsführung ein ganz ungewöhnliches und Aufsehen erregendes, ja für das Empfinden mancher Beurteiler skandalisierendes Ende genommen, und dieses Ende war nicht etwa ein Zufall oder Unglücksfall, sondern ergab sich völlig folgerichtig, und es gehört mit zu unserer Aufgabe, zu zeigen, daß es mit den glänzenden und rühmenswerten Leistungen und Erfolgen des Ehrwürdigen keineswegs im Widerspruch steht. Knecht ist ein großer und vorbildlicher Verwalter und Repräsentant seines hohen Amtes gewesen, ein Glasperlenspielmeister ohne Tadel. Aber er sah und fühlte den Glanz Kastaliens, dem er diente, als eine gefährdete und schwindende Größe, er lebte in ihm nicht ahnungslos und bedenkenlos mit wie die große Mehrzahl seiner Mitkastalier, sondern wußte um seine Herkunft und seine Geschichte, empfand ihn als ein geschichtliches Wesen, der Zeit unterworfen und von ihrer mitleidlosen Gewalt umspült und erschüttert. Dieses Erwachtsein zum lebendigen Gefühl geschichtlichen Ablaufes und dies Empfinden der eigenen Person und Tätigkeit als einer im Strom des Werdens und Sichwandelns mittreibenden und mittätigen Zelle waren in ihm reif geworden und zum Bewußtsein gelangt durch seine historischen Studien und unter dem Einfluß des großen Paters Jakobus, aber die Anlagen und Keime dazu waren längst vorher dagewesen, und wem wirklich die Persönlichkeit Josef Knechts lebendig geworden, wer wirklich der Eigenart und dem Sinn dieses Lebens auf der Spur ist, wird diese Anlagen und Keime leicht auffinden.

Der Mann, der an einem der strahlendsten Tage seines Lebens, am Ende seines ersten Festspieles, nach einer ungewöhnlich geglückten und eindrucksvollen Kundgebung des kastalischen Geistes gesagt hat: „Man denkt nicht gerne daran, daß Kastalien und das Glasperlenspiel einmal wieder vergehen sollen – und doch muß man daran denken“, dieser Mann hat von früh an, auch als er längst noch kein Eingeweihter der Historie war, ein Weltgefühl in sich getragen, dem die Vergänglichkeit alles Gewordenen und die Problematik alles vom Menschengeist Geschaffenen vertraut war. Gehen wir in seine Knaben- und Schülerjahre zurück, so stoßen wir auf die Nachricht, daß er jedesmal, wenn in Eschholz ein Mitschüler verschwand, weil er die Lehrer enttäuscht hatte und wieder aus der Elite in die gewöhnlichen Schulen zurückgeschickt worden war, eine tiefe Beklommenheit und Beunruhigung empfand. Von keinem dieser Ausgeschiedenen ist überliefert, daß er persönlich dem jungen Knecht befreundet gewesen sei; es war nicht der Verlust, es war nicht das Ausscheiden und Verschwinden der Personen, was ihn erregte und mit angstvollem Weh bedrückte. Es war vielmehr die leise Erschütterung seines kindlichen Glaubens an den Bestand der kastalischen Ordnung und der kastalischen Vollkommenheit, welche ihm dieses Weh bereitete. Daß es Knaben und Jünglinge gab, denen das Glück und die Gnade der Aufnahme in die Eliteschulen der Provinz begegnet war und welche diese Gnade wieder verscherzten und wegwarfen, darin lag für ihn, der seine Berufung so heilig ernst nahm, etwas Erschütterndes, ein Zeugnis von der Macht der nichtkastalischen Welt. Vielleicht auch – beweisen läßt es sich nicht – riefen solche Vorkommnisse in dem Knaben erste Zweifel an der bis dahin angenommenen Unfehlbarkeit der Erziehungsbehörde wach, da diese Behörde je und je auch Schüler nach Kastalien brachte, deren sie sich nach einer Weile wieder entledigen mußte. Ob nun nebenher auch dieser Gedanke, die frühste Regung einer Kritik an der Autorität also, mitgespielt habe oder nicht, jedesmal wurde von dem Knaben die Entgleisung und Rücksendung eines Eliteschülers als ein Unglück nicht nur, sondern als eine Ungehörigkeit empfunden, als ein häßlicher Fleck, der einen anstarrte und dessen Vorhandensein an sich schon ein Vorwurf war und ganz Kastalien mitverantwortlich machte. Hierin, glauben wir, ist das Gefühl von Erschütterung und Verstörung begründet, dessen der Schüler Knecht bei solchen Anlässen fähig war. Es gab draußen hinter den Grenzen der Provinz eine Welt und ein Menschenleben, welche zu Kastalien und seinen Gesetzen im Widerspruch standen, welche nicht in der hiesigen Ordnung und Rechnung aufgingen und von ihr nicht zu bändigen und zu sublimieren waren. Und natürlich kannte er das Vorhandensein dieser Welt auch in seinem eigenen Herzen. Auch er hatte Triebe, Phantasien und Gelüste, welche den Gesetzen widersprachen, unter denen er stand, Triebe, deren Zähmung nur allmählich gelang und harte Mühe kostete. Diese Triebe also konnten in manchen Schülern so stark werden, daß sie über alles Mahnen und Strafen hinweg sich durchsetzten und die ihnen Verfallenen aus der Elitewelt Kastaliens in jene andere Welt zurückführten, welche nicht von Zucht und Geistespflege, sondern eben von Naturtrieben beherrscht wurde und welche dem um kastalische Tugend Bemühten bald wie eine böse Unterwelt, bald wie ein verführerischer Spiel- und Tummelplatz erscheinen mußte. Viele junge Gewissen seit Generationen haben den Begriff der Sünde in dieser kastalischen Form erfahren. Und viele Jahre später, als Erwachsener und Liebhaber der Geschichte, sollte er ja des genauern erkennen, daß Geschichte nicht ohne den Stoff und die Dynamik dieser Sündenwelt des Egoismus und des Trieblebens entstehen kann und daß auch so sublime Gebilde wie das des Ordens aus dieser trüben Flut geboren und irgendeinmal von ihr wieder verschlungen werden. Das Problem Kastalien also war es, das allen starken Bewegungen, Strebungen und Erschütterungen in Knechts Leben zugrunde lag, und niemals ist dies für ihn nur ein denkerisches Problem gewesen, sondern eines, das ihn wie kein anderes im Innersten anging und für das er sich mitverantwortlich wußte. Er gehörte zu jenen Naturen, welche daran krank werden, hinsiechen und sterben können, daß sie die von ihnen geliebte und geglaubte Idee, das von ihnen geliebte Vaterland und Gemeinwesen erkranken und Not leiden sehen.

Wir verfolgen den Faden weiter und stoßen auf die erste Waldzeller Zeit Knechts, seine letzten Schülerjahre und sein bedeutungsvolles Zusammentreffen mit dem Gastschüler Designori, das wir ja an seiner Stelle eingehend geschildert haben. Diese Begegnung zwischen dem glühenden Anhänger des kastalischen Ideals und dem Weltkind Plinio war nicht nur ein heftiges und lange nachwirkendes, sie war auch ein tief wichtiges und gleichnishaftes Erlebnis für den Schüler Knecht. Denn es wurde ihm damals jene so bedeutende wie anstrengende Rolle aufgezwungen, welche, scheinbar vom Zufall ihm zugeworfen, seinem ganzen Wesen so sehr entsprach, daß man beinahe sagen möchte, sein späteres Leben sei nichts als ein Wiederaufnehmen dieser Rolle und ein immer vollkommeneres Hineinwachsen in sie gewesen, in die Rolle nämlich des Verteidigers und Repräsentanten Kastaliens, wie er sie dann etwa zehn Jahre später gegen den Pater Jakobus aufs neue zu spielen hatte und als Glasperlenspielmeister bis zu Ende gespielt hat, eines Verteidigers und Repräsentanten des Ordens und seiner Gesetze, der aber immerzu innig bereit und bemüht war, vom Gegenspieler zu lernen und nicht die Abkapselung und starre Isolierung Kastaliens, sondern sein lebendiges Zusammenspiel und seine Auseinandersetzung mit der Außenwelt zu fördern. Was im geistigen und rednerischen Wettkampf mit Designori zum Teil noch Spiel gewesen war, wurde später, dem so gewichtigen Gegner und Freund Jakobus gegenüber, tiefer Ernst, und gegen beide Gegenspieler hat er sich bewährt, ist an ihnen gewachsen, hat von ihnen gelernt, hat im Kampf und Austausch nicht weniger gegeben als genommen und hat beide Male den Gegner zwar nicht besiegt, was ja von Anfang an nicht das Kampfziel war, aber ihn zur ehrenvollen Anerkennung seiner Person wie des von ihm vertretenen Prinzips und Ideals zu zwingen vermocht. Auch wenn die Auseinandersetzung mit dem gelehrten Benediktiner nicht unmittelbar zu jenem praktischen Ergebnis, der Errichtung einer halboffiziellen Vertretung Kastaliens beim Heiligen Stuhl geführt hätte, wäre sie von höherem Wert gewesen, als die Mehrzahl der Kastalier ahnte.

Sowohl durch die wettkämpferische Freundschaft mit Plinio Designori wie durch jene mit dem weisen alten Pater hatte Knecht, der sonst mit der außerkastalischen Welt in keinerlei nähere Beziehung gekommen war, eine Kenntnis oder eher Ahnung jener Welt erworben, wie sie in Kastalien gewiß wenige besaßen. Mit Ausnahme des Mariafelser Aufenthaltes, der ihm ja ein Bekanntwerden mit dem eigentlichen Weltleben auch nicht bringen konnte, hatte er dies Weltleben nie gesehen und mitgelebt außer in früher Kindheit, aber er hatte durch Designori, durch Jakobus und das Geschichtsstudium eine wache Ahnung von der Wirklichkeit gewonnen, eine zum großen Teil intuitiv entstandene und von sehr geringer Erfahrung begleitete Ahnung, welche ihn aber wissender und weltoffener gemacht hat als die Mehrzahl seiner kastalischen Mitbürger, die Behörden kaum ausgenommen. Immer ist er ein echter und treuer Kastalier gewesen und geblieben, aber nie hat er vergessen, daß Kastalien nur ein Teil, ein kleiner Teil der Welt ist, sei es auch der wertvollste und geliebteste.

Und wie stand es nun um seine Freundschaft mit Fritz Tegularius, dem schwierigen und problematischen Charakter, dem sublimen Artisten des Glasperlenspiels, dem verwöhnten und ängstlichen Nurkastalier, welchem es damals bei seinem kurzen Besuche in Mariafels zwischen den derben Benediktinern so unheimlich und elend geworden war, daß er es dort keine Woche aushalten zu können beteuerte und seinen Freund, der es zwei Jahre dort recht wohl aushielt, darum unendlich bewunderte? Wir haben uns über diese Freundschaft vielerlei Gedanken gemacht, manche mußten wieder verworfen werden, einige schienen standzuhalten; diese Gedanken galten alle der Frage, was denn nun die Wurzel und was der Sinn dieser vieljährigen Freundschaft gewesen sei. Vor allem dürfen wir nicht vergessen, daß bei allen Freundschaften Knechts, höchstens die mit dem Benediktiner ausgenommen, er nicht der suchende, werbende und bedürftige Teil gewesen ist. Er zog an, er wurde bewundert, beneidet und geliebt, einfach um seines adligen Wesens willen, und von einer gewissen Stufe seines „Erwachens" an war er sich dieser Gabe auch bewußt. So war er auch, schon in den ersten Studentenjahren, von Tegularius bewundert und umworben worden, hatte ihn aber stets in einer gewissen Distanz gehalten. Immerhin zeigen uns manche Merkmale, daß er dem Freunde wirklich zugetan war. Wir sind nun der Meinung, daß es nicht bloß dessen außergewöhnliche Begabung, seine rastlose und namentlich allen Problemen des Glasperlenspiels offenstehende Genialität war, welche für Knecht etwas Anziehendes hatte. Sondern dessen starkes und dauerndes Interesse galt nicht nur der großen Begabung des Freundes, es galt ebensosehr dessen Fehlern, seiner Kränklichkeit, es galt gerade dem, was den andern Waldzellern an Tegularius störend und oft unleidlich war. Dieser wunderliche Mensch war so sehr Kastalier, seine ganze Art zu existieren wäre außerhalb der Provinz undenkbar gewesen und hatte deren Atmosphäre und

Bildungshöhe so sehr zur Voraussetzung, daß man, wäre nur eben seine Schwierigkeit und Wunderlichkeit nicht gewesen, ihn geradezu als einen Erzkastalier hätte bezeichnen können. Und dennoch paßte dieser Erzkastalier schlecht zu seinen Kameraden, war so wenig bei ihnen wie bei den Vorgesetzten und Beamten beliebt, störte beständig, gab immerzu Anstoß und wäre ohne den Schutz und die Führung durch seinen tapfern und klugen Freund wahrscheinlich früh zugrunde gegangen. Was man seine Krankheit nannte, war schließlich vorwiegend ein Laster, eine Unbotmäßigkeit, ein Charakterfehler, nämlich eine im tiefsten unhierarchische, völlig individualistische Gesinnung und Lebensführung; er fügte sich gerade nur so weit in die bestehende Ordnung ein, als notwendig war, um im Orden überhaupt geduldet zu werden. Er war insofern ein guter, ja glänzender Kastalier, als er ein vielseitiger, in der Gelehrsamkeit ebenso wie in der Glasperlenspielkunst unermüdlich und unersättlich fleißiger Geist war; aber ein sehr mittelmäßiger, ja schlechter Kastalier war er im Charakter, in der Einstellung zur Hierarchie und zur Ordensmoral. Das größte seiner Laster war ein dauerndes Leichtnehmen und Vernachlässigen der Meditation, deren Sinn ja die Einordnung des Individuums ist und deren gewissenhafte Pflege ihn sehr wohl von seiner Nervenkrankheit hätte heilen können, denn im kleinen und einzelnen tat sie es jedesmal, wenn er nach einer Periode schlechter Führung und aufgeregten oder melancholischen Wesens von den Oberen strafweise zu strengen Meditationsübungen unter Aufsicht gezwungen wurde, ein Mittel, zu welchem auch der wohlwollende und schonende Knecht des öftern hat greifen müssen. Nein, Tegularius war ein eigenwilliger, launischer, zur ernstlichen Einordnung nicht gewillter Charakter, immer wieder zwar von lebendiger Geistigkeit und in angeregten Stunden bezaubernd, wo sein pessimistischer Witz sprühte und keiner sich der Kühnheit und oft düstern Pracht seiner Einfälle entziehen konnte, aber er war im Grunde unheilbar, denn er wollte gar nicht geheilt sein, er gab nichts auf Harmonie und Einordnung, er liebte nichts als seine Freiheit, sein ewiges Studententum, und zog es vor, lebenslänglich der Leidende, der Unberechenbare und störrische Einzelgänger zu sein, der geniale Narr und Nihilist, statt den Weg der Einordnung in die Hierarchie zu gehen und zum Frieden zu gelangen. Er hielt nichts vom Frieden, er gab nichts auf die Hierarchie, er machte sich wenig aus Tadel und Vereinsamung. Ein höchst unbequemer und unverdaulicher Bestandteil also in einer Gemeinschaft, deren Ideal Harmonie und Ordnung ist! Aber eben in dieser Schwierigkeit und Unverdaulichkeit war er inmitten einer so geklärten und geordneten kleinen Welt eine beständige lebendige Unruhe, ein Vorwurf, eine Mahnung und Warnung, ein Anreger zu neuen, kühnen, verbotenen, vermessenen Gedanken, ein bockiges, unartiges Schaf in der Herde. Und dies, meinen wir, war es, wodurch er trotz allem diesen Freund gewann. Gewiß hat in Knechts Verhältnis zu ihm stets auch das Mitleid eine Rolle gespielt, der Appell des Gefährdeten und meist Unglücklichen an alle ritterlichen Gefühle des Freundes. Aber dies hätte nicht genügt, auch nach Knechts Erhebung zur Meisterwürde, inmitten eines mit Arbeit, Pflichten und Verantwortung überladenen Amtslebens, dieser Freundschaft das Leben zu fristen. Wir sind der Auffassung, daß in Knechts Leben dieser Tegularius nicht minder notwendig und wichtig war, als Designori und der Pater in Mariafels es waren, und zwar war er es gleich jenen beiden als ein weckendes Element, als ein offenes Fensterchen nach neuen Ausblicken hin. In diesem so merkwürdigen Freunde hat Knecht, wie wir glauben, den Vertreter eines Typus erspürt und mit der Zeit auch bewußt erkannt, eines Typus, der noch nicht vorhanden war außer in dieser einzigen Vorläufergestalt, den Typus des Kastaliers nämlich, wie er einmal werden könnte, wenn nicht durch neue Begegnungen und Impulse das Leben Kastaliens sollte verjüngt und gekräftigt werden können. Tegularius war, wie die meisten einsamen Genies, ein Vorläufer. Er lebte tatsächlich in einem Kastalien, das noch nicht da war, aber morgen da sein konnte, in einem nach der Welt hin noch abgeschlossenern, innerlich durch Alterung und Lockerung der meditativen Ordensmoral entarteten Kastalien, einer Welt, in welcher noch immer die höchsten Geistesflüge und die versunkenste Hingabe an hohe Werte möglich waren, wo aber eine hochentwickelte und frei spielende Geistigkeit keine Ziele mehr hatte als den Selbstgenuß ihrer hochgezüchteten Fähigkeiten. Tegularius

bedeutete für Knecht zugleich die Verkörperung höchster kastalischer Fähigkeiten und das mahnende Vorzeichen für deren Demoralisierung und Untergang. Es war wunderbar und köstlich, daß es diesen Fritz gab. Aber die Auflösung Kastaliens in ein von lauter Tegulariussen bevölkertes Traumreich mußte verhindert werden. Die Gefahr, daß es dazu kommen könnte, war noch fern, aber sie war vorhanden. Das Kastalien, wie Knecht es kannte, brauchte nur die Mauern seiner vornehmen Isoliertheit noch ein wenig höher zu bauen, es brauchte nur ein Verfall der Ordenszucht, ein Sinken der hierarchischen Moral hinzuzukommen, so war Tegularius kein wunderlicher Einzelner mehr, sondern der Repräsentant eines entartenden und niedergehenden Kastaliens. Daß die Möglichkeit, ja der Beginn oder eine Disponiertheit zu solchem Verfall vorhanden sei, diese wichtigste Erkenntnis und Sorge des Magisters Knecht wäre ihm vermutlich weit später oder am Ende nie gekommen, hätte nicht neben ihm, und von ihm aufs genaueste gekannt, dieser Zukunftskastalier gelebt; er war für Knechts wachen Sinn ein Symptom und Mahnruf, wie es für einen klugen Arzt der erste von einer noch unbekannten Krankheit Befallene wäre. Und Fritz war ja kein Durchschnittsmensch, er war ein Aristokrat, eine Begabung von hohen Graden. Würde die noch unbekannte, im Vorläufer Tegularius zum erstenmal sichtbar gewordene Krankheit einmal um sich greifen und das Bild des kastalischen Menschen ändern, würden Provinz und Orden einmal die entartete, kranke Gestalt annehmen, so würden diese Zukunftskastalier nicht lauter Tegulariusse sein, sie würden nicht seine köstlichen Gaben, seine melancholische Genialität, seine flackernde Artistenleidenschaft besitzen, sondern die Mehrzahl von ihnen würde nur seine Unzuverlässigkeit, seinen Hang zur Verspieltheit, seinen Mangel an Zucht und Gemeinsinn haben. In sorgenvollen Stunden mag Knecht solche düstern Visionen und Vorahnungen gehabt haben, deren Bewältigung teils durch Versenkung, teils durch erhöhte Tätigkeit ihn gewiß viel Kraft gekostet hat.
Gerade der Fall Tegularius zeigt uns auch ein besonders schönes und lehrreiches Beispiel für die Art, wie Knecht das ihm begegnende Problematische, Schwierige und Krankhafte, ohne ihm auszuweichen, zu bewältigen be-

müht war. Ohne seine Wachsamkeit, Fürsorge und erzieherische Leitung wäre nicht nur sein gefährdeter Freund wahrscheinlich früh zugrunde gegangen, es wäre außerdem ohne Zweifel durch ihn zu endlosen Störungen und Unzuträglichkeiten in der Spielersiedlung gekommen, an welchen es schon seit dessen Zugehörigkeit zur Spielerelite keineswegs gefehlt hatte. Die Kunst, mit welcher der Magister nicht nur seinen Freund leidlich im Geleise zu halten, sondern auch seine Gaben im Dienst des Glasperlenspiels zu verwenden und zu edlen Leistungen zu steigern wußte, die Behutsamkeit und Geduld, mit welcher er dessen Launen und Wunderlichkeiten ertrug und mit dem unermüdlichen Appell an das Wertvolle in seinem Wesen überwand, müssen wir als ein Meisterstück der Menschenbehandlung bewundern. Es wäre übrigens eine schöne und vielleicht zu überraschenden Einsichten führende Aufgabe – und wir möchten sie einem unsrer Historiker des Glasperlenspiels ernstlich ans Herz legen –, einmal die Jahresspiele der Amtszeit Knechts in ihrer stilistischen Eigenheit genau zu studieren und ihre Analyse zu geben, diese würdevollen und dabei von köstlichen Einfällen und Formulierungen funkelnden, diese glänzenden, rhythmisch so originellen und doch allem selbstgefälligen Virtuosentum so fernen Spiele, deren Grundplan und Aufbau ebenso wie die Führung der Meditationenfolge ausschließlich Knechts geistiges Eigentum war, während die Ziselierung und spieltechnische Kleinarbeit größtenteils von seinem Mitarbeiter Tegularius stammte. Diese Spiele könnten verlorengegangen und vergessen sein, ohne daß das Leben und die Tätigkeit Knechts darum für die Nachlebenden allzuviel von ihrer Anziehungs- und Beispielkraft verlieren würde. Sie sind jedoch nicht verloren, zu unsrem Glück, sie sind aufgezeichnet und aufbewahrt wie alle offiziellen Spiele, und sie liegen nicht nur tot im Archiv, sondern leben noch heute in der Überlieferung fort, werden von jungen Studenten studiert, liefern beliebte Beispiele für manchen Spielkurs und manches Seminar. Und in ihnen lebt auch jener Mitarbeiter fort, der sonst vergessen wäre oder doch nichts wäre als eine seltsame, in manchen Anekdoten noch spukhaft umgehende Figur der Vergangenheit. So hat Knecht, indem er seinem so schwer einzureihenden Freunde Fritz dennoch einen Platz und ein Wirkungsfeld anzuweisen verstand, das Geistesgut und die Geschichte Waldzells um etwas Wertvolles bereichert und hat zugleich der Gestalt und dem Andenken dieses Freundes eine gewisse Dauer gesichert. Wir erinnern nebenbei daran, daß bei seinen Bemühungen um den Freund der große Erzieher sich des wichtigsten Mittels solcher erzieherischen Beeinflussung durchaus bewußt war. Dies Mittel war des Freundes Liebe und Bewunderung. Diese Bewunderung und Liebe, diese Schwärmerei für Knechts starke und harmonische Persönlichkeit, für sein Herrentum, hat der Magister bei Fritz nicht nur, sondern noch bei vielen seiner Mitstrebenden und Schüler recht wohl gekannt und hat stets mehr auf ihr als auf seiner hohen Amtswürde die Autorität und Macht aufgebaut, die er trotz seines gütigen und konzilianten Wesens auf so viele ausgeübt hat. Er fühlte genau, was ein freundliches Wort der Ansprache oder der Anerkennung, und was ein Sichentziehen, ein Nichtbeachten wirken könne. Einer seiner eifrigsten Schüler hat viel später einmal erzählt, Knecht habe einst eine Woche lang im Kurs und im Seminar kein Wort mit ihm gesprochen, ihn scheinbar nicht gesehen, ihn als Luft behandelt, und das sei in allen den Jahren seiner Schülerschaft die bitterste und wirksamste Strafe gewesen, die er erlebt habe.

Wir haben diese Betrachtungen und Rückblicke für notwendig gehalten, um den Leser unsres biographischen Versuchs an dieser Stelle zum Verständnis der beiden polar wirkenden Grundtendenzen in Knechts Persönlichkeit zu führen und ihn, nachdem er unsrer Beschreibung bis auf dessen Lebenshöhe gefolgt ist, auf die letzten Phasen dieses reichen Lebenslaufes vorzubereiten. Die beiden Grundtendenzen oder Pole dieses Lebens, sein Yin und Yang, waren die Tendenz zum Bewahren, zur Treue, zum selbstlosen Dienst an der Hierarchie, und andrerseits die Tendenz zum „Erwachen", zum Vordringen, zum Greifen und Begreifen der Wirklichkeit. Für den gläubigen und dienstbereiten Josef Knecht war der Orden, war Kastalien und das Glasperlenspiel etwas Heiliges und unbedingt Wertvolles; für den erwachenden, hellsichtigen, vorwärtsdringenden waren sie, ihres Wertes ungeachtet, gewordene, erkämpfte, in ihren Lebensformen wandelbare, der Gefahr der Alterung, des

Sterilwerdens und Verfalls ausgesetzte Gestaltungen, deren Idee ihm stets unantastbar heilig blieb, deren jeweilige Zustände er jedoch als vergänglich und der Kritik bedürftig erkannt hatte. Er diente einer geistigen Gemeinschaft, deren Kraft und Sinn er bewunderte, deren Gefahr aber er in ihrer Neigung sah, sich als reinen Selbstzweck zu betrachten, ihrer Aufgabe und Mitarbeit am Ganzen des Landes und der Welt zu vergessen und schließlich in einer glänzenden, aber mehr und mehr zur Unfruchtbarkeit verurteilten Abspaltung vom Ganzen des Lebens zu verkommen. Diese Gefahr hatte er in jenen frühen Jahren vorgeahnt, da er immer wieder gezögert und davor gebangt hatte, sich ganz dem Glasperlenspiel zu verschreiben, sie war ihm in den Diskussionen mit den Mönchen und namentlich mit dem Pater Jakobus, so tapfer er Kastalien gegen sie verteidigte, immer eindringlicher zum Bewußtsein gekommen und, seit er wieder in Waldzell lebte und Magister Ludi geworden war, beständig in handgreiflichen Symptomen bemerkbar geworden, in der treuen, aber weltabgewandten und rein formalen Arbeitsweise vieler Amtsstellen und seiner eigenen Beamten, in dem geistreichen, aber hochmütigen Spezialistentum seiner Waldzeller Repetentenschaft und nicht zuletzt in der ebenso rührenden wie erschreckenden Gestalt seines Tegularius. Nach Absolvierung seines schweren ersten Amtsjahres, dem er nichts an Zeit und Privatleben abzugewinnen vermochte, kehrte er nun auch zu geschichtlichen Studien zurück, er versenkte sich zum ersten Male offenen Auges in die Geschichte Kastaliens und gewann dabei die Überzeugung, daß es mit ihm nicht so stehe, wie das Selbstbewußtsein der Provinz meinte, daß namentlich ihre Beziehungen zur Außenwelt, die Wechselwirkung zwischen ihr und dem Leben, der Politik, der Bildung des Landes seit Jahrzehnten im Rückgang begriffen seien. Zwar sprach die Erziehungsbehörde in Angelegenheiten des Schul- und Bildungswesens noch ihr Wort im Bundesrate mit, zwar versorgte die Provinz das Land noch immer mit guten Lehrern und übte in allen Fragen der Gelehrsamkeit ihre Autorität; doch hatte dies alles den Charakter der Gewohnheit und des Mechanismus angenommen. Seltener und weniger eifrig meldeten sich junge Männer aus den verschiedenen Eliten Kastaliens freiwillig zum Schuldienst extra muros, selten mehr wandten sich Behörden und einzelne im Lande ratsuchend an Kastalien, dessen Stimme in früheren Zeiten zum Beispiel auch bei wichtigen Gerichtsverhandlungen gern zugezogen und gehört worden war. Verglich man das Bildungsniveau Kastaliens mit dem des Landes, so sah man, daß sie keineswegs sich einander näherten, vielmehr in fataler Weise auseinanderstrebten: je gepflegter, differenzierter, überzüchteter die kastalische Geistigkeit wurde, desto mehr neigte die Welt dazu, die Provinz Provinz sein zu lassen und sie, statt als eine Notwendigkeit und ein tägliches Brot, als einen Fremdkörper zu betrachten, auf den man zwar ein wenig stolz war wie auf eine altertümliche Kostbarkeit, den man vorläufig auch gar nicht hätte weggeben und entbehren mögen, von dem man sich aber gern in Distanz hielt und dem man, ohne genau Bescheid zu wissen, eine Mentalität, eine Moral und ein Selbstgefühl zutraute, welche ins wirkliche und tätige Leben nicht recht mehr paßten. Das Interesse der Mitbürger für das Leben der pädagogischen Provinz, ihre Teilnahme an deren Einrichtungen und namentlich auch am Glasperlenspiel, war ebenso im Rückgang begriffen wie die Teilnahme der Kastalier am Leben und Schicksal des Landes. Daß hier der Fehler liege, war ihm längst klargeworden, und daß er als Glasperlenspielmeister in seinem Spielerdorf es ausschließlich mit Kastaliern und Spezialisten zu tun hatte, war ihm ein Kummer. Daher sein Bestreben, sich immer mehr den Anfängerkursen zu widmen, sein Wunsch, möglichst junge Schüler zu haben – je jünger sie waren, desto mehr waren sie noch mit dem Ganzen der Welt und des Lebens verbunden, desto weniger waren sie dressiert und spezialisiert. Oft spürte er ein brennendes Verlangen nach Welt, nach Menschen, nach naivem Leben – falls dies dort draußen im Unbekannten noch vorhanden war. Etwas von dieser Sehnsucht und diesem Gefühl von Leere, von Leben in allzu verdünnter Luft ist ja den meisten von uns je und je spürbar geworden, und auch der Erziehungsbehörde ist ja diese Schwierigkeit bekannt, wenigstens hat sie immer von Zeit zu Zeit nach Mitteln gesucht, ihr zu begegnen und durch vermehrte Pflege körperlicher Übungen und Spiele wie durch Versuche mit mancherlei Handwerk- und Gartenarbeiten den Mangel auszugleichen. Wenn wir richtig

beobachtet haben, besteht bei der Ordensleitung in neuerer Zeit auch eine Tendenz zum Abbau mancher als überzüchtet empfundenen Spezialitäten im Wissenschaftsbetriebe, und zwar zugunsten einer Intensivierung der Meditationspraxis. Man braucht kein Skeptiker und Schwarzseher und kein schlechter Ordensbruder zu sein, um Josef Knecht recht zu geben, wenn er schon eine geraume Zeit vor uns den komplizierten und empfindlichen Apparat unsrer Republik als einen alternden und der Erneuerung in mancher Hinsicht bedürftigen Organismus erkannte.
Wir finden ihn, wie erwähnt, von seinem zweiten Amtsjahre an wieder geschichtlichen Studien zugewendet, und zwar war er außer mit der kastalischen Geschichte hauptsächlich mit der Lektüre aller der großen und kleinern Arbeiten beschäftigt, welche Pater Jakobus über den benediktinischen Orden verfaßt hatte. Mit Herrn Dubois und einem der Philologen von Keuperheim, welcher bei den Sitzungen der Behörde als Sekretär stets zugegen war, fand er auch Gelegenheit, diese historischen Interessen im Gespräch ausschwingen oder neu anregen zu lassen, was ihm stets eine willkommene Erfrischung und Freude war. In seiner täglichen Umgebung allerdings fehlte diese Gelegenheit, und wahrhaft verkörpert begegnete ihm die Unlust dieser Umgebung gegen alle Beschäftigung mit der Historie in der Person seines Freundes Fritz. Wir fanden unter andrem ein Notizblatt mit Aufzeichnungen über eine solche Unterhaltung, in welcher Tegularius mit Leidenschaft ausführte, daß die Geschichte für Kastalier ein des Studiums durchaus unwürdiger Gegenstand sei. Gewiß könne man auf geistreiche und amüsante, nötigenfalls auch auf hochpathetische Art Geschichtsdeutung, Geschichtsphilosophie treiben, es sei das ein Spaß wie andre Philosophien, er habe nichts dagegen, wenn sich jemand daran erlustige. Aber das Ding selber, das Objekt dieses Spaßes, die Geschichte nämlich, sei etwas so Häßliches, zugleich Banales und Teuflisches, zugleich Scheußliches und Langweiliges, daß er nicht begreife, wie man sich mit ihr befassen könne. Ihr Inhalt sei ja lediglich der menschliche Egoismus und der ewig gleiche, ewig sich selbst überschätzende und sich selbst glorifizierende Kampf um die Macht, um die materielle, brutale, viehische Macht, um ein Ding also, das in der Vorstellungswelt

eines Kastaliers nicht vorkomme oder doch nicht den geringsten Wert habe. Weltgeschichte sei der endlose, geist- und spannungslose Bericht über die Vergewaltigung der Schwächern durch die Stärkern, und die eigentliche und wirkliche Geschichte, die zeitlose Geschichte des Geistes, mit dieser weltalten, dummen Prügelei der Ehrgeizigen um die Macht und der Streber um den Platz an der Sonne in Verbindung zu bringen oder gar aus ihr erklären zu wollen, sei eigentlich schon ein Verrat am Geist und erinnere ihn an eine im neunzehnten oder zwanzigsten Jahrhundert weitverbreitete Sekte, von der ihm einmal erzählt worden sei und welche allen Ernstes des Glaubens gewesen sei, die den Göttern dargebrachten Opfer der alten Völker samt diesen Göttern, ihren Tempeln und Mythen seien gleich allen andern hübschen Dingen die Folgen eines berechenbaren Zuwenig oder Zuviel an Essen und Arbeit, Resultate einer aus Arbeitslohn und Brotpreis zu errechnenden Spannung, die Künste und Religionen seien Scheinfassaden, sogenannte Ideologien über einer lediglich mit Hunger und mit Fressen beschäftigten Menschheit gewesen. Knecht, den die Unterhaltung belustigte, fragte obenhin, ob denn die Geschichte des Geistes, der Kultur, der Künste nicht auch Geschichte und mit der übrigen Geschichte immerhin in einigem Zusammenhange sei. Nein, rief sein Freund heftig, eben dies leugne er. Weltgeschichte sei ein Wettlauf in der Zeit, ein Rennen um Gewinn, um Macht, um Schätze, es komme dabei stets darauf an, wer Kraft, Glück oder Gemeinheit genug habe, den Moment nicht zu verpassen. Geistestat, Kulturtat, Kunsttat dagegen sei genau das Gegenteil, es sei jedesmal ein Ausbruch aus der Zeitknechtschaft, ein Hinüberschlüpfen des Menschen aus dem Dreck seiner Triebe und seiner Trägheit auf eine andre Ebene, ins Zeitlose, Zeitbefreite, Göttliche, ganz und gar Ungeschichtliche und Widergeschichtliche. Knecht hörte ihm mit Vergnügen zu und reizte ihn noch zu weiteren, keineswegs witzlosen Entladungen, dann schloß er das Gespräch gelassen mit der Bemerkung: „Alle Achtung vor deiner Liebe zum Geist und seinen Taten! Nur ist die geistige Schöpfung etwas, woran wir nicht so eigentlich teilnehmen können, wie mancher glaubt. Ein Gespräch von Plato oder ein Chorsatz von Heinrich Isaac und alles, was wir Geistestat oder Kunstwerk oder objektivierten Geist nennen, sind Endergebnisse, letzte Resultate eines Kampfes um Läuterung und Befreiung, sie sind meinetwegen, wie du es nennst, Ausbrüche aus der Zeit ins Zeitlose, und in den meisten Fällen sind jene Werke die vollkommensten, welche von dem Kampf und Ringen, das ihnen voranging, nichts mehr ahnen lassen. Es ist ein großes Glück, daß wir diese Werke haben, und wir Kastalier leben ja beinahe ganz von ihnen, wir sind ja nicht anders mehr schöpferisch als im Reproduzieren, wir leben dauernd in jener jenseitigen Sphäre der Zeit- und Kampflosigkeit, welche eben aus jenen Werken besteht und uns ohne sie nicht bekannt wäre. Und wir gehen im Vergeistigen oder, wenn du willst, im Abstrahieren noch immer weiter: wir legen in unsrem Glasperlenspiel jene Werke der Weisen und Künstler in ihre Teile auseinander, ziehen Stilregeln, Formschemata, sublimierte Deutungen aus ihnen und operieren mit diesen Abstraktionen, als wären sie Bausteine. Nun, dies alles ist sehr schön, das bestreitet dir niemand. Aber nicht jeder kann sein Leben lang ausschließlich Abstraktionen atmen, essen und trinken. Vor dem, was ein Waldzeller Repetent als seines Interesses würdig empfindet, hat die Historie den einen Vorzug: sie hat es mit der Wirklichkeit zu tun. Abstraktionen sind entzückend, aber ich bin dafür, daß man auch Luft atmen und Brot essen muß."

Je und je ermöglichte Knecht einen kurzen Besuch bei dem greisen Alt-Musikmeister. Der ehrwürdige Alte, dessen Kräfte jetzt sichtlich zur Neige gingen und der sich des Gebrauchs der Rede längst völlig entwöhnt hatte, verharrte in seinem Zustande heiterer Sammlung bis zuletzt. Er war nicht krank, und sein Tod war nicht eigentlich ein Sterben, es war eine fortschreitende Entstofflichung, ein Schwinden der leiblichen Substanz und der leiblichen Funktionen, während das Leben sich immer ausschließlicher im Blick der Augen und dem leisen Strahlen des einsinkenden Greisengesichtes sammelte. Den meisten Bewohnern von Monteport war dies eine wohlbekannte und mit Ehrfurcht hingenommene Erscheinung, aber nur wenigen, wie Knecht, Ferromonte und dem jungen Petrus, war eine Art von Teilnahme an diesem Abendglanz und Ausleuchten eines reinen und selbstlosen Lebens vergönnt. Diesen wenigen,

wenn sie vorbereitet und gesammelt den kleinen Raum betraten, darin der Altmeister in seinem Lehnstuhle saß, gelang der Eintritt in diesen sanften Glanz des Entwerdens, das Mitfühlen der wortlos gewordenen Vollendung, wie im Bereiche unsichtbarer Strahlen weilten sie beglückende Augenblicke in der kristallnen Sphäre dieser Seele, unirdischer Musik teilhaftig, und kehrten dann mit geklärten und gestärkten Herzen in ihren Tag zurück wie von einem hohen Berggipfel. Es kam der Tag, an welchem Knecht die Nachricht von seinem Tode erhielt, er reiste eilig hin und fand den sanft Entschlafenen auf seinem Lager liegend, das kleine Gesicht hingeschwunden und eingesunken zu einer stillen Rune und Arabeske, einer magischen Figur, nicht mehr zu lesen und doch wie von Lächeln und vollendetem Glück erzählend. Am Grabe hat nach dem Musikmeister und Ferromonte auch Knecht gesprochen, und er sprach nicht von dem erleuchteten Weisen der Musik, nicht von dem großen Lehrer, nicht von dem gütig klugen ältesten Mitglied der obersten Behörde, er sprach nur von der Gnade seines Alters und Todes, von der unsterblichen Schönheit des Geistes, die in ihm sich den Genossen seiner letzten Tage offenbart hatte.
Wir wissen aus mehreren Äußerungen, daß es sein Wunsch war, das Leben des Alt-Magisters zu beschreiben, allein zu einer solchen Arbeit ließ das Amt ihm keine Muße. Er hatte gelernt, seinen Wünschen wenig Raum mehr zu gönnen. Einem seiner Repetenten sagte er einmal: „Es ist schade, daß ihr Studenten den Überfluß und Luxus nicht so recht kennet, in dem ihr lebet. Aber es ist auch mir so gegangen, als ich noch Student war. Man studiert und arbeitet, man geht nicht mußig, man glaubt sich für fleißig halten zu dürfen – aber was alles man tun, was alles man aus dieser Freiheit machen könnte, empfindet man kaum. Dann kommt plötzlich ein Ruf der Behörde, man wird gebraucht, man bekommt einen Lehrauftrag, eine Mission, ein Amt, rückt von da in ein höheres hinauf und findet sich unversehens in einem Netz von Aufgaben und Pflichten gefangen, das immer enger und dichter wird, je mehr man sich darin rührt. Es sind lauter an sich kleine Aufgaben, aber jede will zu ihrer Stunde besorgt sein, und der Amtstag hat viel mehr Aufgaben als Stunden. Das ist gut so, es soll nicht anders

sein. Aber wenn man zwischen Lehrsaal, Archiv, Kanzlei, Sprechzimmer, Sitzungen, Amtsreisen einmal einen Augenblick jener Freiheit gedenkt, die man besaß und verloren hat, der Freiheit zu unbefohlenen Arbeiten, unbeschränkten weiträumigen Studien, dann kann man sich einen Augenblick sehr nach ihr sehnen und sich einbilden: wenn man sie noch einmal wieder besäße, würde man ihre Freuden und Möglichkeiten bis zum Grunde genießen."

Für die Eignung seiner Schüler und Beamten zum Dienst in der Hierarchie hatte er ein überaus feines Gefühl; behutsam wählte er für jeden Auftrag, jede Besetzung die Leute aus, und die Zeugnisse und Charakteristiken, in denen er über sie Buch führte, zeigen eine große Sicherheit des Urteils, das immer in erster Linie dem Menschlichen, dem Charakter galt. Wo es die Beurteilung und Behandlung schwieriger Charaktere galt, holte man denn auch gerne Rat bei ihm. Da war zum Beispiel jener Student Petrus, der letzte Vorzugsschüler des Alt-Musikmeisters. Dieser junge Mann, einer von der Art der stillen Fanatiker, hatte sich in seiner eigenartigen Rolle als Gesellschafter, Pfleger und anbetender Jünger des Verehrten bis zuletzt recht gut bewährt. Als diese Rolle jedoch mit des Alt-Magisters Tode ihr natürliches Ende gefunden hatte, verfiel er zunächst einer Melancholie und Trauer, die man begriff und eine Weile duldete, deren Symptome aber dem derzeitigen Herrn von Monteport, dem Musikmeister Ludwig, bald ernstliche Sorgen bereiteten. Petrus nämlich beharrte darauf, in jenem Pavillon, dem Alterssitz des Entschlafenen, wohnen zu bleiben, er bewachte das Häuschen, hielt dessen Einrichtung und Ordnung genau wie früher peinlich im Stande, betrachtete namentlich des Verstorbenen Wohn- und Sterbezimmer mit dem Lehnstuhl, dem Sterbelager und dem Cembalo als cin unantastbares, von ihm zu behütendes Heiligtum und kannte außer der peinlichen Bewahrung dieser Reliquien nur noch eine Sorge und Pflicht, die Pflege der Grabstätte, in der sein geliebter Meister ruhte. Er sah sich dazu berufen, sein Leben einem dauernden Kult des Toten an diesen Erinnerungsstätten zu widmen, sie als geheiligte Orte wie ein Tempeldiener zu bewahren, sie vielleicht zu Wallfahrtsstätten werden zu sehen. In den ersten Tagen nach dem Begräbnis hatte er sich jeder Speise enthalten, sodann sich auf jene winzigen und seltenen Mahlzeiten beschränkt, mit welchen der Meister in seiner letzten Zeit sich begnügt hatte; es sah so aus, als habe er den Vorsatz, auf diese Weise in die Nachfolge des Verehrten einzutreten und ihm nachzusterben. Da er dies nicht lange aushielt, ging er zu jenem Verhalten über, das ihn als Haus- und Grabstättenverwalter, als ewigen Kustoden der Gedächtnisorte ausweisen sollte. Es ging aus alledem deutlich hervor, daß der junge Mensch, eigensinnig ohnehin und seit geraumer Zeit eine für ihn reizvolle Sonderstellung genießend, diese Sonderstellung auf jede Weise festhalten und keinesfalls wieder in den Dienst des Alltags zurückkehren wollte, dem er sich wohl heimlich nicht mehr gewachsen fühlte. „Jener Petrus übrigens, der dem gewesenen Altmeister beigegeben war, ist übergeschnappt", heißt es kurz und kühl in einem Billett von Ferromonte.

Nun ging freilich der Monteporter Musikstudent den Waldzeller Magister nichts an, er war für ihn nicht verantwortlich und fühlte ohne Zweifel auch kein Bedürfnis, sich in eine Monteporter Angelegenheit zu mischen und seine eigene Arbeit zu vermehren. Aber der unglückliche Petrus, den man mit Gewalt aus seinem Pavillon hatte entfernen müssen, beruhigte sich nicht und hatte sich in seiner Trauer und Verstörung in einen Zustand der Isolierung und Wirklichkeitsentfremdung hineingesteigert, in welchem er den üblichen Maßregelungen bei Verstößen gegen die Disziplin nicht wohl konnte ausgesetzt werden, und da seinen Vorgesetzten Knechts wohlwollendes Verhältnis zu ihm bekannt war, erging von der Kanzlei des Musikmeisters an Knecht die Bitte um Rat und Eingreifen, während der Unbotmäßige vorläufig als krank angesehen und in einer Zelle der Krankenabteilung unter Beobachtung gehalten wurde. Knecht hatte sich eher ungern auf diese bemühende Sache eingelassen, aber nachdem er ihr einmal sein Nachdenken gewidmet und sich zu einem Versuch der Hilfeleistung entschlossen hatte, nahm er das Ding mit kräftigem Griff in seine Hand. Er bot sich an, Petrus versuchsweise zu sich zu nehmen, unter der Bedingung, daß man ihn ganz wie einen Gesunden behandle und allein reisen lasse; eine kurze freundliche Einladung an den Jüngling legte er bei, worin er sich, falls jener abkömmlich sei, seinen Besuch für kurze

Zeit erbat und andeutete, man hoffe von ihm manche Aufschlüsse über die letzten Tage des Alt-Musikmeisters zu bekommen. Zögernd willigte der Monteporter Arzt ein, man übergab dem Studenten Knechts Einladung, und wie dieser richtig vermutet hatte, dem in seine üble Situation Festgerannten werde nichts lieber und bekömmlicher sein als eine rasche Entfernung vom Ort seiner Nöte, erklärte Petrus sich alsbald mit der Reise einverstanden, nahm ohne Weigern eine richtige Mahlzeit ein, bekam einen Reiseschein und wanderte los. In Waldzell traf er in leidlichem Zustande ein, das Unstetige und Fahrige in seinem Wesen wurde hier auf Knechts Weisung ignoriert, man brachte ihn bei den Gästen des Archivs unter; er fand sich weder als strafbar noch als krank noch sonst irgendwie außerhalb der Ordnung gestellt behandelt, und war doch nicht krank genug gewesen, um diese angenehme Atmosphäre nicht zu schätzen und den sich bietenden Rückweg ins Leben zu benützen. Zwar wurde er in den mehreren Wochen seines Aufenthaltes dem Magister noch lästig genug, der ihm durch die stets kontrollierte Scheinbeschäftigung mit Aufzeichnungen über die letzten musikalischen Übungen und Studien seines Meisters eine Aufgabe zuwies und ihn daneben planmäßig im Archiv zu kleinen Handlangerdiensten anhalten ließ; man bat ihn, wenn seine Zeit es erlaube, ein wenig mit Hand anzulegen, man sei gerade stark beschäftigt und habe Mangel an Hilfskräften. Kurz, man half dem Entgleisten wieder auf den Weg; erst als er ruhig geworden und sichtlich willens war, sich einzuordnen, begann Knecht in kurzen Gesprächen ihn auch unmittelbar erzieherisch zu beeinflussen und ihm vollends den Wahn zu nehmen, es sei sein Götzenkult mit dem Verstorbenen eine heilige und eine in Kastalien mögliche Sache. Da er seine Furcht vor der Rückkehr nach Monteport aber nicht überwinden konnte, verschaffte man ihm, da er geheilt schien, den Auftrag, als Gehilfe des Musiklehrers an eine der unteren Eliteschulen zu gehen, wo er sich auch respektabel hielt.
Es ließe sich noch manches Beispiel für die erzieherische und seelenärztliche Tätigkeit Knechts anführen, und an jungen Studierenden, welche durch die sanfte Gewalt seiner Persönlichkeit in ähnlicher Weise für ein Leben in echt kastalischem Geiste gewonnen wurden, wie einst Knecht

selbst durch den Musikmeister, ist kein Mangel. Alle diese Beispiele zeigen uns den Magister Ludi nicht als einen irgend problematischen Charakter, sie alle sind Zeugnisse der Gesundheit und des Gleichgewichts. Nur scheint die liebevolle Bemühung des Ehrwürdigen um labile und gefährdete Charaktere wie Petrus oder Tegularius auf eine besondere Wachheit und Feinfühligkeit für solche Erkrankungen oder Anfälligkeiten des kastalischen Menschen hinzudeuten, eine vom ersten Erwachen an nie wieder beruhigte und eingeschlafene Aufmerksamkeit für die Probleme und Gefahren, welche im kastalischen Leben selbst liegen. Diese Gefahren aus Leichtsinn und Bequemlichkeit nicht sehen zu wollen, wie der wohl größere Teil unserer Mitbürger es tut, lag seinem hellen und mutigen Wesen fern, und vermutlich ist die Taktik der meisten seiner Kollegen in der Behörde, welche das Vorhandensein dieser Gefahren zwar kennen, sie aber grundsätzlich als nicht existent behandeln, niemals die seine gewesen. Er sah und kannte sie, oder doch manche von ihnen, und seine Vertrautheit mit der Frühgeschichte Kastaliens ließ ihm das Leben inmitten dieser Gefahren als einen Kampf erscheinen und ließ ihn dieses Leben in der Gefahr bejahen und lieben, während so viele Kastalier ihre Gemeinschaft und das Leben in ihr lediglich als ein Idyll auffassen. Auch aus des Paters Jakobus Werken über den Benediktinerorden war ihm die Vorstellung des Ordens als einer militanten Gemeinschaft und der Frömmigkeit als einer kämpferischen Haltung vertraut. „Es gibt", so hat er einmal gesagt, „kein adliges und erhöhtes Leben ohne das Wissen um die Teufel und Dämonen und ohne den beständigen Kampf gegen sie."

Ausgesprochene Freundschaften zwischen den Inhabern der höchsten Ämter kommen bei uns äußerst selten vor, und so wundern wir uns nicht darüber, daß Knecht in den ersten Amtsjahren mit keinem seiner Kollegen ein solches Verhältnis gepflegt hat. Große Sympathien hatte er für den Altphilologen in Keuperheim und eine tiefe Hochachtung vor der Ordensleitung, aber in dieser Sphäre ist das Persönliche und Private so nahezu völlig ausgeschaltet und objektiviert, daß über die amtliche Zusammenarbeit hinaus kaum ernstliche Annäherungen und Befreundungen möglich sind. Und doch sollte er auch dies noch erleben.

Uns steht das Geheimarchiv der Erziehungsbehörde nicht zur Verfügung; über die Haltung und Tätigkeit Knechts bei deren Sitzungen und Abstimmungen wissen wir nur, was sich aus seinen gelegentlichen Äußerungen gegen Freunde schließen läßt. Er scheint die Schweigsamkeit seiner ersten Magisterzeit in diesen Sitzungen zwar nicht immer beibehalten zu haben, aber doch nur selten rednerisch aufgetreten zu sein, außer wenn er selbst Initiant und Antragsteller war. Ausdrücklich bezeugt ist die Schnelligkeit, mit welcher er den herkömmlichen Umgangston, der am Gipfel unserer Hierarchie herrscht, sich zu eigen gemacht, und die Zierlichkeit, der Erfindungsreichtum und die Spielfreudigkeit, die er bei Übung dieser Formen zeigte. Bekanntlich verkehren die Spitzen unserer Hierarchie, die Magister und die Männer der Ordensleitung, untereinander nicht nur in einem sorgfältig eingehaltenen Zeremonialstil, sondern es herrscht unter ihnen, wir wissen nicht zu sagen seit wann, auch die Neigung oder geheime Vorschrift oder Spielregel, sich desto strengerer, desto sorgfältiger ziselierter Höflichkeit zu bedienen, je größer die Meinungsverschiedenheiten und je wichtiger die umstrittenen Fragen sind, über welche man sich ausspricht. Vermutlich hat diese von alters her überkommene Höflichkeit neben anderen Funktionen, die sie haben mag, auch und vor allem die Funktion einer Schutzmaßregel: der äußerst höfliche Ton der Debatten schützt nicht nur die debattierenden Personen vor der Hingabe an Leidenschaftlichkeit und hilft ihnen die vollkommene Haltung wahren, er schützt und behütet außerdem die Würde des Ordens und der Behörde selbst, er umhängt sie mit Talaren des Zeremoniells und mit Schleiern der Heiligkeit, und so hat wohl diese von den Studenten oft bespöttelte Komplimentierkunst ihren guten Sinn. Vor der Zeit Knechts war sein Vorgänger, Magister Thomas von der Trave, ein besonders bewunderter Meister dieser Kunst gewesen. Man kann Knecht nicht eigentlich seinen Nachfolger darin, noch weniger seinen Nachahmer nennen, er war mehr ein Schüler der Chinesen und seine Art von Courtoisie weniger zugespitzt und mit Ironie durchsetzt. Aber als ein in Höflichkeit nicht zu Besiegender hat auch er unter seinen Kollegen gegolten.

Inhalt